LES SILENCES DE JULIEN

DU MÊME AUTEUR

Mots d'aimer, Prix d'honneur des poètes lorrains, chez l'auteur, 1972
Les Etoiles de Plaimont, prix Emile Moselly 1983, Ed. Pays toulois, Toul, et Ed. Une Page à L'Autre, Ludres
Pierrot la Hure, préface d'Henri Vincenot, chez l'auteur, 1983
Le Moulin du Roué, prix Erckmann-Chatrian 1984, chez l'auteur
La Mémoire aux alouettes, Ed. Gérard Louis, Remiremont, 1987
Flickinger, préface de Pierre Cardin, Ed. Serpenoise, Metz, 1990
Les Dernières Violettes de La Mothe, prix de l'Académie de Stanislas 1997 et prix Plume de Vair 1997, Ed. ESKA, Paris, 1997 (nombreuses rééditions)
Le Verre de moisson, Ed. ESKA, Paris, 1998
Au plaisir d'ENA, Ed. DGP, Québec, 2001
Les Anneaux de la fiancée, EAU, Ed. ESKA, Paris, 2005
Les Anneaux de la fiancée, AIR, Ed. ESKA, Paris, 2006
Les Anneaux de la fiancée, TERRE, prix de la Ville de Lunéville 2009, Ed. ESKA, Paris, 2006
Lumière d'aurore, Aurore Mongel championne d'exception, Ed. ESKA, Paris, 2006
Une promenade à Sion, collectif sous la direction du professeur Philippe Martin, Conseil général de Meurthe-et-Moselle, Université Nancy II, 2007
Julie-Victoire, première bachelière de France, prix Maurice Barrès 2008, Ed. ESKA, Paris, 2007, et MA Editions, 2015
Jeanne d'Arc, les métamorphoses d'une héroïne, collectif sous la direction du professeur Philippe Martin, Ed. Place Stanislas, 2009
Le Loup de Métendal, prix des Conseils généraux de Lorraine 2010, Presses de la Cité, coll. « Terres de France », Paris, 2010, Grand Livre du Mois, Feryane, Pocket
La Fontaine de Gérémoy, prix de la Société des écrivains d'Alsace-Lorraine 2011, Presses de la Cité, coll. « Terres de France », Paris, 2011, Grand Livre du Mois, Feryane, France Loisirs. Feuilleton quotidien dans *Le Républicain lorrain, L'Est républicain, Vosges matin,* 2018-2019
Pierre Didier, le réel transfiguré, Ed. Rhinocéros, Strasbourg, 2011
Cantate de cristal, Presses de la Cité, coll. « Terres de France », Paris, 2012, Grand Livre du Mois, Feryane
Des fleurs à l'encre violette, Presses de la Cité, coll. « Terres de France », Paris, 2013, Grand Livre du Mois, Feryane, Poche De Borée, 2017
La Clé aux âmes, Presses de la Cité, coll. « Terres de France », Paris, 2014, Grand Livre du Mois, Feryane

(suite en fin d'ouvrage)

La grâce d'être aimé précède la grâce d'aimer et la rend possible.

André COMTE-SPONVILLE,
Le Sexe ni la mort

Ne pas aimer est la règle, c'est l'amour qui est l'exception.

Yves SIMON, *Les Eternelles*

1

27 mai 1981

— Dis-moi… c'est pour fêter l'élection de Mitterrand que tu m'as invitée au resto ? Si c'est pour ça, je te remercie, parce que tu connais…

— Et si ce n'est pas pour ça, tu ne me remercies pas ?

— Arrête donc de dire des conneries ! Tu sais bien que j'aime venir à l'Excel. Ça me rappelle tellement de bons souvenirs du temps de mes études…

— Pas si loin que ça !

Marianne tend la main vers celle de son mari, touche ses doigts occupés à faire glisser son verre sur la nappe. Faire jouer la lumière dans son whisky le fascine.

Autour d'eux, on se salue, se parle, s'interpelle, fait tinter les couverts, prend des commandes, balade des plateaux de la mer, goûte le vin, aspire des huîtres, déloge des bulots, tranche une côte de bœuf…

— Flatteur ! Sais-tu qu'un flatteur est toujours proche du mensonge ?

— C'est à moi de te demander maintenant d'arrêter de dire des conneries. Tu vas finir par me faire regretter de t'avoir proposé cette soirée. J'avais envie de passer un bon moment avec toi. Mais si tu commences comme ça, c'est mal barré !

Ils jouent souvent à ce jeu, à se prendre ainsi à leur propre piège, à ne plus savoir s'ils sont encore dans une comédie ou déjà dans la querelle. Ils s'arrêtent toujours sur le fil d'un rasoir à risque. Elle surtout, qui change de cap.

— J'ai beaucoup d'affection pour François Mitterrand.

— Moi aussi, tu le sais ! Pas pour les mêmes raisons ni la même histoire que toi, mais je me sens bien de le savoir élu à la place du faux aristo Giscard. Fier d'être français, alors que jusqu'à la semaine dernière…

— Mais tu ne m'as pas emmenée ici pour me parler de politique, je suppose !

— C'est toi qui as lâché le nom de Mitterrand, pas moi !

Il avale une gorgée de whisky, croque une olive, puis deux, puis trois en observant le ballet réglé au millimètre des pingouins de salle et leur habileté de jongleurs sous les plateaux géants.

— Non, pas pour parler politique, c'est sûr ! Mais…

Il affiche un air mystérieux, assèche son verre d'apéro.

— Mais ?

— Pour t'annoncer une bonne nouvelle. Je t'ai dit tout à l'heure que je suis fier d'être français depuis que Mitterrand est notre président, mais je suis encore plus fier de moi et de ce qui nous arrive.

— Fier de toi ? Tiens donc !

— On dirait que ça te surprend.

Marianne remue son jus de tomate.

— Pas vraiment ! Tu m'as habituée à pire.

— J'espérais que tu dirais « à mieux ».

— Si tu veux. Tu m'as habituée à mieux... corrige-t-elle en léchant sa cuillère. Alors, cette nouvelle ?

Léopold semble hésiter, embroche deux olives à la fois, les porte à ses lèvres, les repose dans son assiette. Il a l'œil allumé des fins de soirée entre copains, quand ils arrosent un anniversaire, enterrent une vie de garçon, ou fêtent un départ en retraite. Mais la soirée – celle-là... la leur ! – ne fait que commencer. Durant tout le trajet d'Epinal à Nancy, il est resté étrangement silencieux au volant, regard rivé à la route qui prenait des teintes bleutées sous un ciel de premier orage. Lui, si bavard d'habitude, si avide de raconter ses exploits de la journée, ses réussites, rarement ses échecs... n'a pas dit un mot, pas glissé le moindre regard vers sa femme, pourtant plus belle ce soir que jamais. En arrivant à l'appartement, tout à l'heure, il l'a remarquée pourtant, cette beauté devenue si quotidienne en sept ans de mariage, si « ordinaire » qu'il la recherche déjà sur d'autres visages, dans d'autres regards, d'autres silhouettes, sous d'autres postures de femmes. Pour une fois, il l'a remarquée, mais n'a pas pris le temps de le lui dire. Marianne était prête, fraîche, légère et lumineuse. Sans même un baiser, il l'a embarquée dans un tourbillon. Direction l'Excelsior, leur resto de fête.

— Tu te souviens, la première fois…

— Quelle première fois ?

Il est surpris. Il veut trouver une réponse…

— Pas la première fois qu'on a fait l'amour – ça, j'espère que tu t'en souviens ! –, mais la première fois que tu m'as accompagnée ici, précise Marianne. Parce que c'est moi qui t'y ai traîné… souviens-toi !

Léopold enfourne ses deux olives embrochées, se concentre, finit par produire un sourire de premier rôle américain… sauvé par le service ! Le maître d'hôtel s'est présenté, carnet de commandes et crayon en main. Pour elle : plateau de fruits de mer… « pour me croire en Bretagne, même si je suis tout de même bien ici, avec toi ! », œillade appuyée au moment du « tout de même ». Pour lui : tartare de bœuf-frites-salade verte, « bien assaisonné pour emmagasiner de l'énergie, je vais en avoir besoin ! », le tout arrosé d'une bouteille de saint-nicolas-de-bourgueil, « pour la légèreté de ce vin et le clin d'œil à notre saint Nicolas de Lorraine ! ».

— La première fois, c'était…

Marianne est obstinée. Il le sait. Il va devoir fouiller dans ses souvenirs, lui qui a décidé de ne vivre qu'au présent depuis son départ de la ferme familiale, vivre au présent pour se projeter sans cesse vers un avenir toujours plus ambitieux, avec elle ! Il lui arrive de chasser un « sans elle ! » qui se glisse dans son crâne quand elle traîne un peu les pieds, fatiguée par le comportement parfois convulsif de ses clients. Jusque-là, il a toujours réussi. Mais de plus en plus difficilement.

— Tu venais de passer tes derniers examens. Tu m'as annoncé les résultats juste après avoir prévenu tes parents, depuis une cabine de la fac. Et tu m'as dit : « Je t'invite ! » J'ai sauté dans ma deudeuche pourrie et on s'est retrouvés ici. Tu vois que je me souviens.

Elle n'en espérait pas tant, paraît émue, lui prend les mains, le fixe.

— Je vois… merci !

Elle inspire profondément.

— Mais qu'as-tu donc de si important à m'annoncer ?

C'est à lui de respirer à fond, de lui prendre les mains, de les serrer si fort qu'il en fait blanchir les jointures.

— Voilà…

Il lui lâche les mains, achève son Perrier, sans whisky cette fois, déplie lentement sa serviette, le regard suspendu aux fougères historiques du plafond.

— Je quitte l'usine de Saint-Vallier.

— Pardon ?

— Je viens d'être nommé à la direction des ressources humaines du groupe. Le poste est dans la région parisienne, à Bagnolet, au centre d'affaires Les Mercuriales, tu sais, je t'en ai déjà parlé. J'y suis allé plusieurs fois pour des réunions.

Il prend un temps, comme pour mesurer lui-même l'importance de ce qu'il annonce.

— Tu en reprends un ?

Il a désigné le verre de jus de tomate. Elle répond « non » d'un signe de tête. Il se commande un deuxième whisky, sans Perrier, sans glace.

— Jamais je n'aurais imaginé faire une telle carrière quand je suis entré dans la boîte… tu te souviens de mon embauche ? J'avais encore de la terre de Fabimpré aux godasses. On peut dire que j'aurai escaladé l'échelle sociale barreau après barreau, à l'arraché, sans rien devoir à personne ! J'en suis fier. Je peux… non ?

— Tu peux ! Mais… et moi ?

Marianne a pâli. Elle arrache quelques miettes à la boule de pain, les porte à ses lèvres sans conviction.

— Quoi, « et moi » ?

— Et moi, là-dedans ?

— Quoi « et moi, là-dedans » ? Qu'est-ce que tu veux dire ?

— « Sans rien devoir à personne… » pas même à moi ?

Il grogne. On vient de lui apporter son deuxième whisky, sans eau pétillante mais avec des glaçons, qu'il entreprend aussitôt d'évacuer dans son assiette à coups de fourchette nerveux.

— Merde ! Pas de glace ! Il faut tout leur rabâcher !

Elle attend la fin de l'opération, répète :

— Pas même à moi ?

— Bien sûr que je le dois aussi à toi ! C'est tellement évident que je n'ai…

— Même ce qui paraît évident doit être dit ! Ça fait tellement de bien de l'entendre de temps en temps !

— Bon, alors, puisque tu y tiens, je le dois aussi… à toi !

Il avale d'un trait son whisky.

Les fruits de mer sont arrivés, et le tartare de bœuf, et les frites, et la salade verte.

— Voilà… ça te va ?

D'un geste agacé, il rajuste sa mèche folle sur l'oreille. Elle n'aime pas. Sait, par cette façon de discipliner sa chevelure, que son impatience à clore une conversation encombrante frôle une éruption de colère. Il force un sourire, sale ses frites, goûte le vin, lève son verre, propose à sa femme de trinquer.

— Je trouve que tu as tendance à oublier trop vite que… je t'aime !

— Je ne vois pas en quoi mon comportement te permet de parler ainsi !

— Tu me reproches de ne pas reconnaître ton accompagnement de ma carrière…

— Je te taquinais, tu le sais bien !

Se tenant par le regard, ils font tinter les verres, dégustent la première gorgée de saint-nicolas-de-bourgueil.

— Tu le sais bien !

Elle a insisté, une fois de plus, parce qu'elle sait qu'il ne le sait pas, justement, lui qui prend toujours tout au premier degré, son premier degré, mais elle a tenté.

— Comment peux-tu imaginer que j'oublie toute l'énergie que tu me donnes tout le temps ? C'est elle qui me fait avancer dans mon boulot !

— Je t'avoue qu'il m'arrive de le penser parfois. Mais c'est sans doute pas grave. Il suffit que tu me le dises, ou que je me fasse à l'idée de ne jamais l'entendre !

— Alors, je te l'ai dit ! Te voilà rassurée ?

— Si tu veux ! Donc, comme ça, tu vas partir à Paris ?

— Travailler à Bagnolet ! J'irai là-bas deux ou trois jours par semaine. Le reste du temps, je serai dans les autres usines du groupe, et… ici, avec toi.

En un éclair, elle s'imagine leur vie future : lui sur les chemins, de Paris au Sud-Ouest en passant par les Vosges… en passant par…

— J'ai l'impression que ça t'ennuie, cette perspective. Tu sais, ça ne changera pas grand-chose.

Du pouce et de l'index, il a déjà englouti la moitié de sa portion de frites, tandis que de la fourchette il recherche les câpres dans la viande.

— J'aime les câpres. Avec les frites, ça t'a un petit goût de noisette...

Sans lever les yeux, il poursuit, comme s'il s'entretenait avec lui-même à voix basse encombrée de chyle patate frite-câpre-bœuf-tabasco.

— Je ne vois pas ce que ça va changer ! En ce moment, je bosse tellement que je ne te vois pas de la semaine, ou presque. Pas vrai ? Et le dimanche, je suis tellement crevé qu'on vit côte à côte comme des zombies. Pas vrai ?

Marianne pique un bigorneau, tire un bulot de sa coquille, déshabille une langoustine qu'elle inonde de citron.

— Pas vrai ? C'est tout de même bien ça, notre vie, maintenant. Alors, un peu plus, un peu moins. Et puis, à la réflexion, je crois que ça va même nous rapprocher, parce que, quand je serai là, j'y serai vraiment, sans dossiers à travailler, sans rapports à préparer... bref, sans boulot à la maison !

Il enfourne une bouchée de viande, l'accompagne d'un petit fagot de frites, conclut d'une feuille de laitue et d'une gorgée de vin.

— Tu vois...

D'une pâleur qui lui fait des traits de porcelaine, Marianne fixe le carnivore aux doigts luisants d'huile.

— Quand tu seras là !

Elle pose ses outils de désincarcération, pique, pince et fourchette.

— C'est pour quand, ce poste... là, maintenant ?

— Pour cet automne, le temps que je visite tous les services du siège, que je fasse le tour des usines d'embouteillage du groupe… je dois me présenter partout et…

Il émet le rire de verre brisé qui accompagne tous ses défis et provocations.

— … faire admettre partout que les projets d'organisation, les décisions de gestion du personnel, les adaptations d'effectifs, les plans de formation passeront désormais par le siège, donc par moi !

— Autrement dit, tu vas faire le tour de la jungle comme un fauve, pour marquer ton territoire.

Il a cessé de rire.

— Si tu veux ! Mais…

Il croque les dernières frites, s'essuie les doigts dans sa serviette, avale une gorgée de saint-nicolas-de-bourgueil.

— … mais je te trouve bien agressive ! Comprends pas… ça devrait te réjouir ! D'autant plus que, je te l'ai dit, quand je rentrerai je serai disponible, pour toi, rien que pour toi ! Parce que, tu le sais…

Il affiche l'air séducteur qui lui a si bien réussi au temps de leurs nombreuses rencontres de luttes sociales.

— … je t'aime ! Tu le sais ? Et je t'aimerai toujours !

— Quand tu seras là !

— Quand je serai là, oui ! Et je serai là, nom d'un chien ! Qu'est-ce que ça veut dire, cette réaction ? J'espérais que cette nouvelle te ferait plaisir, pour moi… pour nous ! Mais là, tu vois, une fois de plus, tu t'y entends pour glacer l'atmosphère ! Je croyais bien te connaître, je pensais que tu bondirais de joie, pour moi, pour nous, mais je dois t'avouer une désagréable impression de te découvrir… une autre personnalité !

— On ne connaît vraiment jamais l'autre… déjà du mal à se connaître soi-même ! murmure Marianne.

Il sourit, à l'ironique.

— Si tu laissais un peu tomber ta philosophie de comptoir. C'est pas ça, la vraie vie !

— Qu'est-ce que c'est, alors ?

— C'est être ambitieux, vouloir réussir, se réaliser comme tu dis parfois, gagner !

— Dommage…

— Quoi… dommage ?

— C'était pas le moment.

— Pourquoi ce n'est pas le moment ?

— Je suis enceinte !

— Merde !

2

Les champs de Fabimpré, le bois de Frizon, l'autre du Chanot, les ruisseaux à sangsues et les saules de l'Avière avaient été son berceau. Ici, enfant, il accompagnait son père aux semailles sous les escadrilles de corneilles qu'il chassait à grands cris et moulinets de bras ; là il courait cueillir du muguet pour sa mère à chaque 1er Mai entre deux gorgées d'eau fraîche à la fontaine Valère ; là-bas, il pêchait ablettes, goujons et chevesnes, ces « vilains » vif-argent dont il avait appris à faire de délicieux beignets aux herbes du jardin, glanait les grenouilles dans les fonds des Vaux.

Toujours dehors, à courir les prés et les halliers, arpenter les terres familiales dans les pas de son père, chasser à l'affût les premiers cèpes, les fameux « gros papa » dont une poêlée aux lardons allumait les papilles, ramasser les dernières pommes déjà sucrées de givre en mâchouillant la comptine apprise à l'école…

Vais-je tomber,
Ne pas tomber ?
Se disait la dernière pomme.
J'ai résisté aux vents d'automne,
Aux pluies, aux premières gelées...

Templines aux joues rouges, reinettes dorées, ou rambours à peau de cire verte lavée de pourpre... il en emplissait son panier si lourd à porter qu'il grimaçait en hurlant à la bise dont, poitrine offerte à ses assauts, il défiait les lames acérées :

Il ne faut pas que j'abandonne
Mon fidèle ami le verdier !
Vais-je tomber ?

En ce temps-là, on l'appelait Léo, pour faire plus court, plus affectueux aussi. Léopold... c'est son père qui avait voulu ce « petit nom », pour rendre hommage au dernier vrai duc de Lorraine dont le fils François, sous le joug des Bourbons de France, avait lâché peuple et pays pour aller se prélasser dans son duché de Toscane avant d'épouser Marie-Thérèse, à Vienne, et devenir empereur. Léopold, un prénom de mémoire et d'histoire qui, au fin fond de la campagne vosgienne, s'était muté en « Léo » du cœur.

Tant qu'il était resté « Léo », le gamin des paysans de Fabimpré avait reçu toutes les promesses de biens et savoirs pour devenir leur successeur aux emblavures, à l'étable et aux vergers.

Ce fils unique des Malard connaissait le cul des vaches mieux que sa poche, savait tirer du ventre de sa mère un veau mis en péril par un vêlage difficile, greffer un cerisier sur un porteur sauvage choisi au plus secret du bois d'Agnonrupt, faucher à la main sans planter la faux, conduire un tracteur dans toutes les configurations de terrain, labourer, semer, moissonner au bon moment, et bêcher un jour de terre sans se casser les reins. Il avait « tout pour faire un bon paysan », selon l'appréciation du père, qui ajoutait : « Mieux que moi-même… c'est pas peu dire ! »

Puis il était devenu « Léopold » quand son « Vieux » – ainsi l'appelait-il depuis ce jour-là – l'avait informé de sa décision de lui passer le flambeau et le volant du tracteur. Plus tôt que prévu. « Tu comprends, avait lâché le père, moi je suis encore un cul-terreux du Moyen Age. Je travaille toujours comme travaillaient mes ancêtres, avec les mêmes outils et les mêmes manies. La seule différence entre eux et moi, c'est que j'ai un tracteur au lieu des chevaux, et que ma charrue a un soc en ferraille au lieu d'un soc en bois ! Mais avec toi, ça va changer… » Il avait poussé un soupir, ravalé sa première pensée – les chevaux… bon Dieu… mes chevaux ! Ce bon Gaillard ! –, sorti sa boîte à tabac, roulé une cigarette collée d'un coup de langue, soufflé sa première bouffée vers la suspension du plafond.

Adossée au buffet sculpté d'épis de blé en couronne autour d'un cœur, prête à toutes les réactions du fils, la mère avait suivi la conversation d'un bout à l'autre, sans un mot. A l'écurie, survivant retraité des labours, le vieux Gaillard avait donné du pied contre le bat-flanc.

Radio, télévision, journaux étalaient sans cesse les difficultés à devenir ou rester paysan à cause des affrontements provoqués par l'obligation de remembrement, des nouvelles exigences des consommateurs, de l'assassinat des petits producteurs par les grandes surfaces, du monopole des semenciers états-uniens qui se prenaient pour les maîtres du monde, de l'arnaque des banquiers et de leurs complices marchands de matériel agricole toujours plus grand, toujours plus puissant, toujours plus… ruineux !

Tout cela, il l'entendait, le voyait, le lisait, cet enfant que des années de collège à la ville avaient ouvert à d'autres perspectives. L'entendait, le voyait, le lisait, le… refusait. Mais il n'avait pas encore osé le dire.

Le moment était venu.

Ce jour-là, sans avoir repéré vraiment d'où lui était venue cette certitude de devoir repousser la décision de son père, Léopold avait fermement répondu : « Pas la peine de te fatiguer… T'arriveras pas à me convaincre. Je ne veux pas reprendre Fabimpré. Je ne serai pas paysan. »

La foudre avait frappé le Vieux. Carbonisé.

En détresse, éternel réflexe familial, la mère avait joint les mains, fermé les yeux, adressé au ciel une prière d'assistance que seul Dieu pourrait entendre... et encore !

Léopold avait confirmé d'une voix ferme : « Je ne supporte plus de vous voir travailler comme des esclaves tous les jours de l'année, sans lever le nez ni respirer, pour gagner quoi... rien ! Vous vous crevez aux champs, aux bêtes, au bois, jamais de repos, pour quel résultat ? Vos seules sorties de l'année, c'est pour la foire de Poussay[1], où vous mijotez tous ensemble dans la même sauce paysanne, et pour le cimetière à la Toussaint. Vous ne savez même pas ce que c'est que le cinéma ! » Le père l'avait interrompu sèchement : « N'exagère pas, tout de même, on a été voir Bourvil et de Funès, n'y a pas si longtemps ! » Léopold avait réagi d'une manière brutale : « Parce que je vous y ai obligés ! J'avais envie de vous voir rire, une fois au moins dans ma vie. Il a fallu que je me batte pour que tu sortes la fourgonnette et que tu nous emmènes. Pas vrai ? » Il

1. Ville des Vosges célèbre pour son chapitre de dames chanoinesses. Troisième foire de France par l'ancienneté et l'importance, après la millénaire Sainte-Croix-de-Lessay (Manche) et Beaucroissant (Isère). Née de l'activité des drapiers et tanneurs au début du seizième siècle, confirmée par le duc Charles III en 1598, devenue foire aux chevaux puis vitrine de matériel agricole, braderie et fête foraine, elle accueille chaque année, fin octobre, cent cinquante mille personnes sur deux jours.

avait pris la mère à témoin. Imperturbable. « Alors, c'est décidé. Tu auras beau dire et faire ce que tu voudras : je ne serai jamais paysan ! »

Le père s'était contenté de rajuster l'éternel foulard noué à son cou, avait regardé ses mains couleur de terre, épaisses, calleuses, de corne et de crevasses.

Ses lèvres frémissaient.

Il s'était levé.

Le moteur du tracteur avait ronflé dans la cour.

On avait entendu, de la buanderie, les bruits de la lessiveuse que remuait la mère.

Et le chant enroué d'Amédée, le vieux coq gaulois, fatigué lui aussi de saluer chaque matin, depuis près de dix ans, la naissance d'un nouveau jour.

A l'écurie, Gaillard avait encore donné du pied contre son bat-flanc.

3

George s'approcha de l'enfant endormi.

Cette femme aimait d'un amour charnel le petit bonhomme né un 1er janvier, surgi dans la vie des Malard avec la neige comme une promesse de temps meilleurs.

« J'aime bien sa date de naissance, et son prénom. Impérial à la romaine, et doux à la fois… tout pour plaire ! »

Prénommé Julien, le petit-fils Malard promettait la sagesse. On ne l'entendait jamais pleurer, sauf la nuit, de temps en temps, quand il se réveillait comme saisi d'une terreur soudaine, ou en journée, quand il cherchait le regard de sa mère. Il prenait la nourriture quand on la lui donnait, sans jamais manifester d'impatience, restait assis là où on le posait, sans chercher à explorer à quatre pattes l'appartement ni se dresser accroché aux meubles pour oser ses premiers pas. « Adorable ! » disaient de lui sa mère, ses grands-parents, les amies de sa mère, dont, surtout, George, toujours présente, la plus fidèle.

« Adorable… un enfant du silence… un sage en devenir ! »

La musique avait rapproché les deux femmes, un voisinage de concert… complices ! Marianne aimait beaucoup le violon pour la beauté de l'instrument, le galbe sensuel de ses formes, le plaisir d'en tirer des sons trop souvent maladroits – elle n'avait jamais vraiment appris à en jouer –, et par fidélité à l'enseignement de son père, directeur d'école, ancien élève de l'Ecole normale d'instituteurs de Mirecourt, l'une des plus anciennes de France. Parce qu'elle était implantée dans la capitale mondiale de la lutherie, cette école imposait à tous les futurs enseignants de la République l'apprentissage et la maîtrise du violon et la mission d'initier leurs futurs élèves à la musique. Obligation ministérielle devenue passion pour nombre de blouses grises en charge des petits Vosgiens citoyens en devenir. Chaque vendredi après-midi de l'année scolaire, le directeur rassemblait les enfants de toutes les classes placées sous son autorité dans la grande salle encombrée de cordes à grimper, anneaux de gymnastique et cheval d'arçons, leur faisait poser le cul par terre autour de lui, tirait de son étui un violon qui les fascinait tous, jouait, deux heures durant, offrant du Bach, du Paganini et du Vivaldi à des garnements fascinés. Il s'était si bien acquitté de cette tâche, et avec une telle fougue de cœur, qu'il avait réussi à faire de plusieurs enfants d'ouvriers de filature de vrais mélomanes, parfois même de bons praticiens d'instruments aussi variés que saxophone, clarinette, flûte traversière, dont ils jouaient dans les formations locales.

Fille de parents hétéroclites du Xaintois, venue à la musique par amour, George avait conté son histoire à Marianne avec force détails. Celle de son mari surtout, Alfio, fils d'un Italien émigré pour cause de refus du fascisme. Arrivé en Lorraine en 1925 avec ses outils de travailleur du bois, tombé par caprice du destin au pays des ébénistes du côté de Liffol-le-Grand, Umberto Palosco s'était pris d'amour pour Clémence, jeune fille de paysans qui, charmée par ses yeux de noisette dorée, ses cheveux plume de corbeau et son accent à faire chavirer les embarcations les plus stables, lui avait rendu son amour avec fougue. Umberto Palosco ignorait tout de ce pays forestier écarté du monde, aux portes de la Champagne. D'un talent rare quant au travail des bois les plus variés et précieux, se sentant – se prétendant même – héritier des Amati, Stradivari et Guarneri, magiciens luthiers de Crémone, sa cité natale, il s'était mis à la lutherie, dont il avait maîtrisé très vite les pratiques, tours de main, dont il avait étudié le symbolisme, percé les mystères essentiels. Fort de ses connaissances nouvelles, toujours rebelle aux convulsions fascisantes, il redoutait les menaces venues cette fois d'Allemagne, relayées en France par les factions d'extrême droite combattues jadis en Italie. Au point que, comptant sur son talent pour lui ouvrir au large les portes d'un « nouveau monde », il avait décidé un matin de se remettre en route, d'aller voir ailleurs si la liberté de vivre et d'entreprendre s'épanouirait davantage outre-Atlantique, sur un continent dont il avait entendu dire et lu le plus grand bien.

On était en 1933.

En Allemagne, tout juste élu chancelier, Hitler venait de proclamer la naissance du Reich, de faire incendier le Reichstag, siège du Parlement à Berlin, et de prendre les pleins pouvoirs.

En Espagne, l'Eglise malmenée affrontait la nouvelle République, promettait à ses fidèles une reprise en main de l'Etat par la vieille droite nationaliste contre la gauche de Manuel Azaña, virulente et maladroite.

Au pays des racines d'Umberto, qui comptait plus d'un million de chômeurs, Mussolini venait de rencontrer le ministre allemand de la Propagande, Joseph Goebbels, et de signer le Pacte à Quatre, qui impliquait la France dans une hypocrite garantie de paix inspirée par la Société des Nations.

Umberto Palosco maîtrisait assez le français pour lire les journaux, y débusquer toutes les avancées du mal absolu, « *il male assoluto !* ». Même en France, il s'était senti cerné par les pulsions de cette peste brune. Il avait pris la décision de partir dès l'écrasante victoire connue aux élections allemandes du

Parti national-socialiste conduit par Hitler : il refusait de vivre en Europe sous le joug de « *politici completamente pazzi* » – le balancer ainsi en italien le soulageait, mais il le traduisait aussitôt pour ses amis et compagnons de travail : « politiques complètement fêlés ». Un mois plus tard, par un froid de canard qui avait tout grillé sur son passage, sous une neige d'avril devenue folle elle aussi, il avait quitté pays d'adoption, femme et petit Alfio, né sept ans plus tôt, pour aller tenter sa chance aux Etats-Unis.

Mère et fils seuls désormais, chez eux certes, dans la ferme des grands-parents fauchés par la grippe espagnole en 1919, l'un dès les premiers jours du printemps, l'autre au plein cœur de l'été. Clémence avait confié le train de culture à un métayer. Elle ne roulait pas sur l'or, gagnait de quoi assurer son quotidien et celui de son fils. A l'abri des soucis matériels… mais seuls !

D'autant plus seul que le mari voyageur, après une seule lettre pour les informer de son intention de revenir les voir, sans préciser quand ni comment, n'avait plus donné signe de vie.

Ils avaient réglé leur vie de mère seule et de garçon orphelin de père quand, disparu depuis plus de quatre ans, précédé d'effluves du grand large, dents d'or plein le sourire et poches gonflées de gomme à mâcher, Umberto avait surgi un soir. Débarqué au Havre, il avait loué une voiture, américaine bien sûr, une Ford roadster découverte, d'un noir verni éclatant, jantes rouges et pneus à flancs blancs, phares chromés, digne d'un artiste de cinéma. Il était resté un petit mois chez eux, à semer de l'argent et des anecdotes exotiques partout où il passait, dans les cafés et restaurants de la ville, où on le regardait comme une curiosité, dans les ateliers de lutherie, où maîtres et apprentis s'amusaient de le voir si étrange, de l'entendre si drôle avec son accent italien mâtiné de bouillie américaine, et en même temps si expert dans la fabrication d'instruments. Car il n'hésitait pas à mettre la main – baguée d'or – au ponçage d'une table d'harmonie, comme ça, pour le plaisir d'épater. Son geste sûr, son coup d'œil affûté, son oreille bien posée lui valaient de ses anciens maîtres et de leurs apprentis admiration et respect. Un phénomène, cet Umberto !

Trois semaines durant, à bord de son paquebot noir verni, il avait trimballé femme et enfant dans la campagne, à Sion, là-haut sur la Colline inspirée, d'où il avait invité son petit Alfio à contempler le panorama infini, à Nancy, où les chevaux le disputaient dans les rues aux automobiles, dans le massif des Vosges où, du sommet du Hohneck, il lui avait montré les dents de scie alpines en lui disant : « Tu vois, mon pays, l'Italie, c'était là-bas, derrière ces montagnes ! Mais… c'était mon pays ! Maintenant, mon pays, c'est plus loin, bien plus loin, de l'autre côté de la mer. Je te le montrerai peut-être un jour… peut-être ! » Tout entier tendu vers cet homme qu'il découvrait, l'enfant écoutait, s'amusait comme un fou des récits de garçons vachers armés jusqu'aux dents et d'Indiens à coiffe de plumes, posait des questions en ruminant de la gomme à la chlorophylle, virevoltait comme un colibri autour du véhicule. Toujours en retrait, le plus loin possible de cette machine d'orgueil quand elle n'était pas obligée de s'y installer à l'épaule du conducteur, Clémence observait les deux complices, son grand Italien, qui n'avait pas eu le moindre geste affectueux envers elle depuis son arrivée – les aurait-elle acceptés s'il en avait eu ? Elle se posait la question, se réjouissant de n'avoir pas à lui donner de réponse ! –, et son petit bonhomme qui, pour la première fois, lui échappait. Elle en avait mal, très mal, en silence.

Un mois après sa réapparition, un matin, juste avant de mettre en route la voiture pour une ultime balade vers la station thermale de Plombières, qu'il voulait visiter pour avoir été le lieu de rencontres en faveur de l'unité italienne entre Camillo Benso, comte de Cavour, et Napoléon III, il avait révélé à sa femme l'existence aux Etats-Unis de son autre famille, femme et fille, conclu sans appel : « Voilà ! C'est comme ça. Maintenant tu sais. Je n'en dirai pas plus, et tu ne me poseras pas de questions… jamais ! Compris ? »

Elle avait compris.

Par un prodige dont la nature a le secret, Alfio avait hérité de son père Umberto la chevelure de jais, les yeux noisette, une authentique élégance d'allure, la passion des instruments à cordes et la haine farouche de tout ce qui pouvait ressembler à la dictature.

Mais pas son flamboyant orgueil à l'italienne !

Dès sa sortie de l'école, il avait été accepté en apprentissage chez Laberte, un luthier réputé de la ville, et il venait d'y passer ses premières semaines d'arpette quand avait éclaté la Seconde Guerre mondiale. En 1942, son sang bouillant n'avait pas résisté plus longtemps à l'appel de la Résistance. Malgré son jeune âge – il venait juste d'avoir seize ans – il s'était lancé aux trousses des nazis avec les maquisards de la Chouette, à la ferme de La Malhaye, jusqu'à participer aux actions de sabotage de Charmes. Le 5 septembre 1944, il avait été capturé par les SS, embarqué vers les camps de concentration d'Allemagne avec les cent soixante otages de la ville martyre, dont le maire, Henri Breton, qui avait exigé d'accompagner ses concitoyens. Alfio était rentré en 1946, avec les prisonniers rescapés, tellement délabré que sa mère ne l'avait pas reconnu. Incapable de reprendre son travail de luthier ! Il avait rejoint le service d'entretien de l'hôpital psychiatrique de Ravenel où, quand sa santé le permettait, il s'occupait à des tâches ordinaires. Son rêve de lutherie le hantait toujours. L'obsession de l'enfermement le minait, par les barbelés d'un camp dont il portait toujours au bras le numéro tatoué, par les barreaux invisibles d'une prison intérieure dont il ne parvenait pas à s'évader. Très souvent, il retournait chez Laberte, pour les plaisirs simples de respirer les bons parfums de bois, de vernis et de colle, de caresser une table d'harmonie prête à être montée. On l'accueillait, le laissait s'installer, et là il semblait capable, pour quelques instants, d'oublier ce qui l'avait marqué au fer rouge. Lui, si disert autrefois, ne parlait plus, à qui que ce soit, de quoi que ce soit, sauf de sa passion avortée de luthier.

C'est dans le dédale de cet hôpital tentaculaire où s'éteignaient lentement des gens dits « anormaux » qu'ils s'étaient rencontrés, George et Alfio, rapprochés, aimés à la sauvette entre deux pavillons derrière les rosiers fleuris d'un soir de printemps. Il lui avait donné l'impression d'éclore enfin dans ses bras, entre ses cuisses. Elle s'en était trouvée inondée de bonheur, tant l'infirmière que la femme.

Soutenus par Clémence, qui voyait dans cette union la promesse d'une vie heureuse pour son fils, ils s'étaient mariés, un samedi de veille de Pentecôte 1954, dans la petite chapelle de la Oultre, sur la rive droite du Madon, lieu de promenade et de méditation d'Alfio… sans vin à bulles ni pièce montée à la croquante.

Un certain René Coty, sénateur normand, venait d'accéder à la présidence de la République ; le coup de froid de février avait révélé par l'appel de l'abbé

Pierre la détresse des sans-abri condamnés à mourir dans la rue : « Mes amis, au secours ! Une femme vient de mourir gelée cette nuit à trois heures, sur le trottoir du boulevard Sébastopol, serrant sur elle le papier par lequel, avant-hier, on l'avait expulsée… » En Indochine, l'armée coloniale française vivait ses dernières semaines d'horreur dans la cuvette de Diên Biên Phu.

Malgré des apparences de santé recouvrée, le pays était encore malade de la guerre.

Comme Alfio !

Le printemps semblait avoir semé des graines de jours meilleurs. Tout le monde l'espérait.

Les jeunes mariés voulaient le croire.

Ils le croyaient.

Mais les blessures de déportation étaient trop profondes, les souffrances trop vives encore, la tête trop pleine d'images à jamais trop insupportables… Alfio était mort d'épuisement, un matin de la fin d'automne 1959. La veille, il avait trouvé les forces suffisantes pour aller faire le tour de la Oultre, d'où il aimait percevoir la rumeur assoupie de ville, où il s'abîmait en de longues pauses de méditation, toujours seul, toujours silencieux, toujours… absent ! Dans l'équilibre architectural de l'antique chapelle, il retrouvait le sien ravagé par la guerre. Il s'abandonnait aux parfums d'herbes et d'humus montés du Madon, emplissait son regard des feuillages argentés des saules et, l'automne venu, de ceux, incandescents, des tilleuls, ormes et coudriers de la rive. Fin de vie… fin d'histoire. L'homme avait pris le chemin sans retour. Nul ne le remplacerait jamais. Sa veuve avait adopté pour toujours la solitude.

Autant George avait été bavarde pour sa nouvelle amie Marianne à propos du bel Alfio, son défunt mari, autant elle était restée discrète sur ses propres origines, n'en avait confié que ce qui permettait de la situer dans le temps et l'espace social. « Ressasser le passé n'a jamais permis d'avancer ! C'est même dangereux ! Avoir l'œil rivé au rétroviseur fait courir le risque de se payer le mur d'en face ! Pas vrai ? » Ainsi avait-elle conclu récemment une discussion à flanc de cafetière.

Elle s'était approchée de l'enfant endormi, tira une chaise contre le petit lit, s'y installa coudes sur les genoux, menton dans les paumes, cœur battant.

Le rêve l'avait longtemps obsédée de cet instant d'amour infini, mais au chevet de son enfant, le sien, pas celui d'une autre, quelle que fût cette autre, même sa meilleure amie.

Marianne s'était écartée, faisait mine de s'occuper à sa cuisine.

Son enfant ! George toucha le front soyeux, parcourut de la goutte d'index la joue, le cou du jeune endormi, crut le voir esquisser un sourire d'ange. Elle fondit comme une poire bien mûre en bouche, qui libère toutes les saveurs de la belle saison. Pourquoi la vie lui avait-elle interdit de vivre ces moments pour elle-même, de partager ainsi le bonheur d'aimer avec la chair de sa chair ? Pourquoi l'avait-elle privée de cette félicité de prendre dans ses bras son propre enfant, de le nourrir, de le soigner, elle qui soignait à l'hôpital tout un monde d'indifférence ? Pourquoi sa nature profonde de femme avait-elle été frustrée de ce qui, à lui seul, peut justifier la venue d'une petite fille sur terre ? Avait-elle été victime d'un destin assez cruel pour être ainsi tenue à l'écart de la maternité, ou bien l'avait-elle choisi elle-même en réaction contre des parents acharnés à voir en elle leur projection dans un avenir aussi étriqué que l'était leur passé, qui attendaient de leur gamine ce qu'elle avait refusé dès son âge de raison, refus confirmé à l'adolescence, puis toujours ?

Ses parents…

Marianne revint vers elle.

— Le café est en route. Les biscuits sont prêts. Mais…

Elle avait remarqué l'abîme de tristesse qui venait d'engloutir son amie. Tristesse et bonheur mêlés dans un impossible instant de pleine vie dont le cœur était l'enfant endormi.

— Que se passe…

— Rien ! souffla George.

— Si ! Je vois bien que…

George s'écarta du berceau.

— C'est toute mon enfance qui me revient, là, devant lui, en ce moment. Bien plus que mon enfance, même, c'est toute mon existence qui défile.

Elle leva les yeux vers Marianne, presque implorante. Jamais elle n'avait affiché de tels signes de détresse.

— J'ai toujours refoulé tout ça, mais… là…

— Viens. On sera mieux là-bas pour parler. Et puis, on ne risquera pas de le réveiller. Viens !

D'un geste, Marianne l'avait invitée à gagner le salon.

Sur la table, le plateau de biscuits, des palets de Bretagne, les délicieuses spécialités de Pont-Aven dont elle faisait provision à chacun de ses séjours dans le Morbihan – elle s'était attachée à ce pays, tout comme ses parents, qui louaient une maison de pêcheur « Ar Men » dans le village de Kerhostin, planté sur la côte sauvage de Quiberon –, biscuits qu'elle proposait en alternance avec des *shortbreads*, ces délices anglaises appréciées pour leur bon goût de beurre, découvertes durant un séjour linguistique outre-Manche – ceux-là, elle se les procurait dans une boutique londonienne de Strasbourg, à chacun de ses fréquents passages professionnels dans la ville rose d'entre-deux.

La cafetière glougloutait à la cuisine.

— Tu n'as plus envie de refouler ton histoire, au moins aujourd'hui, là, maintenant… c'est ça ?

— En quelque sorte ! Besoin d'évacuer. Mais…

Elle hésita, calculant son saut, comme un chat sur la gouttière.

— ... mais bon Dieu que c'est lourd !

— Je t'écoute.

Sourire gêné, profonde inspiration, ultime hésitation... George se cala dans les coussins du canapé, comme un navigateur à sa passerelle pour une longue traversée. Se lança :

— Voilà...

Elle se racla la gorge, en chassa le chat tombé de sa gouttière.

— Mes parents étaient des petits commerçants de Mirecourt. Tenir l'épicerie-quincaillerie de l'église en face de la banque leur donnait l'impression de faire partie des bourgeois. Ils en jouaient. Ça m'agaçait. Insupportables, leurs comportements de courtisans, leurs salamalecs, leur cinéma auprès des édiles ! Persuadé qu'on n'attendait que lui, mon père s'était mis à rêver d'une position municipale. Aux élections, il avait pris une veste mémorable. Du coup, il était retourné à ses boîtes de conserve, sachets de mort-aux-rats, attrape-mouches, trancheuse à jambon et balais-brosses. Il faisait la gueule à tout le monde. Ma mère bavait sans cesse sur ses clients, dans leur dos ; son sourire forcé ne trompait personne. Heureusement pour eux, ils vendaient les meilleurs fromages du pays, des légumes frais venus tout droit des producteurs locaux, des vins sélectionnés que personne ne trouvait ailleurs. Je dois reconnaître que mon père avait le nez fin pour dénicher les bons produits – plus que pour se gagner les voix de ses contemporains ! –, ma mère le talent de faire sonner le tiroir-caisse. Bref, ils faisaient tout de même de bonnes affaires.

Elle se pencha, saisit un palet breton qu'elle fixa longuement, comme si elle voulait lire dans le triskel de sa croûte dorée au beurre la suite de son récit.

— Insupportable, je te dis ! Fille unique, dès que j'ai pu j'ai pris mes distances. Après le lycée, je suis entrée à l'école d'infirmières. Besoin de m'occuper des autres après avoir partagé la vie de gens qui ne s'occupaient que d'eux-mêmes et de leurs sous ! Avec le recul, je me demande s'il n'y avait pas dans mon choix quelque chose d'expiatoire. Comme si j'avais voulu, par ma vie, racheter la leur... tu vois !

La cafetière s'était tue.

Marianne se leva pour aller jeter un coup d'œil à la cuisine.

— Continue, je t'écoute !

George haussa le ton pour se faire entendre :

— Diplôme en poche, je suis entrée à l'hôpital psychiatrique de Ravenel, service des internés à demeure. Brutal mais passionnant. J'aurais préféré ne pas retourner dans la région de Mirecourt, à cause de la proximité avec mes parents et des souvenirs qui tournaient autour de leur boutique. Mais c'est là qu'il y avait du boulot. Et puis, la psychiatrie m'a toujours intéressée. Va savoir pourquoi ! Ambiance familiale peut-être.

Elle esquissa un étrange rire métallique.

Marianne l'avait rejointe sur la pointe des pieds, comme pour ne pas rompre l'esprit de confidence.

— J'ai été bien inspirée, puisque c'est là que j'ai rencontré Alfio. Quand je dis « j'ai rencontré », je devrais plutôt dire que je suis tombée sous son charme de beau rebelle rongé de l'intérieur par de drôles de monstres. Un homme torturé, mais tellement séduisant... peut-être parce que torturé, justement ! Je l'ai aimé tout de suite, sans me demander si ce n'était pas mon côté Saint-Bernard que j'aimais d'abord dans ma relation avec lui. Je crois qu'il m'aimait aussi, aussi fort que je l'aimais. Mais je me racontais peut-être des histoires. On n'est jamais sûr de l'amour de l'autre, n'est-ce pas ? Déjà qu'il est difficile d'identifier clairement ce qui est en soi...

Elle marqua une pause, comme si elle attendait une confirmation, parut réfléchir, reprit :

— Dès les premiers instants de notre rencontre, il est devenu mon exercice de travaux pratiques permanent. J'en avais conscience, mais qu'il soit devenu mon objet d'études faisait partie de notre ciment affectif. Il en avait besoin, moi aussi. Sa docilité m'a toujours étonnée, lui si rebelle et résistant à toute forme de domination, accepter de partager le quotidien d'une femme qui, à sa manière, le régentait ! Peut-être l'amour y est-il pour quelque chose... Va savoir ! J'ai tenté de le ramener à une vie simple, heureuse, et j'ai la faiblesse de croire que j'ai assez bien réussi. Au point que nous avons décidé de nous marier, sans tambour ni trompette, au grand dam de mes parents, qui m'avaient toujours imaginée en petite bourge pendue au bras d'un sous-fonctionnaire des impôts ou d'un cadre de L'Araignée, tu sais... la filature à l'entrée de la ville, côté Poussay.

Marianne connaissait cette entreprise pour être intervenue dans le plan social au moment de sa déconfiture.

— Je peux te dire qu'ils ont fait la gueule !

George croqua le palet, lentement, le laissa fondre en bouche, le savoura jusqu'à sa dernière miette.

— Adolescente, j'avais rué dans les brancards. Femme, j'ai rompu avec ces parents qui voyaient dans leur fille leur faire-valoir d'une société archaïque, leur héritière de boutique et de métier, maîtresse de tiroir-caisse. « Infirmière ! qu'ils m'avaient soufflé en chœur... Mais tu vas nous ramener toutes les maladies qui traînent ! » Ma réponse leur avait coupé la chique : « Vous ne risquez rien, vous ! Vous êtes immunisés à l'arsenic, à l'anti-limaces et au papier d'Arménie ! »

— T'y allais un peu fort, tout de même... pouffa Marianne. Je comprends que ça les ait choqués !

— « Choqués » ? Tu parles ! On voit que tu ne les as pas connus ! Rien ne les choquait que l'indifférence de leurs clients intéressés par la seule qualité de leurs poireaux et navets ! C'est après cette discussion que je leur ai tiré ma révérence. Ils ont cru longtemps que je reviendrais. Mais, à mon mariage avec Alfio, ils ont perdu leurs illusions. Du coup, ils ont vendu la boutique, liquidé les boîtes de conserve, bombes insecticides, meilleurs fromages de la région et papier d'Arménie, puis se sont évaporés vers le sud ; ils ont fini dans un village du Luberon, que leurs cartes postales montraient de couleur ocre.

Elle choisit un nouveau palet.

— Je n'ai jamais répondu à leurs messages de bonne conscience. Ils ont insisté un peu. Puis ils ont fini par se lasser. Rideau ! Je les ai revus une seule fois, sur leur lit de mort, lit ocre de la maison ocre dans le village ocre. Ils ont rendu à Dieu – ou à diable ! – leurs âmes de camelots rangés des affaires, à six mois d'intervalle, l'homme d'abord… comme toujours, l'épicière a suivi son mari. Soudés ensemble au comptoir de la boutique, puis devant leur télé – leur salon d'émigrés débordait de piles de programmes qui exhibaient des vedettes à leur avantage, pliés à la page des jeux et mots croisés en panne. Complètement accros à la lucarne, jusque dans la mort, à six mois près ! Touchant… non ?

Nouveau rire métallique.

Elle avait parlé sans la moindre émotion.

— Engagement syndical et sacerdoce amoureux remplissaient ma vie. Pas une seconde de répit ! Le peu de temps que me laissait mon travail dans un hôpital privé de moyens par des résidus de grandes écoles qui croyaient tout savoir, c'était pour Alfio, ma seule raison d'être, avec…

Son regard s'éclaircit.

— … la musique !…

Elle posa là quelques points de suspension, comme si elle entendait tout à coup des accords riches de souvenirs, ou de promesses.

— Le patrimoine, aussi. C'est par lui que je suis devenue droguée à la musique. J'ai découvert la lutherie comme une révélation. Pas surprenant, tu me diras… à Mirecourt !

— Je ne dis rien ! l'interrompit Marianne, qui voulait lui rappeler ainsi son existence dans le salon parfumé aux fragrances de café, et l'assurer de son écoute attentive.

— Plusieurs ateliers de luthiers dans chaque rue de la ville, autrefois ! Des dizaines, au total ! Tout le monde travaillait chez les « faiseux d'instruments », comme on appelait ceux qui produisaient des violons et des guitares, chez les archetiers ou les fabricants de chevalets. La lutherie était partout, dans les têtes et dans les cœurs, alors, mon Alfio était bien tombé avec moi, lui qui avait hérité de son père Umberto la chevelure de jais, les yeux noisette, l'allure élégante, l'amour du bel et bon bois, et la passion des instruments à cordes… Mais ça, je te l'ai déjà dit ! Tu vois, je commence à radoter !

Nouveau silence.

— Après la guerre…

Sa voix s'altéra soudain.

— … il avait tellement souffert en déportation, mon Alfio, qu'il était devenu incapable de se concentrer sur une tâche minutieuse. Des ressorts avaient été cassés dans sa tête. Alors... adieu la lutherie ! Service jardinage de l'hôpital... c'est là que... mais ça aussi je te l'ai déjà raconté ! Tu vois, ça ne s'arrange pas...

Elle n'attendit pas la nouvelle réaction de son amie, conclut :

— Pour le guérir de ses vieilles douleurs toujours présentes, je l'ai emmené dans les salles de concert, promené dans les parcs thermaux de Vittel et Contrex, où se produisaient de bons orchestres de chambre, baladé dans les rues de Marainville-sur-Madon, le village voisin, où est né le père de Frédéric Chopin. La dernière fois que je l'y ai traîné, il est resté longuement muet, mains dans les poches, devant l'antique maison de Nicolas Chopin... je le vois encore... comme traversé par des ondes telluriques. J'ai cru avoir gagné ! Mais ses fantômes ont été plus forts que mon... amour. Ils l'ont torturé, lui ont rongé la poitrine et les os. L'ancien jeune résistant est mort dans mes bras... femme et infirmière impuissantes !

Des volutes exotiques de café frais et des crépitements d'incendie de papier cristal venaient de la cuisine.

— C'est prêt ! lança Marianne.

— A la bonne heure ! répondit George en se levant pour un dernier regard, de loin, à l'enfant endormi.

A ce moment le téléphone carillonna dans l'entrée.

— Allô…

Le bourdonnement d'une voix mâle se mêla aux ultimes borborygmes de la cafetière électrique.

— Quand ?

Combiné collé à l'oreille, Marianne parut instantanément statufiée. Elle s'appuya de l'épaule au chambranle de la porte, rajusta d'un geste lent une mèche de cheveux venue lui barrer le front, chercha du regard les personnages troublants d'une toile de Flickinger[1] achetée en galerie, à Metz, au retour d'une intervention de conseil juridique en entreprise, juste après le départ de Léopold pour Paris.

Ronde, veloutée semée d'accents pointus et tranchants, la voix mâle surgissait du téléphone.

George ne comprenait pas ses mots, ne cherchait pas à les comprendre, mais elle en percevait le ton saumâtre.

— C'est-à-dire que…

Marianne avait tenté une réplique, en vain.

Silence.

— C'est bien noté !

Elle avait esquissé un sourire douloureux.

Silence… déchirures de la voix…

Les personnages de Flickinger écarquillaient sur elle des yeux d'agate, dansaient une ronde fantastique.

1. Peintre et sculpteur de renommée internationale, né à Colmar en 1941 et installé en Lorraine.

— Il va bien, je te remercie pour lui.

Silence.

— Moi ? A quoi bon...

Le combiné claqua sur sa fourche.

— Je ne voudrais pas être indiscrète, mais je te trouve très contrariée par cet appel.

— On le serait à moins... balbutia Marianne. Léopold...

— Pas de bonnes nouvelles, on dirait.

— Avec lui, jamais de bonnes nouvelles ! Depuis que je le connais... avec moi comme avec ses parents, avec tout le monde. Sa carrière... sa carrière... il ne voit que ça... par...

Elle parut réfléchir, ou vouloir retenir ce qui lui montait à la gorge.

— Comme tous les hommes, ou presque ! lâcha George.

Elle s'était reprise de justesse, avait ajouté le « ou presque » en pensant tout à coup à son Alfio qui, lui, ne se comportait pas comme les autres. Au même instant, elle crut entendre la voix d'Alfio lui racontant le comportement de son père, cet Umberto nomade qui n'avait pas hésité à larguer femme et enfants pour s'enfuir – « s'enfuir »... elle accepta le mot dicté par sa mémoire – le plus loin possible de ses responsabilités familiales. La danse de Saint-Guy des hommes, pratiquée sous couvert d'obligations professionnelles, révèle presque toujours leur désir d'aller voir ailleurs, dans le pré voisin, si l'herbe y est plus verte et plus tendre, si le pouvoir y est plus accessible, la conquête de la femme plus facile.

— Peut-être... se contenta de souffler Marianne en servant le café d'un air résigné. L'amour rend aveugle, paraît-il. Moi qui me croyais émancipée grâce à l'éducation reçue de mes parents, j'ai pu le vérifier. Quand je l'ai rencontré, je n'ai plus vu que lui, je l'ai vu tel que j'espérais l'homme de ma vie, pas tel qu'il était ! Rien vu venir ! Oui... aveugle !

Elle poussa le plateau vers son amie, qui s'offrit un énième palet breton avec l'onction d'une fidèle recevant l'hostie consacrée.

— Il vient de m'annoncer que son entreprise l'envoie en mission aux Etats-Unis. Il ne pourra pas venir nous voir avant un bon mois, le temps de préparation du voyage, le séjour là-bas, le retour...

— Aux Etats-Unis ? Où ça ?

— A Philadelphie. C'est là-bas qu'est le siège d'Hydralife, tu sais, la multinationale qui a repris ESV il y a sept ou huit ans.

Tasse fumante en suspension, regard fixe, George paraissait tout à coup avoir été projetée ailleurs, au point que Marianne la crut victime d'un malaise.

— Tu dois te souvenir ! L'opération boursière et la reprise d'ESV par les Américains avaient déclenché une violente réaction des salariés, avec grève et occupation d'usine. Léo y était représentant syndical CFDT. Il s'est démené comme un diable dans ce mouvement social. C'est lui qui a conduit les négociations de sortie de crise. Pas mal, d'ailleurs. Il a été repéré par la direction générale. C'est à ce moment que je l'ai connu. J'avais été engagée comme conseiller juridique extérieur. Aujourd'hui, je me demande si j'ai bien…

George avait pâli, posé la tasse sans l'avoir portée à ses lèvres. Elle murmura :

— A Philadelphie…

Elle regarda fixement Marianne, joignit les mains.

— Philadelphie !

Alors, un hurlement jaillit de la chambre de Julien.

Les femmes bondirent.

Dressé sur son lit, tétanisé l'enfant hurla encore, plus fort, plus strident, plus insupportable.

— Un cauchemar… hasarda George. Terreur nocturne !

— Mais c'est le jour ! souffla Marianne en tendant les bras. Calme, bébé, calme ! Viens, mon chéri…

Elle saisit son fils, le souleva, voulut le serrer très fort sur son cœur, le bercer, lui murmurer des mots doux…

Mais c'est une bûche qu'elle étreignit, raide et noueuse comme d'un vieux chêne…

Une bûche inerte et hurlante !

4

Quand elle vit la voiture franchir le portail de Fabimpré, la mère Malard sut que la visite allait tourner au vinaigre. Elle redoutait ce moment. Joie de voir revenir son fils et crainte de la confrontation avec son Jules déclenchèrent un coup de chaud qui affola son cœur. Il n'avait pas prévenu de sa venue, ce Léo feu follet, pas donné signe de vie, pas écrit, pas fait sonner une seule fois le téléphone, rien depuis son dernier retour d'Amérique ! Huit mois et sept jours, qu'elle avait comptés en se disant chaque matin que c'était le dernier sans lui, qu'il serait là tout à l'heure, avant midi, avant ce soir, avant… demain !

Ce jour de la dernière visite, un dimanche après-midi gris comme un soir de Cendres, il était passé en coup de vent, « pour le plaisir de nous narguer ! » avait beuglé le père juste après son départ. « Comment veux-tu que j'aie encore de l'affection pour lui ? » avait-il lâché à la mère déjà occupée à presser le chique pendu dans un torchon à l'espagnolette de la fenêtre, dont ils feraient leur souper, garni de ciboulette et de persil, avec des rattes nouvelles tout juste arrachées de la terre du jardin. « Je ne le reconnais plus ! A ce point que je me demande maintenant s'il a jamais été notre fils un jour... nom de Dieu ! » Il avait donné du talon sur le plancher, présenté une allumette à sa Gauloise, soufflé la première bouffée vers la place vide en bout de table occupée un quart d'heure plus tôt par cet homme venu d'une autre planète, parfumé aux fruits acides, qui fumait des blondes à bout doré et parlait maintenant avec un drôle d'accent. Dans la bouche de cet étranger de fils, les mots prenaient des allures bizarres, s'habillaient de roulades et glissades entendues de temps en temps à la télévision chez des envoyés présentés comme « spéciaux » par des rédactions avides de sensationnel nourri aux hamburgers. Puis il était descendu à l'écurie, parler à son vieux compagnon de labours d'avant tracteur, son ardennais Gaillard.

Léopold n'avait pas écrit, pas téléphoné pour les avertir, mais, depuis plusieurs jours, Léonie sentait venir cette visite. Tout le lui disait : sa fébrilité, son désir de le voir, sa photo tombée de son missel, le dimanche précédent, pendant que, de sa chaise près de la cuisinière, elle regardait à la télévision la messe du « Jour du Seigneur » retransmise depuis Sainte-Anne-d'Auray, la fameuse basilique bretonne. Elle avait vu là un signe de la Madone.

La nuit dernière avait été courte, trop courte, semblable à toutes ses nuits désormais depuis que le père avait décidé de s'organiser comme s'ils n'avaient jamais eu d'enfant. Plus courte même que toutes les autres ! A une heure et demie du matin, elle avait ouvert les yeux sur des lambeaux de cauchemar impossibles à évacuer. Rien n'y avait fait, ni le contrôle de la respiration conseillé par le médecin pour inviter le sommeil à la gagner, ni le verre d'eau fraîche, ni le rappel de souvenirs agréables de temps plus sereins. Jusqu'à trois heures, elle avait compté les coups de la pendule, ses heures et leurs répétitions… impossible de se rendormir ! Alors, persuadée qu'un événement se préparait, elle s'était levée, avait bricolé dans sa cuisine en prenant bien garde de ne pas réveiller son homme qui ronflait comme un sonneur, s'était posée pour lire quelques pages de son journal, *Détective*, qui, par le malheur et les crimes chaque semaine affichés, lui faisait toucher du doigt son propre bonheur d'habiter un autre monde que celui de la tragédie permanente, fût-il de façade.

L'Alfa Romeo avait fait sa ronde autour du puits.

Léopold avait toujours dit à ses parents que la preuve de sa réussite serait l'achat d'une Alfa Romeo. Il en rêvait depuis l'école, depuis qu'il avait vu une bagnole rouge époustouflante à formes d'obus sur les affiches de cinéma en allant au collège, le fameux Duetto de Dustin Hoffman dans

Le Lauréat[1], rêve renforcé par la vision quotidienne de son directeur d'usine d'embouteillage arrivant au bureau à bord de l'un de ces bolides italiens, rouge comme au cinéma. Renégat de la paysannerie, le fils Malard venait d'être embauché à un poste d'ouvrier à ESV, les Eaux de Saint-Vallier, imposante voisine de Fabimpré, dont les toits à terrasse métallique tranchaient l'horizon sur la butte de La Râne comme une lame. Adolescent, il avait vu le film et fait de cette histoire son histoire d'homme certain d'une destinée hors du commun menée hors des sentiers merdeux de son enfance. Au tournant de la trentaine, après être passé par les ateliers de cette usine de pompage-embouteillage, les luttes syndicales qui l'avaient révélé tant aux autres qu'à lui-même comme un battant, les propositions patronales de formation complémentaire destinée à le faire rentrer dans le rang, voire à acheter la paix sociale en écartant l'agitateur principal, la promotion qui avait suivi ses reniements et fait de lui le fossoyeur de celles et ceux qu'il avait prétendu défendre... il estimait avoir atteint son premier objectif : être de ceux qui dirigent, ordonnent, décident de la vie et de la mort de salariés soumis au bon vouloir d'actionnaires dont il assumait désormais les désirs, objectifs et paroles. Première étape gagnée. Elle ne

1. Film de Mike Nichols (1967), avec Dustin Hoffman, Katharine Ross et Anne Bancroft. Histoire d'un étudiant qui, diplôme obtenu, ne sait que faire de sa vie...

serait pas la dernière ! La voie de la réussite lui était largement ouverte, son Alfa Romeo rouge Duetto en était la preuve !

« Chien jaune » s'approcha, flaira les roues à jantes nickelées, tourna autour de la bagnole, à distance de celui qui avait été son maître et complice, comme s'il se méfiait de lui.

On crut même l'entendre grogner.

— Qu'est-ce que t'as, l'clébard ? Tu m'reconnais pas ? V'là aut' chose !

La mère avait traversé la cour à petits pas de course.

Elle accueillit à bras ouverts le fils prodigue en marche lente vers elle. Il prenait le temps de regarder à droite vers le fenil, à gauche le portail de l'écurie ouvert au large sur l'encolure de Gaillard, le cheval retraité inséparable du père, puis, dans l'impasse menant sur la Camaney où autrefois il buttait les patates avec ses parents, le vieux tracteur gris souris Massey-Ferguson TEF20 des années cinquante, acheté d'occasion, qu'il jouait à piloter dans les pentes du Chenecieux au risque d'un accident, au-dessus de la source de la Grande Fontaine restée sauvage. « Arrête donc tes conneries ! lui gueulait son père en ce temps-là. Un jour ressemblera pas à l'autre, nom de Dieu ! » Il semblait hésiter, comme méfiant d'une relation capable de lui rappeler des situations d'autrefois, comme s'il redoutait de réactiver des émotions anciennes devenues indésirables.

D'un sourire, Léonie l'encouragea à venir vers elle. Il lui céda, s'approcha. Elle l'embrassa sans attente de retour. Il se laissa tout juste étreindre.

Chien jaune tournait autour d'eux, toujours à distance.

La paysanne sentait bon le foin sec, la lavande, dont elle parfumait ses armoires, le savon de Marseille et l'encaustique à la cire d'abeille. Malgré lui, Léopold en prit plein les narines. Il se tira très vite du giron maternel, refusant l'attendrissement. La mère eut tout de même le temps de lui murmurer à l'oreille :

— Je suis contente que tu sois là, mon grand…

— Ah… te voilà !

Le père venait d'entrer dans la cuisine, s'essuyait les mains dans un torchon. Du potager, il avait entendu le ronflement caractéristique de la voiture.

— Me voilà !

— Quel bon vent t'amène ?

Quel mauvais vent… avait en fait pensé Jules, qui s'était repris de justesse. Voir ainsi son fils, en costard, mocassins à glands, comme les aristos du château croisés autrefois à l'église, morts et enterrés depuis longtemps, sa chemise blanche au col serré par une cravate à rayures à la manière des Anglais, éveilla en lui un sentiment de fierté aussitôt doublé d'une pointe de colère jamais éteinte depuis le moment où Léopold lui avait lancé : « Tu auras beau dire et faire ce que tu voudras : je ne serai jamais paysan ! » Comme un coup de poing en pleine face.

Prétentieux, va ! avait-il pensé, en même temps qu'il se disait que, peut-être... peut-être... cette graine d'homme n'avait pas tort de refuser le statut d'esclave imposé désormais au paysan par des financiers, des semenciers, des constructeurs de machines toujours plus grandes, plus puissantes et coûteuses, acharnés à saigner à blanc une terre violemment exploitée, au détriment de ceux qui ont voué leur existence à produire une nourriture de bonne qualité pour des humains qu'ils ont, chaque jour un peu plus, l'impression d'empoisonner avec toute la chimie utilisée pour maintenir animaux et plantes dans cette « mauvaise bonne santé » qui tue en silence hommes, femmes et enfants. Mais il se souvenait à chaque fois du travail de ses parents, grands-parents, de celles et ceux qui les avaient précédés, qui avait abouti à cette belle ferme de Fabimpré qu'il aurait bien voulu transmettre comme elle lui avait été transmise. Avec passion et générosité.

— Voir comment vous allez.

— C'est nouveau, ça... voilà que tu te soucies de notre santé ! Pour une surprise, c'est une surprise ! Mais...

Jules jeta son chiffon sur l'antique pierre à eau habillée depuis peu d'un carrelage blanc qui lui donnait un air faussement moderne, tira une Gauloise de son paquet, l'alluma.

— ... mais tu ferais mieux de nous dire tout de suite pourquoi tu es venu. Comme ça, on gagnera du temps, et tu pourras repartir bien vite dans tes beaux quartiers de ville. Parce que je pense qu'aujourd'hui c'est comme la dernière fois... en coup de vent. Alors, qu'est-ce que tu nous veux ?

— Je peux m'asseoir, peut-être...

— Si t'as pas peur de te salir !

La réponse avait fusé dans un trait de fumée bleue soufflée vers les poutres du plafond.

Ça commence !

Pour se donner une contenance, Léonie s'appliquait à passer le torchon sur la toile cirée de la table, autour du dessous-de-plat fait d'une rondelle d'un sapin débité à la tronçonneuse, marquée par le cul des casseroles. Ça commence !

Léopold tira une chaise, s'assit face à la cuisinière, à sa place d'enfant rebelle, face à la mère qui roulait nerveusement le torchon dans ses mains. C'est de là qu'il avait tenu tête au père, lui avait craché son refus de devenir paysan. Et, de cet endroit il pouvait aujourd'hui surveiller son Alfa rouge que Chien jaune continuait à renifler.

— J'ai décidé de m'installer définitivement en région parisienne. Plus facile pour moi, pour mon travail, mes voyages. J'ai trouvé une propriété à une demi-heure de l'aéroport de Roissy, un quart d'heure des Mercuriales, vous savez, le siège d'ESV à Bagnolet. Bien située, au calme, pratique et confortable. Idéale !

— Je te félicite ! dit le père, les yeux fixés sur le bout incandescent de sa cigarette. Heureux de le savoir. Mais...

— Mais quoi ?

— Tu pourrais nous regarder quand tu nous causes, au lieu d'admirer ta bagnole !

— Je guette le clébard. Je voudrais pas qu'il pisse sur ma carrosserie, tu comprends ?

— Je comprends que tu dois être bien malheureux, maintenant que tu en es réduit à veiller sur un tas de ferraille ! Et puis, je te rappelle que ce « clébard », comme tu dis, c'est not' Chien jaune, c'est ton chien, pas n'importe quel traînard !

— C'était ! corrigea Léo.

Le père aspira la fumée de sa Gauloise.

— Tu nous disais que tu vas t'installer pas loin de l'aéroport de Roissy… Mais ça risque pas d'être trop bruyant, avec les avions qui doivent faire un ramdam terrible quand ils décollent ? Déjà que quand ils passent au-dessus de nous, malgré l'altitude, ça dérange nos oiseaux !

— Non, je ne serai pas dans l'axe des pistes. A côté, à l'opposé des vents dominants. Idéal, je t'ai dit !

— Idéal pour toi, c'est sûr ! T'y seras que pour dormir, et encore, pas souvent ! Mais pour Marianne… pour Julien ?

— Ne les mêle pas à ça, s'il te plaît ! Mon boulot passe avant tout. Ils en auront des avantages, même si on doit supporter à l'heure actuelle les inconvénients de la séparation. C'est un investissement pour l'avenir. Et puis, de toute façon, il est hors de question qu'ils viennent vivre là-bas avec moi !

— Hors de question qu'ils aillent vivre avec toi ! Tiens donc, c'est nouveau, cette conception de la vie de couple ! C'est moderne ?

— Marianne a son boulot ici... le gamin ses habitudes...

— Ils pourront en prendre d'autres là-bas.

— Te mêle pas de ça, je t'ai dit. Ma décision est prise. C'est mon affaire, pas la leur, encore moins la tienne.

— Pas la mienne, si tu veux. Mais peut-être un peu la leur, tout de même. Et là, vois-tu, parce qu'on les considère comme nos enfants, avec toi, peut-être un peu la nôtre aussi, à ta mère et à moi. Tu ne comptes donc pas les installer là-bas, jamais ?

— Je t'ai dit que ça ne les concerne pas ! Vous non plus, d'ailleurs ! En quelle langue est-ce que je dois te le dire, pour que tu comprennes ? En patois, peut-être !

— Pour ça, il faudrait déjà que tu le connaisses !

Jules tira une courte bouffée de son mégot.

— Alors, si ça ne nous concerne pas, pourquoi tu nous en parles ? Passons à autre chose. A quoi d'ailleurs, je me demande !

— Je t'en parle parce que...

Léopold chercha ses mots, ou ses idées, ou la manière de les présenter. Il connaissait la finesse d'appréciation de son père, son bon sens, sa détermination aussi d'homme buté quand on cherchait à lui imposer ce qu'il jugeait inacceptable. Il l'avait vu à l'œuvre au temps du remembrement décrété par un « ministère de trahison ! » La contemplation de sa bagnole l'absorbait, et la manière de présenter sa requête.

— Si tu n'as rien d'autre à nous dire, j'ai du mal à voir pourquoi tu es venu. Certainement pas pour prendre des nouvelles de notre santé. Tu t'en fous tellement, et depuis si longtemps !

Jules jeta un œil vers sa femme adossée au buffet, immobile.

— Bon, alors… tu nous as vus. C'est bien ! Tu constates qu'on est toujours vivants… ça devrait te suffire ! Le mieux, vois-tu, pour toi comme pour nous, serait que nous en restions là !

Jules se leva, reprit son chiffon sur la pierre à eau, se dirigea vers la sortie.

Dans la cour, Chien jaune avait abandonné son inspection, regagné sa niche.

De son côté, dressé sur des jabots de danseur, Amédée le Gaulois sonnait le rappel de ses poulettes.

— Attends un peu ! Parce que ça vous regarde, tout de même !

Le « vous » avait interpellé le père.

— Si j'ai bien compris, tu t'installes en région parisienne, près de ton aéroport et de ton bureau… c'est ça ? Seul ou en compagnie de quelqu'un, je trouve ça dégueulasse, mais c'est tes oignons et je m'en fous, et tu abandonnes ici ta femme et ton fils, et là, vois-tu, je ne m'en fous pas ! C'est bien ce que tu es venu nous dire ? C'est bien ça ? Alors maintenant on est au courant ! Et on en a assez entendu !

— Je n'abandonne pas...

— En réalité, tu les laisses tomber, même si tu le dis autrement. C'est simple à comprendre ! Ne nous prends pas pour des imbéciles, s'il te plaît ! Qu'est-ce que tu es venu chercher, notre absolution ? Premièrement, je ne suis pas curé ! Deuxièmement, je n'aime pas les salauds ! C'est clair ? Tu nous l'as dit : on n'a rien à voir là-dedans, nous autres ! Rien du tout !

— Si, au contraire : tout !

— Je vois pas en quoi ! Faudrait savoir : tu nous dis que ça ne nous regarde pas, et maintenant que ça nous regarde ! Ta ville et tes avions t'ont foutu la tête à l'envers, c'est pas possible autrement. Merde alors ! conclut le père, qui avait rejeté le chiffon sur la pierre à eau, tiré une dernière bouffée de sa cigarette, regagné le centre de la cuisine.

Debout, Jules flanquait son fils, qui regardait fixement la mère occupée à observer leurs chats, intrigués par les odeurs des pneus et les pare-chocs de la bagnole.

— Tout quoi ? redemanda le père, qui s'efforçait de dominer sa colère.

— Voilà... Je veux l'acheter, cette propriété. La louer me reviendrait bien trop cher, et puis... elle n'est pas à louer. Je pourrais louer autre chose dans la région, mais les loyers y sont inabordables. Alors...

— Alors quoi ? Qu'est-ce que tu attends de nous ? Des sous ? On n'en a pas ! Et puis on en aurait que tu pourrais faire une croix dessus et boire de l'eau fraîche !

Léopold redressa le buste, fixa son père d'un regard qu'il voulait convaincant.

— Je voudrais ma part de Fabimpré.

Comme frappée par la foudre, la mère avait sursauté. Elle se tourna d'un coup vers son fils.

— Qu'est-ce que... tu dis, Léo ? balbutia-t-elle. Tu veux nous faire vendre Fabimpré ! Mais tu es devenu fou !

— Pas plus que vous, qui vous acharnez à rester paysans ici, où vous mourez à petit feu, au lieu d'aller en maison quelque part, où vous pourriez vous reposer !

— On se reposera quand le bon Dieu nous aura fermé les yeux, à ta mère et à moi. Et c'est pas encore l'heure ! Même si ça doit t'emmerder parce que ça fout en l'air tes projets, je te le répète : c'est pas encore l'heure ! On est pas encore crevés !

Pâle, les joues creusées par une colère qu'il s'efforçait encore de contenir, Jules écrasa son mégot dans le cendrier de la cuisinière, reprit son chiffon, s'essuya machinalement les mains.

— Se reposer ! C'est encore bien des idées de Parisiens, ça, fatigués de naissance... murmura la mère. Mon pauvre Léo ! Comme tu es devenu, tout de même !

— Je ne suis pas ton pauvre Léo ! Je suis Léopold

Malard, cadre de direction d'une multinationale qui veut s'établir…

— En abandonnant sa famille ! termina le père. Ne compte pas sur nous pour ça, nom de Dieu ! Jamais ! Tu m'entends ? Jamais !

Tremblant de fureur, Jules rejeta son chiffon sur la table, tira une nouvelle Gauloise de son paquet, l'alluma, aspira nerveusement une maigre bouffée.

— Qu'est-ce que tu avais imaginé, hein… quoi ? Que j'allais te dire : « Tiens, mon garçon, voilà tout ce qu'on a gagné, ta mère et moi. C'est pour toi ! Tout ce qu'on a économisé pour essayer d'avoir une vie moins dure… – j'ai pas dit "plus belle", j'ai dit "moins dure" – et assurer nos vieux jours. Mais comme je pense que tu ne nous abandonneras pas dans le besoin si de mauvais vents venaient à tourner pour nous, ta mère et moi t'offrons tout ça, pour que tu te fasses une vie plus confortable ! » Tu pensais que j'allais te dire ça ? Tu pensais mal, mon gaillard ! Comme toujours ! Je peux bien te dire maintenant que j'ai toujours su que tu nous laisserais tomber… presque toujours. Quand t'étais encore gamin, j'ai espéré que tu reprendrais le train de culture, par respect pour le travail de nos anciens et le nôtre, par fidélité aux engagements de notre famille, par attachement à notre terre, mais…

Il donna du poing sur la table, chercha un souffle que la colère lui avait volé.

— … mais j'ai été bien con de le croire… ah ça oui, bien trop con !

Il jeta sa cigarette dans le cendrier jaune marqué *Pernod*, poussa une chaise si violemment qu'elle se renversa sur le carrelage dans un bruit de cathédrale profanée.

— Et maintenant, tu viens chercher ta part ! Quelle part, nom de Dieu ? Tu peux me dire ? Quelle part ? Celle que t'as pas gagnée ? Tu viens nous voler le peu que notre travail de tous les jours nous a laissé ? Oui, nous voler !

Il se tourna vers sa femme.

— Tu entends ça ! Il vient chercher sa part ! Part de quoi, nom de Dieu… de quoi… de qui ?

— Calme-toi, Jules. Il veut peut-être simplement…

Léopold s'était tassé sur sa chaise. Tête dans les épaules, regard bas sur les sculptures épis de blé cœurs entrelacés du vieux buffet, en boule comme le hérisson sous la menace, il subissait le déferlement paternel, dont il attendait la chute.

Amédée chanta, une fois, deux fois, trois fois…

— De quel droit veut-il sa part ? Du droit des notaires ? Je m'en fous, de ce droit-là ! Moi, c'est le droit de la terre qui compte, rien d'autre. C'est sûr, c'est pas avec ça qu'on aurait pu s'acheter une saloperie comme celle-là…

D'un violent geste, il désigna l'Alfa Romeo rouge garée au pied de l'escalier.

— … ou des godasses de ville à pompons ! Nous, c'est en galoches et en bottes de caoutchouc qu'on bosse, en bleu de travail, pas en costard. Le peu d'argent qu'on a, il est propre !

Il reprit sa cigarette à demi consumée, en même temps qu'une profonde inspiration.

— Il est propre, et il n'est pas pour des mains sales ! Je vais te donner un bon conseil, mon gars... écoute-moi bien... c'est peut-être la dernière fois que tu m'entends comme ça !

Sa voix était devenue grave, le ton posé, comme si, tout à coup, la colère était tombée.

— T'as besoin de sous, alors demande-les à tes Américains qui ont su si bien t'acheter avec des dollars et des promesses, comme ils le font toujours. On les a vus à l'œuvre, ici, quand ils sont venus soi-disant pour nous libérer. C'est riche, les Américains ! Ils peuvent payer ! Ils te doivent bien ça !

Il laissa éclater un rire métallique que nul ne supportait autrefois, ni la mère, ni Léopold, ni les autres paysans en réunion sur des problèmes d'organisation professionnelle, un rire convulsif de fond de poitrine, lèvres serrées, qui accompagnait ses coups de gueule contre le gouvernement, les syndicats agricoles, la Chambre d'agriculture et ses obligations de remembrement des terres au mépris de l'histoire du pays, un rire qu'on croyait éteint pour toujours, tari par la sagesse de l'âge.

— Tout ça, tout ce que tu voudrais maintenant, ta « part », ce sera pour ton fils qu'on garde souvent quand sa mère – qui est encore ta femme, je te le rappelle ! –, quand ta femme doit s'absenter pour son boulot. Ce sera pour lui, tu m'entends, pour personne d'autre !

Il parut réfléchir un moment, tira la dernière bouffée ; son mégot lui roussit la moustache.

— Ton gamin qui…

— Jules !

La mère avait lancé comme un ordre le prénom de son mari.

— Ton gamin qui en aura besoin bien plus que toi… je le crains !

— Jules !

— Alors maintenant…

Il s'était mis à hurler.

— … maintenant je te dis que tu nous fais chier avec tes prétentions, que tu vas remonter dans ta guimbarde de merde et foutre le camp !

Il empoigna le tisonnier, marcha sur Léo.

— Fous-moi le camp ! Dehors !

Le moteur de l'Alfa ronfla, s'éteignit loin derrière la butte des Grands Fouis.

Silence.

Jules releva la chaise renversée, se tourna vers sa femme.

— Voilà… c'est dit ! Et quand c'est dit… c'est fait !

Mains à plat sur la pierre à eau, regard fixe sur son horizon de portail vide, Léonie pleurait.

5

Marianne a pris deux jours de congé.

Qu'elle eût choisi d'aller au boulot ou pas, le résultat aurait été le même : incapable de travailler ! Trop habitée par ses angoisses.

« Je me demande… avait osé George, un après-midi qu'elles sirotaient leur café, je me demande s'il ne faudrait pas faire examiner not' gamin. » Elle avait pris l'habitude d'appeler Julien « not' gamin », comme de le garder, de l'amuser, de le promener à chaque absence de sa mère. Elle en avait fait son fils de substitution. Ce comportement de sa meilleure amie provoquait de temps en temps des pointes de jalousie chez Marianne, qui les chassait en écoutant Mozart, ou Brahms, ou Chopin, son compositeur préféré pour les envolées vers l'esprit, surtout sous les doigts du pianiste Samson François qu'elle tenait pour son meilleur interprète. Le violon de Paganini la gonflait d'énergie essentielle en lui rappelant la passion paternelle partagée avec des générations d'élèves, mais le piano de Chopin l'apaisait, la transportait dans des contrées où elle avait l'impression de respirer enfin. Plaisir solitaire. Plutôt amateur de charivari anglo-saxon, Léopold ne supportait pas !

« Je me demande s'il ne faudrait pas faire examiner not' gamin. » Marianne avait eu un haut-le-corps. « Le faire examiner ! Pourquoi ? » Elle avait croqué nerveusement le dernier biscuit, planté son regard dans celui de George, qui avait esquivé le coup en jetant un coup d'œil par la fenêtre au parc du Cours, dont les houppiers jouaient au vitrail dans le vent.

Au pied de l'immeuble, la Moselle gazouillait sur ses galets ; on pouvait la reconnaître à sa voix cristalline, dans les bruits de la ville et les froissements de feuilles d'érables et de sycomores, fierté de la cité depuis plus d'un siècle.

« Il me semble qu'il prend du retard pour ce qui est de la marche et de la parole. » Marianne avait joué la surprise. « Du retard ? A quoi tu vois ça ? Il avance à son rythme, tout simplement ! Les parents trouvent toujours que leur enfant grandit trop vite, qu'ils n'ont pas le temps de profiter de lui, comme ils disent. » Elle inspira à fond. « Profiter… comme si on donnait naissance à des enfants pour profiter d'eux ! J'ai horreur de cette conception du rôle parental ! » Elle s'était tue, avait paru réfléchir. Puis le doute l'avait emporté, tout à coup. « Comment ça ? Qu'as-tu remarqué ? Quel retard ? »

George s'était levée, avait marché vers la fenêtre, était revenue vers Marianne. « Je suis certainement la plus mal placée pour parler de ces sujets… pas psychologue, même pas mère. J'aurais bien aimé… peut-être… » Elle avait pâli, ravalé sa salive avec une poussée d'émotion difficile à contenir. « Mais voilà : je suis infirmière en milieu psy… » Elle avait buté sur le mot. Comment Marianne allait-elle entendre ce mot, « psychiatrique », synonyme pour beaucoup de dérèglement mental, de folie ? « Je suis infirmière, et j'ai déjà pu observer dans des services voisins du mien des enfants amenés en consultation parce qu'ils avaient du mal à se tenir assis à douze mois, qu'ils ne réagissaient pas à leur prénom, alors que c'est un comportement normal à cet âge. » Elle se corrigea tout de suite : « Enfin, c'est par rapport à une moyenne, bien sûr ! Certains vont plus vite, d'autres moins vite… c'est selon… » Elle s'était sentie empêtrée, prise au piège dans une nasse dont elle ne savait comment s'évader, avait voulu se resservir un café. Cafetière vide ! « Attends, je vais en refaire ! » Marianne avait bondi vers la cuisine. Des borborygmes d'eau chaude avaient bientôt accompagné les froissements du vent dans les feuilles, couvert les chants d'oiseaux.

Le café avait de nouveau coulé dans les tasses, qu'elles avaient aspiré à petites gorgées, s'épiant l'une l'autre, regard partout ailleurs où n'était pas celui de l'amie.

« Les enseignants ne t'ont rien dit à l'école ? » Marianne avait haussé les épaules. « Rien ! »

Le « gamin » était entré en maternelle depuis un bon mois. Il y empilait des cubes, dessinait avec application : une maison perchée sur un chemin fermé comme une pointe de lance, toujours les mêmes, dessins d'un trait assuré, en noir, que sa mère avait collés sur la porte de son réfrigérateur à l'aide de punaises magnétiques ; il se tenait toujours à l'écart des autres enfants, seul et silencieux, sage comme une image, très sage, sauf quand il se mettait en colère, parfois avec raison si un voisin voulait lui chiper son crayon, d'autres fois sans raison, tout à coup, comme agressé par une violence intérieure. L'assistante maternelle l'avait pris en affection, s'amusait de le voir tourner sur ses fesses comme un manège autour de son axe, l'aidait de temps en temps, s'occupait de lui plus que de tout autre, comme ça, pour le plaisir de taquiner à la manière d'un jeune chien cet enfant qui, quand on l'appelait par son prénom, savait si bien jouer les indifférents, qui semblait si bien se complaire dans le silence.

Marianne avait donc pris deux jours de congé.

Vacances. Julien jouait dans son coin favori, l'angle mort de l'appartement, entre canapé et vitrine où dormaient violon familial, archet et partitions favorites de l'ancien directeur d'école.

Chopin déroulait ses *Nocturnes*.

A son bureau, Marianne lisait et relisait les premières pages du document que lui avait remis la psychologue consultée la veille. De la « Catégorisation des signes d'alerte... » aux « Facteurs de haut risque de TND... », le charabia psychologique l'agaçait et l'inquiétait à la fois. TND... « Troubles du neuro-développement... »

Et si George avait raison ?

Elle relut, pour se donner l'impression de vouloir mieux comprendre, pour exorciser en réalité le trouble qui la saisissait davantage à chaque ligne.

Ce document affirmait la priorité d'une prise en charge précoce des enfants qui pouvaient présenter des troubles du comportement. Il insistait sur la nécessité de lever le doute le plus tôt possible afin d'éliminer tout risque de surhandicap, préconisait l'orientation vers une « plateforme » d'examen capable de guider les familles dans les dédales de soins possibles et leur prise en charge.

Plus elle avançait dans la lecture, plus elle se sentait mal à l'aise et... coupable !

L'article concluait à la nécessité d'intervention de « professionnels de première ligne » formés aux moyens et outils de repérage de ces troubles.

Elle ferma les yeux, confia son désarroi à Chopin. Dans son crâne, les mots dansaient une ronde infernale. TND... surhandicap... plateforme... parcours de soins... prise en charge...

La décision s'imposait : elle ferait examiner d'urgence son Juju par le médecin, le soir même si possible.

Chopin. Ses *Préludes*… hors du temps et de l'angoisse.

Une profonde inspiration la tira de sa prostration. Elle osa un coup d'œil en direction de son fils. Assis par terre, Julien contemplait les cubes multicolores offerts par les grands-parents Malard, taillés par Jules dans du beau hêtre de Fabimpré, peints par lui à l'acrylique de couleurs vives : jaune d'or, rouge coquelicot, vert prairie, bleu de ciel… Mains sur les genoux, il avait le regard fixé sur la fondation d'une colonne qu'il avait cinq fois, dix fois, vingt fois tenté d'élever jusqu'à hauteur de ses yeux, qui s'était effondrée cinq fois, dix fois, vingt fois, jusqu'à ce qu'il renonce.

Et si George avait raison ?

Elle l'appela :

— Julien… Juju, mon bébé !

Regard toujours rivé aux cubes multicolores, le gamin paraissait prostré, indifférent aux appels de sa mère.

Elle se leva, se jeta à quatre pattes à son côté en riant, saisit les cubes, les lui fit toucher, voulut l'aider à construire cette colonne rébarbative, posa le rouge coquelicot sur le jaune d'or, saisit le vert prairie. Elle allait ajuster le cube sur l'édifice quand il piqua une crise, se mit à hurler, trépigner, battre des pieds et des mains, un accès de colère d'une violence inouïe. D'un coup de pied, il éparpilla cubes et coffret de beau hêtre, œuvre aussi du grand-père Jules, dont le couvercle se détacha, charnières arrachées par le choc contre le mur.

Un sanglot la fit suffoquer.

Elle s'enfuit dans sa cuisine, y pleura tout son saoul, y reprit souffle, revint vers lui.

Dans son angle mort, entre canapé et vitrine au violon, cubes éparpillés, le gamin avait recouvré son calme ; mains aux genoux, visage de cire, il regardait fixement le coffret cassé. Immobile et muet.

Silence.

Et si George avait raison !

Le soir même, elle amenait Julien au cabinet médical.

Nouvelle colère devant un praticien interloqué qui n'avait jamais eu à examiner un tel petit monstre.

— Tout va bien. Il est en pleine forme, ce petit. La preuve ! Qu'est-ce qui vous inquiète donc ?

Marianne tira de son sac un document qu'elle glissa sur le bureau. Il en découvrit le titre, mâchonna le premier paragraphe… « intervenir précocement… priorité… », affichait un air agacé.

Julien s'était tassé sur les genoux de sa mère, visage enfoui dans la douceur de sa poitrine. Des sanglots le secouaient encore.

L'homme grommela la suite : « recours aux médecins de première ligne… plateformes… signes d'alerte… », posa son stéthoscope sur le bureau.

— « Médecin de première ligne »... On ne me l'avait encore jamais faite, celle-là !

Il retourna la page de garde, y découvrit le logo du secrétariat d'Etat chargé des Personnes handicapées et, sous une image de stylo blanc sur fond bleu, la mention *A remplir par le médecin*.

— Nouvelle invention de fonctionnaires ! J'aimerais bien savoir qui sont les médecins de seconde ligne ! Loin du front, peut-être, avec les généraux et les planqués de l'état-major dans les palais républicains ?

Il s'était mis à rire.

S'apercevant que son humeur en forme de faux humour indifférait – voire agaçait – sa patiente, il grommela :

— Pourquoi me présentez-vous ça ?

— Parce que Julien me semble en retard sur le développement normal d'un enfant de son âge.

Nouveau rire, plus sec cette fois.

— « Retard sur le développement normal » ! « Normal » ! Par rapport à quelles normes, chère amie ?

Première fois qu'il lui donnait du « chère amie ». Elle fit celle qui n'avait pas remarqué. Cette familiarité l'avait pourtant touchée.

— Je ne sais pas moi ! Les psychologues...

— Les psychologues !

Après un nouveau rire assorti d'un air supérieur très désagréable, il scruta le visage de Julien à demi caché par le vêtement de sa mère.

— Bon… alors… voyons ! Quel âge, ce bonhomme ?

— Trois ans.

— Trois ans… trois ans… tr… ânonnait-il en feuilletant le dossier.

Il trouva enfin la bonne page, attaqua le questionnaire d'une voix d'automate. Marianne s'était redressée, sur ses gardes.

— « L'enfant monte l'escalier seul en alternant les pieds »…

— Oui.

— « Il empile huit cubes (sur modèle) »…

— Non.

— « Enfile seul un vêtement (bonnet, pantalon, tee-shirt…) »…

— Non.

— « Dit des phrases de trois mots »…

— Oui.

— « Comprend une consigne orale simple »…

— Oui.

— « Prend plaisir à jouer avec des enfants de son âge »…

— Non ! A l'école maternelle, il…

— Avez-vous des commentaires à ajouter à vos réponses ?

— J'allais le faire, mais…

— Ça me suffit ! trancha-t-il en refermant le document. « Médecin de première ligne »…

Nouveau rire, contenu cette fois.

— Faudra que je demande à mes confrères s'ils

ont l'impression d'être au front. Quelque chose a dû m'échapper ! Enfin… revenons à notre… « retard de développement ». Si j'en crois ce document, et ce que vous me dites du comportement de…

— Julien !

— … de Julien, il faudrait consulter une… comment ils appellent ça ?

Il revint aux premières pages.

— … une « plateforme de coordination et d'orientation » ! Vous en connaissez ?

— Non.

— Ça doit se trouver.

— Je vais voir.

— Alors ?

George avait promis qu'elle passerait le soir.

— Alors, qu'a dit le médecin ?

— Rien. Il paraît aussi paumé que moi !

— Pas étonnant. Leurs études n'abordent pas ces problèmes.

— Je ne savais pas. Je découvre…

— Il a tout de même bien conseillé quelque chose, ne serait-ce que pour te rassurer. Gérer l'angoisse de ses patients, il doit savoir !

Marianne se mit à pleurer.

— T'a-t-il conseillé d'autres consultations, des soins, un suivi, une manière de l'observer, de réagir à ses colères ?

George tira une chaise, s'accouda à la table.

Dans son coin, Julien contemplait fixement ses

cubes. Pour la première fois, il avait refusé les baisers de la visiteuse ; il s'était même montré agressif envers elle.

Marianne répondit par la négative d'un hochement de tête.

— Je vais en parler à l'hôpital. Je connais des soignants qui ont déjà dû s'occuper de…

Elle hésita.

— … de cas d'autisme.

Elle avait lâché le mot d'une voix sourde, filtrée par la crainte d'une réaction trop vive de son amie. Une mère peut tout entendre à propos de ses enfants, sauf…

Deux jours plus tard, George reparut, en fin d'après-midi. Gauche, comme embarrassée.

— Pas simple, tu sais, il y a autant de formes d'autisme que d'autistes. J'ai questionné mes collègues et des médecins. Tout ce qu'ils ont su me répondre : « Ce qu'on sait là-dessus, c'est qu'on ne sait rien ! Ou pas grand-chose. » J'en interrogerai d'autres.

Les larmes traçaient en silence des chemins argentés sur les joues de Marianne.

— Allons, ma belle, ressaisis-toi ! C'est pas le moment de se laisser aller ! Jamais, d'ailleurs. Buvons un bon café, j'en ai besoin, et ça te fera du bien !

Borborygmes de la cafetière.

Face à face, muettes, sans se voir.

Dans son coin, « not' gamin » pirouettait sur ses fesses, dans un sens, puis dans l'autre, puis...

Elles l'observaient.

Café corsé. Coup de fouet.

— Tu vas en parler à son père ?

— J'en sais rien. Que veux-tu que je lui dise ? Que je lui décrive ça ?

Marianne donna un coup de menton en direction de son Juju.

— De toute façon, il s'en fout, il est sur une autre planète !

— Autre planète ou pas, c'est son père ! Alors, tu vas lui en parler ?

Julien avait saisi les cubes ; il tentait de les empiler, échoua, tenta encore, échoua de nouveau, tenta...

Une nouvelle bordée de larmes submergea sa mère, qu'elle contint en s'obligeant à respirer à fond.

— Il va bien falloir ! murmura-t-elle.

— Quand vas-tu le faire ?

— Sais pas !

— A mon avis, tu ne devrais pas traîner. Il est aussi concerné, que je sache ! Vous allez devoir prendre ensemble des décisions importantes. Ça se fait à deux, dès le départ, si tu vois ce que je veux dire.

Marianne voyait. Elle savait que son amie lui donnait le bon conseil. Mais elle avait la tête dans le gaz, se sentait tellement fatiguée ! Besoin de dormir, une nuit, deux nuits, trois nuits... très longtemps !

George aspira une gorgée de café plus vraiment chaud, esquissa une grimace qui lui fit un œil d'aigle, jugea bon d'insister :

— Il est urgent de le faire. Crois-moi !

— Sais pas... peut-être... mais...

— Mais ? Qu'est-ce que tu vas encore m'inventer pour le tenir à l'écart du problème ?

— J'ignore où il est... en France... aux Etats-Unis ? Je ne sais même pas comment le joindre. Et puis... pas envie de lui parler, d'entendre sa voix.

Elle planta son regard dans celui de son amie.

— Pour te dire franchement : je crains sa réaction.

— Il te ferait peur, maintenant ? Voilà autre chose ! Manquait plus que ça !

— Sais pas...

— Arrête avec tes « sais pas » ! Tu commences à me gonfler, avec tes « sais pas » ! Si, tu sais ! Tu sais qu'il est son père, qu'il doit prendre sa part des décisions à venir, qu'il a l'obligation de s'occuper de vous, de toi et de lui !

Elle donna un coup de menton vers le gamin qui, regard fixe, s'était remis à ses pirouettes devant son amas de cubes multicolores.

— De toi ! Le mariage, c'est pour le meilleur et pour...

Elle suspendit la suite au choix d'un palet breton orné du triskel doré au beurre.

— ... pour le moins bon !

— Je sais, mais il est si imprévisible ! Et égocentrique. C'est lui… lui seul… encore et toujours lui ! Tellement autocentré qu'il est juste capable de compliquer le problème, au lieu de le résoudre !

George sentait se perdre le contrôle de la colère qui lui prenait la gorge. Se trouver ainsi démunie face à cette femme qu'elle tenait en affection, dont elle appréciait les qualités mais redoutait les faiblesses dès que surgissait dans leur conversation ce Léopold croisé une seule fois, lui était insupportable. Elle ne connaissait pas ce mari fantôme resté si présent dans l'existence de son amie malgré l'absence chronique. Les conséquences des comportements de ce gaillard envers ses proches la blessaient personnellement. Marianne vivait comme une veuve, mais une veuve toujours ligotée par la loi et la douleur à un homme bien vivant pour tous les autres, pas pour elle, un mort vivant ! L'avoir vu frimer au volant de sa bagnole rouge avait réveillé en elle la souffrance exprimée par sa belle-mère Clémence à chaque fois qu'elle évoquait son Umberto. Et la détresse de son Alfio poussé par cette même souffrance de l'abandon, condamné à s'exposer à des risques qui lui seraient fatals.

— Alors, réagis, réponds : que vas-tu faire ?

— Je vais aller demain à Fabimpré. Ça me fait du bien d'aller là-bas, même si c'est chez lui ! Enfin… ça l'est si peu maintenant ! J'aime sincèrement ses parents, et j'ai la faiblesse de penser qu'ils m'aiment bien aussi. Braves gens ! Je me demande toujours comment des parents aussi simples et agréables, aussi sains, ont pu engendrer un fils aussi…

Elle chercha le mot.

Dans son coin, Julien avait interrompu sa rotation, était resté longuement immobile. Mais il recommençait à s'agiter. Il se dressa tout à coup, se mit à tourner en rond autour de son jeu de cubes qu'il abandonna soudain pour se précipiter vers sa mère. Marianne lui tendit les bras. Il s'y jeta, lui martela la poitrine de coups de poing en émettant des sons informes dont émergeait, comme une litanie : « Ju-lien… Ju-lien… Ju-lien… » Elle l'assit sur ses genoux, affermit l'étreinte, lui murmura des mots doux audibles de lui seul. Il s'apaisa, ferma les yeux, se mit à sucer avidement son pouce. Elle posa un baiser de papillon sur son front, le serra si fort contre elle qu'il se dégagea soudain comme si elle lui avait fait mal. Il bondit vers sa chambre.

— … comment de tels parents ont pu engendrer un fils aussi imbu de lui-même, amoureux de sa seule personne !

Elle avait cherché la formulation la plus acceptable. Sa pensée était au-delà, ou en deçà, elle ne savait plus très bien. Parfois, la nuit, quand le sommeil regimbait, elle osait se demander : Est-ce que je l'aime encore ? De plus en plus souvent, dans le noir de sa solitude, elle allait même jusqu'à se dire : L'ai-je jamais aimé ? Bien sûr, elle s'interdisait de se répondre autrement que par ces mots :

Bien sûr que je l'ai aimé, et que je l'aime encore… bien sûr !

— Tu vas emmener le gamin ?

— Evidemment !

— Tu pourras leur confier pour la nuit ?

— Pourquoi cette question ?

— Concert Chopin, demain soir, au théâtre municipal d'Epinal. J'ai prévu d'y aller. Tu m'accompagnes ?

— Quelles œuvres ?

Elle avait posé la question pour le seul plaisir de se soulager du poids qui l'écrasait depuis le début de leur conversation.

— *Nocturnes* et *Préludes*, par les élèves du Conservatoire de Nancy. Ils sont prometteurs, tu verras.

George conclut, tonitruante :

— Alors, pas de discussion ! Tu confies Julien à ses grands-parents, tu le récupéreras après-demain, et tu viens au concert. Ça fera du bien à tout le monde : à lui, à eux, à toi, et…

Elle se fendit d'un sourire forcé, tout de même lumineux.

— … à moi !

6

Jules gara sa deudeuche dans la ruelle, entre le cimetière et le vieux puits de Saint-Vallier. Il aimait cette vieille bagnole. Léo l'avait oubliée dans la grange dès qu'il avait pu s'en payer une plus ronflante ! Le père l'avait faite sienne.

Tellement heureux de recevoir son petit-fils et sa belle-fille qu'il avait décidé, toutes affaires cessantes, de sortir la voiture pour les emmener en balade dans la région ! Pas loin, pas des dizaines de kilomètres, une poignée seulement jusqu'au village perché sur sa crête comme un repère provençal, là où il allait glisser son bulletin dans l'urne les jours de grand rendez-vous électoral. Autrefois, il y fréquentait aussi l'église avec sa Léonie, pour la messe ; mais, la paroisse étant orpheline de curé depuis longtemps, privé des rituels et des refrains latins qu'il aimait mâchonner avec ses souvenirs d'enfance, il avait perdu une bonne part de sa foi de charbonnier, entretenait désormais des pensées mécréantes nourries de passion républicaine. Sa Léonie pratiquait toujours, dans le secret de son cœur et de l'ancienne chambre de Léopold devenue le lieu où elle mettait à sécher sur une claie les trompettes-de-la-mort récoltées dans le bois des Camenailles, et sur un fil pendu d'un mur à l'autre les haricots du jardin. Le dimanche matin, elle n'aurait raté pour rien au monde son émission télévisée *Le Jour du Seigneur*, si fidèle que, pour se rendre disponible, elle préparait toujours son repas dominical la veille : quiche, salade de riz, de pâtes ou de patates nouvelles, avec des tomates du jardin à la belle saison, accompagnées de saucisses de ménage… choucroute, coq au vin du Montfort ou potée en hiver, suivis de la sempiternelle conclusion : fromage de munster, fruits de saison, pommes aux noix une fois l'automne installé, mirabelles surtout, fraîches dans les lumières d'août, en tartes ou compotes relevées d'un filet de goutte, ou au sirop une fois leur temps passé. Son Jules aimait bien manger, et elle l'y encourageait : « Il te faut des forces, pour faire tout notre ouvrage ! » lui disait-elle en tranchant le pain sur sa poitrine quand elle le voyait parfois chipoter de fatigue ou de tourments devant son assiette. « Toi aussi ! lui répondait-il. C'est que tu en as bien du mal, toi aussi ! » Elle lui servait son verre de vin en répondant, toujours sur le même ton résigné : « C'est la vie, mon homme… c'est la vie ! »

Du haut du village, la beauté du panorama leur coupa le souffle. Ils avaient beau connaître ce paysage par cœur, ils ressentaient toujours la même émotion à sa redécouverte.

Au Levant, l'immensité de la plaine déroulait ses ondulations de collines boisées que Jules se plut à nommer pour son petit-fils, l'une après l'autre…

— Tu vois, là, à nos pieds, c'est notre Chanot. Chez nous, notre Fabimpré, c'est juste derrière… puis après, c'est la Bolaye, et là-bas, au loin, c'est le massif… tu vois la ligne bleue, tout au fond… les montagnes des Vosges…

Contrarié d'avoir dû quitter les chats de la ferme, l'enfant avait boudé durant tout le trajet de Fabimpré à Saint-Vallier. Pas assez long pour devenir inquiétant, assez tout de même pour provoquer chez lui une vive contrariété. Il aimait jouer avec ses chats qui lui escaladaient les épaules, lui arrachaient des petits cris de douleur quand ils plantaient leurs griffes dans son vêtement pour s'assurer une prise, les amuser d'un bout de ficelle de lieuse bleue qu'il traînait en courant de la grange à l'écurie.

— Tu vois, là-bas…

Julien avait enfin ouvert les yeux sur l'infini du paysage, réagissait d'un ton rauque de gorge fermée aux commentaires.

Les femmes encadraient les deux hommes, écoutaient les mots du grand-père, les onomatopées de l'enfant, les murmures du vent, et les grisolles d'alouettes qui montaient droit dans le ciel vers le soleil avant de plonger à une vitesse vertigineuse vers le sol.

Cet infini de paysage de la plaine vosgienne avait inspiré à Maurice Barrès pour *La Colline inspirée* une pensée que Jules avait apprise par cœur tellement elle l'avait frappé, qu'il se remémorait et aimait murmurer au vent là, sur cette crête, au cœur de son pays : « L'horizon qui cerne cette plaine, c'est l'horizon qui cerne toute vie… »

Le paysan avait lu tous les romans de cet auteur, du premier, *Sous l'œil des barbares*, jusqu'au *Mystère en pleine lumière*, ses impressions de voyage, ses *Cahiers*, même, dans lesquels l'écrivain se livre corps et âme en des confidences parfois hétéroclites mais qui proposent au lecteur l'homme dans sa nature la plus nue et transparente. Considérant toutefois que l'action politique de l'académicien avait pollué son œuvre, durant l'affaire Dreyfus surtout, il avait laissé de côté ses essais, discours partisans et livres consacrés à la Grande Guerre. Il avait lu aussi Zola, Flaubert et Hugo, dont il aimait se réciter l'un des poèmes, écrit par le poète après la visite d'un bagne, qu'il considérait comme essentiel pour la défense de l'école républicaine… « Chaque enfant qu'on enseigne est un homme qu'on gagne ! »

Jules prit la main de son petit-fils, qui la lui abandonna. Surprise ! D'habitude, l'enfant refusait le contact, caresses ou baisers, même effleurés. Il le guida à travers les rues du village jusqu'à l'opposé du promontoire, vers le couchant qui se teintait déjà de fuchsia.

— Et là-bas, vois-tu, mon gamin…

Marianne remarqua ce « mon gamin » habituellement réservé à son amie George, qui coula dans ses veines comme une onde de miel.

— … là-bas, c'est les Ensanges et la butte de Lijaumont ; et tout au fond, c'est l'autre Chanot.

L'enfant comprenait-il tous ces mots du grand-père ? Fascinées par le charme qu'ils paraissaient opérer sur lui, les femmes n'avaient nulle envie de se poser la question. Elles se laissaient aller à l'émotion de le voir ainsi, main dans la main de leur Jules, porté par sa voix et les grisolles d'alouettes.

Quelque part, dans un village du bas, un chien jappait.

En fin d'après-midi, sur la route du retour, fixant la route droit devant, Julien déclara d'une voix ferme :

— Veux un chat !

Le soir, dans la bonbonnière municipale d'Epinal, les élèves du Conservatoire donnèrent toute leur énergie et tout leur talent aux harmonies de Frédéric Chopin. Avant les premières mesures, un professeur avait rappelé que ce compositeur de génie était « un enfant du pays, puisque son père, Nicolas Chopin, était lorrain, du village voisin de Marainville-sur-

Madon, lui-même fils d'une famille installée en Lorraine depuis 1705 ! ».

George connaissait cette histoire dans ses moindres détails. Elle but néanmoins du petit-lait à l'entendre une nouvelle fois, à se laisser ensuite porter par des *Nocturnes* et *Préludes* parfois maladroits sous des doigts hésitants mais – son amie n'avait pas menti – prometteurs. La relève paraissait assurée.

Apaisée, Marianne !

Enfin, durant quelques heures, une fois estompés les crises de son Juju, les diagnostics médicaux, les fouilles psychologiques, les injonctions et transparences du mari absent, elle respirait !

Sous les lampadaires du marché couvert, tandis que le public se dispersait, que s'allumaient les cigarettes à senteurs de miel dans des volutes de sent-bon vanille, surgit devant les complices mélomanes un homme qui prit George par la main, l'attira à lui, déposa sur ses joues deux bises furtives, tourna son regard vers Marianne, hésita…

— Mme Malard, mon amie… dit George.

Puis, l'inconnu toujours à sa main :

— Baptiste Bécard, luthier à Mirecourt.

L'homme était grand, simplement mis d'une veste de tweed râpé sur pantalon de velours pelé aux genoux. Nouée à la sauvage, une écharpe de grosse laine grise à rayures noires pendait sur sa poitrine. Des cheveux poivre et sel en désordre lui donnaient un air d'artiste des rues, tandis que, velouté par la lumière dorée de la place, un sourire d'adolescent ouvrait son visage. Le regard portait toute la bienveillance du monde armée d'une surprenante pointe d'ironie.

— Heureux de faire votre connaissance.

Il s'approcha de Marianne, rajusta son écharpe.

— Outre le plaisir de la musique, j'aurai connu ce soir celui de vous rencontrer. Je vous remercie d'exister ainsi, sincèrement.

Troublée, elle se sentit tout à coup godiche parmi les godiches. Première fois qu'un homme lui parlait ainsi.

— Ah…

7

— Qu'est-ce que tu me racontes ? Sois plus claire, je ne comprends pas !

Julien s'était assoupi.

Sa mère lui avait raconté une histoire de rencontre d'animaux qui décident de partir ensemble à l'aventure dans le monde, la réplique avec suite de celle que lui racontait son père quand, petite fille, elle rechignait à s'endormir. Histoire de lion et de cheval, traversée de pays chauds, exploration de la banquise avec un ours blanc et son bébé à fourrure épaisse, douce comme un nuage. Elle avait tout essayé pour guider son fils vers le sommeil : veilleuse allumée, musique en sourdine, livres d'images, diffusion dans la chambre de vapeurs d'huiles essentielles apaisantes, en vain. Le médecin avait prescrit une potion qui aurait dû calmer l'enfant, l'aider à s'endormir, le fameux sirop Primpéran, que de nombreuses familles épuisées par les trajets domicile-boulot d'usine ou de bureau et retour infligeaient à leurs gosses pour les assommer et gagner un semblant de tranquillité. Mais après avoir lu la notice de ce médicament, découvert les risques encourus par son usage même raisonnable, elle avait renoncé à l'utiliser. Seules sa présence, sa voix, les aventures du lion, du cheval et du bébé ours blanc produisaient un effet apaisant capable de le mener au sommeil, et encore… pas toujours !

Marianne tenait le combiné téléphonique du bout des doigts, comme pour se garder d'une salissure ou d'une contagion. Elle avait composé le numéro de Léopold en priant secrètement qu'il ne fût pas là. Message destiné au répondeur déjà rédigé dans sa tête : « Bonjour. J'espère que tu vas bien. Je dois t'informer de la nécessité de faire examiner Julien par un spécialiste… »

Il était là. Sa voix l'avait poignardée.

— Alors, tu réagis ? Je t'ai demandé d'être plus claire, je ne comprends rien à ce que tu me dis. Et sois brève, pour une fois. Je n'ai pas de temps à perdre.

Le ton ne l'avait pas surprise. Ton habituel de l'homme que Léopold était devenu, pas de celui qu'elle avait connu au début de leur relation. Le téléphone accentuait le ton acide de cette voix. Insupportable.

— J'ai besoin de te parler de Julien. Tu as bien quelques minutes à me consacrer, pour lui au moins, si ce n'est pour moi.

— Pour lui… pour moi… Ce fond de reproche,

c'est bien ta manière de gifler l'autre en permanence. Quelle agressivité ! Enfin, passons. Alors, qu'est-ce qu'il a, ce pauvre petit ? Il est malade ?

— Pas vraiment, mais…

— Il est malade ou il va bien ? C'est l'un ou l'autre ! Faudrait savoir. Comme toujours tu parles pour ne rien dire, tu tournes autour du pot sans jamais oser te lancer. Ne te sers pas de lui comme prétexte pour me faire perdre mon temps ! Si j'étais comme toi, je ne serais pas là où je suis. Je t'écoute, mais je t'ai demandé d'être claire.

— Ses problèmes de comportement s'accentuent. Je l'ai fait voir par un médecin, examiner par une psychologue. Il a subi des tests…

Au bout du fil, éclats de rire forcés.

— Les psychologues… pourquoi pas ? C'est ta dernière trouvaille ? Manquait plus que ça ! Les psys… tu me fais marrer ! Si on les écoute, on est tous des malades, tous des clients potentiels, des vaches à traire… et tu fais confiance à ces gens-là, toi ?

— On n'a pas toujours le choix ! Dans le cas de Julien, par exem…

— M'étonne pas que tu penses ça ! On a toujours d'autres choix, ma belle, à condition de vouloir se donner la peine de les repérer. Mais ça suppose de réfléchir un peu !

Elle ne supportait pas qu'il l'appelât « ma belle », d'abord parce qu'elle n'était pas sa propriété, sa chose, fût-elle belle… ensuite parce que la beauté pour elle venait de l'intérieur, pas des pleins et déliés du corps et des manières de minauder pour aguicher, ce qu'il appréciait par-dessus tout pour combler son désir de puissance mâle en même temps que de domination sociale. Elle fit un effort pour contrôler sa réaction.

— Leur conclusion est que…

Sa poitrine retint les mots. Une boule de plomb l'étouffait.

Elle réprima un sanglot de colère, laissa passer quelques secondes, le temps que s'ouvre sa gorge, que s'éclaircisse sa voix.

— Que quoi ? Parle, je te dis !

L'autre avait aboyé.

— Notre fils serait autiste.

— Répète voir… je n'ai pas bien entendu. Ce putain de téléphone me bouffe un mot sur deux. C'est la ligne qui est mauvaise, ou bien toi. T'es où, chez toi ou en boîte ?

— Dans mon salon, seule avec lui. Pas facile de…

— J'ai pas le temps de te plaindre. Pas la peine d'essayer ! Alors, qu'est-ce qu'ils t'ont dit, tes psy-machins ? Il est quoi, Julien ?

— Il serait autiste !

— Répète voir… j'ai pas compris !

— AU-TIS-TE !

— Autiste ! Qu'est-ce que c'est que ça ? Encore une de leurs inventions destinées à faire gagner du fric à des camelots !

Elle eut envie de riposter : « Tout le monde n'est pas comme toi ! », retint les mots de justesse.

— C'est quoi, donc, ce truc ? Explique !

— Julien ne ressent pas comme nous ; il ne voit pas comme nous ; il ne parle pas comme nous ; il ne bouge pas comme nous ; il ne joue pas comme les autres enfants de son âge, il…

— C'est tout ?

Nouveau rire aux éclats.

— Veux-tu que je te dise : ça me plaît bien qu'il ne soit pas comme tout le monde ! Ça veut dire qu'il a de la personnalité, cet enfant, de la personnalité et du caractère, comme son père ! Au moins, il ne sera pas un mouton bêlant noyé dans le troupeau !

— Ils disent que c'est un handicap, plutôt qu'une chance…

— Je sais… je sais ! Dès qu'une tête dépasse, il faut la couper ! J'en sais quelque chose. J'ai dû me bagarrer… aujourd'hui encore… tu ne peux pas savoir… et puis, tu t'en fous ! Tu aimerais mieux qu'il soit comme tout le monde, Julien, inodore, incolore et sans saveur, qu'il file droit, qu'il obéisse à tous les imbéciles qui voudront diriger sa vie, jouer avec lui comme avec un pion de jeu de société. Bref, si je comprends bien, tu voudrais qu'il te ressemble. Pas de bol ! C'est raté ! Il tient de moi, et j'en suis très, très, très heureux, heureux à un point que tu ne peux pas imaginer !

— Mais tu ne comprends pas que…

— Si, je comprends ! Il ne faut pas m'expliquer pendant des heures des choses aussi simples, ni plus compliquées d'ailleurs. Je comprends tout très vite. Tu devrais le savoir, depuis le temps.

Elle allait raccrocher quand…

— J'étais comme lui quand j'étais môme… souffla-t-il en baissant le ton. T'as qu'à demander à mes parents, puisque vous vous entendez si bien. Vous êtes cul et chemise, eux et toi. Ouais, j'étais comme lui, et ça m'a pas empêché de…

Elle explosa :

— Je sais ! Tu es le plus grand, le plus beau, le plus fort, le plus intelligent ! Tu as tout fait, tout vécu, tout réussi ! Tu sais toujours tout de tout, avant et mieux que tout le monde, sauf…

Sa voix s'éteignit tout à coup :

— … sauf ce que tu ne sais pas !

Il n'avait pas entendu la chute, continua sur sa lancée :

— Oui, je suis tout ça, et c'est ce qui me permet de réussir ! Et c'est pas fini, tu peux me croire. J'avance ! Ceux qui ne peuvent pas suivre, tant pis pour eux. J'avance ! C'est ça vivre, pas faire du sur-place ! Il est comme moi, Julien, rebelle et ambitieux, alors tant mieux !

Elle fit une dernière tentative :

— C'est un vrai handicap, tout de même ! Il faut faire quelque chose…

— Handicap ! Avoir de la personnalité, c'est être handicapé ? Vous me faites marrer, toi, les psymachins et les thérapeutrucs ! Dès que quelqu'un sort du lot, il faut lui tirer dessus ! Je te le répète ! Bien français, ça ! C'est peut-être difficile pour une mère qui manque d'ambition de s'adapter aux talents de son fils, mais avec le temps, ça te passera comme c'est passé à mes parents. Et il ira loin, Julien, très loin… comme son père. Surtout, qu'il ne change pas ! Bon… c'est tout ?

— Non, ça ne me passera pas ! Non, il ne pourra pas aller très loin ! C'est sérieux… tu m'entends… SÉ-RIEUX ! Il faut faire quelque chose, là, maintenant, tout de suite !

Elle avait hurlé.

— Hé… tu te calmes ! Veux-tu que je te dise ? Tu me fais chier avec tes histoires de bonne femme, de psy, de malade, de handicap ! C'est pas lui le malade, c'est…

Elle raccrocha violemment.

Quand elle détacha son regard des personnages troublants de Flickinger, elle découvrit son petit bonhomme, assis en tailleur sur le tapis de l'entrée, qui l'observait fixement en silence.

Elle le recoucha.

Ce soir-là, le lion, le cheval et le bébé ours blanc, dans un grand pays où poussait un arbre immense appelé baobab, rencontrèrent un drôle de cheval blanc à rayures noires, aux grands yeux tout doux, qui devint leur nouvel ami : le zèbre.

Ensemble, ils explorèrent des contrées infinies,

des forêts profondes où s'ébattaient des oiseaux multicolores à longues plumes en forme de lyre, remontèrent des rivières pleines de poissons argentés, suivirent des nuages jusqu'à des sources d'eau claire…

L'expédition en terre inconnue l'avait épuisé.

Julien murmura :

— Baobab… zèbre…

Il saisit la main de sa mère, la pressa si fort qu'elle poussa un petit cri de souris.

— Je… veux… chat !

Puis il sombra.

8

Rédaction de statuts d'entreprises, réorganisation après modifications structurelles, traitement des personnels dans le cadre de plans sociaux drastiques imposés tant par la conjoncture économique et l'évolution du marché que par l'appétit d'actionnaires de plus en plus voraces… les dossiers s'accumulaient sur son bureau. Marianne peinait à se mettre au boulot.

Venues d'outre-Atlantique, destinées à payer des retraites confortables à leurs vieux, des pieuvres géantes nommées « fonds de pension » prenaient dans leurs tentacules toutes les entreprises du pays affaiblies par la compétition mondiale, suçaient leurs dernières gouttes de sang, leur arrachaient l'ultime souffle de vie, en se débarrassant au passage de salariés condamnés à n'être plus rien après avoir été, parfois durant des dizaines d'années, l'unique source des richesses produites.

Nourrie d'humanisme par ses parents, la conseillère

juridique ne supportait plus ces comportements de prédateurs propres à une idéologie que les « experts » autoproclamés avaient baptisée « néo-libéralisme », mot à fausse connotation scientifique qui voulait effacer sa terrible réalité de loi de la jungle. Son travail consistant de plus en plus à leur trouver les solutions juridiques qui leur permettraient de commettre leurs forfaits dans le cadre légal inventé par des législateurs acquis à la seule notion de profit présentée comme preuve de modernité politique, elle se sentait chaque jour davantage complice de ces gens qu'elle abhorrait. Elle ne le supportait plus. Le textile, l'un des fleurons traditionnels du pays, en avait été victime ; la métallurgie, l'ébénisterie, même l'agriculture étaient devenues leur proie, au point que l'Agence nationale pour l'emploi était aujourd'hui une entreprise florissante – l'une des rares ! –, chargée de trouver à tous les travailleurs laissés sur le carreau des boulots qui n'existaient pas.

Avant d'être l'annonce d'une rupture de contrat de travail, le plan social est une offre faite aux travailleurs à destination de ceux qui sont directement concernés par la restructuration de l'entreprise, et de ceux qui se sentent concernés à cause de la remise en question de leur poste dans la nouvelle organisation.

Marianne relut sa prose sans la comprendre, comme elle l'aurait fait d'un texte rédigé en sabir lunaire. Elle en était pourtant bien l'auteur, avait écrit ces mots la semaine précédente, d'un trait, par habitude maintenant, comme tant d'autres annonces de tragédies qu'elle avait dû mettre en forme réglementaire et acceptable par toutes les parties. Elle s'efforça d'aller plus loin dans sa relecture, tourna la page…

> *L'entreprise s'engage à reclasser tous les salariés touchés par ce projet rendu nécessaire par l'évolution de la conjoncture, sur place ou sur l'un de ses autres sites de production, et à organiser les formations indispensables à la bonne tenue de ces nouveaux postes.*

Elle avait beau se concentrer… impossible !

Les éclats de voix téléphoniques de la veille s'imposaient à chaque ligne de sa lecture : « … pas le temps de te plaindre… mes parents, puisque vous êtes cul et chemise… Tu me fais chier avec tes histoires de bonne femme, de psy, de malade, de handicap… »

Elle referma le dossier, essuya d'un revers de doigt les larmes qui affleuraient à ses paupières, d'impuissance et de rage.

Un violent sentiment de dégoût lui nouait l'estomac.

Qu'allait devenir son fils ?

Toute son énergie s'engloutissait dans cette question sans réponse.

Pourtant, elle allait bien être obligée de replonger dans les culs-de-basse-fosse d'une société malade pour y remplir sa mission de maquillage, barbouiller ses documents de fards juridiques opaques, les habiller d'éléments de protection des possédants contre les miséreux, les planquer derrière des trompe-l'œil en forme de lois, décrets et arrêtés dont l'iniquité la rongeait. Elle allait devoir reprendre la route, aller pérorer sur les lieux de sacrifices dont les auteurs attendaient d'elle les moyens de les faire admettre comme des solutions plutôt que comme des problèmes. Au-delà de ses forces !

La violence de Léopold accentuait son malaise. Peut-être en était-elle l'origine. Et le déni de cet homme qu'elle avait cru aimer, l'un des bras armés de l'idéologie du mépris et de l'appropriation de tous par quelques-uns, de l'exploitation des plus faibles jusqu'à leur mort sociale – parfois physique –, la révoltait.

Leur conversation téléphonique de la veille au soir au sujet des troubles de Julien l'avait hantée toute la nuit. Elle n'avait pas fermé l'œil, n'avait pas pu avaler son café avant de mener son fils à l'école où il passerait la journée sans elle, dans un milieu qui – elle le savait maintenant – lui convenait si peu.

Elle était là, rivée à son bureau, complètement à plat, lessivée, incapable d'ouvrir le moindre dossier.

Envie de gerber !

Rentrer à la maison, s'allonger sur le canapé, écouter Paganini, pour elle toujours source d'énergie, oublier… oublier… oublier le coup de téléphone, Léopold et son arrogance… oublier même, pour quelques heures, Julien et ses problèmes... oublier !

Elle enfila sa veste, dégringola l'escalier, fila vers la Moselle. Des familles de canards y canotaient entre les chevelus d'herbes aquatiques.

Respirer !

L'air frais lui fouetta le visage, lui ouvrit la poitrine.

Elle se posa sur un banc, rejeta la tête en arrière, offrit son visage aux rayons d'un soleil trop maigre pour la réchauffer, tenta de nettoyer sa tête et son corps de leurs scories comme elle l'avait appris autrefois en cours de yoga, par la pratique respiratoire d'un pranayama abandonné sous les sarcasmes de son mari.

Aidée par le calme du parc, les chants d'oiseaux et les gargouillis de la Moselle, elle avait presque réussi sa toilette mentale quand...

— Vous ici ? Si je m'attendais !

Elle ouvrit les yeux.

Devant elle, mains dans les poches de son pantalon de velours aux genoux râpés, cou serti de son écharpe de grosse laine grise à larges rayures noires, ombre chinoise sur le vitrail des feuillages, le luthier aux cheveux fous, au regard lumineux.

— Baptiste !

Il sortait d'un rendez-vous à l'Ecole de musique.

Avant de reprendre la route de Mirecourt, il avait eu envie d'une balade dans le parc du Cours, sur le bord de la Moselle, histoire de voir si la rivière aux allures de fleuve à galets peuplée de chevesnes à dos argenté qu'il aimait observer depuis le pont du musée ressemblait à son paisible Madon, qu'il traversait souvent par la passerelle du faubourg Saint-Vincent en direction de la Oultre, l'un de ses lieux de ressourcement. Très différents, l'une roulée dans son lit de granit gris, l'autre coulé dans sa couche de calcaire ocre… il le savait, mais éprouvait toujours le besoin de l'observer, comme de se prouver que la proximité n'engendre jamais l'identité. Proches mais toujours différents, invités à se compléter pour ajouter à l'harmonie du monde !

Il lui proposa un verre au bistro le plus proche.

Au Grand Jus, devant un demi de bière, des rivières et panoramas du pays aux élèves de l'Ecole de musique curieux de la lutherie, de ses techniques, matériaux et symboles dont il venait de les entretenir, en passant par quelques clins d'œil à sa vie personnelle évoquée dans une touchante discrétion, il venait de s'épancher.

— Voilà ! Vous en savez un peu de moi, un peu seulement, mais… déjà beaucoup tout de même !

Il lui avait confié être originaire de Meuse, issu d'une famille d'ouvriers agricoles, des « journaliers » qui se louaient aux grands propriétaires pour les travaux saisonniers, avoir été baladé d'un village à l'autre, d'une ferme à l'autre, d'un verger à l'autre pour la récolte des mirabelles ou celle des pommes de terre telle que brossée par le beau peintre Jules Bastien-Lepage[1], d'une famille à l'autre, jusqu'au jour où, en la prestigieuse bibliothèque bénédictine de Saint-Mihiel, d'un même éblouissement grâce à l'école, il avait découvert musique et peinture. Il était tombé en arrêt devant la reproduction d'un tableau de ce peintre représentant deux femmes au milieu d'un champ : l'une à genoux par terre ramassait des patates, l'autre, cassée par l'effort sous le poids, les mettait en sac. La concentration sur la tâche de ces deux belles personnes figurées sur fond de campagne infinie et de ciel tourmenté, leur sourire énigmatique et la lumière irradiée par les visages malgré la fatigue l'avaient frappé tandis que, dans les infinis rayons de livres précieux, un orchestre de chambre grattait violons et violoncelles sur des œuvres anciennes. Le maître d'école avait dû le secouer pour le tirer de sa contemplation.

Marianne l'avait écouté, emportée par ce récit de vie, à des années-lumière de ses plans sociaux, des interprétations de tests projectifs de Julien par le psychologue – il avait dû dessiner un arbre, puis

1. Jules Bastien, dit Jules Bastien-Lepage, né à Damvillers (Meuse) en 1848, mort à Paris en 1884, peintre naturaliste français, ami d'Emile Zola. Ses œuvres sont visibles au musée des Beaux-Arts de Nancy et dans le monde entier, du Metropolitan Museum of Art de New York au musée Pouchkine à Moscou, en passant par Glasgow, Edimbourg, Oslo ou Melbourne.

une maison, puis sa famille, décrire ce qu'il voyait dans des taches d'encre… –, transportée en d'autres temps et lieux par la voix de ce doux Baptiste en veste de tweed sur chemise élimée, écharpé de laine grise, au regard transparent aiguisé de sa pointe d'ironie.

Il finit son demi de bière, « une Gauloise blonde, de la brasserie du Bocq, en province de Namur, ma préférée ! avait-il confessé. Peut-être à cause du cousinage entre ce pays de Belgique et ma Meuse natale ! ».

— Comment êtes-vous venu à la lutherie ?

Jusque-là, elle s'était tue. Mais, bière épuisée, thé froid, et silence qui avait suivi la description du tableau de Bastien-Lepage, elle avait craint la fin du récit que suivrait à coup sûr le départ de cet homme si singulier. Sa relance voulait satisfaire sa curiosité en même temps que son besoin d'entendre cette voix, de se laisser pénétrer par ce regard d'un bleu pervenche qui l'enveloppait d'une douce chaleur.

— Vous voulez vraiment tout savoir ?

— Tout ? Pas vraiment ! Seulement ce que vous pouvez me dire ! Je ne voudrais pas…

Elle chercha ses mots, fit jouer la lumière des néons dans l'ovale de sa cuillère :

— … je ne voudrais pas paraître trop curieuse. Mais votre trajectoire me paraît tellement inhabituelle et passionnante que j'ai envie d'en savoir davantage. Pardonnez-moi si…

Il fit signe au serveur de lui remettre « la même

Gauloise blonde », interrogea Marianne sur un éventuel deuxième thé, qu'elle accepta d'un sourire.

— Je n'aimais pas l'école. Je voulais travailler de mes mains, dans le bois surtout. Je ne sais pas pourquoi, mais j'ai toujours aimé toucher le bois, en suivre le fil, en humer les parfums…

Il dégusta sa nouvelle première gorgée de bière.

— Savez-vous que le chêne sent la noisette, le hêtre la vanille, l'épicéa le miel ? En tout cas, pour moi. C'est ainsi que je les respire, je devrais plutôt dire : qu'ils pénètrent en moi, car ces bois sont actifs, vivants, même morts depuis longtemps, tranchés, débités, rabotés, vernis…

Il marqua une courte pause, contempla un instant la rue par-dessus l'épaule de Marianne, l'agitation du canal des Grands-Moulins, fréquenté par des sportifs à l'entraînement de canoë-kayak. Il donnait l'impression d'observer les mouvements de ces jeunes en combinaison à jupe de caoutchouc, mais elle voyait bien que, en réalité, il fouillait plutôt les souvenirs accumulés dans son crâne. Il rajusta une mèche rebelle de ses cheveux gris déjà de sable volcanique, prit le temps de déguster sa nouvelle deuxième gorgée de Gauloise blonde, revint du regard à sa compagne du moment.

— Quand j'ai été en âge, à seize ans tapants, on m'a envoyé au boulot dans une scierie des Vosges, au Tholy, où j'ai tenu tous les postes d'ouvrier, sur machine, à l'entretien du matériel, même comme conducteur de chariots élévateurs.

Il sourit comme un enfant qui vient de trouver son jouet préféré après l'avoir cru perdu.

— C'est dans ce village de montagne où l'on fait de bons fromages que j'ai rencontré l'homme qui a bouleversé mon existence, un « faiseux d'instruments » de musique populaire, comme on disait dans le temps à Mirecourt, un gars qui fabriquait des épinettes, vous savez, cette sorte de petite caisse à cordes qui permettait autrefois d'accompagner les danseurs de soyotte ! La soyotte… vous connaissez cette danse traditionnelle des Vosges, et l'instrument rudimentaire qui l'accompagne, très prisé autrefois dans la campagne, l'épinette ?

Elle répondit « oui » d'un signe de tête.

Cette danse, elle la connaissait pour avoir vu virevolter les Pinaudrés, autrefois, gamine, quand ses parents la menaient aux fêtes folkloriques d'Epinal, et l'instrument pour avoir entendu son crin-crin sur les pas de couples qui tournaient en frappant le sol de leurs sabots et en battant des mains à chaque inversion du sens de rotation.

— Je l'ai même pratiquée, à la fête de l'école. Mon père jouait du violon et de l'épinette ; ma mère avait confectionné les costumes…

Un voile de tristesse ternit son regard.

— C'est loin, tout ça !

— Pardonnez-moi si j'ai réveillé en vous des souvenirs, des émotions… se troubla Baptiste.

Il cherchait le mot juste.

— … indésirables.

Le soleil allumait les vitrines du quai ; des volées de moineaux passaient d'un tilleul à l'autre en piaillant. La ville avait pris des allures de vacances.

Dehors, des promeneurs accoudés à la balustrade observaient les jeunes sportifs qui pagayaient rageusement entre les rochers dans les remous et tourbillons du torrent.

Marianne frissonna.

Verrait-elle un jour son Julien s'adonner comme ces jeunes à un sport, quel qu'il soit ?

— Je n'ai pas à vous pardonner. Je dois vous remercier, au contraire.

— De quoi ?

— De m'avoir fait penser à autre chose que…

Elle buta sur la suite. Devait-elle en dire davantage ou bien garder son tourment pour elle seule ? Tourment qui venait de surgir en elle, entre eux.

— Que ?

— Rien !

— Comme vous voulez. Peut-être un jour sentirez-vous que vous pouvez me parler davantage. J'ose l'espérer.

Il finit sa bière.

Elle rajusta son blouson.

— Il faut que j'y aille.

— Moi aussi ! J'ai du boulot à l'atelier, et un rendez-vous cet après-midi avec un client amateur de nyckelharpa.

— De quoi ?

— Un instrument peu connu dont je suis tombé amoureux. Je vous expliquerai une autre fois. Je pourrai même vous le présenter.

Il lui tendit la main.

— Parce qu'il y aura une autre fois, n'est-ce pas ?

Elle n'eut pas le temps de lui répondre.

Déjà il cueillait sa main comme il l'eût fait d'une porcelaine fragile, l'effleurait d'un baiser d'aristocrate, s'éloignait aussitôt.

Un éclair sucré la foudroya.

Elle lança :

— A bientôt !

Les cris des rameurs à jupe de caoutchouc couvrirent sa voix.

9

CRA… UDE… CMP… IME…

Pourtant habituée dans son milieu juridique aux sigles et raccourcis techniques en tous genres, Marianne commençait à se perdre dans la forêt des organismes capables d'accueillir son Julien.

Le médecin généraliste l'avait renvoyée à la psychologue, laquelle l'avait orientée vers le Centre de ressources autisme, qui lui avait donné des adresses d'établissements d'enseignement adaptés aux troubles du neuro-développement dont était affecté son fils. On lui avait parlé de Lorraine, bien sûr, d'Alsace aussi, de Franche-Comté et de Champagne pour les régions les plus proches, insistant sur les avantages de l'éloignement pour l'évolution de l'enfant, laissant entendre que, pris en main par des personnels spécialisés, hors des « influences maternelles parfois elles-mêmes handicapantes », il pourrait évoluer plus rapidement vers « une intégration sociale effective dans un parcours scolaire au plus proche de la normalité »...

Elle avait reçu la plupart de ces suggestions et remarques comme des coups de poing en pleine poitrine, d'autant plus forts qu'une psychomotricienne bavarde avait conclu un des entretiens d'un condescendant « d'autant plus que, j'ai cru comprendre, le père n'est pas très présent ! ». Elle n'avait jamais revu cette femme aux ongles trop pointus, comme son nez aux narines à la retrousse sur un sourire de vipère.

Jusque-là, soutenu à l'école par des assistantes bien formées à l'accompagnement d'élèves affectés de handicap léger, Julien avait suivi presque normalement les cours primaires. Toujours seul dans la cour, chambré par ses copains, il travaillait en classe par poussées d'enthousiasme suivies de périodes de refus agressif, avec de temps en temps des fulgurances, surtout en calcul, qui mettait son esprit logique en évidence. Il s'exprimait bien, mais ne supportait pas la contradiction, d'où qu'elle vînt, souffrait de devoir se plier à la discipline collective. Le mot « handicap » avait été lâché un soir d'examen par un psychologue scolaire, au terme d'une série de tests nouveaux, et d'un ultime questionnaire avant la décision de le lâcher dans les voies d'une scolarité normale ou de l'orienter vers une maison spécialisée. « Votre enfant ferme-t-il seul son vêtement ? » « Touche-t-il avec son pouce chacun des doigts de la même main après démonstration ? » « Peut-il raconter une petite histoire de manière structurée ? » « Est-il capable de dénombrer treize objets présentés comme des crayons, des gommes... ? » « Reconnaît-il tous les chiffres, de 0 à 9 ? »... Devoir répondre « non » à plusieurs de ces questions avait crucifié Marianne. Parce qu'elle avait souvent constaté les efforts de son fils, parfois des réussites dans les opérations repérées par ce questionnaire, elle avait été tentée de tricher d'un « oui » qui lui brûlait les lèvres, mais l'impression de compliquer ainsi ses problèmes plutôt que d'aider à les résoudre, doublée d'un fort sentiment de culpabilité, l'en avait empêchée.

Vrai qu'elle l'avait vu, à plusieurs reprises dans l'atelier de son grand-père à Fabimpré, manipuler des pinces, tournevis, pinceaux, ciseaux à bois, gouges, rabots même ! Emotion ! Il faisait preuve d'une grande habileté manuelle. Elle l'avait entendu un jour déclarer à mots choisis au grand-père Jules, en même temps qu'il découpait un morceau de contreplaqué à l'aide d'une petite scie à chantourner : « Veux faire... cœur... pour ma maman ! » Emotion, aux larmes ! Mais était-ce suffisant pour s'obliger à croire qu'il évoluait dans la bonne direction d'une possible intégration sociale ?

Il avait tellement insisté, « Je veux un chat ! », qu'elle avait fini par craquer.

Un jour, à la sortie du collège, sans en avoir rien dit auparavant, elle l'avait emmené au refuge de la SPA. Il n'en avait cru ni ses yeux quand ils avaient franchi le portail, ni ses oreilles quand Marianne avait dit à la gérante, d'un roux échevelé, en culotte de cheval et bottes de cuir tannées par l'usage : « Mon fils voudrait adopter un chat... » Ils avaient alors découvert un certain « Hector », jeune mâle noir à plastron et chaussettes blanches, au regard profond comme un puits d'amour.

Hector était devenu « Totor », le Totor de Julien, rien que le sien, le sien tout entier... son Totor !

Quant à l'absence du père...

— Alors, qu'avez-vous décidé ?

George retint son amie par le bras.

Dimanche. Elles longeaient le Madon sur le cours Stanislas, entre le pont Neuf et le Vieux Pont, là où, à genoux dans leurs caisses, trempées jusqu'à la taille, été comme hiver, trimaient autrefois les lavandières. On en devinait encore les emplacements sur la rive. Tandis que, à l'heure du café, Julien grattait inlassablement de l'archet la même note sur un violon fatigué dans un coin du salon, elles avaient feuilleté un album de vieilles cartes postales anciennes, y avaient vu ces femmes, éprouvé leurs souffrances.

Sur l'autre rive, le quai Le Breuil alignait ses façades comme à la parade.

Marianne aimait Mirecourt, l'ambiance de cette ville tellement différente de celle d'Epinal, son côté suranné chargé d'histoire, ses vieilles pierres et ses cours intérieures dignes de palais vénitiens, ses ruelles en escaliers qui dégringolent vers la rivière, son esprit de capitale mondiale de la lutherie tempéré d'une simplicité propre aux villages lorrains du Xaintois.

George l'avait invitée à « dîner » chez elle – « Dîner, pour moi, c'est le repas de midi. Le soir, c'est le souper, et le matin le déjeuner ! C'est ainsi que parlait ma mère, ainsi que je traite les jours ! Pas comme les Parisiens, qui ont inventé le petit déjeuner pour faire plus moderne ! » avait-elle précisé une bonne fois pour toutes, avant de conclure d'un « Qu'on se le dise ! » accompagné d'éclats de rire.

Julien courait loin devant elles, emplissait ses poches de cailloux, lançait des pierres plates dans l'eau, tentait des ricochets, hurlait de colère quand il échouait… toujours !

— Pourquoi « qu'avez-vous décidé », ce… « vous » ?

— Je veux dire « Léopold et toi ». Il a encore bien son mot à dire à propos de l'éducation de ton fils, et de son avenir… non ?

— Bien sûr, légalement parlant. Mais quant à la réalité au quotidien, c'est autre chose.

— Il refuse toujours de divorcer ?

Dérangés par le gamin, des canards s'envolèrent vers la Oultre.

— Oui, mais je m'en fous !

— Tu ne crois pas qu'il faudrait insis…

— Je ne crois rien ! Je me laisse porter par les événements. Pour l'instant rien ne compte davantage pour moi que l'avenir de mon Juju.

— Tu as revu Baptiste ?

Marianne ne s'attendait pas à cette question. Le même éclair sucré la traversa. Elle flotta une seconde avant de répondre, d'un ton voilé :

— De temps en temps. Quand il vient à Epinal, à l'Ecole de musique, il m'appelle. Si je suis libre, on prend un verre ensemble au Grand Jus.

— Souvent ?

— Au moins une fois par semaine, pour son cours. C'est que…

Elle s'interrompit, joua du regard la surveillance de son fils qui s'était mis à courir sur la rive en imitant les coups de trompette des canards. Gagner du temps. Réfléchir. Devait-elle en dire davantage, se confier à son amie, ou s'en tenir là ? Le besoin de parler du luthier l'emporta.

— C'est que… j'aime bien sa conversation. On parle de tout, de rien, de tout ce qui paraît superflu mais qui est pourtant l'essentiel. Il a une manière de s'exprimer qui me fait du bien.

— Rien que sa manière de s'exprimer ?

Elle esquiva la question :

— C'est un homme généreux et très cultivé !

— Je ne t'aurais pas présenté un obsédé de foot ou un massacreur de chevreuils, tout de même ! Tu me connais un peu, maintenant. Je sais choisir les amis de mes amies !

Nouveau rire cristallin.

Les canards cancanaient en cercles nerveux dans le ciel à l'aplomb de la rivière, juste au-dessus du gamin, qui s'était arrêté pour souffler.

— Il a déjà rencontré Julien ?

— Jamais !

— Pourquoi ?

— Je ne sais pas. C'est ainsi ! L'occasion ne s'est pas présentée.

— Tu n'as pas eu envie de la provoquer ?

— Pas encore...

Elle sentit le rouge du mensonge sur ses joues. Depuis sa première rencontre avec Baptiste, persuadée que leur complicité serait très bénéfique à son Juju, elle mourait d'envie d'organiser une promenade, un goûter, une sortie cinéma qui les réunirait.

— Dommage...

Intriguée, Marianne s'arrêta net, retint George par le bras.

— Je répète : dommage ! Parce qu'il aurait pu te parler de l'Ecole nationale de lutherie[1].

Elles se remirent en marche.

— Pourquoi m'en aurait-il parlé ?

Loin devant, Julien s'intéressait à une partie de pétanque. Bras croisés, il avait l'allure d'un curieux petit bonhomme absorbé par la compétition.

---

1. Elle fut créée en 1970 par le fameux maître luthier Etienne Vatelot (1925-2013), lui-même formé à Mirecourt. A partir du niveau Baccalauréat, cette école forme en trois ans des luthiers capables de travailler en construction d'instruments, réparation-restauration et archèterie. Titulaires à leur sortie du prestigieux diplôme des métiers d'art en lutherie, ils sont recherchés et appréciés partout dans le monde.

— Parce que c'est une excellente école qui produit des professionnels recherchés partout dans le monde. Pas de chômage pour eux, tu peux me croire ! Il est encore un peu jeune, je le sais, mais ça vaut le coup d'y réfléchir déjà. On y entre au niveau bac. Cette école pourrait être un objectif pour lui, et une bonne piste pour toi !

— On a encore le temps d'y penser !

— Pas tant que ça ! D'abord, la vie passe très vite ; ensuite, il faut l'y préparer, et ça, crois-moi…

Lassé d'observer les joueurs de boules, Julien s'était élancé vers elles : il courait, zigzaguait, moulinait des bras, poussait des cris rauques, se jeta contre sa mère si violemment que le choc la déséquilibra.

Marianne s'accrocha au bras de George.

— Attention, Julien, tu vas me faire tomber ! Ne recommence…

Le mouvement d'humeur lui avait échappé, et le ton brutal de sa voix.

Surpris, le gamin leva vers elle un regard angoissé.

— Pardon, maman !

Des larmes perlaient à ses paupières.

Elle tendit la main vers lui pour une caresse, qu'il refusa d'un bond en arrière.

— Viens, mon Ju…

Il s'enfuit tout courant vers la passerelle, qu'il franchit jusqu'à atteindre la rive opposée, où il se mit à récolter des cailloux.

Quelle conne ! se dit-elle. Tu n'es qu'une conne !

Elle le regarda un long moment ramasser des galets, les frotter, les fourrer dans ses poches. De temps en temps, il jetait un coup d'œil vers sa mère, comme pour s'assurer qu'elle était bien là. De la main, elle lui fit un signe, auquel il ne répondit pas.

— C'est que… je fatigue. Tu vois. Je viens encore de faire une connerie avec lui ! Ça m'arrive de plus en plus fréquemment.

George en avait assez des sautes d'humeur de son amie, assorties de doutes et de regrets qu'elle jugeait toujours injustifiés. Elle lui saisit le bras, haussa le ton :

— Arrête donc de culpabiliser ! Tu n'es pas responsable des difficultés de ton fils. Il n'est pas le seul à connaître des problèmes de ce genre ! N'importe qui peut les rencontrer, dans n'importe quelle famille.

Elle lui lâcha le bras, le repoussa, comme excédée.

— Et puis on parle de « problèmes »… on est peut-être à côté de la plaque, va savoir ! grommela-t-elle en prenant un pas d'avance.

— Peut-être… reconnut Marianne en se rapprochant. Mais là, il se trouve que ça se passe dans ma famille et que c'est mon fils qui a des difficultés. Mon fils… tu entends ?

— J'entends !

— Tu prétends que je ne suis pas responsable ? Qui, alors, peut l'être, si ce n'est sa mère ? Est-ce que ce n'est pas la mère qui transmet tout, en tout cas l'essentiel ? Evidemment, tu ne peux pas…

— Je ne peux pas… quoi ? l'interrompit George d'une voix blanche.

— Rien !

— Non… pas « rien » ! Tu allais dire que je ne peux pas comprendre parce que je n'ai pas eu d'enfant et que je ne connaîtrai jamais le bonheur d'être mère, ni les angoisses d'une mère, ni ses responsa…

— Arrête !

— Non, je ne m'arrête pas ! Bien sûr que mon ventre est froid comme une tombe, et qu'il n'a toujours produit que de la merde !

— Arrête !

— Mais mon cœur, bordel ! Mon cœur ! Tu y penses ? Tu sais que j'en ai un et qu'il bat comme le tien, qu'il est habité par des gens que j'aime comme mon Alfio, et… vous ! Tu le sais, ou tu l'ignores, ou tu t'en fous ?

Marianne baissait la tête comme une mauvaise élève prise en faute. Elle leva les yeux vers son amie ; ils débordaient de larmes.

— Je te demande pardon. Mais…

— Garde ton « mais » et débarrasse-toi de ton sentiment de culpabilité ! Marchons, ça nous fera du bien. Allons !

— Léopold…

George libéra son bras d'un geste vif.

— Quoi, « Léopold » ?

Elle crucifia son amie d'un œil noir inhabituel.

— La dernière fois que je l'ai vu, il était venu en coup de vent sans m'avoir avertie, entre deux engueulades avec ses parents ; il m'a à peine écoutée quand je lui ai parlé de Julien. Il a joué avec moi comme un chat avec une souris, cruel et raffiné. Au bout d'un moment, il m'a affirmé que si problème il y avait, il venait de moi, de mon ascendance.

— Tiens donc ? C'est nouveau, ça !

— Il m'a rappelé qu'un de mes oncles souffrait de troubles mentaux. Il en avait entendu parler au cours d'un repas familial, une fois, une seule fois, mais qui lui avait suffi par la suite pour me charger de tares héréditaires ! Je n'ai pas connu ce frère de ma mère ; il s'est suicidé dans les années soixante. Jamais su pourquoi il avait fait ça. Mes parents avaient été traumatisés par cette histoire, au point qu'ils n'en parlaient jamais.

— Pourquoi en avaient-ils parlé ce jour-là, alors ?

— Je n'en sais rien ! Une réflexion avait dû échapper à mon père. Toujours à l'affût de ce qui pouvait le faire mousser au détriment des autres, de moi surtout, Léo avait saisi la balle au bond. Il en était resté pour ses frais, mes parents avaient changé aussitôt de sujet.

Elles arrivaient au pont Neuf, hésitèrent à aller plus loin, vers la campagne d'aval.

Les joueurs avaient remballé leurs boules. Leur groupe blablatait maintenant sur le chemin du bistro voisin.

Assis sur la passerelle, jambes pendantes, pieds au ras du flot, nouveau Narcisse, Julien paraissait rêver.

Elles avaient fait demi-tour.

Besoin de se débarrasser de pensées trop encombrantes, de vider son sac de tourments, Marianne reprit :

— Chauffé à blanc par l'engueulade avec ses parents, suspendu à cette histoire familiale de suicide, il a insisté, ce soir-là : « Ça se transmet, ces maladies mentales, crois-moi, comme la vérole, par les femmes surtout ! »

— Il t'a dit ça, comme ça ?

Elle confirma d'un hochement de tête.

— Le salaud, lâcha George, qui préféra changer de disque.

Elle aspira une bonne goulée d'air frais, saisit la main de son amie, la balança au rythme de leurs pas. Deux gamines heureuses de se promener ensemble.

— Baptiste… tu me dis que tu le vois de temps en temps. Comment le trouves-tu ?

Marianne réfléchit sur quelques pas. Pas envie de répondre à cette question, trop de pensées contradictoires se bousculaient dans sa tête.

— Tu as déjà été reçue dans son atelier ?

— Jamais !

— Pourquoi ? Il ne te l'a pas proposé ?

— Si.

— Et tu as refusé ?

— Je n'ai pas refusé. Je n'ai pas donné suite, c'est différent.

— Si tu veux !

— Il m'a parlé de sa passion, raconté son travail, le choix des bois, les secrets de vernis, décrit la…

Un nom bizarre lui échappait, qu'il lui avait pourtant répété plusieurs fois, celui d'un instrument à cordes, ni violon, ni violoncelle, ni guitare, ni luth, ni… Elle suspendit son pas, scruta la rive aux canards revenus en famille dans les roseaux. Julien avait quitté la passerelle. Disparu ! Une vague d'inquiétude la submergeait déjà quand elle l'aperçut sous une pile du Vieux Pont, immobile dans l'ombre, comme un réfugié dissimulé, hors du monde.

— La nyckelharpa ?

— C'est ça ! Il m'en a parlé comme d'un instrument étrange et rare, dont il s'est pris de passion. Il m'a proposé de me le montrer, un de ces jours. « Je pourrai même vous le faire entendre ! »

— Et tu as accepté, j'espère.

— Bien sûr. Je lui ai même demandé s'il savait en jouer aussi. Il s'est marré avant de me répondre, comme pour s'excuser de paraître prétentieux : « Bien sûr ! On ne peut pas être sérieux et efficace dans ce métier si on ne sait pas faire chanter les instruments qui naissent de nos mains. Je n'en joue pas comme un virtuose… je ne suis pas, ne serai jamais Yehudi Menuhin, mais je sais tirer de bonnes notes et des mélodies agréables d'un violon, ou de cette nyckelharpa ! »

George buvait maintenant les paroles de son amie, qui exprimaient une telle admiration sincère pour l'homme présenté un soir de concert, s'interrogeait secrètement… amitié ? ou bien…

— Alors, tu y es allée ?

— Pas encore !

— Veux-tu qu'on passe le voir ? Il est là aujourd'hui, je l'ai eu ce matin au téléphone. Il m'a dit qu'on pourrait passer. Tu veux ?

Avec l'impression que cette proposition avait été manigancée entre eux, inquiète quant aux suites possibles de cette visite en même temps qu'impatiente de la vivre, prise de court, Marianne accepta du bout des lèvres. Non qu'elle n'eût pas envie de découvrir l'univers fascinant de cet homme qui l'impressionnait tellement, mais parce que le revoir chez lui, dans son monde à lui, au milieu de ses créations dont il parlait avec un tel enthousiasme provoquait en elle des ondes qu'elle avait cru avoir oubliées depuis longtemps, dont l'amplitude l'inquiétait en la réjouissant.

Calme, enjoué, Julien les avait rejointes.

Il paraissait heureux, pour une fois.

— Cette promenade lui a fait du bien ! murmura George.

— J'ai l'impression ! souffla Marianne.

— Et elle n'est pas finie.

Dès les premiers pas dans le corridor, un mélange onctueux de parfums de bois précieux, de cire, de colle et de vernis les enveloppa. Marianne en fut troublée. Julien sautillait devant elles comme jamais, passait de l'une à l'autre, faisait le cabri. Il s'arrêta net quand le luthier ouvrit la porte de son atelier pour les accueillir, se précipita contre sa mère en grognant comme un animal menacé.

Surpris, Baptiste recula d'un pas.

Ils passèrent plus d'une heure dans l'atelier de Baptiste Bécard, à s'imprégner de ses parfums, à goûter son silence seulement effleuré de temps en temps par le froissement de soie d'une lame sur le bois, le ronflement d'une flamme de réchaud sous le cul d'une casserole de colle, la rumeur du quartier proche des Halles, cœur de la ville. Aux murs, des dizaines d'instruments pendus, de toutes formes et origines, qu'il décrocha un à un, dont il fit d'un coup d'ongle entendre la tonalité, dont il murmura le nom indien et les qualités d'une voix étouffée :

— La vînâ, vieille de plus de trois mille ans, dédiée à Sarasvatî, déesse des arts… le sitar, plus jeune, sept siècles, l'instrument préféré de Ravi Shankar… le sarôd, encore plus jeune, né au dix-neuvième siècle, tellement joué par les chanteurs traditionnels qu'on ne connaît plus que lui aujourd'hui…

Il passa à un autre mur, l'autre collection.

— L'Afrique n'est pas en reste, au contraire ! Regardez-moi cette kora, venue du Mali, dont la légende dit qu'elle était la préférée d'une femme génie originaire des grottes de Missirikoro, et ce bolon du pays bambara, destiné aux grandes cérémonies de vie et de mort.

Il les invita à pénétrer dans une autre pièce, plus sombre, plus intime, aimable fouillis.

— Puis l'Europe, bien sûr. J'aime beaucoup la balalaïka russe, le cistre français vieux de cinq cents ans, son compère le luth, et le violon, évidemment, né au seizième siècle, notre chouchou actuel.

Il décrocha le violon, le présenta comme le prêtre présente le Saint-Sacrement aux fidèles.

— Mon trésor… vous ne le direz à personne ! C'est un instrument issu des mains de notre maître à tous, l'un de nos pairs de Mirecourt, Jean-Baptiste Vuillaume.

— Jean-Baptiste ! l'interrompit Marianne.

— Jean-Baptiste… lui. Baptiste… moi ! Fier de porter ce prénom. Je devais être prédestiné. Vous ne croyez pas ?

Elle approuva d'un sourire craquant.

— Ce luthier de génie marchait dans les pas des grands maîtres de Crémone. Depuis, nul n'a fait mieux que lui. Il avait tout compris de la facture d'instruments, aussi bien de la technique que de l'esprit, tout réinventé des choix des bois qu'il allait repérer lui-même sur pied, en forêt. Les anciens se rappellent volontiers que, ici même dans les Vosges ou, au plus loin, dans le Jura voisin, oreille collée au tronc, il faisait sonner d'une tape respectueuse l'érable ondé encore debout ou l'épicéa. Pas besoin d'aller au bout du monde pour découvrir les trésors dont se nourrit l'harmonie. Ils sont chez nous ! L'arbre vivait encore, ses racines plongeaient encore dans notre sol, son houppier dansait encore dans notre ciel au gré des vents, mais il confiait déjà son âme à l'homme de l'art, son essentiel, ce qui, en lui, serait de nature à créer puis transmettre les vibrations les plus délicates d'un instrument de musique. Maître Jean-Baptiste avait tout percé des secrets des bois, de leurs taille, façonnage et assemblage, des choix d'épaisseur et des galbes, des vernis... secrets qu'il avait enrichis des siens, car il a autant innové qu'approché les grands anciens. Par son travail de chaque jour, il a touché du doigt la nature profonde des êtres et des choses, l'a jalousement protégée. On ne connaît toujours pas ce qui transforme un simple coffre de bois sorti de ses mains en un violon magique. Il n'a pas transmis tout son savoir, sans doute parce qu'il voulait inviter chacun à se découvrir par son travail, puis à se révéler à lui-même en perçant les secrets du monde. Peut-être aussi appliquait-il pour lui et pour les autres cette injonction de Jésus rapportée par saint Matthieu : « Ne donnez pas les choses saintes aux chiens, et ne jetez pas vos perles devant les pourceaux, de peur qu'ils ne les foulent aux pieds, ne se retournent et ne vous déchirent... »

Il se tut, raccrocha le « Vuillaume », saisit un grand instrument, qu'il cala sur ses cuisses, et un archet, qu'il frotta sur les cordes. Une mélodie envoûtante s'éleva, dansante, qui mettait des fourmis dans les jambes et par tout le corps. Les doigts de sa main gauche couraient sur des touches qu'ils effleuraient plutôt qu'ils ne les enfonçaient. Il avait fermé les yeux. Paupières baissées, regard tourné vers leur intérieur, là où naît la lumière, les deux femmes s'étaient abandonnées à un canapé occupé jusque-là par un chat qui les avait acceptées.

La musique cessa.

— Voilà… vous venez d'entendre la nyckelharpa.

— Où avez-vous appris à en jouer ? osa Marianne.

— En Suède, son pays d'origine.

Baptiste raccrocha l'instrument.

Sur la pointe des pieds, dos tourné à son assistance sous le charme, il murmura, comme un mantra :

— Maître Jean-Baptiste Vuillaume…

Le chat s'étira en bâillant.

Marianne s'était levée, avait resserré son écharpe, s'avançait vers le luthier pour le saluer quand…

Du bureau voisin s'égrenèrent quelques notes maladroites.

Alors, Julien apparut, chaussures crottées de boue du Madon, poches lourdes des cailloux glanés sur ses rives ; il brandissait une mandoline dont la caisse vibrait encore de son action sur les cordes.

Baptiste applaudit, s'avança vers lui.

— A la bonne heure, je te félicite !

Il allait lui prendre la main quand le garçon esquiva vivement, hurla, serra l'instrument contre sa poitrine, cordes sur le cœur, courut se réfugier dans le fond de l'atelier…

— Noooon !

10

Bonjour,

Vous voudrez bien m'excuser si je viens troubler votre existence avec ce courrier que vous n'attendez pas, c'est certain, et qui vous tombe du ciel américain.

L'écriture est fine, élégante, tracée au crayon-feutre d'un bleu intense sur le papier ligné, bordé d'une marge rouge, comme l'étaient autrefois ses cahiers d'école primaire.

George se dit que la poste avait fait une erreur, que cette lettre ne lui était pas destinée. Elle reprit l'enveloppe, en vérifia l'adresse : *Madame George Palosco 13 ruelle Pierre-Fourier 88500 MIRECOURT France*, en examina le timbre en forme de jeton dentelé illustré d'une plante verte de style artichaut, la retourna... pas de nom, ni d'adresse d'expéditeur. Curieux ! Reprit sa lecture :

Peut-être n'aurais-je pas dû vous l'adresser. Mais je n'aurais pas tenu une promesse faite à mon père peu de temps avant sa mort, trop tôt, en 1970. Une crise cardiaque l'a foudroyé au printemps, à l'âge de soixante-cinq ans. Il était encore en pleine possession de ses moyens physiques et intellectuels.

Cet homme s'appelait Umberto Palosco. Il était arrivé aux Etats-Unis après un court séjour en France, venant d'Italie dont il avait fui le fascisme.

Mon nom est Cynthia Palosco. Je suis née en 1950, d'une femme que mon père avait connue peu de temps après son installation à Philadelphie, de vingt ans sa cadette. Très belle, aussi belle qu'il était entreprenant. On dit que je lui ressemble, et le penser me rend heureuse parce que nous étions très proches. Je crois qu'ils s'aimaient beaucoup. C'est l'impression que donnait ce couple dont je suis le seul enfant.

Quelques semaines avant sa mort, comme poussé par un pressentiment qui, pour la première fois, me le faisait paraître inquiet, angoissé presque, il m'a raconté son histoire, à l'insu de ma mère, qu'il ne voulait pas mêler à son passé européen : sa naissance en 1905, à Crémone, son refus d'un monde voulu par Mussolini, son départ en 1925, son arrivée en France, son installation dans votre pays, et, presque aussitôt, son mariage avec Clémence. Puis la naissance de leur fils Alfio, puis son nouveau départ en 1933, en direction des Etats-Unis, pour mettre un océan entre les gesticulations de l'Allemagne nazie et lui. Il m'a confié être parti, la douleur au cœur, en promettant à sa femme et à son fils de six ans qu'il reviendrait très vite, dès la folie criminelle éteinte en Europe, avec une fortune suf-

fisante pour les faire vivre à l'abri des soucis matériels. Mais… voilà, tout juste arrivé, il a rencontré Emily, ma mère. Coup de foudre ! Seule la mort les a séparés.

Nous avons bien vécu de son travail de luthier. Les plus grands musiciens l'appréciaient. Du Philadelphia Orchestra au New York Symphony Orchestra, en passant par le Los Angeles Philharmonic, il travaillait pour les meilleurs orchestres, qui ne voyaient que par lui pour leurs solistes violon, violoncelle et contrebasse. Aussi bien en fabrication qu'en restauration. Il était fier de rappeler son origine : naissance à Crémone, en Italie, et perfectionnement professionnel à Mirecourt, en France, où il avait enrichi sa technique par l'observation des instruments créés par le fameux luthier Jean-Baptiste Vuillaume, qu'il considérait comme son maître.

Le cœur de George battait à se rompre. Première fois que le contact se rétablissait avec les Palosco depuis la mort de son Alfio, que sa famille était évoquée avec une telle précision. Jamais son mari n'avait eu la curiosité de fouiller ses racines. S'estimant abandonnée par cet homme qui n'avait pas tenu sa promesse de rentrer au pays, sa mère Clémence était restée muette sur leur mariage et leur courte vie commune, y compris sur sa venue au monde. Puis la guerre l'avait amputé de son histoire, la maladie de son goût de vivre. Durant leur court temps de vie commune, de leur mariage en 1954 à sa mort en 1959, Alfio n'avait dévoilé que les grandes lignes d'une existence familiale sommaire. Quant à Clémence, morte en 1979, malgré une affectueuse proximité avec sa belle-fille, elle était restée muette !

Si je vous raconte tout cela, c'est pour vous montrer que je ne suis pas une aventurière désireuse de berner des gens comme il s'en trouve beaucoup de nos jours, en vous apportant la preuve que je connais bien votre famille qui, je l'espère, est aussi la mienne. J'écris « je l'espère » car je n'ai aucune certitude de frapper à la bonne porte. Certes, il ne doit pas se trouver des centaines de Palosco en Lorraine, voire en France, mais je veux m'assurer que vous êtes bien cette famille dont mon père me parlait rarement, toujours avec une profonde émotion. Votre réponse me sera précieuse, car je devrai accomplir pour vous une promesse que je lui ai faite sur son lit de mort, durant l'un de ses derniers instants de lucidité. Merci donc de me répondre à l'adresse suivante :

Cynthia Palosco
2147 S. Cecil St.
Philadelphie, PA 19143
Etats-Unis

J'habite toujours dans la maison de mon père, de briques rouges, à colonnes blanches, alignée sur la rue, ouverte à l'arrière sur un jardin très agréable, son lieu de repos et de méditation préféré quand il n'allait pas marcher dans le Bartram's Garden, le long de la rivière Schuylkill, à deux pas du Mount Moriah Cemetery, où il est enterré.

Si je vous donne tous ces détails, c'est pour vous donner envie de venir un jour dans ce pays qui l'avait adopté et lui a donné les moyens de faire reconnaître son talent. Il aurait aimé vous recevoir dans sa grande maison, que j'occupe seule désormais.

J'ai trouvé votre adresse dans ses archives.

Emily, ma mère, est morte voilà quelques semaines. Je peux donc prendre contact avec vous, puisqu'elle m'avait demandé de ne le faire qu'après sa disparition.

George leva le nez sur le ciel d'orage posé comme un couvercle sur le Madon.

Atmosphère lourde, air poisseux… le tonnerre grondait au loin.

Elle avait peine à respirer.

Cet orage qui menaçait, ou cette lettre venue de l'autre bout du monde, qui la renvoyait à l'histoire des Palosco, à celle, surtout, de son Alfio ? Et puis, cette phrase troublante : *je devrai accomplir pour vous une promesse que je lui ai faite sur son lit de mort, durant l'un de ses derniers instants de lucidité.*

Elle finit sa lecture :

Je vous écris en français parce que mon père aimait tellement la France qu'il m'a poussée à faire des études universitaires malgré leur coût exorbitant dans notre pays. Il m'a fait apprendre votre langue, m'a fait lire vos grands auteurs, découvrir votre Histoire tellement inspirée des plus courageuses marches vers un véritable humanisme, la Liberté et la Fraternité si malmenées aujourd'hui. Je nourris une passion très forte pour Victor Hugo. J'enseigne ici votre belle langue française dans une école privée, en suis très heureuse malgré le peu d'intérêt de mes compatriotes pour votre culture.

Je crois vous avoir tout dit.

Merci de me répondre très vite.

Salutations américaines,

Cynthia

Pour une fois, signe d'une préoccupation inhabituelle, George sirotait un whisky. D'habitude, elle prenait un léger pastis ou un petit porto pour accompagner le rituel des biscuits apéro et olives offert par son amie à chacune de ses visites.

— Que penses-tu de ça ?

Après l'avoir lue, Marianne venait de lui rendre la lettre timbrée des Etats-Unis.

— Troublant… non ?

— Emouvant, plutôt ! Ça donne envie d'en savoir davantage, peut-être même d'aller un jour là-bas, de rencontrer cette femme. Tu vois, ça m'émoustille, moi, ce genre d'histoire.

— Tu en savais déjà pas mal. Je t'avais raconté l'histoire d'Umberto et Clémence, et je t'avais parlé de leur fils, Alfio, mon mari. Tu te souviens ?

Si elle se souvenait ! Ces confidences avaient été l'une des premières preuves de confiance de George à son égard. Et puis, de telles vies de gens simples, écrites en prise directe avec la grande Histoire, la fascinaient. D'autant plus que ces vies s'enracinaient dans le monde mystérieux et magique à la fois des « faiseux d'instruments », les luthiers d'autrefois. « Faiseux d'instruments... » Elle aimait cette expression pour son côté paysan mâtiné d'ouvrier. Baptiste lui avait parlé plus longuement de ses confrères, et de cette dénomination ancienne, un jour de pot partagé au Grand Jus. C'était pendant Les Larmes du Rire, le Festival de théâtre burlesque qui, chaque année en octobre, rassemble dans les rues d'Epinal les artistes du monde les plus géniaux en loufoquerie, les plus irrésistibles en comique spontané, les plus délicats en création poétique, et leurs milliers de spectateurs éblouis et amusés. Ils venaient de vivre ensemble sur la place Pinau les jongleries d'acrobates paillasses qui les avaient emportés dans un torrent de rire aux larmes.

— Bien sûr que je me souviens !

— Alors, qu'en penses-tu ? Crois-tu que je doive répondre ?

— Quelle question ! répondit Marianne en haussant les épaules. Evidemment que tu dois répondre ! Comment peux-tu hésiter ?

— C'est que cette histoire familiale est tellement chargée de douleurs, à cause des rencontres ratées, de la guerre, des départs...

Elle réfléchit.

— ... des fuites plutôt, des retours attendus en vain, de la maladie... tu comprends ?

Julien s'était approché des deux femmes. On était au plein cœur des vacances de Pâques. Il pouvait profiter tout à la fois de sa mère, qui lui offrait ses congés, et de son inséparable Totor.

George contemplait le fond de son verre vide en ruminant une olive.

— Bon, alors je vais lui répondre, à cette femme, puisque tu me dis qu'il le faut. Mais pour lui dire quoi ?

— J'en sais rien, moi ! Que t'arrive-t-il ? D'habitude c'est toi qui me conseilles, et là tu es en panne... Qu'est-ce que ça signifie ?

Julien s'assit en tailleur devant la table basse, tendit la main vers la lettre. Entre ses genoux, Totor quémandait des caresses.

— Je peux lire ?

Depuis son admission au collège, il dévorait tout ce qui lui tombait sous les yeux : notices de médicaments, documents publicitaires, journaux et magazines, dossiers juridiques laissés ouverts sur le bureau de sa mère... Tout écrit lui devenait exercice de déchiffrage, moyen de déguster la langue, satisfaction d'une insatiable curiosité.

— Je peux ?

Les deux femmes échangèrent un regard surpris.

Il n'avait pas attendu la réponse, s'était déjà plongé dans la lecture après avoir admiré le timbre à l'effigie d'un artichaut et lu à haute voix les lettres pointillées du tampon.

— Phi-la-del-phie !

Silence.

Temps mort que Marianne mit à profit pour

proposer une rallonge de whisky qu'une George en apnée accepta d'un hochement de tête, sans réfléchir. Puis elle choisit un disque…

— *Suites pour violoncelle* de Bach, ça te va ?

— Et comment !

Harmonies du compositeur allemand…

Face à face, les deux femmes goûtaient la paix née de l'esprit d'un génie universel. Miracle de la musique !

Julien replia soigneusement le papier ligné margé de rouge, le glissa dans l'enveloppe, la reposa sur la table.

— Oui, tu dois répondre, Mageo !

Pour lui, George était devenue « Mageo » contraction de « ma George ». Cette femme si pleine d'attentions pour lui était sa George, celle de personne d'autre, sa mère de substitution, sa compagne de découverte du monde, son ange gardien, sa guide. Que quiconque s'en approchât provoquait en lui des réactions de jalousie qui le jetaient dans un coin grondant de colère, parfois violentes.

— Tu vas répondre !

Il avait répété sur un ton d'injonction qui ne souffrait aucune hésitation, pas même le moindre retard d'exécution.

George encaissa. Quiconque autre que son gamin lui aurait adressé ainsi la parole, elle l'aurait envoyé sur les roses. Nouvelle gorgée de whisky. Elle acquiesça, prit la lettre, la fourra dans son sac.

— Bon, c'est bien pour te faire plaisir ! Je vais répondre. Mais je peux vous dire que ça ne va pas être facile pour moi. J'ai toujours voulu oublier cette histoire. Pas Alfio, ça jamais ! Mais l'Italie, Mussolini, Clémence, la guerre et les Etats-Unis… du passé, tout ça, qui m'a tellement pollué l'existence ! J'avais enfin appris à vivre au présent et voilà que ça me tombe dessus sans prévenir…

— Tu vas répondre ! répéta un Julien escaladé par son Totor avide de nouvelles caresses.

George contint une poussée d'agacement.

— Je te l'ai promis ! Aie un peu confiance en moi, tout de même.

Totor devenait si exigeant dans ses bras que le jeune maître avait déjà tourné les talons, gagné sa chambre. Ils allaient partager un moment de complicité affective dont ils gardaient jalousement le secret.

Bach et son violoncelle sous les doigts de Rostropovitch.

— Si tu veux, je peux essayer d'en parler à Léopold… glissa Marianne.

— A Léopold ? Pourquoi à lui ?

— Parce qu'il va souvent à Philadelphie pour son travail, tu le sais. Je pourrais lui demander d'aller jeter un coup d'œil, se renseigner sur place, voir qui est cette femme.

— Tu demanderais un service comme ça à ce gars qui te fait tant de mal ?

— Je le ferais pour toi. Tu sais bien que, pour moi, je ne lui demande plus rien !

— Il va t'envoyer paître ! Surtout si tu lui dis que c'est pour me rendre service. Il m'apprécie tellement peu !

— Pas sûr. Pour une fois qu'il pourra jouer l'intéressant auprès de nous, voire l'indispensable !

— C'est toi qui vois. Moi je ne...

— Pour Mageo, il faut demander à cet homme ! la coupa Julien, qui les avait rejointes, seul.

« Cet homme »...

Marianne esquissa une grimace. Les mots de son fils venaient de la poignarder. Jamais elle n'avait cueilli sur ses lèvres un « mon père », encore moins un « papa ». Mais de là à l'entendre dire « cet homme » ! Un violent sentiment de culpabilité la foudroya, qu'elle réprima en tentant une diversion qui sonnait faux :

— Totor va être triste si tu l'abandonnes ?

— Il dort sur mon lit. Pas besoin de moi !

— Si tu le dis... murmura George.

Le soir même, tard – elle avait longuement hésité –, Marianne composa le numéro de téléphone de son mari. Elle tremblait d'appréhension. Comment prendrait-il son appel ? Il décrocha dès la deuxième sonnerie.

— C'est toi ! Salut ! J'étais en train de bosser. Qu'est-ce que tu me veux ?

Elle lui exposa brièvement la situation, lui demanda s'il allait bientôt aux Etats-Unis, à Philadelphie, s'il pourrait s'acquitter d'une mission sur place...

— … pour George !

Le téléphone émit un soupir agacé avant de distiller des intonations enveloppées dans du papier de soie :

— Tiens donc, on aurait besoin de moi là-bas ?

Marianne se demanda si le « là-bas » valait pour les Vosges ou les Etats-Unis ! De toute évidence, vu la coloration méprisante qui l'avait accompagné, elle ne pouvait le prendre que pour elle.

— De quoi s'agit-il ?

Il avait tout à coup l'air pressé, ou d'en finir avec cet échange à peine démarré, ou de jouer de son prestige de voyageur international, de son statut de représentant vivant en France du « rêve américain » enfin concrétisé, à des années-lumière des bouses de Fabimpré, de parents qu'il jugeait arriérés et d'une famille à problèmes.

— D'une visite à une femme de Philadelphie qui vient de lui écrire. Elle prétend être la fille d'un certain Umberto Palosco…

— Connais pas !

— Evidemment que tu ne le connais pas, ce Palosco a émigré d'Italie à cause de Mussolini, s'est installé en France, qu'il a quittée en 1933 pour les Etats-Unis. Il avait promis de revenir, une fois fortune faite. Mais il n'est jamais revenu.

— Comme je le comprends ! La vie aux States est autrement plus passionnante qu'en France. Y a pas photo ! Moi, j'y réfléchis…

— Il avait laissé chez nous une femme et un fils, Alfio…

— Et alors… tu sais, moi, les histoires de famille, c'est pas ma tasse de thé !

— Alfio est devenu le mari de George.

— Ouais.

— Tu sais… George… mon amie de Mirecourt.

— Ça me dit rien !

Essayez de faire boire un âne qui n'a pas soif ! pensa Marianne, avant de poursuivre :

— Alfio est mort en 1959, des suites de mauvais traitements pendant la guerre. Il s'était engagé dans la Résistance, puis avait été déporté en Allemagne…

— Tu vas pas me refaire toute l'histoire de la guerre ! Pas le temps ! Alors, qui c'est, cet Alfio ? Sois claire !

Ah, ce « Sois claire ! » qui ponctuait toutes leurs tentatives de discussion… Comme s'il était le seul à être « clair » !

— Alfio est le mari défunt de mon amie George, fils de cet Umberto dont l'Américaine de Philadelphie prétend être aussi la fille.

— Tu peux pas faire plus simple ? Parce que ça me paraît bien compliqué, tout ça.

Silence ponctué par des cliquetis de clavier.

— Bon, alors, qu'est-ce que vous attendez de moi, finalement ?

— Que tu rencontres cette femme quand tu iras à Philadelphie, que tu nous dises si elle te paraît sérieuse. George ne voudrait pas s'embarquer dans une relation douteuse. Il y a tellement de malfrats, là-bas.

Elle avait insisté sur son « là-bas ».

— Pas plus qu'ailleurs ! Mais…

Il se reprit :

— … vous avez ses coordonnées complètes ?

Marianne avait la lettre sous les yeux. George la lui avait laissée en prévision de cet appel à Léopold.

— Oui. 2147 S. Cecil St.

Nouveau silence, seulement troublé par les mêmes crépitements de clavier. Il devait être à son ordinateur, en même temps qu'il répondait au téléphone. Peut-être prenait-il des notes, ou bien cherchait-il maintenant sur un plan de la ville l'adresse que sa femme venait de lui donner.

— Tu m'as bien dit « 2147 S. Cecil Street » ?

Il n'attendit pas la réponse :

— Je vois… un quartier résidentiel de Philadelphie. Pas mal ! Ils devaient avoir des ronds, ces gens-là, pour loger entre la rivière Schuylkill et le Mount Moriah Cemetery, près de Bartram's Garden !

Il avait mâchonné tous ces noms comme un chewing-gum.

Respirations et crépitements de clavier.

— Je dois y aller le mois prochain, pour réfléchir à de nouvelles orientations de production, un nouveau marché. C'est justement là-dessus que je bossais ce soir quand tu m'as déran… appelé !

— Excuse-moi, je ne voulais pas te perturber dans ton travail.

Il joua la protestation, remercia sa femme au contraire de le mettre ainsi à contribution, d'avoir pensé à lui…

« … d'avoir pensé à moi ! » Elle eut un haut-le-corps.

— … de me faire cette confiance, de reconnaître enfin mon utilité.

Tout de miel et de condescendance, il semblait visiblement flatté d'être investi d'une telle mission.

— Envoie-moi la copie de cette lettre. Je verrai ce que je peux faire, et je te tiendrai au courant ! On fera le point quand je rentrerai. On pourra même aller casser la croûte ensemble à l'Excel, tiens, à Nancy. Ça te dirait.

Crachotis de clavier.

— Maintenant, il faut que je bosse. Je t'embrasse.

Il avait déjà raccroché.

Marianne resta un moment suspendue, combiné à l'oreille, amertume en bouche, regard figé sur la tronche ravie d'un personnage de Flickinger.

Léopold ne s'était pas donné la peine de prendre de nouvelles, ni d'elle, ni de ses parents, et encore moins de son fils !

L'Excel, à Nancy…

Resurgit dans sa mémoire leur dernier repas partagé dans cette belle brasserie.

« Je suis enceinte ! — Merde ! »

Une soudaine nausée lui encombra la gorge.

11

Demain, dès l'aube, à l'heure où blanchit la campagne,
Je partirai. Vois-tu, je sais que tu m'attends...

Du salon, Marianne écoutait son fils.

Ecrit par le poète écrasé de chagrin alors qu'il allait se recueillir sur la tombe de sa fille Léopoldine morte noyée à Villequier, ce poème de Victor Hugo récité par Julien la glaçait d'effroi. Non pour la scène qu'il évoquait, de détresse d'un père blessé par le drame dont il ne se remettrait jamais, mais par le ton monocorde, presque sinistre, de son Juju.

Je ne puis demeurer loin de toi plus longtemps...

Depuis son admission au collège, dès qu'il rentrait à la maison, il filait dans sa chambre, s'y enfermait, répétait ces vers en boucle d'une voix grave en alignant les cailloux ramassés le long du Madon, à chaque pas de ses déplacements en campagne.

En promenade, il bourrait ses poches de ces gravillons, éclats de pierres, galets, parfois fossiles en forme de petits coquillages marins, les classait par forme, couleur, volume, nature de roche, sur des étagères qu'il avait exigées dans sa chambre ; il ne s'intéressait ni au paysage – pas même les infinis du massif des Vosges dont, depuis le sommet du Hohneck, sa mère lui avait pourtant fait apercevoir, proches à les toucher, les neiges alpines dont celles du mont Blanc, étincelantes dans le soleil levant –, ni aux monuments, dont le château de Lunéville et ses bosquets tirés au cordeau, ni aux gens rencontrés, connus ou inconnus. Seule comptait sa quête de cailloux. Seuls ses cailloux l'intéressaient ! Un espace central dans sa collection était réservé à ceux qu'il trouvait à Fabimpré, chez ses grands-parents, autour de leur ferme, de la côte de Virine, colline surmontée d'une croix de mission réputée capable de couper en deux les orages, à la colline de Sion-Vaudémont, la fameuse *Colline inspirée* de Barrès, lieu de pèlerinage de Jules Malard, son cher grand-père, à l'érudition aussi discrète que son travail acharné de la terre. Là, près du monument de Marguerite de Lorraine, sur ce toit d'un duché perdu dans les convulsions de l'Histoire, il avait passé une journée à quatre pattes à chercher les fameuses étoiles de Plaimont, en avait rempli une vieille boîte de pastilles à la tyrothricine. Au retour, il les avait disposées en cercles concentriques autour des cailloux récoltés à Fabimpré, comme des cercles magiques. Il avait ses rituels. Interdit de s'approcher de ce qu'il considérait comme une sorte de sanctuaire ! Quiconque s'y intéressait déclenchait chez lui des colères terribles, éteintes dès l'intrus écarté. Même sa Mageo avait connu une fois ce déferlement de violence. Elle en avait été choquée. Une fois, pas deux !

Seul, inconnu, le dos courbé, les mains croisées,
Triste, et le jour pour moi sera comme la nuit.

Marianne avait mené son fils chez d'autres médecins et psychologues qui l'avaient soumis à d'autres tests, d'autres interrogatoires plus fouillés, plus intimes, plus savants. Tous, pour conclure, avaient donné l'impression de trouver « encore dans la norme » ce comportement compulsif, d'autant plus normal que les résultats scolaires de l'adolescent – quand il acceptait de se plier à la règle du travail en commun et au programme scolaire – se situaient largement au-dessus de la moyenne. Qu'il se réfugiât maintenant, toujours seul, dans un coin de la cour… qu'une fois rentré en salle de cours il cherchât à imposer ses idées et sa loi à la classe… que sa langue, quand il se donnait en curieuse représentation, fût devenue une sorte de sabir ampoulé, rien de tout cela n'inquiétait ces gens-là. Ils avaient collé une étiquette définitive sur son front, *AUTISTE*, prédit que des engagements de vie seraient le meilleur remède à ce qu'ils refusaient de nommer « maladie », qu'ils qualifiaient de « troubles du spectre de l'autisme » – entre eux « TSA » –, expression qu'ils enrichissaient parfois de nuances, « Asperger », troubles du neuro-développement »... On en était rendus à ce point d'impuissance devant les manières compulsives de Julien qu'ils avaient transmuté leurs flottements en diagnostic de bonne santé mentale et physique, à défaut d'en faire les symptômes d'une vraie maladie.

Marianne souffrait en silence de ces errances de la médecine, de solitude et d'angoisse pour son fils. Quel allait être son avenir ?

Comment réagir ? Que faire ?

Seule !

D'autant plus seule que ses rares relations amicales se trouvaient ailleurs qu'à Epinal, où Léopold avait fait le vide autour d'elle. Par son arrogance, la violence de ses discours syndicaux du temps de ses « luttes sociales » inspirées de la révolution soviétique, suivis de ses homélies à la gloire du régime néo-libéral à l'anglo-saxonne, « espoir d'épanouissement de la future société », il avait épuisé tout son monde, des copines de lycée et de faculté aux collègues du cabinet de conseil juridique, en passant par quelques enseignants, anciens amis de ses beaux-parents, qui avaient dû prendre des distances avec le couple pour éviter une brouille définitive.

Cet homme avait ruiné leurs relations, saccagé leur espace social, puis s'était envolé vers son rêve de puissance à l'américaine. L'aimait-elle encore ? Elle avait beau tenter de l'évacuer par tous les moyens, cette question l'obsédait, peuplait ses insomnies dans les ténèbres de sa chambre et de ses angoisses. D'ailleurs, l'avait-elle jamais aimé ?

Seule !

Ses nuits se ressemblaient toutes, désormais, blanches et fébriles. Quant à ses jours, elle les remplissait de dossiers étudiés avec la conscience professionnelle requise par les enjeux de ses rapports et interventions, certes, mais sans enthousiasme.

Et quand j'arriverai, je mettrai sur ta tombe
Un bouquet de houx vert et de bruyère en fleur[1].

Elle avait cessé de se dire que, jeune encore, elle pouvait prétendre à des jours plus heureux, elle avait évacué ses rêves de bonheur, pris son parti de sa situation qu'elle avait choisi de rendre la plus supportable possible, tant pour Julien que pour elle. Pour Julien, surtout.

Au diable les divagations des médecins et psychomachins, leurs tentatives de maquillage de la réalité par des formules savantes, leurs expériences, tests et questionnaires de malades appliqués à quelqu'un

---

1. Ces vers, comme ceux qui les précèdent dans ce chapitre, sont tirés du poème « Demain, dès l'aube… », écrit par Victor Hugo le 4 octobre 1847 et publié en 1856 dans le recueil *Les Contemplations*.

que, en désespoir de cause, ils affirmaient être en parfaite santé physique et mentale !

Pour être en phase avec son gamin et l'accompagner à sa manière, elle s'était remise à la lecture de Victor Hugo, avait redécouvert le poème « Le mendiant », qui l'avait émue aux larmes autrefois, appris en récitation à l'école de son père :

Un pauvre homme passait dans le givre et le vent.
Je cognai sur ma vitre…

Elle se le redisait, durant ses longues nuits d'errance dans sa solitude, presque toutes désormais, se laissait émouvoir par la force des sentiments qui l'habitaient, éblouir à chaque fois par sa projection finale dans le firmament :

Je songeais que cet homme était plein de prières,
Et je regardais, sourd à ce que nous disions,
Sa bure où je voyais des constellations.

Hugo la rassurait en lui donnant l'impression de la rapprocher de Julien. Le poète l'aiderait à franchir les obstacles, surmonter les épreuves, et lui donnerait davantage de forces pour l'accompagner. Il était devenu sa nouvelle source d'énergie. Elle en avait bien besoin.

Elle assumerait donc, seule.

Avec Totor, George, et…

Baptiste.

Parce que Julien paraissait se sentir mieux à Mirecourt qu'à Epinal, elle avait décidé de déménager. Le Madon, plus paisible que la Moselle, y était-il pour quelque chose, ou bien la ressemblance de la campagne environnante avec celle de Fabimpré, ou bien la présence de sa Mageo, celle aussi de Baptiste, dans son atelier parfumé aux essences de bois précieux, de colle et de vernis ? Il suffisait à Marianne de penser à cet homme et à son talent pour être certaine de se sentir bien dans cette ville. La perspective d'un déménagement l'avait retenue quelques semaines, avait ajouté à ses tourments ceux de devoir gérer des cartons, liquider des pans de mémoire, rompre avec des habitudes de vie. Mais la proximité de George l'avait emporté, et celle de Baptiste, qu'elle s'efforçait de placer au deuxième rang. Pourtant...

Elle avait quitté Epinal juste avant la rentrée scolaire, par une journée lumineuse et légère ; elle avait bazardé ses meubles et souvenirs dans cette ville marquée par ses échecs passés, loué une ancienne maison de luthier du faubourg Saint-Vincent dénichée au printemps grâce à George, ouverte sur la rivière, précédée d'un jardinet embaumé de lilas en fleur et semé de violettes. Elle avait garni cette maison de nouveaux meubles, bibelots, rayonnages chargés de ses livres et de ceux hérités des parents, de l'ensemble de *La Comédie humaine* à ses manuels scolaires religieusement conservés, toujours couverts de papier bleu marqué de leurs étiquettes, *Mathématiques*, *Sciences naturelles*… *Les beaux textes de l'Antiquité*, de Maurice Rat. Elle les rouvrait parfois, pour chasser un coup de déprime. Ils réveillaient en elle, pour un temps trop court mais précieux, des souvenirs de plaisir d'apprendre, de jeux collégiens et d'insouciance de la jeunesse.

Quinze jours après leur installation, Marianne avait invité ses beaux-parents à venir découvrir leur nouveau lieu de vie.

Les Malard avaient fait la route de Fabimpré à Mirecourt dans leur deudeuche, leur vieille 2 CV Citroën que Jules nommait sa « danseuse », dégusté pâté lorrain, pot-au-feu de poisson, fromage de munster et première tarte aux fraises du jardin, passé l'après-midi en balade digestive le long de la rivière. Léonie avait tout le temps balancé entre tristesse qui lui voilait souvent le regard, à cause d'une douloureuse absence, et bonheur de partager de tels moments avec sa belle-fille et son petit-fils ; Jules avait parlé, parlé, parlé d'histoire, de nature, avait tenté des réflexions d'avenir en direction de son petit gamin, cherché des sujets susceptibles de l'intéresser. Mais, regard fixe sur ses mains inertes à plat sur la table, Julien était resté imperturbable. Il avait juste pris la parole, toujours sur le ton monocorde et solennel de ses récitations, pour parler d'un livre qu'il venait de lire, trouvé dans l'enfer de la librairie des Halles, tout contre l'église : *Le*

Diable au corps, d'un certain Radiguet qu'il trouvait « génial ! ». Son exaltation avait provoqué un silence interloqué autour de la table. Jules avait voulu en savoir davantage. Comme s'il n'avait pas entendu les questions posées, Julien n'avait pas répondu ; il s'était contenté d'en réciter l'attaque de la même manière désincarnée qu'il récitait Hugo : « Sans doute, les troubles qui me vinrent de cette période extraordinaire furent d'une sorte qu'on n'éprouve jamais à cet âge… »

Marianne ne supportait pas ces moments d'exaltation de son fils, qui la déchiraient. Même s'ils lui procuraient un réel plaisir de l'entendre parler ainsi, lui qui, dans la conversation ordinaire, ne s'exprimait que de manière hachée, souvent même par onomatopées. Pour dissimuler sa pâleur, elle s'était levée, avait filé préparer le café.

Regard tourné vers son intérieur, comme un saint personnage en méditation, Julien avait ajouté : « Je n'ai jamais été un rêveur[1]… »

De la cuisine, Marianne l'avait écouté en retenant ses larmes qu'elle se disait être d'émotion, qu'elle savait être de colère. « Je n'ai jamais été un rêveur… » Une fois de plus, l'intonation l'avait crucifiée.

Le café embaumait l'appartement.

Elle leur avait apporté le plateau en toussotant

---

1. Raymond Radiguet (1903-1923), *Le Diable au corps* (Grasset 1923).

pour effacer le trouble de sa voix, croqué un biscuit anglais, histoire de les inviter à faire de même.

Puis George était arrivée. Enthousiaste et heureuse de faire leur connaissance. Jules avait alors proposé d'aller marcher « sur le bord de la rivière », histoire de prendre l'air, de se « faire circuler les sangs », de voir si les canards étaient toujours aussi bavards, les vandoises aussi vives et argentées sous les arches du Vieux Pont. Sans trop y croire. Le gamin avait refusé d'un mouvement violent, plus rejet que refus, appuyé d'un regard noir ; il était allé rejoindre Totor dans sa chambre.

En fin d'après-midi, les Malard avaient rembarqué dans leur vieille danseuse vieux gris, chargés d'un malaise qui les avait affublés tout à coup des oripeaux de la vieillesse. A aucun moment de cette journée qu'ils avaient espérée plus chaleureuse ils n'avaient évoqué leur fils, sa vie, ses silences, leur détresse, Léopold, absent de ce lieu de vie qui eût dû être le sien, et de leur cœur. Ils y avaient pensé tout le temps, la mère et lui, comme ils y pensaient chaque jour, chez eux, chaque nuit, aux champs comme à l'écurie malgré l'affection de leur vieux Gaillard, devant la télévision qu'ils regardaient sans y rien voir, simplement pour ses rumeurs de vie, au lit qu'ils partageaient toujours, solitude contre solitude, parfois main dans la main, en attendant la survenue d'un sommeil de plus en plus avare de ses bienfaits. Ce jour-là, chez leur belle-fille, à côté de leur petit-fils, en compagnie de leur amie dont ils avaient apprécié la conversation, tout s'était passé pour eux comme s'ils n'avaient jamais eu d'enfant. Leur Léo n'existait pas… n'existait plus !

Marianne prenait désormais la route d'Epinal trois fois par semaine pour y bosser avec ses collègues à des dossiers en cours : nouveaux statuts de partenariat industriel, projets de fusions avec ou sans licenciement de personnel, publications légales… ou pour recevoir des clients. Les autres jours, elle visitait ses entreprises du portefeuille ou planchait chez elle. Par le télétravail, la technique informatique donnait maintenant cette liberté d'organisation sans jamais nuire à l'efficacité professionnelle.

Toutes bonnes conditions réunies, la vie à Mirecourt ouvrait de belles perspectives, tant pour elle que pour son fils. Pour son fils surtout. Des mois durant, elle avait refusé de confier leur nouvelle adresse à son mari. Avait fini par lui envoyer un mot pour l'informer, simplement l'informer, surtout ne pas lui donner l'impression d'attendre sa visite, encore moins de lui rendre des comptes. Il serait bien trop heureux de me croire encore dépendante de lui ! pensait-elle. *Si tu dois nous joindre,* avait-elle écrit, *tu peux le faire par courrier à l'adresse qui figure au dos de cette enveloppe. Le numéro de téléphone n'a pas changé.* Elle avait hésité à lui donner son adresse de messagerie, avait renoncé en même temps que la pensée lui en était venue, pour ne pas risquer de polluer son ordinateur. Evidemment, sa lettre était restée sans réponse. Pas de nouvelles, bonnes nouvelles ! Cette assertion imbécile avait enfin pris tout son sens.

L'hiver venu, elle avait dû constater que déménagement, installation dans une autre ville, nouveau décor, et fréquentation quotidienne de sa Mageo n'avaient rien changé au comportement de son Juju. *Demain, dès l'aube*... les cailloux alignés, discours ampoulés et replis solitaires dans la chambre aux pierres précieuses les y avaient suivis. Toujours avec Victor Hugo, Raymond Radiguet et son inséparable copain Totor. Le matou était devenu son confident privilégié, son auditeur de déclamations littéraires, son spectateur de postures que Marianne avait surprises, qu'il ne prenait jamais en sa présence. Elles étaient pour lui, pour son Totor qui comprenait tout, pour lui seul !

Ce mardi matin, la presse regorgeait d'informations sur la vie et l'œuvre de l'ancien président de la République, François Mitterrand, qui venait de mourir à Paris. On le savait depuis quelques années rongé par un cancer de la prostate. On avait même appris à retardement qu'il connaissait déjà son état de santé au moment de l'élection de 1981. Il l'avait bien planqué pour ne pas risquer d'altérer ses chances d'accéder à la magistrature suprême du pays. Les bulletins médicaux publiés par l'Elysée durant ses deux mandats n'en avaient jamais fait mention. Bien que jalousement gardé, le secret avait fini par transpirer, tellement la dégradation physique du président était devenue évidente. Toutes les photos de journaux, les apparitions à la télévision le montraient fatigué et torturé par la douleur malgré une contenance feinte nourrie de dignité qui forçait, sinon l'admiration, du moins le respect. Sa dernière allocution de Nouvel An aux Français avait bouleversé les citoyens, ses dernières paroles : « L'an prochain, ce sera mon successeur qui vous exprimera ses vœux. Là où je serai, je l'écouterai, le cœur plein de reconnaissance pour le peuple français qui m'aura si longtemps confié son destin, et plein d'espoir en vous. Je crois aux forces de l'esprit et je ne vous quitterai pas… » Si l'effet de surprise était nul à l'annonce de sa mort, l'état de sidération, lui, était bien réel. Marianne l'avait ressenti comme une deuxième mort du père. Ce soir-là, elle était restée plantée devant sa télévision, dont elle avait coupé le son juste après l'ultime et présidentiel « Vive la République ! Vive la France ! », avait vécu ce moment comme une fin, comme une plongée dans le vide, une marche vers un infini de ténèbres et d'angoisse. Quand elle avait quitté son fauteuil, éteint la télévision, lancé les *Concertos brandebourgeois* de Bach sur son lecteur de CD avant de se tourner vers la table décorée d'étoiles d'or prête pour le réveillon à partager avec Julien et sa Mageo, elle avait découvert son fils sur le seuil de sa chambre, appuyé de l'épaule au chambranle, d'une pâleur de porcelaine, des traces luisantes sur ses joues, comme des chemins d'escargots. Elle était allée vers lui. Il avait tourné le dos, disparu en claquant la porte.

— Pour la rentrée prochaine, il va falloir réfléchir à ton choix d'orientation. As-tu déjà réfléchi à ce que tu aimerais faire plus tard ? J'ai besoin que tu me guides. Qu'en penses-tu ?

Vautré sur le canapé, plongé de nouveau dans Victor Hugo, dont il avait déclaré vouloir lire toute l'œuvre, Julien murmura :

— Plus tard !

Puis il compléta d'une citation coup de poing qu'il venait de découvrir :

— « Le gouffre est entre nous comme entre les deux pôles…[1] »

Message reçu.

Marianne rentra la tête dans les épaules. Ce gouffre, elle y sombrait à chaque heure du jour et de la nuit, de la nuit surtout. Evoquer l'avenir lui paraissait le plus sûr moyen de s'en tirer :

— Tu n'as rien d'autre à me répondre ? Si on y réfléchissait ensemble… C'est sérieux, tu sais. C'est toute ta vie qui va dépendre de ce choix. Tu vois…

— Ma vie…

---

1. Victor Hugo, « A Henri V », poème extrait de *L'Année terrible* (1872).

Il se dressa, bras en croix, se mit à tourner sur lui-même comme un patineur en pirouette. Elégant et gracieux.

— Ma vie… le gouffre… pas moi… c'est Victor Hugo.

Il s'arrêta net, face à sa mère, la fixa si intensément qu'elle se sentit tout à coup mal à l'aise.

— Sérieux, Victor Hugo.

— Oui, je sais. J'aime ce qu'il a écrit, et comme tu le lis. Mais c'est toi que je voudrais entendre !

— Tu m'entends ! Je lis… Victor Hugo !

— J'entends ta voix qui me déclame des vers écrits par un homme qui n'est pas toi. Même s'il est génial, c'est toi que je veux entendre, pas lui, toi !

Sa voix s'étrangla sur ce « toi ».

— Tu pourrais m'aider un peu, me parler, me dire ce qui te tourmente, ce que tu voudrais pour toi, pas pour nous… j'ai bien dit « pour toi » ! Moi, tu sais, pour moi… je m'en fous !

— « Le gouffre est entre nous comme entre les deux pôles… »

— Tu ne peux donc pas me parler avec tes mots à toi, tes pensées à toi, tes regards à toi, pour moi, pour nous ? Fais un effort, s'il te plaît.

Elle se fit suppliante, le cœur au bord des larmes :

— S'il te plaît… s'il…

Il leva le nez.

— « Demain, dès l'aube, à l'heure où blanchit la campagne, je partirai… »

Elle serra les dents, fonça sur la fenêtre qu'elle

ouvrit violemment, aspira tout l'air de la vallée, ses parfums d'humus et de vase, de ville et de campagne, de rivières et de collines.

En amont, derrière le Vieux Pont, la chapelle de la Oultre dressait son clocheton sur le ciel outremer marbré de veines laiteuses.

Elle revint vers lui.

— J'ai quelque chose d'important à te dire.

Elle prit son souffle, comme un plongeur après une longue apnée, lâcha d'un jet :

— Voilà... j'ai pensé que tu pourrais tenter le concours d'entrée à l'Ecole nationale de lutherie. Pas tout de suite, on a encore un peu de temps. Mais il faudrait déjà y penser, à condition bien sûr que tu sois intéressé. J'ai vu à Fabimpré que tu aimes travailler le bois, et que tu le fais bien. Tu es doué. Alors, je me suis dit que...

Les mots lui manquèrent soudain. Elle souda son regard à celui de son fils qui, pour une fois, ne baissait pas les yeux, chercha l'énergie suffisante pour aller au bout de sa proposition :

— On a la chance d'avoir cette école chez nous. Elle a très bonne réputation, pas seulement chez nous, partout dans le monde. Les jeunes luthiers qui en sortent sont très recherchés, aussi bien en France qu'à l'étranger. Qu'en dis-tu ?

Elle exhala un long soupir, apaisée enfin d'avoir pu lui parler ainsi, retourna à la fenêtre, s'y accouda, sourit au Madon, se retourna.

— Hein, qu'en dis-tu ?

Il avait replongé dans son livre.

Elle revint vers lui, s'assit sur un accotoir du canapé.

— Tu n'y serais pas interne, évidemment. C'est à deux pas de la maison. Conditions idéales, pour toi comme pour moi.

Silence.

— On peut se présenter au concours d'entrée après le bac. C'est très sélectif. Ils ne prennent qu'une dizaine d'élèves par an. Connaissant tes qualités, je suis certaine que tu serais admis. Mais une expérience musicale est un atout.

Silence.

— Tu aimes la musique. Tu as de bonnes notes au lycée. Je peux t'acheter un instrument et te faire donner des cours… je ne sais pas, moi, une guitare, un violon, un violoncelle, ce que tu préfères… c'est le pays, on n'a que l'embarras du choix ! J'ai bien le mien, de violon, celui de ton grand-père ; il est bon, mais si tu en veux un autre, pas de problème, comme pour le professeur. Et puis…

Elle hésita, prit le temps d'assurer son saut de chat…

— Baptiste peut…

— Un orgue électronique !

Il l'avait interrompue sans lever la tête, sans un regard vers elle, sans la moindre réaction de tout son corps.

— Pourquoi un orgue électronique plutôt qu'un

instrument à cordes ? Dommage, parce que c'est la spéciali…

— Ça ou rien !

Elle ravala proposition et salive.

— Un orgue élec… pourquoi pas !

Manque d'enthousiasme, certes, mais pas rejet de son projet ! Consciente que ce n'était pas gagné pour autant, elle se sentit tout de même plus légère.

— Soit ! Un orgue électronique. Tu as une idée ? Tu connais quelqu'un qui en a un ? Tu as déjà essayé d'en jouer ?

— Je veux apprendre le solfège !

— Bonne idée, mais…

— Sol-fège…

Il était déjà reparti dans les images, les harmonies, les visions poétiques et révolutionnaires de Victor Hugo.

« Le gouffre est entre nous… »

Silence.

Rumeur sous les fenêtres, cris d'enfants, grondements de moteurs, comme si la ville se réveillait soudain.

Le sifflement assourdissant d'un chasseur à réaction de la base aérienne proche déchira les airs.

Marianne choisit un CD, l'introduisit dans son lecteur.

L'attaque dorée de la *Toccata et fugue en ré mineur* de Jean-Sébastien Bach et sa réponse lointaine éclatèrent dans le salon, puis ses envolées spirituelles sous les doigts du musicien aveugle Gaston Litaize. Elle aimait la sensibilité et la proximité géographique de cet artiste, qui lui donnaient l'impression de partager plus encore l'émotion. Elle ne l'avait pas connu personnellement, le regrettait. Elle aurait aimé le rencontrer, lui parler, l'entendre. N'était-il pas vosgien, lui aussi ? Mort trop tôt, hélas, dans son village de Fays.

— On ira voir à Nancy. Il y a bien un magasin spécialisé là-bas...

Elle avait repris sa place, en amazone sur l'accotoir, face à lui, toujours absorbé par sa lecture.

— Tu es d'accord ? Réponds-moi !

Elle s'approcha, s'accroupit à sa hauteur.

— J'ai besoin de savoir si ça te convient, aller à Nancy, choisir un orgue. Tu veux ?

Ses mots se heurtèrent à un mur.

Une fois de plus, elle avait prêché dans le désert de son existence, de leur existence.

— Mais réponds-moi, nom d'un chien !

Elle explosa.

— Réponds-moi ! Merde !

Elle avait hurlé, se précipita sur son fils, lui arracha le livre des mains, jeta de toutes ses forces Hugo, son *Année terrible*, ses *Voix intérieures* et ses *Contemplations*, qui se disloquèrent, glissèrent sur le parquet jusque dans le couloir de l'entrée, entre les pattes de Totor.

— Merde ! Merde ! Merde !

Colère et angoisse lui nouaient la gorge.

Elle étouffait.

Respirer !

Elle courut à nouveau à la fenêtre, la rouvrit au large.

Un coup d'air vif lui gifla le visage.

La bise s'était levée. On était parti pour au moins trois jours de coups de lame sur la peau infligés par un printemps malade.

Elle referma, gagna sa chambre, s'installa sur son tapis de méditation, libéra ses pensées.

Pranayama lui ferait du bien.

12

— Je lui en ai parlé…

Assis à l'angle de son établi principal, Baptiste éprouvait de la paume une table d'harmonie qu'il venait de vérifier au compas d'épaisseur.

— Comment a-t-il réagi ?

— A votre avis ? répondit Marianne. Il m'a déclamé Victor Hugo, comme d'habitude.

George les avait abandonnés à leur conversation. « Je vous laisse, j'ai à faire en ville. Vous n'avez pas besoin de moi pour vous occuper, n'est-ce pas ? avait-elle lancé en sortant, souriante. Je repasserai tout à l'heure ! »

Depuis les concerts du Festival international de cordes dont ils avaient apprécié ensemble les œuvres et leurs interprètes, une réelle complicité était née entre eux, teintée d'affection. De plus en plus souvent, quand il savait Julien au lycée, Baptiste passait à la vieille maison de luthier du faubourg Saint-

Vincent, y dégustait des palets bretons au beurre, y partageait un thé avec son hôtesse. La première fois, venu à l'improviste, son irruption avait déclenché chez l'enfant une crise de jalousie et des hurlements si insupportables qu'il avait dû rebrousser chemin, rentrer chez lui, amertume en bouche plutôt que le bon goût du beurre. Calendrier des vacances scolaires épinglé au mur entre ses outils et emploi du temps de Julien confié par sa mère le guidaient maintenant dans ses choix d'heures et jours de visite. Sans cette relation difficile avec Julien, dont il comprenait les réactions, il se serait volontiers abandonné à son seul désir de visiter régulièrement son amie, non pour le thé et les palets bretons mais pour le plaisir de vivre avec elle les agréments de la conversation, de lui voler quelques rayons d'une lumière que seuls ses yeux savaient lui offrir.

Suite à un mariage raté avec une contrôleuse des impôts qui ne supportait pas de lui voir accorder tout son temps à sa passion de faiseux d'instruments, il était devenu méfiant à l'égard des fonctionnaires, qu'il soupçonnait de vivre pour leur seul avancement sur l'échelle des grades et dans la grille des salaires, des femmes en général, de celles qui prétendaient s'intéresser aux boîtes à musique en particulier. Après leur séparation, il avait vécu des liaisons éphémères, le plus souvent dans des pays lointains où il était parti explorer les pratiques de musiques traditionnelles, en Suède surtout, pays originel de ces fameuses nyckelharpas dont il était tombé amoureux bien plus que des déesses vikings bouclées aux yeux de mer Baltique qui en faisaient vibrer les cordes. Des souvenirs émus le renvoyaient de temps en temps dans les faubourgs de Göteborg – qu'une autochtone adorablement effrontée lui avait appris à prononcer à la suédoise : *ye-te-boï* ! –, dans les allées boisées de l'université champêtre de Linköping parcourues au bras d'une professeur aussi cultivée en art musical que douée en langue... anglaise, sur le port de Stockholm, où, dans le sillage exotique d'une blonde capiteuse férue d'histoire, il avait pu admirer le *Vasa*, un fameux trois-mâts coulé par défaut de conception dès sa sortie du port le jour de son voyage inaugural, le 10 août 1628, renfloué puis exposé avec sculptures de proue et de poupe, canons, voiles, armes et bagages d'origine dans le musée qui porte son nom. Souvenirs émus associés aux harmonies de l'instrument traditionnel qu'il était venu étudier sur place : la fameuse nyckelharpa, dont il s'était fait une spécialité.

Les femmes... Baptiste Bécard estimait avoir donné ; il s'en tenait à distance, sauf parfois pour une relation d'hygiène intime qu'il savait d'avance sans lendemain, à Nancy de temps en temps, Paris surtout, où il allait souvent pour affaires et rencontrer dans son atelier le maître incontesté des luthiers, Etienne Vatelot, fidèle à la ville de Mirecourt, qui l'avait accueilli autrefois pour son perfectionnement auprès d'un autre maître : Amédée-Dominique

Dieudonné. Les femmes, Baptiste avait appris à maîtriser ses besoins d'elles, de leurs caresses, de leurs mots, de leurs jeux de séduction, de leur souffle court sur sa poitrine après l'explosion d'amour. Les femmes…

Mais Marianne n'était pas l'une de ces créatures ordinaires. Un sentiment inconnu avait habité le luthier dès leur première rencontre d'après concert au théâtre d'Epinal. Tout de suite, il s'était senti en confiance, en sympathie, en affectueuse compréhension. Il avait suffi d'un regard pour que s'imprime dans sa vie pourtant réglée comme du papier à musique cette traîne de comète à parfum de vanille. Avec une telle femme, celle-là, tout était très différent. En quoi ? Incapable de le dire ! Il ne cherchait pas à se l'expliquer, de crainte sans doute de rompre le charme. C'était ainsi, aussi vrai et mystérieux que le pouvoir du nombre d'or dans la conception d'un instrument, aussi évident que l'éternelle succession du jour et de la nuit, aussi émouvant qu'une vibration de cordes sous un archet. Depuis ce soir-là, il travaillait sans lever le nez, avec une énergie neuve et puissante, vivifiante comme une sève printanière.

Sans l'avouer à qui que ce soit, même à… lui-même, il attendait son passage. Deux ou trois fois par semaine, elle venait le voir. Quand elle tardait trop, fébrile comme un adolescent, il osait aller sonner à sa porte. Elle le recevait, célébrait sa venue par un rituel désormais toujours le même, d'arômes de thé indonésien, de biscuits de Pont-Aven, et d'échanges à propos de facture d'instruments et de règles de droit qui finissaient toujours par s'élargir sur l'horizon politique et social du moment. Elle lui avait confié son attachement à l'humanisme hérité de ses parents, lui parlait avec passion de l'histoire des bâtisseurs du système éducatif français que la vision étroitement comptable des dirigeants contemporains mettait à mal, évoquait les grands anciens Victor Duruy et Jules Ferry, et la personnalité de Jean Zay, ministre visionnaire de l'Education nationale du Front populaire, arrêté par les pétainistes puis assassiné par des miliciens en 1944. La première fois que Marianne avait évoqué ce personnage politique, elle l'avait fait avec une telle émotion que le luthier en avait été frappé. Elle lui avait alors expliqué que son instituteur de père l'avait pris pour modèle, que ce Jean Zay était sa référence constante, tant pour sa conception du rôle de l'école de la République que pour sa résistance humaniste à l'oppression politique. Ignorant tout de cette histoire, Baptiste l'avait écoutée religieusement, avait posé mille et une questions, tant pour satisfaire sa curiosité intellectuelle que pour le plaisir d'entendre sa voix. D'autres fois, elle lui parlait de son travail, de ses réticences de plus en plus vives à organiser des « charrettes » de salariés pour des entreprises qui fermaient leurs portes alors qu'elles étaient pleines aux as, uniquement pour arrondir le portefeuille de leurs actionnaires. Il prenait un réel plaisir à la voir ainsi animée par la colère, à l'entendre ainsi passionnée, à communier avec elle dans l'esprit d'une révolte que, bien à l'abri dans sa bulle de cordes, de bois précieux et d'harmonies, il avait longtemps ignoré. « Vous rendez-vous compte, Baptiste, que cette boîte vient de payer grassement un directeur – plus que grassement… elle lui a fait un pont d'or – pour qu'il prépare un plan de liquidation destiné à faire gagner encore plus de fric à des gens qui passent leur temps au soleil, doigts de pied en éventail, cigare au bec, ou bien dans leur salon parisien à roter des bulles, tandis que leurs ouvriers et employés, qu'ils n'ont jamais vus ni de près ni de loin, sont jetés à la rue, parfois après des années de bons et loyaux services ! Comment peut-on accepter un tel mode de fonctionnement social et politique sans être soi-même complice de ces agissements ? Comment ? » Son regard d'ordinaire transparent lançait alors des éclairs qui la faisaient belle, d'une beauté de Diane chasseresse. Fascinante, redoutable même par certains accents. Ces sujets qu'en d'autres temps et lieux il aurait jugés scabreux revenaient régulièrement entre eux, s'invitaient à leur table bretonne et indonésienne, les mettaient tous les deux en émoi, elle de juste indignation, lui d'admiration. Ils les rapprochaient.

Quand elle s'interrompait, faisait chanter le thé dans la porcelaine, ouvrait la fenêtre sur le Madon pour laisser entrer un air devenu trop rare dans le salon, croquait un palet de Pont-Aven, il prenait le relais, timidement d'abord, puis d'une voix plus assurée, évoquait son enfance en Meuse, à deux pas de la frontière belge, dans le village de Marville, oublié aujourd'hui, dont l'ossuaire du quinzième siècle et les vestiges de présence espagnole témoignaient, là aussi, d'une histoire très riche. Il lui racontait ses parties de pêche et ses baignades dans la rivière Othain, ses explorations en compagnie de garnements de son âge de grottes qu'un orage soudain pouvait transformer en terrains meurtriers, son désir précoce d'aller voir ailleurs si le ciel était plus bleu, la campagne plus verte, l'école moins sévère, et les filles plus… accueillantes.

Alors, elle se posait face à lui, en tailleur sur le canapé, replaçait derrière l'oreille ses cheveux que la passion avait rendus rebelles, cherchait du regard son tapis de méditation souvent occupé par Totor, apaisait sa respiration, promesse de pranayama à venir, d'équilibre, souffle et mental à réinventer.

Elle buvait ses paroles, partait sur ses pas dans les contrées les plus éloignées de la planète à la recherche d'instruments traditionnels, partageait ses enthousiasmes et ses dangers d'explorateur, se laissait porter par sa voix et ses intonations de conteur. Il lui aurait parlé d'expéditions lunaires, de découvertes sur la planète Mars d'instruments fabuleux aux harmonies divines… qu'elle l'aurait cru !

Ainsi, se passionnaient-ils ensemble, s'élevaient-ils ensemble, se troublaient-ils ensemble, se marraient-ils aussi parfois, quand l'un ou l'autre se prenait les pieds dans le tapis de sa propre histoire, se surprenaient-ils toujours à désirer en savoir plus de l'un sur l'autre, de l'autre sur l'un.

Jamais ils ne s'étaient sentis aussi bien que durant ces après-midi, tous les deux, hors du temps immédiat et des contraintes sociales et professionnelles, comme en apesanteur dans le monde.

— Il n'a donc pas réagi…

— Je vous l'ai dit, sinon en me récitant une fois de plus Victor Hugo.

— Il joue de l'orgue électronique ?

Suite à leur discussion, Marianne avait offert à son fils un Yamaha de bonne qualité, équipé d'un clavier arrangeur, avec soixante et une touches standard, trois cent quatre-vingt-quatre sons et seize batteries, de quoi satisfaire déjà un musicien amateur exigeant. Son Juju n'avait pas lâché l'instrument pendant plusieurs semaines, au point de fatiguer sa mère des mêmes morceaux sans cesse bégayés : la *Lettre à Elise* de Beethoven, sur laquelle il trébuchait toujours au changement de rythme, et *La Truite* de Schubert, tellement rabâchée que, devenue scie sous ses doigts, elle avait aggravé chez elle ses tenaces insomnies. Et, tout à coup, il avait maîtrisé à la fois *La Truite*, le solfège, les notes et les silences, les altérations, gammes majeures, mineures et accords, l'instrument et la composition au point qu'il se lançait parfois dans des improvisations

– l'admiration maternelle lui garantissait toutes les indulgences –… à la Chopin !

Puis, ce niveau atteint, le virtuose avait abandonné la musique au profit exclusif de la lecture, ses lectures.

— Il en joue encore ?

— Jamais.

— Si je lui parlais moi-même, pensez-vous qu'il accepterait de m'écouter ?

— On peut essayer, mais…

— Mais ?

— Rien ! J'allais dire une bêtise : « je crains le pire ». Parce que ses réactions sont tellement imprévisibles. Il peut passer de l'enthousiasme au rejet le plus violent, d'une seconde à l'autre.

Elle soupira profondément.

— C'est tellement épuisant !

— Quand vous êtes venus chez moi, dans mon atelier, souvenez-vous, il a montré de l'intérêt pour le métier, les outils, les instruments ; il a même gratté une mandoline. Pas mal, d'ailleurs, tu t'en souv…

Il trébucha tout à coup sur cet élan de tutoiement qui lui avait échappé.

Marianne éclata de rire.

— Pourquoi riez-vous ?

— Comme ça ! Pour le plaisir d'accentuer votre gêne de m'avoir tutoyée.

— Ça m'a échappé. Pardon ! Je ne voulais pas vous choquer.

Elle rit de plus belle, reprit son souffle, le corrigea :

— Je ne voulais pas… *te* choquer ?

Il flotta un moment entre espoir d'avoir bien entendu et crainte d'avoir mal compris. Elle avait repéré son trouble, le pressa de répéter :

— « Pourquoi ris-*tu* ? »… C'est simple et facile à dire… non ?

Elle lui tendit le plateau de biscuits.

— Ce qui est spontané est toujours vrai. On ne commet jamais d'erreur en s'y abandonnant. N'est-ce pas ?

Il avait choisi un biscuit, le tournait et retournait dans ses doigts, comme invité à la réflexion par le triskel celtique doré au beurre breton.

— Pour être plus claire, je vous dirai que, puisque vous avez commencé à me donner du « tu », il faut maintenant continuer.

Il prit le temps de croquer son symbole celtique avant de répliquer :

— Dans les deux sens ?

— Alors là, ça me sera peut-être difficile. Mais…

— Pourquoi, difficile ?

— Parce que… je ne sais pas, moi…

C'était à son tour, cette fois, d'être gagnée par le trouble, un trouble délicieux qui venait de couvrir ses joues de rose.

— C'est ça ou rien ! affirma Baptiste.

— Alors c'est ça ! s'entendit-elle répondre.

Elle saisit la théière.

— Reprendras-tu un peu de thé ?
— S'il te plaît.

Le thé n'avait été qu'un prétexte. Il resta dans les tasses.

Quand la cloche de la Oultre leur sonna une heure déjà avancée, Baptiste se leva.

Ils ne s'étaient quasiment plus rien dit depuis l'échange des « tu », comme si le ton nouveau donné à leur nouvelle relation par ce mot de deux lettres les avait intimidés.

Seul Bach avait meublé le silence.

— Julien va rentrer. J'y vais. Il ne faudrait pas qu'il me trouve ici, en tout cas pas comme ça, pas maintenant. Plus tard, peut-être !

— Que veux-tu dire ?

— Rien de plus que ce que je viens de dire. Tu l'interprètes à ta guise.

Elle aimait ce genre de jeu mystère avec lui, qui la renvoyait en douceur à ses pensées les plus secrètes, à ce lieu intime de son être où se lovait un semblant d'harmonie. Elle en avait besoin.

Il s'était noué au cou son éternelle écharpe de laine grise à larges rayures noires.

— Je crois avoir trouvé le moyen de l'intéresser à quelque chose d'autre que ses lectures. C'est bien qu'il lise ! C'est même très bien ! Mais il ne faudrait pas qu'il s'enferme dans un monde virtuel. Tu comprends ? J'ai proposé de lui apprendre à conduire ma voiture. Il a l'âge maintenant, quinze ans. La méthode de conduite accompagnée, tu sais, ça…

— Je sais.

— Quand je lui en ai parlé, j'ai vu son regard s'éclairer, comme s'il me découvrait pour la première fois. Il a même esquissé un sourire. Tu te rends compte ? J'en ai été bouleversée.

— Je me rends compte.

— Tu…

Elle le retint par le bras.

— Mais j'ai peut-être fait une connerie. Non ? Tu crois que j'ai bien fait ?

Baptiste resserra le nœud de son écharpe grise à larges rayures noires.

— Pourquoi écrire, lire, soigner un enfant, faire des instruments de musique, monter des dossiers juridiques, composer des mélodies, rire, chanter, boire, manger, faire la fête ou méditer… Pourquoi vivre, si ce n'est pour inviter à aimer ?

— Alors, tu crois que…

— Evidemment que tu as bien fait !

Il s'écarta.

— Maintenant il faut que j'y aille.

Sur le seuil, il lui tendit la main, se ravisa.

— Tu permets ?

Elle permit.

Il lui ouvrit les bras.

Elle s'y glissa.

Il ferma les yeux, se laissa pénétrer par l'onde vanillée et charnelle d'un agréable parfum de femme, effleura des lèvres le front qui s'offrait à lui.

— C'est bon !

Il avait murmuré.

— Guerlain… *Intense*… mon parfum depuis toujours… balbutia-t-elle.

— Je ne parlais pas de ton parfum, mais de… ce baiser.

— Pardon… J'ai dû revenir trop tôt !

Voix de George.

— Ou trop tard !

Baptiste avait reculé d'un pas, comme pris en flagrant délit de faute.

Le visage de George s'éclaira d'un bon sourire.

— A la bonne heure !

Sous le pont Neuf, la silhouette de Julien jouait déjà du caillou avec les ombres du crépuscule.

13

Du régime alimentaire sans gluten, sans sucres, sans caséine, avec apports constants de vitamines B6 et B12, à la tentation de la psychanalyse, en passant par les médicaments destinés à prévenir les situations de crise avec évolution possible vers l'épilepsie, Marianne avait tout tenté dans l'ordre médical pour aider son fils.

Elle se tenait au courant de toutes les recherches en cours, de toutes les avancées sociologiques et psychiatriques, fouillait toutes les publications susceptibles de lui offrir des solutions aux problèmes posés chaque jour davantage par un Julien de plus en plus incontrôlable, épluchait dans les moindres détails les recommandations de bonne pratique parentale de la Haute Autorité de santé, la fameuse HAS, et de l'Anesm, Agence nationale de l'évaluation et de la qualité des établissements et services sociaux et médico-sociaux.

Les professionnels consultés avaient tous conclu

à la nécessité de laisser l'enfant dans son milieu naturel, le placer en centre d'accueil ou d'hébergement spécialisé ne pouvant, selon eux, qu'accentuer les problèmes. Estimant que le cas de cet enfant, adolescent désormais, ne justifiait pas de décisions aussi graves, ils avaient éliminé l'obligation de mise sous curatelle ou de reconnaissance du statut de handicapé, ce qui avait soulagé sa mère, qui l'avait pris pour une reconnaissance forte de son sens des responsabilités maternelles et de son efficacité.

Elle avait découvert puis dévoré les livres de Jacques Salomé, se répétait en boucle ses préceptes, comme des mantras : « Communiquer, c'est accepter de partager nos différences... », ou : « La vie est toujours en devenir, mais il ne faut jamais oublier de la vivre au présent... », ou encore celle repérée dans *Pourquoi est-il si difficile d'être heureux ?* : « Le plus beau cadeau que l'on peut faire à un enfant n'est pas tant de l'aimer que de lui apprendre à s'aimer. » Celle-là l'avait profondément remuée. Que faisait-elle pour accompagner Julien sur ce chemin de l'amour de lui-même ? Agissait-elle comme il convenait avec lui, ou bien avait-elle tout faux dans sa manière d'être et de satisfaire ses besoins ? N'était-elle pas dans la satisfaction de ses propres désirs de mère plutôt que dans le partage avec lui de ce qui lui permettrait de grandir dans l'estime puis l'amour de lui-même ? Et elle... s'aimait-elle assez, avait-elle suffisamment expérimenté l'amour sur elle-même pour se permettre d'aller vers l'autre et lui proposer le partage ? N'était-elle pas dans la projection sur Julien de ses propres errements, et n'était-ce pas cette manière de le polluer par ses propres déchets de vie qui avait provoqué chez lui les troubles du neuro-développement qu'elle prétendait vouloir combattre, voire guérir ? Plus elle y réfléchissait, plus elle se sentait coupable, sinon coupable… responsable.

Le besoin de faire le ménage en elle avait alors surgi, impérieux. Elle avait choisi de le satisfaire par la pratique quasi quotidienne de la méditation, n'y avait découvert que son incapacité à lâcher prise. Elle persévérait tout de même, se disant que la porte d'airain de sa pensée finirait bien par céder un jour.

Elle avait cherché aussi des réponses à ses questions dans les livres de Boris Cyrulnik, y avait découvert des informations qui l'avaient renvoyée davantage à d'autres questions sur elle-même quant à sa responsabilité de mère. Elle avait lu chez lui que, dès la vie intra-utérine, la femme communique avec le fœtus, que dans l'utérus il y a déjà une communication mère-enfant, que les basses fréquences de la voix maternelle sont des vibrations qui viennent « caresser la bouche et les mains du bébé qu'elle porte » et que « quand elle parle elle caresse son bébé ». Cyrulnik expliquait aussi que beaucoup d'enfants arrivent au monde avec des troubles cognitifs, non pas par déficit génétique, ils sont parfaitement sains, mais par déficit relationnel, par carence affective. Et de conclure : « C'est la mère qui sculpte le cerveau de l'enfant ! » Alors avaient resurgi en elle ses silences d'autrefois, ce refus par le père de l'enfant qu'elle portait, l'insupportable flottement de tout son être qu'il avait engendré en elle, et ses silences de ces temps de grande souffrance.

Quand elle jetait un coup d'œil dans son rétroviseur affectif, elle se disait que, depuis le départ de Léopold, elle avait fait tout ce qu'il lui était possible de faire seule : diagnostic établi dès les premiers signes de troubles du comportement observés, évaluations régulières de l'évolution de ces troubles, accompagnement scolaire par des enseignants spécialisés, tous rassurants : « Nous ne sommes pas en présence de retard mental, toutes ses notes le confirment ! Il mémorise très bien, exceptionnellement même, analyse comme peu d'élèves de son âge. Seule difficulté : il est très sélectif et exclusif. En avance… trop… adolescent, peut-être ! »

Des rencontres avec les professeurs, elle rentrait regonflée à bloc. Mais, très vite, elle retombait dans son impuissance ressentie comme chronique à l'accompagner vers une vie sociale normale, de relations amicales, rencontres, échanges, d'expression de sa propre personnalité dans le respect de celle des autres, de création, d'intérêt pour tout ce qui grandit. Elle lui avait proposé de pratiquer un sport… refus ! De fréquenter l'atelier d'arts plastiques de la ville… refus ! De jouer d'un instrument… l'orgue électronique… elle s'était saignée aux quatre veines pour lui offrir le meilleur instrument du marché… qu'il avait laissé tomber après en avoir épuisé toutes les ressources ! De l'inscrire à la belle médiathèque de la ville… Il avait tout repoussé d'un violent « Pas besoin… fait chier ! » avant de lui claquer au nez la porte de sa chambre, et de s'y enfermer avec ses cailloux, Hugo, Radiguet et maintenant, récupérés Dieu seul savait où et par qui, des polars qui le mettaient dans des états d'excitation tels qu'elle devait fuir, aller prendre l'air le long du Madon le temps qu'il se calme. Certaines fois, elle redoutait de rentrer, s'imaginait même ne jamais remettre les pieds dans cette maison qu'elle avait pourtant arrangée à son goût et – elle l'avait espéré, l'espérait toujours – au sien.

Puis, en l'espace de quelques mois, bien que restés corrects, les résultats scolaires de Julien Malard s'étaient dégradés. Toujours aussi patients et confiants en l'avenir – le leur, sans doute, car ils se savaient proches d'être débarrassés de cet élément encombrant qui perturbait maintenant leurs cours –, ses professeurs supportaient ses discours ampoulés, ses sautes d'humeur, son rejet de toute relation amicale, même de simple camaraderie, avec les autres élèves. Ils l'observaient, de loin, s'attachaient à saisir la moindre opportunité d'attention pour le brancher sur les travaux en cours qu'il effectuait en un clin d'œil de manière provocante. Alors que des idylles se nouaient dans la cour, se prolongeaient dans les recoins sombres des halles ou derrière les haies de ronces en aval du pont Neuf, il ne fréquentait pas les filles, paraissait ne s'être même jamais aperçu de leur différence. Il vivait comme étranger aux mutations de l'adolescence et à ses poussées animales. Pourtant, sa lèvre supérieure s'ombrait de duvet, son front s'ornait de floraisons marbrées, sa voix s'altérait vers les graves, et sa mère avait remarqué certains matins dans ses draps des taches révélatrices d'une effervescence hormonale qui l'avait troublée. Le gamin lui échappait… l'homme surgissait, qui s'exprimait de plus en plus par soupirs abyssaux.

Il dormait peu, d'un sommeil laborieux qui rechignait à se laisser apprivoiser. S'étant rendu compte que les bruits familiers de son milieu de vie l'apaisaient et lui permettaient de trouver un semblant de repos, il s'était fait offrir par sa mère un magnétophone, avait enregistré le ruissellement des eaux du Madon à la passerelle, les appels des canards et les froissements de soie du vent dans les arbres de la Oultre, l'angélus de Notre-Dame-de-la-Nativité, le chant des oiseaux de Fabimpré, qu'il écoutait au casque, une fois couché. Tous bruits et murmures qui, de temps en temps, lui procuraient le sommeil tant désiré. Les autres soirs, il s'abîmait dans les lectures de Victor Hugo, Raymond Radiguet, ou de polars qui ajoutaient à son état d'excitation. Soupirait.

Heureusement, la perspective d'apprendre à conduire « la voiture de Marianne » – c'est ainsi qu'il l'avait baptisée – semblait l'intéresser ; il s'était laissé captiver par les premières leçons sur les petites routes du Xaintois. Du moins en avait-il donné l'impression. Au passage, dans la traversée du village de Baudricourt, sa monitrice de conduite occasionnelle lui avait signalé que là se trouvaient les racines familiales de Victor Hugo. « Son grand-père Joseph, ébéniste, est né ici ! » Elle avait craint qu'une telle révélation concernant l'un de ses maîtres ne provoquât une embardée de la voiture, s'était préparée à sauter sur le volant. Rien ne s'était produit. Rassurée… mais déçue !

Oëlleville, Chef-Haut, Frenelle… Julien avait négocié les virages sur la bonne trajectoire, à la bonne vitesse, à la perfection !

Rassurée, Marianne se répétait en secret que cette idée de le mettre au volant de sa voiture était peut-être celle qui le mènerait à une voie « normale » de vie et de relations sociales. En secret ! Elle n'en avait même pas parlé à George, de crainte de s'entendre opposer des arguments psycho-socio-machin-choses dont elle était saturée. De crainte aussi de voir se dégrader leur amitié sur fond de désaccord quant à la stratégie. De crainte enfin de voir son amie prendre une place de plus en plus grande dans la vie de son fils. Jalousie ? Elle se posait parfois la question, n'osait pas y répondre, préférait passer à l'action avec lui, comme, par exemple, l'apprentissage de la conduite automobile. Par cette activité, elle se persuadait de tenir enfin le bon bout !

Seul Baptiste savait.

Le grand drapeau de la préfecture ondulait dans ses plis sur deux étages, face au monument aux morts de toutes les guerres, couvert des noms de gars qui, par centaines, étaient partis se faire massacrer sur tous les « théâtres d'opérations » créés par la folie criminelle des puissants.

De rares promeneurs arpentaient les allées du parc du Cours, sur la rive d'une Moselle engrossée par les pluies d'automne, des sportifs surtout, qui, en survêtement fluo et godasses montées sur coussin d'air, enchaînaient les tours de piste, l'œil rivé à leur analyseur cardiaque.

De la fenêtre de son bureau, Marianne les suivait du regard, tournait en rond avec eux, comme tournaient dans sa tête obsessions et angoisses résistantes à toute forme de pratiques orientales de respiration et de lâcher-prise. Elle venait de boucler le dossier d'une boîte textile pourtant prometteuse mais en difficulté passagère que, cédant aux instances d'actionnaires appliquant le droit à la manière d'un rouleau compresseur, indifférents au sort des salariés, les juges du tribunal ne manqueraient pas de liquider. Fatigue familiale et colère professionnelle.

Le téléphone portable la tira de sa méditation fluo sur fond d'envolées préfectorales tricolores.

Numéro professionnel de Léopold.

Répondrait-elle ?

Son index glissa sur l'écran.

— Salut !

La voix lui perça le tympan.

Il ne pouvait parler sans hurler.

— Allô ? Tu m'entends ?

Elle n'avait pas encore répondu, hésitait. Pas le moment ! Et si elle raccrochait… Mais avec lui, jamais le moment ! Alors, autant y aller tout de suite.

— Je t'entends !

— Tu pourrais réagir quand tu décroches, qu'on sache au moins si ça passe ou pas. Ça va ?

— Ça va !

— On ne dirait pas.

Rumeur de ville.

— Et Julien ?

Première fois depuis plusieurs éternités qu'il prenait des nouvelles de son fils.

— Il va bien !

— Qu'est-ce que ça veut dire, « Il va bien » ? Où il en est à l'école ? Est-ce qu'il fait du sport ? Important, ça, le sport, pour développer l'endurance et l'esprit d'initiative ! Et sa santé ? Tu pourrais m'en parler ?

— Que veux-tu que je raconte ? Que sa santé

physique est bonne, qu'il travaille correctement, mais que ses problèmes sont toujours aussi sérieux, qu'ils semblent installés pour longtemps...

— Arrête de me parler de « problèmes » ! C'est dans ta tête qu'ils sont, pas chez lui ! Et qu'est-ce que tu sais de son avenir ? « Installés pour longtemps... » tu n'en sais rien ! Si tu continues à le polluer comme ça, alors oui tu vas en faire un type à côté de ses pompes. Hein, qu'est-ce que tu en sais, de l'avenir, Madame Soleil ?

— Rien ! tu as raison, comme toujours. Ce que je sais, c'est qu'il refuse tout ce que je lui propose, qu'il est de plus en plus lointain, difficile à vivre, que je ne sais plus à quels saints me vouer !

— Laisse donc les saints là où ils sont, dans la mare des grenouilles de bénitier. C'est pas là, avec eux, que tu pourras trouver des solutions à tes problèmes ! Parce que ce sont tes problèmes, pas les siens ! En quelle langue dois-je...

Elle l'interrompit :

— Quoi que tu penses de lui et de moi, il faut que tu saches que je suis épuisée, que je n'en peux plus... que je vais craquer... que j'aurais bien besoin de...

Un sanglot l'étrangla.

Elle reprit son souffle, raffermit sa voix :

— Excuse-moi... j'ai un client dans mon bureau. Je ne peux pas t'en dire davantage.

— Bon, je vois que je te dérange, comme toujours ! Alors, pour faire court et te libérer, à question simple réponse simple : seras-tu chez toi samedi et dimanche prochains ?

— Pourquoi me demandes-tu ça ?

— A question simple, réponse simple ! brama-t-il dans l'appareil.

— Pourquoi ?

Elle aussi avait haussé le ton.

— Parce que j'ai l'intention de venir dans les Vosges.

— Ah bon...

Un fluide glacé avait coulé dans ses veines.

— Je me rends compte que ma visite te réjouit ! cracha-t-il sur son mode ironique favori. Ta copine sera-t-elle là, elle aussi ?

— Quelle copine ?

— C'est vrai que tu en as des foules !

Il éclata de rire, tonitrua :

— J'avais oublié que tu as une vie sociale intense !

Rires.

— Ta copine... George, je crois. C'est bien ça ?

— Tu veux parler de mon amie George Palosco ?

— Bien sûr ! Il ne peut pas y en avoir trente-six. Je ne connais pas d'autre femme qui essaye de se rendre originale en portant un prénom masculin. Il n'y en a qu'une comme ça ! On se fait remarquer comme on peut, hein...

— C'est vrai que tu ne connais pas George Sand !

— Qui ça ?

— Une autre copine !

— Encore une originale.

— Si tu veux !

— Tu pourrais répondre à ma question : elle sera là ou pas ?

— J'en sais rien, moi. Pourquoi ?

— J'ai des nouvelles des Etats-Unis pour elle.

Silence.

— J'en profiterai pour aller faire un tour à Fabimpré. Tu les as vus récemment ?

— Qui ?

— Mes vieux ! Qu'est-ce que tu veux que j'aille foutre à Fabimpré, si ce n'est pour aller les voir ? Atterris, nom d'un chien ! Tu te shootes ou quoi ?

Elle eut envie de jeter son téléphone par la fenêtre, se contint de justesse, s'efforça de calmer sa réponse, comme si elle avait un client en face d'elle.

— Je serai à la maison samedi et dimanche. Je vais prévenir George. Je dois raccrocher.

— Oui, je sais… ton client. A samedi !

Elle effleura la touche de l'index.

L'écran vira au noir.

Rideau !

14

L'Alfa blanche avait fait sensation dans les rues de la ville.

Se prétextant une recherche d'adresse, Léopold avait fait deux tours des vieux quartiers, du Quai militaire au faubourg Saint-Vincent, en passant par l'Ecole nationale de lutherie, les halles et l'antique hôtel de ville. Au ralenti, afin que les regards aient bien le temps d'apprécier le véhicule et son chauffeur. Il s'était même payé le luxe d'un arrêt, place Jeanne-d'Arc, d'une interpellation de collégiennes à cartable qui, joues pivoine, avaient indiqué la bonne direction.

— On se lasse d'une couleur trop voyante ! J'ai préféré changer. Blanc, c'est plus classe, tu ne trouves pas ? Et puis, contrairement à ce qu'on pourrait penser, c'est moins salissant pour une voiture, surtout quand on doit aller en province, au fin fond de la campagne, comme ici.

— Tu préfères thé ou café ?

— OK pour le thé ! Je m'y suis mis. Sympa, avec des biscuits anglais. J'ai découvert ça à Paris, chez des amis qui ont de la famille en Grande-Bretagne. Autre chose que les gaufrettes à maximes, tu te souviens : « La nuit, les chats sont gris », « L'amour rend aveugle »... Tu connais les biscuits anglais ?

Elle était partie à la cuisine, moins pour mettre l'eau à frémir que pour fuir la logorrhée de celui qui était encore son mari.

— Et puis j'en avais marre du rouge... continua-t-il en haussant le ton pour être entendu de loin. Trop marqué par l'histoire des râleurs de partout et de toujours, tu comprends ? La révolution, pour moi, c'est fini ! Tu comprends ?

Elle comprenait surtout que l'ancien élu CFDT, syndicaliste enragé d'ESV, avait viré sa cuti, qu'il reniait désormais tout ce qui l'avait mené hors des sentiers ouvriers bordés d'ornières, et des voies paysannes trop « merdeuses » – c'était son mot quand autrefois, rarement, il parlait de son origine familiale. Elle eut envie de lui répondre que le blanc est le symbole de la reddition, le drapeau de ceux qui, se sachant vaincus et l'acceptant, déposent les armes et acceptent de se soumettre, de ceux qui renoncent au combat, militaire ou social, le combat de et pour la vie !

Préféra se taire.

— N'y a rien de mieux que le confort, la motorisation, la tenue de route des Alfa, tu peux me croire. Même le ronron du moteur est agréable, une vraie musique qui se reconnaît de loin, une vraie signature !

Sa nouvelle bagnole ? Marianne s'en moquait comme de sa première petite culotte. Elle avait ressenti une curieuse fulgurance dans la poitrine quand il avait franchi le seuil de sa maison, comme une lame qui lui aurait infligé une blessure, la renvoyant à des souvenirs, des situations, des propos qu'elle aurait préféré oublier. Mais il était là, cet homme, vautré sur son canapé, à lui décrire sa bagnole, la présenter comme l'objet le plus précieux de son environnement, à baver sur ses racines, à vanter ses amis parisiens. Ce type qui la crucifiait. Très mal à l'aise, elle balançait entre le plaisir sournois de retrouver le gars qu'elle avait aimé ou cru aimer – qu'elle aimait peut-être encore – et la volonté de le mettre dehors, de le chasser de l'univers familial dont l'équilibre fragile, pour elle et Julien, consommait toute son énergie vitale. Malaise accentué par l'impression que ce visiteur avait déjà pompé tout l'air de la maison, en avait souillé l'espace intime avant même d'avoir posé les pieds dans le vestibule.

— ... sur un tapis volant, mais un tapis volant nerveux qui répond à la moindre sollicitation ! Des reprises d'enfer !

Il lui parlait de son Alfa comme si rien d'autre n'avait d'intérêt, comme si ce tas de ferraille blanc garé en évidence sur le cours Stanislas devait être le centre de leur monde. Il monologuait avec elle comme s'ils s'étaient quittés la veille au soir dans le droit fil d'une existence de couple ordinaire. Il avait trouvé sa place sur le canapé, s'y était jeté comme par habitude après avoir chassé d'un moulinet de coussin Totor, qui avait soufflé, tenté de se rebiffer, patte levée, toutes griffes dehors. Il l'avait menacé encore. Digne, le chat avait renoncé à l'affrontement, gagné la chambre de son maître.

Plateau, thé fumant, biscuits.

— Elle est belle, tu ne trouves pas ? Je te la ferai essayer, si tu veux.

Elle s'était assise sur un pouf, face à lui, prête à faire front.

Indifférent à sa réponse – ou à son absence –, il avait balayé le salon d'un regard circulaire.

— Tu es bien installée, un peu petit, sympa c'est sûr, mais je trouve que ça manque d'envergure ! Moi je me sentirais à l'étroit, ici. C'est vrai que je suis habitué à vivre au large, en région parisienne. Malgré les prix de l'immobilier, la boîte m'a logé comme un prince. Il faudrait que tu voies ça. Tu pourrais venir, d'ailleurs ! Ça ne te dirait pas ? Par le train, tu fais l'aller-retour dans la journée. On pourrait se faire une petite bouffe à une bonne table parisienne, tiens, Le Coconnas, place des Vosges. Leur poule au pot est top ! Place des Vosges… tu ne serais pas dépaysée ! Qu'en dis-tu ?

Il croquait déjà un palet breton.

— Et je ne te parle pas de mon logement aux States ! Alors là…

Nouveau coup d'œil circulaire au salon.

— Enfin… ça te ressemble, ici. Etriqué, sans ambition. Dommage, parce que tu vaux mieux que ça, n'est-ce pas ?

Il la provoqua d'un coup d'œil tranchant en attaquant un deuxième palet.

— Oui, tu vaux bien mieux que ça ! Mais chacun organise sa vie comme il l'entend ! Tu fais ce que tu veux de la tienne. Moi…

Debout face à l'occupant, Marianne avait laissé le premier flot s'écouler sans réagir. Trois minutes seulement après son intrusion dans son appartement, son ton ironique et ses propos coups de poing difficiles à esquiver la fatiguaient déjà. Elle craignait le déferlement qui ne manquerait pas de survenir si elle ne tentait pas d'endiguer tout de suite la vague de submersion.

— Ce n'est pas pour me parler de ta voiture et de mon salon que tu es venu. Encore moins de ma vie, je pense ! Alors, quelles sont les nouvelles ?

— Parce que tu penses ? C'est nouveau, ça ! Mais l'âge venant, c'est vrai qu'on peut apprendre à user de son cerveau de manière plus efficace et gagner en sagesse, n'est-ce pas ?

Il prononçait ses « n'est-ce pas » avec un accent grave et roulant de la langue sur le « pas », en le déglutissant à l'anglo-saxonne.

Insupportable !

Envie de le gifler, de lui rendre mot pour mot, coup pour coup, de le jeter à la rue, de le rendre à son Alfa, de le regarder disparaître de son horizon, aujourd'hui, demain, toujours ! Certes, elle s'était fait une carapace contre ses agressions, mais sa fragilité induite par les problèmes de leur fils la mettait parfois en danger dans nombre de situations, même professionnelles. Elle était devenue plus sensible aux coups de griffes des autres et du temps.

— Alors, de quoi s'agit-il ?

— OK ! Je viens à l'essentiel, puisque ma vie ne t'intéresse pas. Je vois bien que, pour toi, rien ne compte que ce qui peut faire plaisir à Madame George… Madame George !

Il avait répété « Madame George » en forçant le ton, saisissant sa tasse, petit doigt levé, comme pour singer une attitude de salon bourgeois.

— Madame George…

Il rit, d'abord d'un gloussement retenu, puis lâché, à gros bouillot hérissé de pointes aiguës.

Comment avait-elle pu se sentir attirée autrefois par un gars aussi différent de ce dont elle avait toujours non pas rêvé – ses parents l'avaient très tôt mise en garde contre le romantisme de la Belle au Bois dormant –, mais voulu se rapprocher, pour le partage de l'émotion esthétique, de la réflexion politique et sociale, de la satisfaction des désirs physiques et intellectuels, des plaisirs de la vie. Mis à part quelques léchouilles et tripotages de collège, elle n'avait connu aucun autre garçon avant lui. Comment, le soir même de ses derniers exams de fac, avait-elle pu lui téléphoner et l'inviter à l'Excelsior ? Comment avait-elle pu être aussi légère, pour une fois, elle qui ne s'était jamais laissée aller à l'exaltation d'un premier élan ?

— Alors, tu viendras me voir à Paris ?

— Parle-moi plutôt de ce qui concerne « Madame George ». On verra plus tard pour la suite !

— Bon… bon…

Il avala une gorgée de thé, croqua un nouveau biscuit.

— Alors voilà…

Il se ravisa tout à coup.

— Mais tu l'as prévenue de ma venue, « Madame George » ? Elle doit venir ?

— Je vais l'appeler.

— Tu ne l'as pas fait ? Je croyais que tu avais organisé la rencontre. Une fois de plus…

— Comment voulais-tu que je lui fixe rendez-vous puisque tu ne m'avais pas dit à quelle heure tu arriverais ?

La fermeté de ton le surprit.

— Hé… on se calme ! Je suis venu pour rendre service, pas pour me faire engueuler ! Rendre service en plus à une personne que je ne connais pas… Madame George !

Marianne avait gagné le vestibule.

Bribes de conversation feutrée.

Léopold s'était levé. Planté devant la fenêtre, mains dans les poches, il découvrait le Madon, ses canards et sa bordure d'iris d'eau, les maisons d'en face, le Vieux Pont et, au loin, la flèche de l'antique chapelle de la Oultre.

— Je viens de l'appeler ; elle sera là dans une demi-heure.

— Bon… alors, en attendant… qu'est-ce qu'on fait ? On admire le paysage ?

Il consulta sa montre.

— Il va être quatre heures, déjà ! Que de temps perdu ! C'est que je dois être rentré à Paris demain après-midi au plus tard. Faut encore que je passe à l'ESV-Hydralife ce soir, j'y ai un dîner de travail, que j'aille voir mes vieux demain matin, ce qui ne me réjouit pas. Tu vois, pas une minute à perdre. Alors…

Il tendit le poignet vers sa femme, exhiba sa montre, se rengorgea :

— Rolex modèle Oyster Perpetual Sky-Dweller, la montre des grands voyageurs, avec affichage des fuseaux horaires, fonctions réglées par la molette tournante, une merveille ! Un peu cher, mais je peux t'assurer qu'on en a pour son argent, là-dedans. Indispensable ! C'est suisse. Que veux-tu ! On n'est pas capables de faire ça en France !

A son tour, Marianne s'était plantée devant la fenêtre. Les yeux dans le vague, elle s'efforçait de contrôler sa respiration.

Pranayama…

— Tu vois, j'en suis encore pas au demi-siècle d'âge, mais j'ai déjà ma Rolex. J'ai donc réussi ma vie !

Pranayama…

Le Madon, ses canards, ses iris d'or, sa rive opposée, aux façades alignées… au loin, à main droite, la Oultre et sa flèche plantée dans un ciel cotonneux…

Pranayama !

— Quand tu en voudras une, je t'indiquerai mon fournisseur. Je pourrai même t'y emmener. Mais n'attends pas tes cinquante ans, sinon on pourra dire de toi que tu as ra…

— MERDE !

Il sursauta.

Elle s'était retournée.

— Je me fous de ce qu'on dit de moi !

— Ah bon…

— MERDE !

Moment de stupéfaction.

La manche de veste était redescendue d'elle-même sur la montre.

La cloche de la Oultre sonna ses quatre coups de l'après-midi.

— Bon… bon ! Je ne pensais pas que…

— Je me fous de ta bagnole, de ta montre, de tes palais à Paris et ailleurs, tu m'entends ? Je m'en fous et contrefous, c'est clair ? Tu m'emmerdes, avec tes histoires de mec rouleur de mécaniques ! C'est pas ça qui m'impressionne, moi, tu devrais le savoir, depuis le temps ! Réserve-les à tes admiratrices parisiennes, si tu en as ! Est-ce que tu peux seulement en avoir ? Toi qui n'as jamais pensé qu'à toi, vu que toi, servi que toi, soigné que toi ! Toi qui méprises tout ce qui n'est pas toi, tous les autres, jusqu'à tes parents, que tu insultes tout le temps, ton fils, que tu ignores ! Je ne parle pas de celle qui est devant toi, là, dans ce salon trop petit, trop exigu, qui manque d'envergure, de celle qui est toujours ta femme, mais qui n'est plus rien, qui n'a jamais rien été pour toi qui n'aimes que toi. Et encore ! Marre de t'entendre baver, vanter, juger, condamner, marre… tu m'entends ? MARRE !

Marianne avait hurlé à s'en déchirer la gorge.

Sa silhouette se découpait en ombre chinoise sur le rectangle de la fenêtre.

Sonné, Léopold se leva, marcha sur elle comme un automate. Elle recula d'un pas. Il voulut lui prendre le bras, elle esquiva son geste.

— Ne me touche pas, tu risquerais de te salir !

Elle fit front, le foudroya du regard, serra les dents, repoussa les mèches rebelles que la colère avait emmêlées, cracha :

— Pauvre type ! Je te plains… de tout mon cœur !

Elle lui échappa, fila dans la salle de bains, où elle s'enferma à double tour.

Il s'affala sur le canapé, tremblant, se prit la tête dans les mains, coudes sur les genoux, avachi comme une baudruche dégonflée.

Sanglots, ruissellement des eaux…

Silence.

Il se redressa, se dirigea vers la baie vitrée, s'y attarda, serra les poings dans ses poches.

Sur la rivière, les familles de canards remontaient le courant entre les chevelus d'herbes aquatiques.
Une brume argentée voilait les façades de l'autre rive.
Sur le cours Stanislas désert, l'Alfa blanche…

15

— Je suis allé à l'adresse que vous m'aviez indiquée : 2147 S. Cecil St., à Philadelphia. J'y ai rencontré Cynthia Palosco. Pas très sympa. J'ai failli me faire jeter !

Marianne avait quitté la salle de bains au coup de sonnette, juste pour accueillir George. Le contre-jour effaçait sur son visage les traces de la colère et de ses larmes qu'un raccord de maquillage avait tenté de dissimuler.

— Ah bon, cette femme vous a mal reçu !

— Pas vraiment mal reçu, mais je m'attendais tout de même à plus d'enthousiasme quand je lui ai dit venir de votre part, de la part de…

Il fit mine de réfléchir.

— George Palosco, c'est bien ça, n'est-ce pas ?

Roulement du « pas » en fond de gorge.

George acquiesça d'un hochement de tête.

— Elle a entrouvert sa porte, m'a demandé des explications que j'ai été bien incapable de lui fournir. J'ai dû lui montrer mes papiers français et mon visa permanent pour les Etats-Unis. Remarquez, je la comprends ! On n'est jamais trop prudent, là-bas ! Remarquez, c'est guère mieux en France. Heureusement, nous, à Bagnolet, on est encore un peu épargnés, mais pour combien de temps ? Parce que…

— Elle vous a tout de même invité à entrer chez elle, et elle a pu vous parler de sa famille, j'espère ! le coupa George.

— Oui, elle m'a fait entrer, mais ne m'a rien offert ! Tout juste si elle m'a fait asseoir. Pour la qualité de l'accueil, on repassera. Pas comme ici !

D'un coup d'œil, il désigna le plateau de biscuits, la théière, et les tasses, celle de Marianne encore pleine, la sienne, vide.

— Elle parle français comme vous et moi, bien mieux que beaucoup de jeunes de chez nous.

Et de rapporter leur entretien, de résumer l'histoire de cet « Umberto Palosco arrivé de France en… », là, il prit le temps de réfléchir, plus pour donner de l'importance à son récit que pour stimuler sa mémoire « … 1933, je crois ! », son arrivée « aux Amériques », comme on disait encore en ce temps-là, son installation à Philadelphie, sa réussite de luthier, sa rencontre de la femme qui allait partager sa vie. Elle ignorait l'existence d'une famille française. Il avait évoqué une seule fois les Vosges, pour situer la ville de Mirecourt, où il avait travaillé sa technique.

— Vous a-t-elle dit comment il vivait à Philadelphie, avec qui, comment, de quoi ?

— Il travaillait sans arrêt, faisait des instruments réputés, sortait, voyait beaucoup de monde, des artistes surtout, des organisateurs de concerts. Il recevait de temps en temps, des gens choisis. Elle a vu défiler chez eux des violonistes célèbres. Elle m'en a cité, mais je n'ai pas retenu les noms. Vous savez, moi, la musique, les gratteurs de crin-crin, c'est pas mon truc. A chacun son centre d'intérêt, n'est-ce pas ?

— Et elle vous a parlé de sa mère ? Qui était cette femme ? Quelle était leur relation ?

— Il s'était même frotté à la politique. Contre la bombe atomique dans les années cinquante, contre la ségrégation raciale, contre la condamnation à mort des Rosenberg, accusés d'espionnage pour l'Union soviétique. « Il se sentait proche du communisme… pas du soviétisme, mais du communisme, et de l'idée du juste partage des richesses entre tous les citoyens, quelle que soit l'origine géographique, raciale ou religieuse… un humaniste ! » Je me souviens de sa phrase comme si je l'avais écrite moi-même…

Il fit mine de réfléchir quelques secondes.

— Du baratin tout ça ! résuma-t-il avant de s'interrompre.

Il chercha du regard Marianne, qui, debout derrière lui, bras croisés, écoutait sans broncher, ne rencontra qu'une statue de sel.

Puis, sur son mode ironique familier :

— « Humanisme communiste »… comme si ces deux mots pouvaient marcher ensemble ! Là, j'avoue que je me suis posé des questions. J'ai donné pourtant, autrefois, avec le syndicalisme, j'y ai même cru, mais j'avoue que là…

— Cette Cynthia vous a-t-elle parlé de sa mère ?

Il reprit à contrecœur le fil de son récit :

— Elle m'en a dit trois mots. Pas quatre ! J'ai compris qu'elle était plus proche de son père que de cette femme morte il n'y a pas si longtemps. Elle m'a avoué avoir vécu pendant trente ans à côté d'elle plutôt qu'avec elle, toujours en bonne entente, sans plus, une sorte de cohabitation pacifique.

— Qu'est-ce qu'elle lui reprochait ?

— Sais pas. Elle me l'a pas dit.

Silence.

— Mais de son père, Cynthia m'a raconté qu'il accueillait de temps en temps à goûter dans le jardin des enfants pauvres, et qu'il faisait gratuitement des violons pour les écoles. Ça énervait sa femme, pas très généreuse.

— Elle vous a montré des photos, des objets, des instruments de musique ?

— Une dizaine de photos : Umberto dans son atelier, dans son jardin, et une en tête d'une manifestation contre la peine de mort, à Philadelphie, au moment de l'exécution en Californie du « bandit à la lanterne rouge », vous savez, ce type condamné à mort pour rapt et viol qui a attendu douze ans avant de passer dans la chambre à gaz, une histoire qui avait passionné le monde entier vers 1960. Je me suis renseigné, depuis : ce gars avait écrit un bouquin, vous vous en souvenez peut-être, une histoire de couloir de la mort[1] qui a fait le tour du monde. Finalement, ils ont gazé le type. Umberto avait milité pour obtenir sa grâce. Je comprends pas cette idée fixe de vouloir sauver la vie des assassins. Ils la prennent bien aux autres, eux, alors ce n'est que...

— Elle, comment l'avez-vous trouvée ?

— C'est un vrai interrogatoire, dites donc ! Vous en avez encore beaucoup, des questions comme celles-là ?

D'une pâleur de porcelaine, Marianne s'était rapprochée de George, assise à son côté, pensive.

Totor avait contourné le canapé au large, rejoint sa maîtresse, s'était lové sur ses genoux.

— C'est la dernière ! Après m'avoir répondu, vous pourrez me dire vraiment pourquoi vous êtes venu. Ça doit être important, sinon on ne vous aurait pas revu. Sauf si c'est pour revoir votre femme, auquel cas ça ne me concerne pas.

Marianne haussa douloureusement les épaules.

— Revoir votre fils, peut-être, aussi !

A son tour, il haussa les épaules.

1. Caryl Chessman, *Cellule 2455. Couloir de la mort* (Presses de la Cité, 1960).

— Comment je l'ai trouvée ? Polie, malgré son accueil rébarbatif, élégante malgré un âge d'une bonne cinquantaine. Elle parle un français impeccable, je vous l'ai déjà dit, ça m'a surpris. C'est rare dans cette Amérique où personne ne connaît la France ; ils ne savent même pas où elle se trouve, sur terre. Faut dire qu'on représente tellement peu de choses à leurs yeux que…

— Elle ?

— Elle… elle sait ! Heureusement ! Elle était prof de français.

— Mais comment vit-elle ?

— Seule, j'ai l'impression, avec ses souvenirs, ses fantômes plutôt, celui de son père surtout.

Il leva l'index comme pour une mise en garde importante.

— Elle m'a dit être l'unique enfant de ce couple, et qu'à la mort d'Umberto elle a dû payer avec sa mère des droits de succession qui les ont mises sur la paille. Elles ont vendu des meubles, des tableaux, ses derniers instruments, sauf un, qu'elles ont gardé. Elle l'a toujours.

— Elle vous l'a montré ?

— Oui, je l'ai vu. Le seul encore en sa possession.

— Pourquoi l'a-t-elle gardé, celui-là ? Elle vous l'a dit ?

Sourire énigmatique.

Il semblait savourer sa réponse.

— Oui, elle me l'a dit !

— Alors, pourquoi ?

— Parce qu'il vous revient !

Il avait parlé vite et sec, brutal, comme un smash sur un cours de tennis.

Balle de match !

Les deux femmes se regardèrent, George interrogeant du regard une Marianne tout à coup revigorée. Même racontée par celui qu'elle aurait préféré voir aux cinq cents diables, cette histoire commençait à la captiver.

— Comment ça, il me revient ? Qu'est-ce que ça veut dire ? Je ne comprends pas.

— Il n'y a rien à comprendre. C'est comme ça ! Cet instrument est à vous. Elle a été très ferme là-dessus !

— Pourquoi me reviendrait-il ?

— Son père se savait condamné. Quelques mois avant de mourir, il avait arrangé ses affaires, choisi les bons outils et les meilleurs bois, dessiné des plans, mobilisé ce qui lui restait de forces pour une dernière création, autre chose qu'un violon, mais de la même famille, un condensé de ses passions.

Il exhala un profond soupir.

Pour la première fois, il paraissait avoir découvert qu'un cœur battait dans sa poitrine. Un semblant d'émotion avait voilé son regard. Il se racla la gorge, tira une cigarette blonde à bout doré de son étui, demanda d'un signe de tête à Marianne s'il pouvait... l'alluma.

— J'ai bien dit « ses passions », pas « sa passion » !

Le ton s'était adouci.

— C'est un instrument qui ressemble beaucoup au violon, plus grand que les plus grands violons, aussi beau, mais avec plus de cordes que le violon, certaines frottées par l'archet, d'autres qui ne sont pas touchées mais qui vibrent avec les premières. Elle m'a tout expliqué…

Toujours parlant, il fouillait dans sa sacoche.

— Elle me l'a même présenté. J'ai pu le toucher. Première fois que j'approchais un instrument de musique ! Je m'en souviendrai longtemps. Je l'ai même photographié… tenez…

Son petit Canon passa dans les mains de George, qui, sourcils froncés, scrutait l'image d'un instrument au corps bien formé, au manche ébauché. Elle avait remarqué surtout la tête de femme aux yeux bandés qui ornait la volute, sculpture délicate et fine à l'expression touchante. Elle qui, pourtant, fréquentait les luthiers, assistait aux concerts, croyait connaître les instruments à cordes, elle n'en avait jamais vu de telle qualité. Cette tête de femme, sculptée dans du tilleul…

Marianne jetait un coup d'œil à l'objet par-dessus l'épaule de son amie. George lui tendit l'appareil, qui venait de se mettre en veille. Elle allait le rendre en faisant signe que, écran noir, elle n'avait rien vu quand :

— Tu appuies là pour le redémarrer ! Comment… tu ne sais pas t'en servir ? T'en as pas ? C'est pourtant très ut…

— Je n'en éprouve pas le besoin ! Je vis au présent concret, pas dans les images !

— Bon... bon... c'est comme tu veux !

— Exactement ! C'est comme je veux !

— Mais, il n'est pas monté, cet instrument ! les coupa George.

— Comme vous pouvez le voir ! répondit Léopold en reprenant son Canon. La mort a fauché Umberto avant qu'il ait pu l'achever. Il y a tellement travaillé, en prenant son temps, « trop de temps », m'a dit sa fille, « parce qu'il aurait voulu en faire son chef-d'œuvre ». Mais voilà... la mort...

Silence.

— Il faut l'assembler maintenant, cet instrument, lui donner son âme ! murmura George.

— Je me rends compte maintenant qu'elle ne m'a même pas dit comment ça s'appelle ! Ce n'est pas un violon, pas une guitare, pas une mandoline...

— Ça se mérite ! souffla George.

Léopold fixa Marianne d'un œil étrange, curiosité et défi.

— Je n'en sais rien. Et si je le savais...

Alors, la porte d'entrée claqua.

— Dis donc, la bagnole blanche devant la maison ! Ouaaaaah ! Vous avez vu ?

Tornade blue jean montée sur converses à semelles pneumatiques, Julien avait fait irruption dans le salon.

— C'est à qu...

Bloqué net par la silhouette du visiteur sur le canapé !

Cet homme qu'il ne voyait jamais, qu'il savait être son père pour avoir dû l'approcher plusieurs fois, toujours entre deux portes… là… dans ce salon…

Il poussa un cri, bondit d'un demi-tour violent dans sa chambre, s'y enferma.

Hérissé de la truffe à la queue, Totor l'y avait précédé.

Silence.

— Il a voulu en faire son chef-d'œuvre… reprit Léopold d'une voix glacée.

— Pourquoi est-ce à moi qu'il revient ? redemanda George, curieuse de toucher enfin à la conclusion, de détendre l'atmosphère, et de clore cet entretien.

— Cynthia m'a confié que, quelques semaines avant sa mort, Umberto lui a révélé l'existence de sa famille française abandonnée dans les Vosges, de la femme qu'il avait laissée là-bas, en 1933, et d'un enfant qu'il n'a jamais connu. Il leur avait promis de revenir quand il aurait fait fortune, après la guerre. Mais il n'a pas tenu sa promesse. Il s'en est voulu toute sa vie. Première fois qu'il se confiait ainsi. Trois semaines avant sa mort. Il a ajouté aussi qu'il pensait toujours à sa femme de France, à son fils, que…

Il hésita, avala sa salive, tira une nouvelle cigarette à bout doré de son étui.

— … que… qu'il les aimait. Voilà.

Il souffla la première bouffée de fumée bleue vers le vestibule, donna l'impression de rassembler des souvenirs, de chercher les bons mots.

— Il lui a dit aussi : « Cet instrument, je le crée pour eux, qu'ils aient au moins ce souvenir de moi, et qu'ils me pardonnent, s'ils le peuvent. Promets-moi, Cynthia, quand je ne serai plus de ce monde, de l'envoyer là-bas, à elle ou à notre fils Alfio, ou… »

Sa gorge se noua.

Il s'interrompit, contempla un moment la spirale de fumée issue de sa cigarette, tendit l'oreille…

— « Demain, dès l'aube, à l'heure où blanchit la campagne… »

Voix de Julien, forcée, déchirée, inhumaine ! Dans sa chambre, le gamin déclamait Hugo, pour lui seul peut-être, pour qu'ils l'entendent sans doute, pour cracher détresse et colère, pour son… Totor.

— « Je ne regarderai ni l'or du soir qui tombe… »

Léopold interrogea Marianne du regard.

— Qu'est-ce qui lui arrive ?

— Victor Hugo…

— Ça lui prend souvent ?

Elle haussa les épaules.

— Toujours quand il va mal, votre fils. Vous devriez le savoir ! trancha George.

Il écrasa rageusement son mégot dans le cendrier.

— Je retourne à Philadelphie le mois prochain. Est-ce que je peux dire à Cynthia que vous êtes d'accord pour accueillir cet instrument, qu'elle peut vous l'envoyer, ou…

Il hésita encore, lança un coup d'œil vers une Marianne impassible.

— … qu'elle peut me le confier. Je vous l'apporterai.

— Bien sûr que je suis d'accord. Comme elle veut, comme vous pouvez !

Il s'était levé, se dirigeait déjà vers le vestibule.

— Je me rends compte d'un coup que je ne sais toujours pas comment ça s'appelle. Pas un violon. Pourtant, ça y ressemble. C'est quoi ? Vous le savez ?

Il fit volte-face, planta son regard dans celui de Marianne, lui adressa un sourire carnassier.

— Une… viole d'amour ! répondit George.

— Une quoi ?

— Une viole d'amour !

De la chambre, gueulés, les vers de Victor Hugo : « Et quand j'arriverai, je mettrai sur ta tombe… »

Viole d'amour !

16

— Où ai-je bien pu les poser ?

Depuis dix bonnes minutes, Marianne cherchait ses clés. Si elle ne mettait pas la main dessus rapidement, elle serait en retard au boulot. Or, ce matin, elle avait rendez-vous à Epinal avec deux clients importants, l'un pour une liquidation, l'autre pour une création d'entreprise. L'alpha et l'oméga de la vie économique. Pas le moment de faire défaut !

Elle avait très mal dormi. Deuxième nuit blanche.

Très perturbée par la visite éclair de Léopold, deux jours plus tôt.

Après son départ, George lui avait proposé d'aller souper à l'auberge voisine. « La terrasse est sympa… ça permettra de se débarbouiller le cerveau. On en a bien besoin. Qu'en dis-tu ? » A leur proposition de les accompagner, Julien avait répondu d'un inquiétant silence. Porte close. Impossible de le tirer de sa chambre. Marianne avait hésité à le laisser seul à la maison. « Je ne suis pas tranquille ! avait-elle soufflé à son amie. Je n'aime pas le sentir dans cet état. Insupportable. Tu comprends ? » Finalement, elles n'étaient pas sorties. Une soupe industrielle – *Velouté aux cèpes à la crème, conservateurs et exhausteurs de goût* – avait remplacé le menu de l'auberge, suivie d'une omelette refusée par le gamin, et de pommes ramassées dans un verger abandonné durant une promenade du côté de la Oultre.

La veille au soir, elle avait donné un coup de téléphone aux Malard à Fabimpré. Inquiète Marianne. Imaginant le pire, elle voulait savoir si leur fils prodigue à l'accent américain était allé les voir et, si oui, de quelle manière s'était passée l'entrevue. Il avait prévu cette visite dans son programme, avec la soirée à l'ESV-Hydralife. Mais ses promesses et prévisions n'engageant que lui… « On ne l'a pas vu ! lui avait répondu Léonie d'une voix fatiguée. Pourquoi ? Il est donc venu dans les Vosges ? » Elle avait dû lui confirmer son passage, résumer en quelques mots ce qu'il avait dit et fait, lui dire si elle l'avait trouvé en bonne santé, s'il avait été agréable avec elle et… Julien. Dans le lointain, rumeur sourde de jeux télévisés, musique et vociférations à la clé. Une toux âpre avait martelé les questions de la pauvre mère. Ecouteur collé à l'oreille, Jules devait suivre la conversation au côté de sa femme en tentant de contenir les convulsions de sa poitrine. Elle les imaginait, ses beaux-parents dont elle appréciait le cœur et l'esprit, dans leur cuisine, pendus à leur téléphone, avides de nouvelles de celui qui, s'il ne les ignorait pas, les traitait comme des étrangers à dépouiller. Jules surtout, muet sur ses souffrances, dont les yeux ne s'allumaient qu'à l'approche de son petit Julien, ou à l'écurie auprès de son vieux Gaillard, qu'il bouchonnait, peignait, dont il curait les pieds comme s'il se fût agi d'un cheval de course. Quand Léonie avait demandé si Léo s'était intéressé à leur gamin, Marianne avait prétexté une soupe en train de cramer sur le gaz pour raccrocher en promettant d'aller les voir bientôt. Mensonge devenu malaise, elle n'avait pas avalé deux cuillerées d'un industriel *Potage campagnard aux trois légumes*, pas touché aux nouilles-jambon, s'était contentée de croquer distraitement une templine rapinée aux joues rouges que George avait fait reluire pour elle sur sa manche.

Muet, indifférent à tout sujet de conversation tenté par sa mère, Julien avait chipoté à midi, repoussé son assiette d'un geste brusque qui avait bousculé puis brisé son verre, regagné sa chambre. Il n'avait pas reparu de la soirée, sauf pour trois pirouettes qu'elle avait prises pour de la provocation. Silence.

— Merde… merde… merde ! Qu'est-ce que j'ai bien pu en faire ?

Elle se dit tout à coup qu'elle avait peut-être laissé ses clés dans sa voiture, sur le contact. Distraction naturelle et préoccupations aidant, ça lui arrivait parfois.

— J'ai tout préparé sur la table… pain, beurre, confiture, céréales. Tu n'as plus qu'à faire chauffer ton lait ! hurla-t-elle depuis le vestibule.

Elle empoigna serviette et sac à main.

— N'oublie pas tes cours de ce matin !

Si pressée qu'elle faillit rater la première marche…

— Merde ! Pas le moment que je me ratatine !

Dégringola les escaliers, surgit sur la place.

Déserte !

Pas de voiture.

Tout son corps se vida en un éclair de son sang, de ses humeurs, de son souffle.

Elle couvrit du regard le parc, la rue, l'amorce de venelle qui grimpait vers la ville nouvelle, s'avança sur le quai, prit du recul.

Sous les rives du Madon, les familles de canards allaient et venaient déjà en cancanant.

Elle suffoquait. Son cœur battait à rompre veines et artères.

— Non mais… c'est pas vrai !

Elle donna un violent coup de talon sur le trottoir.

— Pas vrai ! On ne me l'a pas volée, quand même ! Manquerait plus que ça !

D'une volte complète, elle fouilla du regard tout l'espace, du pont Neuf au Vieux Pont, le quai des lavandières, la passerelle, le quai du faubourg Saint-Vincent, le côté vieille ville sous le musée de la

Lutherie et de la Musique mécanique, dut se rendre à l'évidence : sa voiture avait disparu !

Elle remonta quatre à quatre les escaliers, fit irruption dans le salon. Sa tornade effraya Totor, endormi sur le canapé, qui bondit se réfugier derrière le double-rideau de la baie vitrée.

— Julien... Julien... mon Juju...

Elle se précipita vers la chambre de son fils, poussa la porte...

Lit défait, armoire ouverte sur les vêtements pendus et converses alignées, orgue électronique couvert de livres, cartable, dossiers scolaires en désordre sur le bureau...

Une odeur de chaussettes sales et de litière souillée la prit à la gorge.

Le sol se déroba sous ses pieds.

Personne !

Totor l'avait rejointe. Il fit le tour de sa caisse, la renifla, inspecta ses gamelles vides, revint vers sa maîtresse, se frotta à ses mollets, lui lança un regard perdu, miaula faiblement.

Elle ne perçut rien de la détresse de son chat, ni de sa caresse dans les jambes, ni de sa plainte.

Un dérisoire papillon multicolore voletait d'un coin à l'autre de l'écran d'ordinateur.

Personne !

— Mon Juju...

Quelque part, de l'autre côté de la rivière, un chien gueulait à la mort.

Marianne avait fermé les yeux.

Elle grelottait des pieds à la tête. Envie de hurler, de partir en courant, de fuir cette chambre, cette maison, de vomir, d'abandonner ce monde, de se fondre dans le paysage, la pierre, les eaux de la rivière, de disparaître !

Sur l'autre rive, le chien… la mort !

Elle se laissa aller de l'épaule contre le chambranle de la porte, tenta de forcer une respiration… pranayama… d'ordonner les idées en révolution dans son crâne. Se laissa glisser contre le mur, s'affaissa sur la moquette, libéra les sanglots qui encombraient sa gorge. Que faire ? Avec qui ? Quoi ? Comment ?

Pranayama…

Combien de temps resta-t-elle ainsi prostrée ? Elle n'aurait su le dire.

Quand elle se redressa, une sorte de vertigineuse apesanteur la saisit. Elle tituba vers la salle de bains, s'aspergea le visage d'eau froide, observa sa décomposition dans le miroir, gagna le salon.

Sur la table de la cuisine, pain, beurre, confiture, céréales… ne restait qu'à faire chauffer le lait.

— Juju…

De l'autre côté de la rivière, le chien, toujours, et ses abois furieux.

Elle décrocha le téléphone, composa le numéro de son amie George.

La sonnerie tomba dans un abîme intersidéral, buta sur le répondeur : « Bonjour. Vous êtes sur la messagerie du… » Craignant de s'être trompée, elle recomposa le numéro… « Bonjour. Vous êtes sur… » Elle claqua le combiné sur sa base, bondit à la fenêtre, s'assura qu'elle n'était pas en train de vivre un cauchemar… voiture… chambre… pas de gamin… pas de George… seule…

Appeler Léopold ? Certainement pas ! Il devait être rentré en région parisienne, à des années-lumière de ses problèmes de mère solitaire et de ceux de leur fils, qu'il n'avait même pas cherché à approcher. Il aurait pu tenter… Et puis, se dit-elle, il serait bien trop heureux de la traiter encore d'« évaltonnée ! », insulte puisée dans son vocabulaire vernaculaire, réservée par les paysans du coin aux filles si distraites que la cuisse leur était devenue plus légère que les idées, d'ajouter que « quand on n'a pas de tête on ne fait que des conneries ! ».

Baptiste !

Le prénom du luthier s'était imposé, et le regard de l'homme, son odeur de bois précieux et de vernis satin, sa bienveillance.

En tremblant, elle composa le numéro de l'atelier qu'elle connaissait par cœur sans même l'avoir appris.

Sonnerie.

— Allô…

Sa voix !

En quelques mots, elle le mit au courant de la situation.

— Bouge pas ! J'arrive !

Elle entrouvrit sa porte, s'abattit sur le canapé, attendit.

Moins de dix minutes plus tard, son pas dans l'escalier.

Le luthier ouvrit les bras.

Elle s'y jeta.

— Que se passe-t-il ?

Voiture… Julien… George absente… excuses de t'avoir dérangé…

Baiser sur le front.

— Il faut prévenir les gendarmes. Je m'en charge si tu veux. Je peux y aller sans toi. Ou bien…

— Je t'accompagne. Peux pas rester seule ici, pas comme ça !

Petite heure de déposition.

Elle avait téléphoné à son bureau pour faire reporter ses rendez-vous. On avait grincé, là-bas, reproché un manque d'enthousiasme au boulot qui commençait à nuire à la réputation de l'officine, une fiabilité de plus en plus souvent mise en question. « Laisse faire et dire ! lui avait soufflé Baptiste. Il y a des choses plus importantes dans la vie que des accords juridiques et financiers. Tes collègues connaissent ton expertise. Ils y tiennent et s'accommoderont de la situation. » Elle l'avait remercié d'un douloureux sourire, conclu d'une voix éteinte : « J'espère que tu dis vrai. Mais je ne peux pas m'empêcher de penser aux salariés des entreprises clientes dont le sort dépend de mon travail ! Et là, vois-tu… »

Le gendarme de service lui avait demandé si elle voulait porter plainte tout de suite pour vol de véhicule, ou bien si elle… – il avait paru gêné aux entournures –… si elle voulait attendre le retour des premières investigations, informelles celles-là, qui lieraient les deux disparitions, celle de la voiture, et celle de… Julien. « Parce que, d'une part, avait-il ajouté en actionnant sa souris qui lançait des éclairs fluo rouges sur son tapis, d'après ce que j'ai compris, votre fils est assez imprévisible ; il peut avoir fait une fugue. D'autre part vous lui confiez le volant en conduite accompagnée, et il aime ça, n'est-ce pas ? »

Baptiste avait donné son numéro de téléphone au planton surpris.

Insensible aux parfums de bois fraîchement travaillé, de colle, vernis, térébenthine et cire d'abeille, Marianne se laissa guider à travers l'atelier du luthier jusqu'au salon ouvert sur une cour intérieure enflammée par un coudrier roux, mystérieux perchoir à chats.

— Qu'est-ce que je vais faire, maintenant ?

Elle s'était abandonnée au premier fauteuil qui lui tendait les bras.

— Attendre !

— Mais je ne peux pas attendre comme ça, assise, à ne rien faire !

— Tu peux te reposer, te détendre, respirer comme tu m'as dit le faire quand tes problèmes commencent à t'asphyxier. C'est le moment.

Il glissa un disque dans son lecteur, fila en cuisine.

Bruits de vaisselle, d'eau courante, borborygmes de cafetière électrique...

Des arômes de café flottèrent bientôt sur les harmonies de César Franck.

— J'aime cette sonate pour violoncelle et piano en la majeur, son côté romantique et apaisant, ses échappées du clavier, ses retours de cordes, leur conversation...

Il posa le plateau sur un coin de table basse encombrée de revues, musicales et politiques, de dossiers administratifs en jachère, de paquets de courrier en attente, peut-être en souffrance de réponse.

— Elle ne porte pas de titre. Mais j'aurais bien envie de la baptiser « Badinages ». Qu'en dis-tu ?

Elle n'en dit rien.

— Je complète : « Badinages philosophiques », parce que ce jeu de violoncelle et piano, comme de deux cœurs qui se découvrent, se rapprochent, se rejoignent, se séparent, pour mieux se retrouver, invite à une montée en émotion qui me donne toujours la chair de poule. En tout cas, c'est l'effet que cette musique produit sur moi. Et sur toi ?

Ici, entre deux piles de documents, un chat tigré de cendres dormait en rond sur son coussin ; là, venu de la cour par la porte vitrée maculée de leurs traces, un autre chat d'un roux d'incendie marquait le parquet de ses pattes humides ; là-bas, dans le coin opposé, sous les rayons fatigués d'une bibliothèque surchargée, une ronde écaille de tortue s'appliquait à une toilette postérieure méticuleuse, tandis qu'un élégant noiraud au poil luisant comme plumes de corbeau tentait une approche discrète.

Partout des chats, des livres, des piles de papiers et, pendues aux murs, encadrant un téléviseur largement passé d'âge, des photos de grands interprètes dans leurs œuvres : Yehudi Menuhin, Itzhak Perlman, Renaud Capuçon en plein exercice, son frère Gautier au violoncelle en face du chef Jean-Claude Casadesus… des instruments ventrus ou élancés, ronds ou filiformes, une collection de chevalets dentelle de toutes les tailles et, comme des sabres destinés aux plus émouvantes batailles du cœur, des archets en panoplie.

Toujours reçue dans l'atelier où œuvraient le maître et ses deux compagnons, un grand blond à cheveux longs et une brunette à cheveux courts aux regard et sourire éclatants, Marianne n'avait jamais été invitée à franchir les limites de l'espace professionnel. Elle découvrait ce matin l'univers intime de cet homme, ses amis à poils, ses « phobies administratives », ses passions et poussières, univers tellement différent du sien, fait d'ordre, de carreaux bien nettoyés, de tapis battus et de meubles lustrés. A sa propre surprise, elle s'y sentait bien, tellement bien que son sang redevenait fluide dans ses veines, son souffle régulier et son regard plus clair.

César Franck et sa sonate…

Le violoncelle semblait se plaindre de l'indifférence du piano, le supplier de s'intéresser à lui, quand Baptiste crut devoir ajouter :

— « Badinages philosophiques » ?

Il se mit à rire de lui-même et de son audace intellectuelle.

— Ça fait un peu prétentieux, non ? Je ne parle pas de Franck, que je tiens pour le père spirituel et artistique de Debussy et de quelques autres génies, bien sûr, mais de mon idée de titre pour son œuvre.

Assis en équilibre instable sur un coin de chaise occupée par un chat lové dans une vieille couverture, il observait Marianne, appréciait son relâchement, surveillait son noiraud occupé à tourner autour d'eux, paraissait goûter ce moment de partage offert par la situation.

— Badinage amoureux, plutôt… non ?

Marianne quitta du regard le coudrier roux.

— Combien en as-tu ?

Ailleurs. Elle ne l'avait pas entendu.

— Des instruments ?

— Des chats…

Elle lui glissa un pâle sourire.

— Neuf…

— Et tout ce monde fait bon ménage ?

— Ne dit-on pas que les animaux ressemblent à leurs maîtres ?

— Il paraît !

— A tort ou à raison, je n'en sais rien, on me dit homme paisible et fidèle. Ils le sont, c'est sûr. Mais, je vais te faire une confidence : ce ne sont pas eux qui auraient copié leur maître… c'est plutôt moi qui les imite ! Ils ne vivent pas chez moi ; je vis chez eux ! Ils me tolèrent, m'acceptent, parfois me supportent ; j'ai une chance inouïe parce que je crois qu'ils m'aiment au moins autant que je les aime.

Une touchante émotion cousit un fil d'argent à ses paupières.

Pour dissiper son trouble, il se leva, servit le café, saisit un biscuit entre pouce et index, puis, prêtre présentant l'hostie à la communiante, l'offrit à sa visiteuse. Marianne le reçut comme un geste si naturel qu'elle avait entrouvert les lèvres spontanément pour l'offrande. Elle ferma les yeux sur son plaisir.

Franck en était au réveil du clavier en début de deuxième mouvement de sa sonate quand le charme se rompit. Comme une énergie nouvelle surgie entre eux avec lui et par lui, un irrépressible désir d'agir, une volonté forte de reprendre contact avec la réalité.

— Que pouvons-nous faire de plus, là, maintenant ?

— Rien ! répondit Baptiste. Attendre ici des nouvelles de la gendarmerie.

— Il faudrait bien que j'aille à Epinal, faire le point avec les collègues, et nous organiser pour les jours à venir. Mais…

Un éclair d'angoisse traversa son regard.

— J'ai peur… lâcha-t-elle d'une voix étranglée.

Noiraud s'intéressait maintenant à sa gamelle. Il croquait à belles dents dans son coin entre les pattes d'un piano couvert de vieilles partitions.

— J'ai peur pour Julien. Où est-il ? Que fait-il ? Et si c'est lui qui a emprunté ma voiture… et s'il avait un accident…

— Ne gamberge pas, s'il te plaît ! On va rentrer chez toi, faire un tour complet de la maison. Il a peut-être laissé un mot, une lettre, un indice quelque part. Tu as tellement paniqué tout à l'heure…

Totor les attendait. Il flaira leurs pieds, y reconnut des odeurs de rivaux, retourna à sa gamelle vide, se mit à tourner en rond, à se plaindre comme une pauvre bête abandonnée par ses maîtres depuis des mois.

Marianne lui servit ses croquettes.

Repu, il les rejoignit dans la chambre de Julien, qu'il inspecta dans ses moindres recoins, avec eux.

Chaussettes sales, litière souillée, livres ouverts… Victor Hugo, Radiguet, Chateaubriand aux pages des *Mémoires d'outre-tombe* repérées par des lambeaux de papier. Il n'avait jamais parlé à sa mère de cette lecture, nouvelle peut-être. Marianne ouvrit le livre au premier repère…

> *Il n'y a pas de jour où, rêvant à ce que j'ai été, je ne revoie en pensée le rocher sur lequel je suis né, la chambre où ma mère m'infligea la vie, la tempête dont le bruit berça mon premier sommeil…*

… le referma aussitôt, en proie à un trouble violent. … *la chambre où ma mère m'infligea la vie !* Ecorchée vive !

Baptiste était passé au salon. Inquiet de ne plus entendre aucun bruit, il appela.

— Marianne…

Craignant un malaise de son amie, il revint dans la chambre.

Assise sur le lit, livre d'un côté sur la couverture, chat de l'autre allongé contre sa cuisse, visage enfoui dans ses mains, elle sanglotait.

Il s'approcha, s'assit à son côté, Totor entre eux, attendit qu'elle eût repris souffle, se fût apaisée.

Il n'avait jamais imaginé connaître un jour une telle situation. Lui, l'homme blindé contre toutes les agressions des sens, le professionnel tout entier consacré à son métier, le luthier passionné d'instruments rares qui lui avaient permis d'explorer des pays où la nuit et le jour durent six mois, comment avait-il pu en arriver à se trouver là, dans cette chambre d'adolescent perturbé, au côté d'une mère effondrée, alors qu'il aurait dû être dans son atelier, avec ses compagnons, à travailler à des berceaux de la musique ? Devait-il le regretter, ou bien s'en accommoder jusqu'à ce que… Il laissa les pensées vagabonder dans sa tête, s'affronter, se fuir, s'imposer. Une question revenait sans cesse, comme une obsession : qu'était pour lui cette femme, qu'il ne connaissait pas ? Peut-on prétendre connaître l'autre, alors qu'il est déjà tellement difficile de se connaître soi-même ? Seul dans son atelier, le soir, après le départ de ses disciples, penché sur une table d'harmonie, ou tendu comme les cordes ajustées au chevalet, il ravivait souvent l'invitation de Socrate faite à l'homme à se connaître lui-même avant d'aller vers l'autre et le monde. Ce matin, sur la rive du Madon, colline de Bénevise pour horizon, médité puis commenté dans une vie antérieure universitaire, le *Gnothi seauton*[1] gravé sur le temple d'Apollon à Delphes lui était revenu en mémoire. Ce trouble qui l'avait gagné n'était-il pas celui qui gagne tout être confronté à la détresse de l'autre, tout comme les cordes sympathiques de la nyckelharpa sont gagnées par les vibrations des cordes mélodiques, sans le contact avec l'archet ? Il l'avait déjà éprouvé quand il avait dû quitter l'une ou

1. « Connais-toi toi-même », maxime de la sagesse grecque dont le sens primitif, « Sache que tu es mortel, et non divin », a été complété par Socrate de cette injonction : « Sache que tu as en toi un principe d'excellence qu'il te faut découvrir, dont tu dois faire l'axe de tes pensées et de tes actions. »

l'autre des femmes scandinaves rencontrées durant ses pérégrinations d'archéologie musicale en Suède ; et il avait toujours dû se rendre à l'évidence que la douleur exprimée par une femme même commune rend cette femme exceptionnelle, une femme belle plus belle encore, une femme séduisante plus troublante encore. Par quel phénomène du cœur, de la tête ou du corps tout entier, par quel enchaînement physique ou hormonal ? Il aurait été bien incapable de le dire. Mais le constat, pour lui, était toujours le même : ses larmes rendent la femme désirable.

Il tourna son regard vers Marianne toujours prostrée, belle dans sa douleur, fragile et...

Il quitta la chambre, ses miasmes de chaussettes sales et de litière saturée, gagna le salon. Au passage, il laissa son regard prendre le pas dans la ronde fantastique des personnages de Flickinger qui écarquillaient sur lui des yeux d'agate. Il avait déjà vu cette toile, sans y prêter grande attention, n'avait jamais remarqué à quel point le regard de ses créatures fantasques le perçait, lui injectait dans les veines un curieux élixir de miel et d'acide mêlés, lui faisait du bien en même temps qu'il le mettait mal à l'aise. Il s'installa sur le canapé, ferma les yeux, chercha dans sa tête des mélodies rythmées par les battements de son cœur capables d'adoucir la danse de ces diablotins à mine réjouie qui paraissaient se moquer de lui en l'invitant à les rejoindre, n'y trouva que le regret d'avoir abandonné Marianne dans la chambre de son fils disparu.

Quand il les rouvrit, elle se tenait devant lui, bras ballants, pieds nus, chevelure en bataille, maquillage ravagé par les larmes, douloureuse et... désirable.

Son regard avait tout d'une supplique.

Il lui prit la main.

Elle la lui abandonna.

Il la guida vers sa chambre.

Elle s'y laissa mener.

Gnothi seauton...

17

Les gendarmes avaient retrouvé la voiture le soir même, à Dompaire, garée devant le monument érigé sur les lieux des combats de la Libération des 12 au 15 septembre 1944. Dans ces vallonnements si doux s'était livrée la plus grande bataille de chars de la Campagne de France entre la 2e Division blindée – une quarantaine de chars aux ordres du général Leclerc – et une centaine de Panther de la 112e Panzerbrigade du général von Manteuffel. Le courage des soldats français, la détermination de leur chef étoilé et l'appui d'avions Thunderbolt avaient permis de détruire plus de la moitié des forces nazies, et obligé l'ennemi à se replier, à disparaître à jamais des rangs des belligérants.

Sur l'un de leurs itinéraires de conduite accompagnée, quinze jours plus tôt, ce monument avait attiré l'attention de Julien, qui s'était arrêté sans l'avis de sa mère. Il était allé inspecter le char *Corse*, l'avait touché de face, d'arrière et des côtés, avait longuement lu les inscriptions du mur cyclopéen bâti sur décor de verdure foisonnante qui rappelaient l'itinéraire victorieux du général Leclerc et de ses hommes, de Fort-Lamy et Koufra, lieu du fameux serment devenu légendaire[1], à Berchtesgaden, où se trouvait « le nid d'aigle » d'Adolf Hitler qu'ils avaient atteint les premiers. Imposant monument ! Le garçon avait paru fasciné par la silhouette de combattante antique à poitrine nue, couchée dans la pierre, armée de ses glaive et bouclier, chevelure tendue par le vent d'une liberté nouvelle à conquérir ; puis il s'était figé devant la statue en pied et taille réelle du général Leclerc, dressé comme un être dont rien ne peut altérer la volonté sereine et farouche, sa cape de légionnaire, sa tête tournée vers le même espace de liberté à conquérir, son bronze poli, son regard de métal ouvert sur l'horizon d'où jaillit la lumière. Immobile, dans un garde-à-vous que pourtant il n'avait jamais appris, comme en méditation devant un mystère ou en adoration au pied d'une figure sacrée. Son attitude

1. Le 2 mars 1941, à Koufra, le général Leclerc faisait prêter ce serment aux hommes de sa division blindée : « Jurez de ne déposer les armes que le jour où nos couleurs, nos belles couleurs, flotteront sur la cathédrale de Strasbourg ! » Tous avaient juré. Serment tenu, au terme d'une épopée héroïque qui passa par la libération de Paris. Le 23 novembre 1944, le drapeau français flottait sur la flèche de la cathédrale de Strasbourg libérée.

avait intrigué sa mère, qui s'était demandé ce qu'il pouvait ressentir à ce moment-là, penser, imaginer.

Des champs environnants montaient des bruits de tracteurs, des cliquetis métalliques, des gueulées de chiens.

Quelque part, invisibles, des alouettes ivres de lumière grisollaient en escaladant le ciel.

Marianne avait remonté la grande allée, s'était approchée de son fils à pas de loup, l'avait entendu murmurer le poème appris à l'école de son père, autrefois, les vers que plus personne ne lit, ne dit, l'« Hymne » des *Chants du crépuscule* ignorés aujourd'hui : « Ceux qui pieusement sont morts pour la patrie… »

Elle était restée derrière, admirative elle aussi, mais pas du monument de pierre et de bronze… de cet enfant, de chair et d'os, d'âme et de souffrance. Immobile, elle l'avait accompagné silencieusement de son propre récit, des mots appris à l'école de son père qui lui revenaient à mesure que le gamin avançait dans l'hommage de Victor Hugo aux victimes de la folie des hommes, comme on partage une prière dans le silence de la vie et le secret de son cœur.

Après avoir refait surface à la manière du cosmonaute revenu sur terre, d'un demi-tour sec il avait dépassé sa mère sans la voir, marché d'un pas vif vers la voiture, lancé : « On y va ? »

Ils avaient repris la route de la maison, n'avaient jamais parlé de cet arrêt imprévu, aussi ignoré que s'ils ne l'avaient ni vécu, ni partagé.

Ce matin, alors que les recherches venaient d'être sérieusement activées par la gendarmerie, coup de téléphone de Fabimpré. Grand-père Jules : « Venez tout de suite à la ferme, notre Julien vient d'y arriver. Mon Dieu… mais que se passe-t-il donc ? On vous attend, tout de suite ! »

Villers… Ahéville… Bazegney…

Baptiste au volant, concentré sur une conduite trop vive pour lui, Marianne à son côté, mains sur les cuisses, regard fixé sur les reptations d'un itinéraire souvent fréquenté par le gibier. Pas trois mots échangés !

— Ah, enfin, vous voici ! Mais que se passe-t-il ?

Jules avait dégringolé les escaliers, s'était précipité à leur rencontre jusqu'à la margelle du puits. Chien jaune lui ouvrait la voie, jappait et bondissait comme s'il retrouvait de vieux amis. Du perron, chignon en vrac, Léonie s'essuyait nerveusement les mains dans son tablier à bavette.

— Où est-il ? demanda Marianne sans même prendre le temps de saluer son beau-père.

— Dans la chambre de Léop… sa chambre. Mais n'y allez pas tout de suite, il ne veut voir personne. Faut pas le brusquer !

Il s'était planté devant elle, lui avait saisi le bras.

— Le pauvre gamin ! Mon Dieu, le pauvre gamin… arrivé dans un état ! Crotté comme un goret, griffé de partout, déchiré, épuisé… tellement qu'on a eu peine à le reconnaître, c'est dire ! Dans un tel état que même Chien jaune l'a grogné !

Malgré son désarroi, réflexe habituel, Léonie avait préparé une quiche dont le fumet circulait dans la cuisine avec les vrilles de tabac du père. Elle évitait le regard de ses visiteurs, s'affairait du buffet, dont elle tirait assiettes et verres, à la table, où elle avait déjà posé fromage de munster sous sa cloche et bouteille de vin du Montfort que Jules venait de remonter de la cave. Un couvert attendait le gamin à sa place habituelle, celle de Léo…

— Je l'ai fait se débarbouiller. Il a pris une douche. J'ai nettoyé ses vêtements du mieux que j'ai pu… confia-t-elle à Marianne. Il n'a pas desserré les dents.

Sa voix tremblotait ; ses gestes hésitaient. Elle souffrait.

— Je peux utiliser votre téléphone ? demanda Baptiste.

D'une levée de main, Jules lui indiqua l'appareil sur le buffet.

Les femmes s'étaient rapprochées, épaule contre épaule, souffle dans souffle.

— Allô… la gendarmerie de Mirecourt ?

Il avait beau mesurer son ton et cacher ses mots de la main en coquille, Jules avait entendu.

— Gendarmerie ? réagit-il en direction de Marianne. Pourquoi les flics ?

— Il s'est enfui avec ma voiture. Les gendarmes viennent de la retrouver au monument de Dompaire.

Léonie se laissa choir sur une chaise.

— Nom de Dieu… not' gamin ! rumina le grand-père. Qui aurait pu penser qu'il fasse un jour une chose pareille ? Voler la voiture de sa mère ! Jamais j'aurais pu imaginer ça, jamais !

Il poussa un profond soupir, lança un regard désespéré à sa femme.

— Oui… chez ses grands-parents… pas de vol, bien sûr… garage Dompaire… Merci.

Baptiste raccrocha.

— La gendarmerie m'a donné rendez-vous demain. Il faut boucler le dossier. On les a prévenus à temps. Ils allaient lancer les recherches.

— Mon Dieu ! murmura Léonie en tirant la quiche du four.

Attiré par les bonnes fragrances de lard cuit, excité comme un chat avec quatre souris, Chien jaune tournait autour de la table, passait de l'un à l'autre, flairait, se frottait, glapissait de plaisir annoncé. Une part irait dans sa gamelle, comme toujours. Il le savait.

— Je vous ai entendu parler de « vol »… c'est grave, ça !

Jules s'était ressaisi. Il avait empoigné la bouteille de vin, y avait planté le tire-bouchon, l'avait calée entre ses cuisses, allait tirer quand il suspendit son mouvement.

— Ils vont pas le faire passer au tribunal, quand même ! Parce que… alors là…

— Pas de qualification de vol pour l'emprunt de la voiture, rassurez-vous ! dit Baptiste. Jamais entre membres d'une même famille. Et puis…

Il jeta un coup d'œil en direction de Marianne…

— … il aurait fallu qu'une plainte soit déposée !

Caquet des poules dans la cour.

Trompette des oies derrière le hangar.

Coups de pied de Gaillard contre son bat-flanc.

— Je vais voir s'il veut venir, dit Léonie.

— Voulez-vous que je vous accompagne… osa Marianne.

— Restez là ! claqua Léonie. Pas besoin de vous. Je vous appellerai s'il le faut. Pour l'heure…

Elle ne finit pas sa phrase, avait déjà disparu dans le couloir des chambres.

Peut-être s'était-elle rendu compte de la blessure qu'elle venait d'infliger à sa belle-fille par sa réponse trop brutale, son ton surtout. « Restez là ! Pas besoin de vous ! » Les mots avaient à peine quitté ses lèvres qu'elle s'en voulait déjà d'avoir réagi sur les nerfs, comme si elle tenait sa belle-fille pour responsable de la situation et de l'état de son petit-fils. Mais comment un enfant sans père présent, accompagné par une mère dépassée par les événements, pouvait-il agir comme tous les autres, normalement ? Seule dans le couloir, elle mâchonnait son angoisse, sa colère, ses doutes. Et nous, ses grands-parents, qu'est-ce qu'on fait pour ce pauvre gosse ? Elle éprouvait depuis longtemps un sentiment confus de culpabilité, se demandait quelles fautes elle avait pu commettre dans l'éducation du fils, son Léo, pour faire de lui un rebelle à l'ambition méprisante et méprisable, capable de sacrifier femme et enfant pour paraître toujours plus grand, toujours plus beau, toujours plus fort. Il ne nous ressemble pas, pour sûr ! Son père n'est pas comme ça ! Moi non plus, je crois… Elle traînait dans ce couloir de ferme aux murs simplement blanchis à la chaux, retardait le moment de retrouver son petit-fils. Et maintenant, qu'est-ce que cet homme qu'elle nous amène ? Ce… Baptiste ? D'où sort-il et que fait-il chez nous, avec elle, à s'occuper de Julien ? De quoi je me mêle ? Sauf si…

Elle était arrivée devant la chambre de Léo. Porte close.

Sauf si elle fricote avec lui ! Cette seule pensée la remua si profondément qu'elle dut prendre appui contre le mur. Ses jambes avaient fléchi. Mon Dieu, si c'était ça… Léo, là-dedans… Elle tenta de domestiquer son chignon. Quelle histoire ! Mon Dieu, quelle histoire !

La porte s'ouvrit soudain.

Un rai de lumière trancha la pénombre du couloir. Julien parut.

— J'ai… t'ai entendue. Même si… marches… pointe des pieds, je t'entends… mémère !

Il butait sur ses pensées comme sur les mots, cherchait à se faire comprendre au prix de violents efforts, se tordait les mains. Malgré les énergiques coups de brosse de sa grand-mère sur les traces de boue et les souillures du chemin, ses vêtements portaient encore les stigmates de son évasion. Ses poches bâillaient sous le poids des cailloux glanés, dont il n'avait pas voulu se séparer.

— A cause… le plancher… craque !

Il esquissa un pauvre sourire, s'avança vers Léonie, dont il emprisonna les mains dans les siennes, si fort qu'elle ne put réprimer une grimace de douleur aussitôt transmutée en émotion.

— Froid, mémère… pourquoi ?

Elle ne ressentait ni chaud, ni froid, rien qu'une douleur intense comme une torture infligée de l'intérieur à son corps de femme abusé par la vie ; elle aurait été bien incapable de lui répondre. « Pourquoi ? » avait-il demandé.

— Froid aux mains, chaud au cœur, mon beau gamin.

Pour toute réplique, elle n'avait trouvé que cette fadaise dont la récompense fut un baiser de libellule sur le front.

Première fois que son petit-fils s'abandonnait à ce genre de familiarité ! Elle n'avait jamais connu un tel élan d'affection d'un enfant, même de Léo, qui était encore d'un temps avare en effusions. Se souvenait-elle de lui avoir dit une fois – une seule fois ! – qu'elle l'aimait ? Elle-même n'avait jamais reçu ces mots de sa mère. Autrefois, son Jules lui avait glissé un « Je t'aime » gauche à parfum de prairie, entre deux fourchées, un jour que leurs familles s'étaient donné un coup de main pour rentrer le foin avant l'orage. Une seule fois. Depuis ce jour de fenaison, les gestes, les petites attentions avaient parlé pour leur cœur. Mais… Léo… si on avait…

L'émotion la submergea.

— Je suis…

Elle tenta encore de rajuster son chignon, en profita pour prendre une grande inspiration.

— La quiche est prête. Ta part est servie. Tu aimes, hein… la quiche !

— Oui.

Il reprit ses mains, les pressa très fort, comme pour la remercier.

— Ils sont arrivés…

Elle avait hésité à le prévenir, s'y était enfin résolue pour éviter le choc de l'effet de surprise qu'elle redoutait maintenant.

— Arrivés ? Qui ?

— Ta maman… et…

Visage soudain fermé, le garçon pâlit, rejeta les mains de sa grand-mère, recula d'un pas, comme s'il se méfiait maintenant de la femme plantée devant lui que, l'instant d'avant, il avait rendue heureuse d'un baiser sur le front.

— … un homme que je ne connais pas. Je ne

l'ai jamais vu, ton grand-père non plus. Il a l'air agréable.

Elle s'était forcée pour dire qu'elle le trouvait « agréable ».

— Je crois avoir entendu ta maman l'appeler « Baptiste ».

Alors, Julien donna l'impression de souffler, de respirer, de se détendre. Il plongea les mains dans ses poches, en tira des cailloux de couleur ocre qu'il admira longuement.

— Baptiste… Baptiste… Baptiste…

— C'est lui qui l'a conduite chez nous, tu comprends !

— Baptiste… ils… seuls ?

— Avec qui voudrais-tu qu'ils soient ? Le président de la République, l'évêque, le pape aussi ?

Elle se força à rire… faux.

— Tu… jures… seuls ?

— Puisque je te le dis, enfin ! Tu peux me croire.

— Crois personne !

Léonie reçut sa réplique comme une gifle. Impertinence à la mode Léo, pensa-t-elle ! Léo…

— Alors, tu viens ?

Il passa d'un pied sur l'autre puis, sans répondre à sa grand-mère, se mit en marche vers la cuisine, très lentement, d'un pas de processionnaire. Elle le suivit, l'entendit réciter d'un trait, d'une voix claire :

— « … je me trouvais à mille milles de toute région habitée. Or mon petit bonhomme ne me semblait ni égaré, ni mort de fatigue, ni mort de faim, ni mort de soif, ni mort de peur…[1] »

Intriguée, juste avant de pousser la porte de la cuisine, elle l'interrompit :

— Qu'est-ce que tu dis ?

Il se tut, parut réfléchir, répondit, sans se retourner :

— Petit Prince…

Elle fit comme si elle avait compris.

La quiche avait tiédi.

Chien jaune reçut sa part.

Au milieu de la cour, dressé sur ses ergots, plumeau d'or cuivré au vent, Amédée vocalisait à se déchirer les cordes vocales.

Tandis que, derrière l'écurie où se dandinait Gaillard, les oies jouaient de la trompette.

---

1. Antoine de Saint-Exupéry, *Le Petit Prince* © Editions Gallimard.

18

— Font chier, avec leurs grèves ! Le mois dernier les pilotes de ligne, maintenant les contrôleurs aériens ! Je te mettrais tout ce monde au boulot, moi !

— Tu as sans doute oublié qu'autrefois tu les organisais, les grèves !

— Dans une vie antérieure ! répliqua Léopold.

— Une vie antérieure… laisse-moi rire ! lâcha sèchement Marianne. Tu devrais plutôt dire « une idéologie antérieure » !

— Si tu veux. C'est ça l'évolution d'un homme curieux, conscient et engagé dans la vie sociale. J'ai la chance de vivre plusieurs existences en une seule, moi. Tout le monde ne peut pas en dire autant !

Il alluma une blonde à bout doré, joua un moment avec son Zippo, dont il aimait rappeler qu'il était le briquet des cow-boys, des conquérants de l'Ouest, des hommes forts à la recherche de l'or, fondateurs du Nouveau Monde.

— Je me demande toujours comment on peut passer tout son temps dans un cabinet, à se masturber les méninges sur des lois, des décrets, des codes, des machins, ou dans un hôpital, à soigner des débiles incurables, ou dans un…

Il rejeta sa fumée vers le plafond, jeta un coup d'œil circulaire aux établis, pots de colle et vernis, violons, harpes et autres instruments à cordes posés sur des consoles ou pendus aux murs.

— … atelier aussi bordélique et irrespirable !

Baptiste caressait de la paume une table d'harmonie prête à recevoir sa première couche de vernis. Malgré l'irritation qu'il sentait monter en lui, la douceur du bois poli l'entretenait dans une attention bienveillante à l'égard de ce type qu'il rencontrait pour la première fois.

— Moi je ne pourrais pas ! J'ai besoin des grands espaces, d'air frais, de voyage, de changer d'horizon dix fois par jour, de rencontrer des gens qui se bougent le cul, toujours plus riches de…

Il buta sur l'idée, qui ne voulait pas de lui.

— … d'expériences !

Il rythmait chaque mot d'un claquement sec de son Zippo, doré lui aussi, d'or peut-être.

— Sans ça, je dépéris !

Il chercha un cendrier, trouva un couvercle de boîte de vernis, y écrasa sa cigarette en prenant soin de faire apparaître sa Rolex.

— Mais à chacun son choix de vie ! Loin de moi l'idée de penser que votre manière d'être est petite, minable, encore moins de le dire. Si vous vous sentez bien ainsi, j'en suis heureux pour vous ! Enfin… heureux…

George bouillait. Comment pouvait-on écouter de telles insanités, les proférer surtout ? Elle lançait des regards de lame de poignard à Marianne, qui faisait mine de ne pas les voir, ce qui l'énervait au plus haut degré. Elle se sentait prête à exploser pour son amie contre l'agression. Mais elle doit avoir ses raisons, se disait-elle. Pas possible autrement ! Serrant les dents sur sa colère, elle gambergeait : peut-être cette femme qu'elle croyait maintenant bien connaître aimait-elle encore cet homme malgré la durée de leur séparation, son indifférence aux problèmes de leur enfant, et son insultante prétendue supériorité. Du coin de l'œil, elle observait Baptiste, toujours impassible, qui caressait sa table d'harmonie en fouillant d'un regard discrètement inquiet celui de Marianne.

Julien les avait accompagnées chez le luthier. Il avait accepté l'annonce de cette visite comme il l'aurait fait de l'invitation à une balade sur la rive du Madon, en recherche d'étoiles de Plaimont sur la colline de Sion, ou à un cours de conduite en rase campagne au côté de sa mère. Depuis l'épisode fugue avec emprunt de la voiture, il semblait s'être assagi, mais rejetait toute invitation à vouloir participer à la vie ordinaire, à s'intéresser aux désirs et préoccupations de sa mère pourtant orientés vers lui, lui seul. Indifférent à tout et à tous, il se murait dans un isolement quotidien de plus en plus insupportable, dont il ne sortait que pour de très rares moments de complicité. Son regard avait changé, sur elle, sur les autres, sur sa Mageo, redevenue « George », comme pour tout le monde, parfois même « madame ». Il entrait en rage violente dès qu'il lui était proposé d'aller chez ses grands-parents à Fabimpré, comme de reprendre le chemin du lycée. Des convulsions intimes paraissaient le dominer. Elle l'avait surpris un soir dans la salle de bains à renifler ses sous-vêtements de la journée tirés du panier de linge sale. S'étant vu surpris, il lui avait lancé un regard tranchant, claqué la porte au nez d'une pirouette. Enfermé à double tour. Sourd à tous ses appels. Tellement retournée par cet incident qu'une violente nausée l'avait jetée sur l'évier, où elle avait dégueulé tripes et boyaux. Son Juju n'avait pas reparu de la soirée. « Son Juju », ou bien un monstre en train de naître, là, sous ses yeux de mère crucifiée ?

Interrogée, George avait évacué le sujet d'un « Te fais donc pas de mouron pour ça ! Ses hormones le travaillent, c'est normal à son âge ! A surveiller, simplement, pour que ça ne prenne pas des formes agressives envers les filles. J'en parlerai au psychiatre de l'hôpital, et je te dirai. Mais pour l'instant, je ne vois pas de quoi s'inquiéter. Tu sais, même des garçons norm... » Elle s'était reprise : « ... même des garçons qui ne souffrent pas de troubles du comportement se laissent pousser par leurs hormones à des trucs comme ça ! Allez, ma belle, on sourit, c'est encore le meilleur remède ! »

Quand Léopold avait téléphoné pour annoncer sa visite, avec un « cadeau » – il avait insisté sur le « cadeau » sans préciser pour qui, pour quoi, comment –, elle lui en avait parlé avec mille et une précautions. « J'aimerais que tu sois là... tu comprends ! » Elle avait failli ajouter « C'est ton père, tout de même ! », s'était dit que le « tout de même » était de trop, le « c'est ton père » aussi. A quoi bon introduire une quelconque suspicion de culpabilité chez Julien, qui souffrait déjà assez de ses convulsions internes ? Un coup de menton de Juju muet avait signifié qu'il était d'accord pour l'accompagner.

Silence.

Les silences de Julien !

A la demande du grand voyageur, ils s'étaient donné rendez-vous directement chez le luthier, « à cause du cadeau que je ne voudrais pas trop balader », avait-il affirmé.

De la nouvelle Alfa, rouge Ferrari cette fois – il venait de changer pour retrouver cette couleur, plus « pétante » que le blanc –, garée dans la rue Sainte-Cécile après un tour de la vieille ville, il avait tiré un gros carton marqué de timbres et coups de tampon témoins d'un long voyage et de moult franchissements de frontières.

Il avait fait irruption dans l'atelier comme en pays

conquis, posé son fardeau sur un établi encombré d'outils et de morceaux d'instruments en gestation, salué femmes et hommes d'une circonvolution du bras et de la main accompagnée d'un « Bonjour, tout le monde ! Heureux de vous voir, de vous revoir, de vous connaître ! Ça fait du bien de revenir de temps en temps au pays pour retrouver des gens bien plantés dans leurs sabots ! Ça rassure, croyez-moi, surtout après les péripéties du voyage que je viens de vivre ! ». Il avait retiré sa doudoune, dégagé une élégante veste en jean assortie à son pantalon de même matière de coupe classique, poches à l'italienne, comme l'Alfa. Amérique et Europe à la fois… homme universel.

— Connards de grévistes !

Il était lancé. Aucune attention pour Julien, qui s'était éclipsé aussitôt dans l'atelier voisin, où les disciples du maître luthier découpaient à la scie à chantourner, évidaient, sculptaient, polissaient… toutes actions reconnaissables à leur musique lointaine et proche à la fois.

Le carton trônait au milieu de l'atelier, attendait la fin de l'homélie du grand prêtre néo-libéral anglo-saxon pour livrer son secret.

Baptiste proposa une boisson :

— Café… thé… bière… porto… ou un petit coup de blanc sec qui donne du nerf ?

L'air abattu de Marianne l'avait incité à la dernière proposition. Il savait que de temps en temps, après une contrariété ou une émotion intense, elle avait besoin d'un petit remontant. Elle en pinçait pour le muscadet, sa robe couleur or clair et ses notes florales stimulées par de délicats arômes de citron mentholé. Il avait découvert cet élégant besoin chez elle il n'y avait pas si longtemps, juste après leur premier partage d'intimité dans sa chambre. *Gnothi seauton*...

— Bourbon-Coca ! commanda Léopold, comme il l'aurait fait au Woody's de la 13e Rue à Philadelphie, sa cantine préférée.

— Désolé ! Je n'ai ni bourbon, ni Coca ! répliqua aussitôt Baptiste. Le premier à cause de son ascendance avec les Bourbons, ces rois de France qui ont ruiné la Lorraine au point que j'ai décidé de ne jamais boire une goutte de ce faux whisky... le deuxième parce que je ne supporte pas que cette marque de boisson gazeuse ait récupéré notre beau saint Nicolas pour en faire son représentant de commerce, leur « père Noël » !

Il avait déroulé tout ça d'un trait, sans respirer, sans chercher ses mots. A son ton assuré, on pouvait deviner que, s'il n'avait pas préparé sa réponse pour cette rencontre particulière, Baptiste la débitait avec délices dès que l'occasion se présentait.

Mouché, le grand voyageur !

— Ça ne ressemblerait pas à de l'antiaméricanisme primaire, ça, par hasard ?

— Ça ressemble à ce que vous voulez ! répondit Baptiste en resserrant son écharpe de grosse laine grise à larges rayures noires. Mais ni l'un ni l'autre chez moi, pas plus que de banjo d'ailleurs, qui me renvoie trop à la traite des Noirs africains !

Les femmes avaient opté pour un thé. Familière des lieux, George était partie faire chauffer l'eau à la cuisine.

— C'est bien ce que je disais ! repartit le visiteur à Rolex. Antiaméricanisme primaire !

Il alluma une nouvelle cigarette.

— Heureusement que ces gens-là sont venus libérer la France en 44 ! Reconnaissez-leur ce mérite, tout de même !

— Libérer la France, ou en faire leur colonie ?

— Comme vous y allez ! Et les milliers de morts dans les cimetières américains, qu'est-ce que vous en faites ? Ils sont quand même bien venus pour nous libérer !

— Ils sont venus pour des industriels et des banquiers qui avaient d'abord soutenu les nazis ! Ces pauvres gars croyaient qu'ils allaient se battre pour la liberté alors qu'ils étaient envoyés à la conquête de marchés !

De l'atelier voisin, musique des bois travaillés, bribes de conversations en sourdine. Voix de Julien…

Au milieu de l'atelier, entre les établis, le carton couvert de ses timbres et tampons, enrobé de ruban adhésif marron éraflé.

Léopold avait paru tout à coup largué par la réaction du luthier. Sec de mots et d'idées. Il jeta un coup d'œil vague à l'environnement. Tout dans ce regard disait : « Mais qu'est-ce que je fais ici, moi ? Et pourquoi y rester ? »

— Alors, qu'est-ce que je vous sers ? Comme moi, une bière ? J'en ai une bonne, vosgienne, artisanale, la Madelon, parfaite à mon goût, autre chose que les industrielles…

— Allons-y pour une Madelon ! acquiesça Léopold d'une grimace en écrasant sa cigarette à moitié grillée dans le couvercle de boîte de vernis. Mais vous ne m'avez pas convaincu !

— Je ne cherche pas à convaincre ! conclut Baptiste en tirant de son réfrigérateur d'atelier une bouteille de muscadet entamée.

— Si, tout de même un peu…

— Bon, ça va ! coupa George portant une théière fumante. On ne va pas réécrire l'histoire ici ! On a autre chose à faire !

Puis, s'adressant fermement à Léopold :

— Si vous ouvriez ce carton !

— C'est le destinataire du cadeau qui doit le faire, pas son porteur ! Je bois peut-être de la boisson gazeuse du père Noël, et mes amis sont peut-être mal choisis, mais je connais les usages !

La bière moussait dans les verres.

Le muscadet faisait transpirer ceux de Marianne et George.

Le thé libérait ses arômes exotiques.

Dans l'atelier voisin, une corde vibra, puis une autre.

Muette depuis le début de la conversation, Marianne lâcha un « Ah bon, quels usages ? J'aimerais les connaître ! » qui le fit darder vers elle un regard assassin.

Elle soutint ce regard sans sourciller, leva son verre.

— A notre santé ! Et à ce cadeau que George va nous dévoiler. Je suis impatiente de…

— De me revoir ? surjoua un Léopold désireux de moucher cette femme qui venait de le défier, histoire de reprendre la main.

Sa tentative d'humour tomba à plat.

George tirait sur l'adhésif, arrachait des pans entiers de papier couvert de tampons et étiquettes, ouvrait le ventre du carton, en tirait des copeaux de plastique soufflé, puis une forme enveloppée dans un linge duveteux, emmaillotée comme une momie égyptienne, qu'elle déposa avec mille précautions sur l'établi.

Silence.

A côté, on s'animait, parlait ; des cordes vibraient.

Voix de Julien.

George emprunta un ciseau à bois au luthier, trancha une à une les bandelettes de la momie, écarta les pans de son linceul, posa son outil à tâtons, fascinée par la découverte.

Marianne retenait son souffle.

Baptiste observait Léopold, qui déchiffrait l'étiquette de sa Madelon avant de lancer :

— Vosgienne… vous avez dit ! Pas mal ! J'ai

connu meilleure bière, mais… pourquoi pas… elle se laisse boire !

Silence dans l'atelier voisin.

Une tête venait d'apparaître dans l'embrasure de la porte entrouverte, puis une autre, puis celle de Julien, empilées, lui entre les deux autres.

Tremblante d'émotion, George plongea les mains dans l'étoffe duveteuse, toucha l'objet, le caressa, parut hésiter à le tirer de son berceau…

— On la trouve partout, cette bière ?

Nul n'entendit la question.

La porte de l'atelier voisin s'était franchement ouverte. Ils étaient entrés, curieux les deux complices du maître Baptiste, intrigué Julien, qui s'approcha de sa mère, se cala contre elle, en première loge, proche de sa Mageo à la toucher.

George souleva enfin le trésor, l'examina de si près qu'elle donnait l'impression de vouloir y poser les lèvres, le présenta à l'assemblée comme un prêtre le Saint-Sacrement, le reposa lentement. Elle s'assit, tourna la tête vers la fenêtre, regarda le triangle de ciel par-dessus le toit, si bleu, si calme… Bouleversée.

Julien contourna sa mère, s'approcha de George.

— C'est beau, Mageo !

Il avait retrouvé pour elle son doux nom, déposa un baiser dans ses cheveux ; puis il se tourna vers l'objet, le toucha, le caressa, le présenta à son tour à la lumière, le reposa doucement sur l'établi.

Alors, Baptiste murmura :

— La viole d'amour !

D'une tendre carnation de bois brut, l'instrument s'était révélé dans la clarté voilée de l'atelier, nu dans sa simplicité de projet, sans chevalet, sans cordes, sans vernis, tout juste ébauché, promesse de vie à venir dans le regard tilleul du visage sculpté dont s'ornait la volute. Toutes les attentions convergeaient vers lui, des disciples restés dans l'embrasure de la porte, de Marianne muette de surprise, de Julien bras ballants en attente de son éveil, de George émue à perdre le souffle. Sur ses lèvres, on pouvait lire, en boucle : « Alfio… Umberto… Alfio… »

— Tout ça pour ça ! brama Léopold après avoir liquidé sa bière. Dire que je l'ai traîné dans les aéroports, alors qu'il aurait été si facile de le fabriquer ici ! N'est-ce pas ? Après tout, ce n'est jamais qu'une vulgaire caisse en bois, à la différence près que celle-là vient de Philadelphie, c'est vrai ! Mais enfin…

— Tu ne te tairas donc jamais ! lui siffla Marianne. Jamais ?

Il fit mine de ne pas l'entendre, se leva, s'approcha de l'instrument, avança la main…

Alors Julien s'interposa, prêt à bondir, si impressionnant que son père recula.

— Merde alors ! Manquait plus que ça ! Je me défonce pour rapporter ce bout de bois du bout du monde, et voilà comment je suis remercié !

Il jeta un coup d'œil à sa Rolex.

— De toute façon, je peux pas rester plus longtemps avec vous. Faudrait bien que je passe voir mes vieux ! Mais j'aurai pas le temps. Je suis venu spécialement pour vous apporter ça !

Un « ça » qui parut lui salir les lèvres.

Julien le défia d'un nouveau pas vers lui.

— Hé, du calme, je suis ton père !

Il rajusta sa veste en jean, rectifia le pli de son pantalon.

— Je rentre à Paris ! Au moins, là-bas, on est entre gens civilisés ! Bon, on est quittes, j'ai fait le job, alors…

— C'est ça… disparais ! conclut Marianne, à bout de nerfs. Dégage !

— Salut la compagnie ! A un de ces jours !

— Peut-être.

— Merci ! lança George, alors qu'il avait déjà gagné le vestibule.

— On lui dira !

Il ajouta quelque chose qui se perdit dans la rumeur de la ville à l'ouverture de la porte d'entrée qu'il claqua violemment derrière lui.

Le départ de Léopold libéra l'atelier qui parut tout à coup respirer un air plus léger.

Julien s'était rapproché de l'instrument, l'effleurait lentement de la goutte d'index. Les disciples voisins avaient rejoint leur établi.

On entendait de nouveau les râpes, scies à

chantourner, la morsure du ciseau dans le bois, le souffle du réchaud à gaz sous la gamelle de colle, et la voix d'Eve Ruggieri contant la vie tourmentée de Mozart à la radio, puis les premières mesures du *Requiem*, la majestueuse introduction des cordes dans le *Lacrimosa*, « inachevé, fauché par la mort en même temps que son créateur ! » avait précisé la vibrante animatrice, guidées par la baguette magique de Claudio Abbado. Eve avait fait son annonce à mi-voix, en élévation déjà, source de paix nouvelle pour l'atelier du luthier. *Lacrimosa dies illa*[1]...

Le temps s'était suspendu.

Porté par Mozart, un agréable sentiment de partage venait de naître autour de l'objet venu du bout du monde. Marianne avait fermé les yeux, laissait poindre en elle la petite lumière bleue d'Ajna ; George nourrissait son émotion devant la chose nue si riche de son passé... Alfio ; Baptiste avait relâché son écharpe de laine grise à larges rayures noires, regardait le ciel par-dessus le toit, si bleu, si calme ; Julien caressait toujours la table d'harmonie, d'une tendre carnation de bois brut. Chacun offrait ses chimères, ses mémoires et ses espoirs au mystère du moment. *Pie Jesu Domine, dona eis requiem ! Amen*[2].

1. « Jour de larmes, celui-là. »

2. « Seigneur Jésus miséricordieux, donne-leur le repos ! Amen. »

George rompit le charme :

— Regardez !

Elle venait de tirer du carton une lettre qu'elle examina sous tous ses plis avant de la présenter à Marianne, puis au luthier. Julien tendait le cou. Elle coupa l'enveloppe, en tira deux feuilles d'un papier quadrillé qu'elle déplia lentement, lut :

Chère George,

Votre réponse à ma lettre m'a touchée, profondément émue, je peux bien vous l'avouer. Découvrir, que j'ai encore une famille sur terre, moi qui suis seule désormais ici, à Philadelphie, dans la maison de mon père, a été un vrai choc. Vous m'y expliquez être veuve d'un certain Alfio Palosco. Tout, dans la vie de ces gens que vous me racontez, coïncide avec ce que je sais de l'origine européenne d'Umberto Palosco, les dates de son départ d'Italie, de son mariage en France, de la naissance de son fils, les prénoms de sa femme, Clémence, et de son fils, Alfio, sa décision de quitter la France gagnée par les extrêmes droites qu'il avait voulu fuir, et sa destination finale, les Etats-Unis.

Consciente de la douleur qu'elles ont dû réveiller en vous, je vous remercie de m'avoir fait ces confidences qui me font arriver à la bonne conclusion : nous sommes unies par votre alliance avec son fils dans le souvenir du même homme, Umberto Palosco, mon père, le père de mon frère Alfio devenu votre époux que je n'ai pas eu le bonheur de connaître, votre beau-père, votre father-in-law ! Vous, chère George, êtes donc ma belle-sœur, ma sister-in-law.

Alfio n'ayant pas eu de descendance, vous êtes donc la seule représentante aujourd'hui de cette famille curieuse à cheval sur l'Atlantique, qu'un océan, que l'Histoire, que tout séparait, mais qui vient de se réunir, de manière virtuelle, certes, mais se réunir tout de même.

Je ne sais comment vous dire combien je suis heureuse de ce dénouement, et de pouvoir tenir ma promesse : vous faire parvenir cet instrument qu'il n'a pas eu le temps d'achever. Il y tenait ; il l'avait conçu pour vous, pour qu'il vous soit le témoin de sa fidélité à son origine d'Europe et de son affection.

Je ne sais ce que vous en ferez, mais je suis certaine que vous saurez lui trouver la place qui lui revient dans votre univers, dans votre histoire, dans votre cœur. Peut-être même trouverez-vous le moyen de le faire achever par un luthier de votre pays si réputé dans cet art qu'est la facture d'instruments à cordes. Qu'il puisse un jour vibrer et produire les harmonies dont notre père rêvait pour vous… tel est mon vœu le plus cher. Ce jour-là, où que vous soyez, où que je sois, j'entendrai cette viole d'amour, et j'en serai très heureuse pour vous, pour moi, pour lui.

Baptiste se leva, dénoua son écharpe de laine grise à larges rayures noires qu'il jeta sur son établi – il ne la portait jamais au travail –, s'approcha de l'instrument, sollicita d'un regard à Marianne puis à George l'autorisation de le toucher, le porta à hauteur de son visage pour en examiner de très près toutes les courbes, en évaluer les galbes, en estimer les assemblages, en scruter l'intérieur par les ouïes, en respirer le parfum, en éprouver d'une délicate tape de l'index le pouvoir de résonance. A son côté, Julien paraissait suspendu à chaque geste, chaque regard, chaque respiration du luthier, comme s'il craignait de voir lui échapper cette création de tendre carnation de bois brut tombée du ciel. Prêt à intervenir, à s'en saisir, à lui renouveler ses caresses. Marianne le couvait du regard, comme George, qui reprit sa lecture.

Avec cette lettre vous trouverez dans ce carton une liasse de documents qui vous reviennent eux aussi, qui éclairent plus votre histoire que la mienne. Gardez-les. Il me reste ici ce qui me concerne seule, avec lui. J'aurai ainsi accompli ma mission et respecté sa volonté, toute de bienveillance à l'égard des uns et des autres, de vous là-bas, en Lorraine (il disait toujours « en Lorraine », jamais « en France »... pourquoi ? Peut-être pourrez-vous m'expliquer, si vous avez envie de me répondre), et de moi ici, à Philadelphie, dans notre pays qu'il a beaucoup aimé aussi.

Des nouvelles de vous me feraient plaisir, si vous voulez bien m'en donner. Votre vie est sans doute plus riche que la mienne. Je l'espère car, de mon côté, chaque jour ressemble à sa veille et promet un même lendemain. Il en sera ainsi jusqu'au dernier. Dans ma première lettre, je vous ai confessé être éprise de votre grand poète Victor Hugo. Souvent, je médite ses mots prononcés sur la tombe de la jeune Emily de Putron, morte subitement : « Les morts sont les invisibles, mais ils ne sont pas les absents. » C'est ainsi que je connais aujourd'hui la présence de mes chers disparus.

J'aime vos poètes. C'est mon père qui me les a fait découvrir. Depuis, ils m'habitent, et je n'ai de cesse d'inviter à les aimer comme je les aime. Grâce à mon père, ils sont à la source de ma passion pour votre langue et de ma vocation de professeur de français.

Voilà. Je crois vous avoir tout confié de ce que je portais pour vous de sa part.

Puisse cette viole d'amour vous parler de lui, de moi peut-être, de nous... le jour où ses cordes vibreront à l'unisson de nos cœurs.

Souvenez-vous : Ce jour-là, où que vous soyez, où que je sois, je l'entendrai, et j'en serai très heureuse pour vous, pour moi, pour nous, pour lui.

Je vous embrasse.

From the deepth of my heart,

Cynthia

Julien n'avait pas attendu l'autorisation – ne l'avait d'ailleurs pas demandée ! – pour plonger dans le carton à la recherche de la liasse de documents annoncée. La trouva. L'exhiba comme un trophée, l'œil pétillant. La tendit à Marianne.

Papiers ligotés par une vieille faveur d'un bleu passé, vite étalés sur l'établi : lettres de Clémence à son mari Umberto, commandes à en-tête de grands orchestres... *Philadelphia Orchestra*... *New York Symphony Orchestra*... *Los Angeles Philharmonic*, remerciements et félicitations de clients prestigieux pour *marvelous violin*, *exceptional solo cello*... accusés d'expédition de mandats à destination d'une femme, en France, *Clémence Palosco*... ici deux cents dollars, là cent, une fois cinq cents. Il envoyait de l'argent à Clémence, pour elle, pour leur enfant, Alfio !

Marianne avait rassemblé ses souvenirs scolaires de langue anglaise pour déchiffrer les pièces de cette liasse, traduisait, commentait. Baptiste l'écoutait, pour la découverte partagée d'une passion hors du commun, pour le plaisir d'entendre sa voix. George plongeait dans les abysses d'un passé ténébreux et clair à la fois.

A côté, pour la détente des disciples, à l'invitation de Roland, qui en était dingue, le violon fou de Paganini libérait les *pizzicati* endiablés de l'un de ses caprices sous l'archet de Maxim Vengerov.

Julien s'approcha de sa mère, désigna le corps nu de la viole d'amour, fixa intensément l'amie.

— C'est moi qui la terminerai, Mageo, pour toi ! Tu veux ?

Pour toute réponse, George lui ouvrit les bras, l'étreignit si fort qu'il suffoqua.

Il se dégagea, se tourna vers Baptiste.

— Tu veux bien m'apprendre ?

— Bien sûr ! Je suis là pour ça, pour toi, avec toi !

— Toujours ?

— Toujours !

Regards et mains soudés, ils scellèrent un pacte sacré.

— Je t'aiderai, et…

Baptiste inspira profondément.

— … c'est toi le premier qui nous feras entendre sa voix.

Ils secouèrent leur poignée de mains, comme des francs-maçons au moment de quitter la chaîne d'union, déterminés à la protéger et la renforcer à chaque instant de la vie quelles que soient les circonstances. Puis, ensemble :

— Promis !

19

Les cloches de Notre-Dame-de-la-Nativité comptaient huit heures quand, dans son pyjama de coton molletonné rose bonbon orné en poitrine d'un chat noir et blanc, Marianne ouvrit ses volets.

Ce matin d'automne finissant avait couvert les reculées du Madon d'une fine pellicule de glace irisée que les canards déchiraient en famille. Et la chapelle de la Oultre plantait dans un ciel d'acier son clocheton blanc de givre.

Une bise fine et acérée tenta de s'infiltrer.

Elle lui claqua la fenêtre au nez, frissonna, remonta le thermostat des radiateurs, se couvrit d'une petite laine, passa dans sa cuisine, où elle prépara céréales, confitures et autres douceurs du petit déjeuner.

Pour la première fois depuis longtemps, elle avait bien dormi, se levait en forme, prête à attaquer une fin de semaine de détente et de partage avec son fils. Partage de quoi ? L'idée leur en viendrait devant les viennoiseries achetées la veille au soir, retour d'Epinal. Dès les pieds hors du lit, habitude née de l'incident fugue-emprunt de voiture, elle avait tendu l'oreille derrière la porte de Julien, perçu sa respiration profonde et régulière de bon dormeur. Il était là et bien là ! Rassurée !

Le gamin de George n'avait pas encore travaillé à la viole d'amour.

Il la voyait chaque jour, la touchait, la caressait, lui parlait même, l'exhortait à la patience. « Il faut que j'apprenne à te soigner avant de m'occuper de toi, que je sache comment polir tes hanches, dessiner puis découper ton chevalet, choisir le bon vernis, celui qui te rendra plus belle que belle, qui nourrira ta voix, tendre tes cordes, mélodiques et sympathiques. Je veux savoir aussi fabriquer l'archet qui te fera vibrer, en précieux bois du Brésil, le fameux et rare Pernambouc en voie de disparition aujourd'hui. Mais… chut ! Baptiste m'a dit qu'il en avait gardé quelques pièces du temps où il pouvait encore s'en procurer. La plus belle, la plus nerveuse, sera pour te faire chanter. »

Les disciples du maître l'accompagnaient dans sa découverte du monde artisanal de la lutherie, lui donnaient des conseils, confiaient au compte-gouttes leurs petits secrets, enseignaient les tours de main et moyens d'appréciation de la matière que seule l'expérience peut dévoiler, l'assistaient d'une bienveillante attention. Fabienne, au regard océan, sourire de lever de soleil, chevelure acajou rebelle et mains de velours, Roland, l'étrange bavard à la cafetière ou au bistro du coin, qui devenait muet dès que penché sur une table d'harmonie ou quand, armé de la fameuse pointe d'acier aux courbes d'étrange sensualité, il introduisait en toute délicatesse dans le ventre d'un instrument… son âme. « Son âme… », car c'était bien la sienne, d'âme, qu'il offrait à la caisse de bois destinée à devenir berceau des plus harmonieuses mélodies.

Ces deux-là, sans se le dire, avaient décidé ensemble de faire de ce jeune gars différent des autres un homme heureux de vivre la même passion qu'eux. Concernant la vie professionnelle, le mot « métier » était exclu de leur vocabulaire, comme le mot « travail », qu'ils savaient de douloureuse étymologie. N'avaient-ils pas appris récemment du linguiste Alain Rey entendu à la télévision – au temps où elle se préoccupait encore d'ouverture culturelle – que ce mot vient du verbe latin *tripaliare*… tourmenter, torturer avec le *trepalium* ? Travail… torture ! Comment avait-on pu faire une source de souffrances de ce qui anoblit la vie et permet à l'humain de s'épanouir ? Ils parlaient, pour eux, de « création », de « passion », souvent de « vocation », parfois même de « sacerdoce ». Tout comme le maître Baptiste Bécard, dont le bonheur d'animer la matière infusait naturellement les rares personnes qui le côtoyaient. Dans le milieu des luthiers, parce qu'on enviait son charisme et son talent, on le charriait. Sa marque *BB*, qui ornait le fond de ses instruments, le faisait moquer parfois par ses concurrents, qui lui donnaient du « BB » à la manière croustilleuse réservée autrefois à Brigitte Bardot, clin d'œil jaloux à l'appui. Certains même, des plus envieux de sa réussite et de sa maîtrise de l'art, parlant de lui, donnaient du « Brigitte » dans des réunions professionnelles qu'il ne fréquentait jamais. « Brigitte » par ci… « Brigitte » par là… Il tirait de ces attitudes la preuve d'être d'une autre nature que les « faiseux d'instruments » ordinaires, une modeste fierté source d'énergie toujours nouvelle. Quant à leur intention de réduire, sinon de nuire, il s'en moquait comme de sa première coupure d'arpète, de l'époque où sa maladresse lui rendait les outils encore rebelles ; il resserrait alors son éternelle et rassurante écharpe de laine grise à larges rayures noires, filait à son atelier retrouver ses nyckelharpas, ces merveilleuses machines venues d'un autre monde, de l'enchanté royaume des trolls facétieux, des géants jötunns et des aériennes alfars.

Marianne avait ramé contre le courant administratif pour ouvrir à son fils la voie de l'apprentissage chez un luthier. « Comment… ? lui avait-on objecté. La lutherie ? C'est complètement bouché ! Rendez-vous compte, aujourd'hui, fabriquer des violons… Mais c'est ringard ! Les machines le font maintenant mieux que les hommes ! Et on n'est qu'au début de cette évolution technique ! Vous devriez plutôt l'orienter vers l'informatique. Ce sont les ordinateurs et les robots qui font déjà ce que vous voulez lui apprendre à faire ! L'avenir est là, pas dans le maniement des rabots et des râpes à main ! Dans le numérique, il aura du travail ! La lutherie traditionnelle, c'est dépassé ! Les Chinois font des guitares et des violons corrects pour deux sous, aujourd'hui ! Alors, les fabriquer chez nous, pour qu'ils coûtent une fortune et ne pas les vendre… » On lui avait ri au nez. « Et puis, avait-on conclu d'une manière péremptoire, l'Ecole de lutherie (à supposer que vous en ayez rêvé pour lui, qui n'a pas le profil de santé requis !) ne prend que très peu d'étudiants chaque année. Non, croyez-moi, ne vous entêtez pas, allez voir ailleurs ! » Elle avait insisté, rencontré d'autres conseillers, s'était battue. Sa culture juridique lui avait été très utile pour emporter la décision finale : un Contrat de professionnalisation d'une durée de trois ans signé par Baptiste Bécard, luthier à Mirecourt, le lycée professionnel de la ville et le représentant légal de l'étudiant, lequel pourrait ainsi, chaque mois, suivre une semaine de cours théoriques, et travailler trois semaines à l'atelier. Malheureux à l'école, radieux à l'établi !

De ce jour, Julien avait oublié ses cailloux, paru plus serein ; il parlait mieux, butait moins sur les mots, acceptait la conversation, hormis quand elle s'imposait à lui. Ses sautes d'humeur devenues plus rares, il participait parfois aux échanges, donnait son avis ; il lui arrivait même de rire des plaisanteries de Fabienne et Roland, le bavard dans l'âme, de plaisanter lui-même. Mais, très vite, il retournait à ses cours ou à son établi, reprenait la tâche à lui confiée par son maître de stage, le paisible Baptiste au cou ceint dans le monde profane de son éternelle écharpe grise à larges rayures noires qu'il pendait à un clou au milieu des violes, violons, guitares, mandolines, vînâs, koras, balalaïkas, luths et nyckelharpas dès qu'il entrait dans le sanctuaire.

Sortant de l'atelier ou en fin de semaine, par tous les temps, le nouvel apprenti avait gardé l'habitude des longues balades le long du Madon, sous les murs de la Oultre. Il lui arrivait de pousser le pas jusqu'au sommet du haut de Chaumont, où il restait des heures à contempler le paysage, de Mattaincourt et sa basilique rose Saint-Pierre-Fourier, dont le clocher perçait le ciel par-dessus le bois des Taillottes, à Poussay, dont les demeures capitulaires formaient rempart derrière la Croix-Messire-Jacque. Il en rentrait souvent crotté, toujours fourbu, mais le regard rayonnant d'une lumière dorée glanée sur les hauteurs du Xaintois.

Il dormait peu, passait ses nuits à lire. Il avait invité Radiguet à faire plus de place à Camus dans son cœur et sur son étagère, se passionnait toujours pour Victor Hugo, sculptait maintenant sa mémoire au ciseau de Gérard de Nerval, dont il venait de découvrir les élans de folie. Un matin,

Marianne lui avait trouvé les yeux rougis, comme si des larmes lui avaient rongé les paupières. Au moment de remettre de l'ordre dans sa chambre, elle avait découvert sur son chevet une biographie ouverte à la page où l'auteur relatait la mort de ce poète oublié qu'elle connaissait peu, par pendaison à une grille proche de la place du Châtelet à Paris, rue de la Vieille-Lanterne. Le malheureux venait d'avoir quarante-sept ans. Depuis ce matin-là, elle entendait souvent son Juju réciter en boucle la méditation poétique d'« El Desdichado[1] » : « Je suis le Ténébreux, le Veuf, l'Inconsolé… »

Assise sur son lit défait, elle avait lu ce poème passé trop vite dans le cortège de ses récitations d'école – peut-être éclipsé par son instituteur de père à cause de la tragique mélancolie qui en émane –, l'avait relu, une étrange impression fichée au cœur de parenté d'esprit entre son auteur et son jeune lecteur, assortie d'angoisse. Pourquoi son Juju s'était-il ainsi attaché à ces vers, beaux, certes, mais tellement désespérés ? « Mon front est rouge encor du baiser de la Reine ; j'ai rêvé dans la grotte où nage la sirène… » Qui donc était la Reine au baiser si troublant ? Et cette sirène ? Un vague malaise l'avait accompagnée toute la journée.

---

1. Poème de Gérard Labrunie, dit Gérard de Nerval (1808-1855), extrait du recueil *Les Chimères* (1854).

De temps en temps, à l'atelier, on voyait Julien se recueillir devant la viole d'amour comme devant un gisant de cathédrale ; on pouvait alors lire sur ses lèvres les vers de Victor Hugo : « Demain, dès l'aube… » On le laissait devant l'instrument inachevé boire à sa source, on le confiait à sa rêverie, à sa prière peut-être. Baptiste ne perdait pas une seconde de ces moments qu'il considérait comme des plus précieux pour l'évolution de son protégé. Puis Julien s'écartait, reprenait sa place à l'établi, se remettait au travail, fort d'une énergie nouvelle.

N'était l'absence de mari, de père surtout, la vie des Malard semblait connaître enfin un cours que d'aucuns auraient qualifié de « normal », au point que Marianne avait jeté aux orties la documentation concernant les signes révélateurs des troubles du neuro-développement (TND), les notions brumeuses de dimensions transversales, les recommandations parisiennes émises par les prétendus experts de la Haute Autorité de santé (HAS), les adresses des plateformes de coordination et d'orientation (PCO), les avis de médecins généralistes et spécialistes conventionnés ou francs-tireurs, psychiatres, psychothérapeutes et psychologues. Elle ne voulait plus entendre qui que ce soit lui parler de troubles mentaux. Persuadée que chacun est toujours l'anormal de quelqu'un, elle s'en remettait désormais à son bon sens de femme, à ses intuitions de mère, à la passion professionnelle et bienveillante de Baptiste, à la délicieuse affection des grands-parents Malard, qu'ils allaient visiter de plus en plus souvent.

A Fabimpré, Léonie et Jules passaient leur vie à les attendre, comme Chien jaune, qui leur faisait une fête bruyante et baveuse, les reniflait jusqu'à reconnaissance des odeurs urbaines de Totor, tellement différentes de celles de ses habituels compagnons paysans à griffes et moustaches. Amédée les accueillait toujours de ses chants redoublés accompagnés à la trompette par la légion d'oies baladeuses. Et, reconnaissant le bruit de la voiture, Gaillard l'ardennais donnait du pied contre le bat-flanc, parfois même hennissait tant que Julien n'était pas allé jusqu'à lui. Tellement complices, ces deux-là, que le gamin avait obtenu de son grand-père l'autorisation de monter le cheval à cru autour de la ferme.

Permanences juridiques, visites d'entreprises et montages de dossiers avaient repris pour Marianne un cours régulier que ne perturbaient plus les convulsions familiales. Ils rythmaient ses présences à la maison des bords de Madon. Et, en fin de semaine, elle donnait toujours des cours de conduite accompagnée à son Juju qui, pourtant, n'en avait plus besoin. Ils sillonnaient ensemble les routes du Xaintois, poussant parfois jusqu'à la cité thermale oubliée de Martigny-les-Bains, ou la demeure natale de Jeanne d'Arc, à Domrémy-la-Pucelle, en passant par l'amphithéâtre romain de Grand où, assis sur les gradins, muets, ils se rêvaient lui empereur en villégiature, elle vestale gardienne du feu sacré.

Gérant à la perfection les embûches routières de ces itinéraires, l'apprenti avait vite égalé sa maîtresse, la surpassait même maintenant en habileté et pouvoir d'anticipation dans des situations délicates. Il pouvait s'affranchir de sa tutelle, aurait pu être déjà présenté à l'examen du permis de conduire, mais il n'en avait pas encore exprimé le souhait. Peut-être se disait-il que la seule évocation de ce sujet pourrait raviver le souvenir de l'escapade heureusement sans suites du monument Leclerc de Dompaire, des gendarmes à sa recherche, et du désarroi des « Fabimprés », comme il les appelait parfois avec une réelle affection. Vrai... sa mère aurait pu lui laisser la bride sur le cou, mais elle continuait de se laisser balader par lui pour le confort peut-être (elle lui disait que ça la reposait de son boulot de la semaine) et le plaisir, davantage que pour la pédagogie appliquée au Code de la route. Elle se disait souvent en douce que, son mari au volant, elle ne se serait pas sentie aussi détendue et confiante à « la place du mort » qu'avec son fils. Son mari... Léopold... surtout à bord de son Alfa !

Marianne avait aussi pris un rythme soutenu de sorties en compagnie de George, devenue plus qu'une amie, une sœur, celle que la nature ne lui avait pas donnée.

Dès leur première rencontre, George avait su que

sa voisine de concert dans la bonbonnière à l'italienne d'Epinal deviendrait une relation cordiale. Marianne l'avait senti, elle aussi. Alors que rien pourtant ne les prédestinait à la rencontre, moins encore à se fréquenter, elles s'étaient reconnues à leur manière de se frôler le coude sur leur fauteuil d'orchestre, de se sourire, de vibrer aux mêmes mesures endiablées de Paganini, comme femmes porteuses d'un même élan de vie et de mêmes valeurs.

Ensemble, elles allaient à Epinal en période de Floréal musical ou de concours international de piano, à Nancy, salle Poirel, communier ensemble à l'autel de la musique où se produisaient les meilleurs ensembles de chambre et les plus brillants interprètes. Elles n'auraient raté pour rien au monde un concert de *Nocturnes, Préludes*, valses ou mazurkas de Chopin par la pianiste Catherine Chaufard, capable selon elles de rendre à ces œuvres la dimension spirituelle voulue par leur créateur. L'émotion née des vibrations et élévations de Chopin était telle qu'elles s'étaient juré d'aller ensemble un jour en Pologne puis à Majorque, dans les pas de ce musicien qui éveillait en elles de si puissants émois !

Le rappel de huit heures tombait de Notre-Dame…

Téléphone !

— Pas déjà de la pub ! grogna-t-elle. En plus, c'est dimanche… ils pourraient nous foutre la paix, tout de même !

Elle décrocha, allait s'emporter contre tous les appels qui, depuis des mois, perturbaient l'ordinaire des citoyens, une fois pour un nouveau contrat de fourniture d'électricité, une autre fois pour inviter à changer de mutuelle, une autre fois encore pour aller voir ailleurs si l'assurance y est plus verte, plus couvrante, moins onéreuse…

Elle avait déjà pris son souffle pour cracher son exaspération à l'éventuel démarcheur, genre « Vous commencez à m'emmerder sérieusement… », quand elle reconnut sur l'écran le numéro des Malard de Fabimpré, et la voix de Léonie :

— Allô… allô… Marianne… ma fille… allô… Mar…

Grand-mère affolée.

— Oui. Bonjour, Léo…

— Vite ! Venez vite… Jules… Il…

Elle éclata en sanglots.

Jamais Marianne n'avait connu sa belle-mère dans cet état. Il fallait que la situation fût grave pour qu'elle l'appelât et s'effondrât ainsi au bout du fil.

— Que se passe-t-il ? Grand-père Jules est malade ?

— Venez, s'il vous plaît… peux pas… parler davantage.

Silence. Respirations saccadées.

— Il faut… retourne près de lui. Venez… vite !

— J'arrive !

Quand il entendit sa mère dire : « Grand-père Jules est malade ! Il faut y aller ! Ils nous attendent ! » Julien se leva d'un bond, sauta dans ses vêtements. Marianne avait déjà remplacé son pyjama molletonné à chat noir et blanc par sa tenue de balade dominicale, enfilé sa doudoune, sorti ses clés de voiture, pendu son sac à l'épaule. Lait, cacao, confitures et viennoiseries attendraient.

La route de Fabimpré ne leur avait jamais paru aussi longue. Juju concentré et fébrile au volant, Marianne regardait défiler le paysage sans le voir, répétait seulement en boucle : « Pas si vite, il peut y avoir du verglas ! » Il levait le pied sur deux ou trois cents mètres puis, sûr de lui, relançait la voiture.

Sous les Grands-Bois, elle lui glissa :

— Tu dois avoir faim…

Regard fixe sur un horizon gris de Peyne, il répondit :

— N'importe !

Entre Bettegney-Saint-Brice et Saint-Vallier, le ciel s'était assombri ; la butte de Lijaumont s'était couronnée de givre ; par endroits, la route paraissait luisante sous le village perché.

— Attention, dans les virages il peut y avoir des plaques de…

Excédé par les objurgations de sa mère, rendu plus fébrile par la proximité de Fabimpré, Juju grimaça, d'un air de dire : « Si tu pouvais te taire, ça me ferait du bien ! », sans lever le pied cette fois.

Une lumière laiteuse baignait les fonds de la

Voivre, découpait sur un ciel de crasse les squelettes étincelants des mirabelliers.

N'eussent été les circonstances, on aurait pu s'arrêter, marcher un peu, histoire d'admirer ce paysage grandiose et mystérieux à la fois, si familier au printemps et dans les journées naissantes d'été, riche de ses rouilles intenses en automne.

Mais là, froid, grisaille et lumière d'outre-terre poussaient mère et fils vers la ferme familiale, sa Léonie en détresse, et son Jules en…

Dans la cour, pas de Chien jaune, ni de chats.

Autour du puits, Amédée gambadait avec son harem hérissé par la bise… mais silencieux.

Derrière le hangar, taches claires fugaces sur l'horizon laiteux, on pouvait apercevoir loin, très loin vers la forêt, les oies en goguette.

Coups de pied de Gaillard contre le bat-flanc.

Léonie les avait vus arriver. Elle devait les avoir guettés depuis la fenêtre de la cuisine, derrière ses brise-bise.

Elle se précipita sur le perron.

Sa mine défaite, sa hâte à les faire entrer, avant même de les avoir embrassés, leur confirmèrent que la situation était grave.

Le couloir sentait le camphre, l'eucalyptus, la tisane de tilleul et, inhabituel, la pisse de matou.

Elle les poussa dans la cuisine.

— Merci d'être venus très vite, mes enfants. Je vous ai appelés parce que…

Voix de plomb encombrée de douleur, hésitante, comme si les mots pesaient trop dans la poitrine pour venir affleurer aux lèvres.

Elle prit le bras de Julien.

— … parce que ton grand-père est malade, très malade. Il ne va pas bien du tout.

Elle promenait son regard de l'un à l'autre, de l'autre à l'un…

— Hier après-midi, après la visite du médecin, il m'a dit : « Je voudrais voir not' fille et not' gamin. Appelle-les, qu'ils viennent ici, vite… s'il te plaît. » C'était hier soir. J'ai attendu ce matin pour vous téléphoner. J'ai pas voulu vous déranger tout de suite. Vous avez besoin de repos, tous les deux. Alors voilà, ce matin…

Elle ouvrit le buffet, sortit sa cafetière électrique, la brancha, y fit couler café moulu et eau, chercha tasses et bols.

— Vous prendrez bien de quoi vous réchauffer. J'ai fait une brioche, hier soir, pour qu'il mange un peu… vous savez qu'il aime bien ! Il n'en a pas voulu. On va l'entamer.

Elle avait déjà posé la brioche sur la table, sorti le couteau à pain, commencé à la trancher. Sa main tremblait. Sa lèvre inférieure frémissait. Elle ne tenait pas en place.

— Il a dit « not' fille et not' gamin » ? demanda une Marianne surprise par cette manière de parler d'elle.

Première fois…

— Comme je vous le dis. Pouvez me croire.

Léonie arrangeait les tranches de brioche sur un plat.

— Il a passé une très mauvaise nuit. Moi aussi. Mais moi, ça ne compte pas. J'ai l'habitude. Vous savez, le sommeil et moi, on a toujours été fâchés.

— Qu'a dit le médecin ?

Léonie se tourna vers la cafetière, plus pour cacher la vague de larmes qu'elle sentait monter que pour en vérifier l'ardeur.

— Qu'il est au bout du rouleau… que ses poumons…

Elle leva la tête comme pour chercher du bon air.

Chien jaune s'était approché de sa maîtresse ; il se frottait dans ses jambes. Sentait-il sa détresse ?

Borborygmes de la cafetière.

Immobile et muet, regard sans cesse tourné vers le couloir des chambres, Julien suivait la conversation mot à mot. De l'index, il cueillait sur la table les miettes de brioche qu'il portait à ses lèvres.

— Pourtant, la dernière fois, il m'a semblé qu'il allait bien. Souvenez-vous quand on est allés…

Léonie leva les mains, résignée.

— Allez savoir !

— On peut aller l'embrasser ?

— Pas tout de suite. Il vient de s'assoupir.

Ils étaient venus passer avec eux le dimanche de Toussaint, quinze jours plus tôt.

Dieu, qu'il était bon le pâté lorrain de Léonie

avec un bon verre de vin du Montfort, et sa tarte aux pommes noyées dans la migaine ! Ils en avaient repris, lui aussi ! L'après-midi, ils étaient montés au cimetière de Saint-Vallier, visiter la tombe des Malard, enterrés là de toute éternité. Il faisait un temps superbe, trop doux et lumineux pour la saison ! « Quand je pense, avait raconté Jules durant leur promenade jusqu'au nez de la Grande Fosse d'où ils avaient admiré une fois de plus la profondeur des paysages ouverts sur le Xaintois, quand je pense qu'autrefois, quand je venais ici avec mes parents le jour de la Toussaint, on devait mettre de vieilles chaussettes de laine par-dessus nos godasses pour ne pas déraper sur le verglas ! Aujourd'hui, on viendrait presque en bras de chemise, et on aurait encore trop chaud ! La terre est devenue folle ! Mais c'est nous qui la rendons malade, de plus en plus malade, avec nos usines qui polluent l'air, nos déchets qui pourrissent les eaux, leurs satellites qui encombrent le ciel, et tous les bazars électroniques qui bousillent nos repères naturels, et ceux de nos animaux ! »

Une violente quinte de toux l'avait interrompu.

Il avait repris, pour son gamin : « Tiens, tu vois l'antenne, là-bas… » Il désignait de l'index une tour métallique plantée depuis peu sur la butte de Lijaumont, hérissée de râteaux et de pics, couronnée de paraboles. « Tu vois ça ! Rien de pire pour les abeilles, qui perdent leur sens de l'orientation à cause des ondes émises par tout ce… » il avait hésité

« … ce bordel ! Elles quittent la ruche pour aller butiner, puis elles ne savent plus retrouver la direction pour rentrer. Elles tournent, tournent, s'épuisent, meurent, une à une, puis toutes ensemble. Toute la ruche meurt ! Si t'ajoutes à ça les pesticides, les désherbants et toutes leurs saloperies chimiques américaines et allemandes qui empoisonnent le sol, les bêtes et les gens, c'est tout le monde des abeilles qui va mourir, puis nous après, parce que, quand l'abeille aura disparu, il n'y aura plus de pollinisation, plus de fruits et légumes, et on crèvera de faim ! » Jules avait marqué sa conclusion d'un coup de talon. Julien l'avait écouté religieusement, cru l'entendre murmurer, après une nouvelle quinte de toux : « Salauds… bande de salauds ! » De loin, les femmes les observaient en bavardant. Peut-être parlaient-elles de… Léopold !

— Oui, je l'avais trouvé mieux que durant l'été. La chaleur l'avait fait souffrir. A Saint-Vallier, il m'avait semblé remis, en pleine forme !

— Il voulait donner le change ! la corrigea Léonie. Pour ça, il a toujours été bon comédien !

— Mais on ne peut vraiment pas le voir tout de suite ?

— Il s'est assoupi juste avant votre arrivée. Attendons un peu.

— Le médecin a dit autre chose ? Qu'est-ce qu'il envisage ?

— Il a parlé de l'envoyer à l'hôpital. Mais le père

a refusé. « Veux pas aller crever là-bas ! qu'il a dit. Ici, pas ailleurs ! Avec ma femme à côté de moi. Elle me tiendra la main. Comme toujours. Comme ça, je passerai en douceur ! »

Julien ne ramassait plus les miettes de brioche. Il avait joint les mains, noué ses doigts, contenu une pulsion subite de refuge à l'écurie, de caresses à Gaillard, qui tonnait du pied contre le bois.

— Vous avez appelé…

Marianne hésita sur la suite.

Léonie savait ce qu'elle allait demander.

— Non. Il…

Elle ferma les yeux, porta les mains à sa poitrine, contint un gros bouillot de douleur.

— … m'a interdit d'appeler Léo !

Alors, les sanglots déferlèrent, déchirants, insupportables.

Des larmes apparurent sur les joues de Julien.

Marianne les avait remarquées. Elle se leva, se posa derrière lui, mains aux épaules.

Sur le seuil, Chien jaune les regardait, fixait le couloir, les regardait encore, puis encore le couloir, puis eux… comme s'il les suppliait de le laisser aller dans la chambre du fond, où dormait son maître.

— Va, mon chien ! lâcha Léonie.

Il bondit.

Grand-père Jules mourut deux jours plus tard, terrassé par une pneumonie qui avait muté en œdème du poumon. Dans son lit, comme son père, son grand-père, tous les Malard depuis la nuit des temps. Sa Léonie au chevet, qui lui tint la main jusqu'au moment qu'il appelait « le Passage ». Pas seul. Mais sans son fils !

On l'enterra dans la tombe familiale avec tous les autres Malard, au beau milieu du cimetière suspendu sur la plaine, d'où l'on pouvait voir, à l'occident, les vallonnements du Xaintois qu'il aimait contempler, ce pays de grande douceur qu'il avait baptisé « Berceau de notre histoire ! », à l'orient la fameuse ligne bleue des Vosges qui avait toujours marqué la limite de ses voyages. Il n'était jamais allé en Alsace, n'avait jamais mis le pied à l'étranger, « surtout pas en Allemagne ! », n'avait jamais arraché ses racines du sol qui l'avait vu naître.

Une petite dizaine de personnes l'avaient accompagné dans la minuscule église trop grande pour eux, maires de son village et de Frizon, qui se souvenaient de ses engagements municipaux passés, paysans davantage intéressés par les terres à récupérer pour intensifier leurs cultures industrielles, raser les haies et bosquets, couper ses bois blanc et toc, manière d'agrandir ainsi leur surface accessible aux subventions de l'Union européenne, que par le partage de la peine familiale.

Léonie, Marianne et Julien.

Mais pas Léopold !

Avant de reprendre la route de Mirecourt, le gamin avait couru jusqu'à l'écurie. Il savait que le vieux Gaillard l'y attendait. Immobile, bien planté sur ses jambes fortes comme des colonnes grecques, l'ardennais hennit doucement à son approche, présenta son chanfrein à la caresse, y reçut un baiser appuyé.

Julien resta longtemps ainsi, lèvres sur le pelage d'hiver qui sentait bon le cheval et le foin, à murmurer des mots connus d'eux seuls.

Quand, au moment de faire démarrer la voiture, sa mère le rejoignit, elle le trouva, front contre la croupe de Gaillard, mains à plat sur la charpente musclée de celui qui avait tant servi son grand-père. Il pleurait.

— Je viendrai m'occuper de toi ! dit-il d'une voix forte en se détachant de lui. Je te le promets.

Puis, se tournant vers les femmes :

— Tu gardes Gaillard, mémère… tu as entendu ! C'est moi qui m'occuperai de lui maintenant. Toujours !

— Mais c'est pas possible ! Je vais devoir le ven…

— NOOOOON !

Gaillard coucha les oreilles au grondement de Julien puis, d'un pas de côté, se rapprocha de lui, posa la tête sur son épaule, frotta sa joue à la joue du jeune homme, ruisselante de larmes.

— Mais comment feras-tu, mon gamin, puisque tu n'es pas sur place ! lâcha Léonie d'une voix mal assurée.

— Je vais m'organiser, hein, maman… nous allons nous organiser ! Mais…

Il flatta l'encolure de l'ardennais, qui hennit doucement.

— … mais il reste ici, avec nous, comme quand pépère était là !

Il marcha d'un pas ferme vers la voiture.

— En avant !

Derrière lui, les femmes se tenaient par la main. Elles pleuraient.

20

Fille unique d'un menuisier industriel de la région parisienne, Fabienne était entrée en lutherie par le portail de l'ébénisterie. De son quotidien d'enfant dans les immenses ateliers paternels où grondaient en permanence, sifflaient, stridaient, soufflaient des machines avaleuses de sciure, où travaillaient des techniciens rivés à leurs écrans d'ordinateurs ou, casqués, gantés et lunettés, au tableau de commande de monstres capables de dévorer une forêt entière en quelques heures, elle avait pris en aversion l'univers du travail industriel du bois, à la chaîne. L'affaire familiale de menuiserie était réputée et prospère. Son père ingénieur avait rêvé de confier la succession à sa fille, de lui remettre un jour les clés de l'entreprise, avec l'espoir de la voir confirmer sa réussite dans l'esprit qu'il avait toujours voulu développer, avec ses personnels, de respect de l'autre, de juste répartition des tâches en fonction des aptitudes et motivations de chacun, de partage équitable des fruits du travail. Franc-maçon dévoilé – cet homme vivait au grand air ses attaches philosophiques et spirituelles –, il s'efforçait de mettre en application au jour le jour, à chaque heure de son engagement de patron, les règles morales et citoyennes méditées en loge deux fois par mois. Résultat de cette rigueur : alors que nombre de ses collègues manquaient de personnel bien formé et consciencieux, lui recevait souvent des candidatures de gens qui, connaissant sa réputation de patron « humain », rêvaient de se mettre à son service avec contrat, si possible, de longue durée. Plutôt que salariés communs, les heureux élus devenaient aussitôt des collaborateurs d'une efficacité technique remarquable, porteurs des valeurs de la Maison, acteurs de sa réussite.

Fabienne savait tout cela pour le constater chaque jour de sa jeune existence, et l'appréciait. Elle vouait à son père une admiration sans bornes, aurait bien voulu lui donner l'une des grandes satisfactions de sa vie en acceptant de prendre sa succession le moment venu (qu'elle espérait être le plus tard possible), mais portes blindées et fenêtres à double vitrage, lames de parquets, entraits et poinçons de charpente… la laissaient indifférente, d'une indifférence qu'elle ressentait comme une trahison. Soutenue par sa mère, comptable de l'entreprise, elle l'avait confié très tôt au patron, qui s'était incliné. « Je respecte ton choix, lui avait-il répondu. J'aurai pris mon pied dans cette aventure, avec toi et grâce à toi ! avait-il précisé en touchant la main de sa femme, et ça suffit à bien emplir une existence. Cette entreprise que nous avons créée et développée ne connaîtra pas notre descendance, mais ainsi va la vie ! Chacun doit s'accomplir dans ce qu'il croit être sa voie naturelle. Dans quelques années, je vendrai à quelqu'un de choisi, homme ou femme, bon ingénieur, bien sûr, mais surtout véritable humaniste. Nous aurons de quoi ne dépendre de personne, et accomplir encore nos missions de solidarité fraternelle. Voilà, ma fille ! J'aime les gens dont les yeux fixent un objectif élevé, précis, et qui font tout pour l'atteindre. Tu es de ceux-là, ma fille ! » Elle lui avait répondu : « C'est à vous deux que je le dois ! » Puis, regard océan planté dans celui – de même infini – de sa mère, avait ajouté : « Que voulez-vous… les chats ne font pas des chiens ! » Ils en avaient ri ensemble.

Elle leur avait alors parlé de son amour hérité pour le bois mais orienté vers l'accompagnement, le soutien, le rangement des livres. Ebéniste… concevoir, construire des meubles bibliothèques sur mesure, des rayonnages de chêne, étagères moulurées, vitrines d'exposition d'ouvrages précieux. Elle leur avait confié sa passion pour le mariage réussi des belles reliures écrins de la pensée et du bois travaillé verni au tampon qui, elle le sentait, lui procurerait un plaisir intense souvent testé au Louvre des antiquaires, où elle aimait aller toucher les commodes et dessertes Grand Siècle, secrétaires à pieds arqués Louis XV, bonnetières bourgeoises. Elle prolongeait ces balades sur le quai des Grands-Augustins où, de boîte en boîte de bouquiniste, elle repérait les trésors qu'elle jugeait dignes de prendre place le moment venu dans son univers de chêne ou de merisier. Elle avait déjà acquis ainsi les œuvres presque complètes de Victor Hugo, Balzac et Stendhal, auxquelles elle venait d'ajouter deux Rabelais patinés : *Pantagruel* et *Gargantua*.

Ce jour de mise au point avec ses parents, animée comme jamais, elle avait brossé pour eux le portrait de la femme qu'elle voulait devenir : active, responsable, droite et créative, une femme qui voulait vivre debout, regarder toujours droit devant, et travailler chaque jour au mariage de la matière et de l'esprit. « L'humain qui a bien compris le sens de la vie n'a pas d'autre vocation ! avait-elle conclu. Ce n'est pas vous qui me contredirez… pas vrai ? » Ils n'en avaient eu nulle intention, l'en avaient assurée.

Douzième arrondissement, cœur de Paris : la fameuse Ecole Boulle l'avait accueillie. Elle y avait fait ses classes, décroché ses diplômes comme une fleur, du CAP « Arts du bois » au DMA « Diplôme des métiers d'art – option restauration » en passant par l'initiation à la sculpture, découvert les essences rares, les assemblages par mortaises, queues-d'aronde et autres fausses languettes. Colles, cires et vernis lui avaient livré leurs secrets, comme les outils capables de reconnaître la main légère et complice, lourde ou maladroite, parfois malveillante. Prête à entrer en profession, elle avait été frappée au Louvre par un vrai bijou dans son écrin, un violon ! A l'endoscope, par l'une des ouïes, un antiquaire lui avait fait lire l'étiquette jaunie collée dans le dos : *Jean-Baptiste Vuillaume*.

Inconnu, pour elle, ce luthier ! Comme tous les autres, d'ailleurs. Affable, le commerçant le lui avait situé dans le temps et dans l'espace. « Né en 1789 dans les Vosges, à Mirecourt, d'une vieille famille de luthiers, Vuillaume s'est inspiré des plus grands luthiers de Crémone, Stradivari, Magini, Guarneri del Gesù… pour réinventer son art. Un génie ! Les plus grands violonistes n'ont toujours voulu que ses violons : Paganini, Alard, Isaac Stern, Patrice Fontanarosa… Voulez-vous le voir de plus près ? » Sans attendre la réponse, il avait tiré l'objet de son étui, l'avait fait sonner. La voix de ce violon, son amplitude, sa résonance, l'avaient transportée, fascinée, mise en apesanteur ! « Très mauvais musicien, je ne ferais pas ça tous les jours ! J'ai honte de toucher aussi mal un tel produit du génie ! » Il recoucha l'instrument dans le velours, le borda comme un bébé. « Quatre-vingt-dix mille euros ! Il les mérite ! Il vient d'arriver. Je suis certain qu'il ne restera pas longtemps chez moi. Mais je le verrai partir avec peine ! »

Fabienne avait regagné son école sur un tapis volant, bouleversée.

Nuit blanche.

Au petit matin, tandis qu'un ciel fâché se lâchait sur la capitale, elle avait fait son choix de vie. Famille trahie pour la succession – le mal était fait ! –, elle confirmerait sa passion pour l'artisanat du bois, mais pour autre chose que des repose-culs ou des étagères à casseroles. Au diable les commodes marquetées, dessertes bronzées, crapauds et voltaires tapissés ! La voix céleste entendue au Louvre l'avait enrichie d'une telle émotion qu'elle en avait encore la chair de poule ! Inoubliable ! Elle avait gambergé toute la nuit. Cette voix…

Elle avait décidé d'entrer en lutherie comme on entre en religion. « Mirecourt… dans les Vosges », avait dit l'antiquaire aux dents d'or à propos de ce Vuillaume, maître luthier parmi les maîtres, peut-être le premier d'entre eux.

Greffée à son ordinateur, elle avait fouillé tous les réseaux, percé quelques secrets de Vuillaume et de Mirecourt, « capitale mondiale de la lutherie » selon Internet, en avait découvert nombre d'autres, techniques ceux-là, qui se révéleraient à elle par la pratique de cet « art ». Car – son intuition ne l'avait jamais trompée – c'était bien un art qui venait de la séduire ! Restait à trouver le bon parcours d'initiation. Son ordinateur lui avait donné l'adresse de l'Ecole nationale de lutherie, qu'elle avait intégrée d'emblée malgré la sélection sévère. De visites en forêt pour repérage d'arbres « chantants », épicéas de résonance pour la table d'harmonie, érables sycomores ondés pour le fond, en maniement des compas d'épaisseur, bédanes et gouges déjà utilisés chez Boulle, en passant par les résines pour les vernis, et les calculs cabalistiques issus de la mise en œuvre du Nombre d'or, elle avait plongé en apnée dans sa passion nouvelle. Un jour, un luthier de la cité était venu rencontrer les étudiants de leur atelier, leur parler de sa pratique quotidienne, de voyages à la recherche de ce qu'il tenait pour son Graal musical, son instrument favori, « synthèse de classique et de moderne, de populaire et d'académique, entre violon et vielle : la nyckelharpa ».

Cet homme-là portait une écharpe de grosse laine grise à larges rayures noires. Un certain Baptiste Bécard.

Immédiatement sous le charme, piquée de curiosité pour cette bête curieuse au nom si exotique, nyckelharpa... elle avait émis le souhait de travailler avec lui, dans son repaire de la rue Sainte-Cécile, lui en avait parlé, l'avait convaincu.

Depuis plusieurs saisons, elle était là, maintenant, à son établi, heureuse de vivre sa dévorante passion luthière, de la partager avec un jeune gars au caractère compliqué, voire difficile, un certain Julien Malard, nouveau moussaillon de cinq ans son cadet embarqué à bord du radeau BB.

Elle venait d'atteindre son quart de siècle. Afin de lui prouver sa confiance, Baptiste lui avait proposé d'être le maître d'apprentissage de ce « jeune pas facile ».

Elle avait bondi de joie et de saine fierté.

Chargée de transmission de l'essentiel…

Maîtresse d'apprentissage !

Rue Sainte-Cécile, le quotidien à l'atelier avait tout de la vie monacale : isolement, recueillement, fréquentation du Mystère, recherche des harmonies, aspiration à l'Elévation, silence. Proche du centre-ville mais pourtant à son écart, le lieu filait le temps au rythme de ses moines en tablier de grosse toile pendu au cou comme un saint viatique, amidonné de colle et vernis, en communauté de matière et d'esprit, mais sans père abbé. Fabienne en était devenue l'ambassadrice d'un grand large prometteur d'avenir, la maîtresse du gai Savoir.

21

Sous la conduite de sa guide, Julien avait vite progressé dans les arcanes de la lutherie. Il était capable maintenant de plier les éclisses au fer chaud, de les ajuster et coller sur les coins et les tasseaux, de tracer puis chantourner les table et fond dont il maîtrisait correctement la sculpture à la gouge, au rabot, enfin au ratissoir. Il savait en mesurer l'épaisseur au palmeur, avec précision, au dixième de millimètre, y creuser la mortaise du filet au bédane, coller ce filet de marqueterie.

Il avait tellement répété les bons gestes nécessaires à la réussite de ces opérations délicates que ses mains saisissaient sans hésiter le bon outil, que ses doigts testaient la matière plus sûrement que son œil, que son œil percevait la précision d'un ajustement sans le recours à quelque appareil de mesure.

Baptiste se réjouissait chaque jour davantage de voir cet adolescent si appliqué à la tâche et y réussir à la perfection, comme d'observer la complicité née entre Fabienne et son apprenti.

Il s'en réjouissait d'autant plus que cet adolescent était le fils de celle qui partageait de plus en plus souvent ses moments de loisirs, en compagnie de George ou sans George, parfois ses heures d'intimité. Mais toujours en cachette de Julien dont – il le craignait ! – la jalousie pouvait remettre en question son évolution dans leur art.

Julien lisait moins, désormais.

Dans ses moments de trouble, il s'enfermait encore avec ses cailloux après deux ou trois pirouettes au salon, recourait au Petit Prince pour reprendre pied. Saint-Ex l'accompagnait même à l'atelier. Face à Fabienne concentrée sur une délicate restauration de violon ancien, travaillant à une tête sculptée dont la volute lui résistait, il lui arrivait de répéter à voix basse la réponse du Renard à son jeune ami : « ... si tu m'apprivoises, ma vie sera comme ensoleillée. Je connaîtrai alors un bruit de pas qui sera différent de tous les autres[1]... »

Elle connaissait aussi ce texte, dont il lui avait parlé un jour près de la cafetière.

Il le lui avait même récité entre deux gorgées de café.

Elle le reconnaissait sur ses lèvres, se le répétait

1. Antoine de Saint-Exupéry, *Le Petit Prince* © Editions Gallimard.

dans la tête, en même temps que lui, elle aussi en secret. « … ce sera merveilleux quand tu m'auras apprivoisé ! Le blé, qui est doré, me fera souvenir de toi. Et j'aimerai le bruit du vent dans le blé…[1] »

Quelques semaines après cette confidence du Renard, près de la cafetière, elle lui avait glissé :

« Si tu le veux, l'été prochain, nous irons écouter ensemble la musique du vent dans les blés dorés. »

Il avait cru rêver.

Après la mort du grand-père, un rituel rigoureux s'était instauré.

Si le lundi était pour Julien le jour de l'aube attendue pour son rendez-vous avec la lutherie, le vendredi était devenu celui sacré de retour à Fabimpré.

Sitôt sa mère libérée du cabinet juridique, rendue à la maison, il jetait dans le coffre leurs sacs de voyage, des douceurs dont ils savaient Léonie gourmande, claquait la portière de sa passagère, s'engouffrait dans la voiture. « En route ! » Le volant lui appartenait désormais. Le plus souvent en état second parce qu'assommée par les dossiers juridiques qui lui avaient pompé l'air toute la semaine, à sa « place du mort », Marianne conversait avec Totor, lui aussi du voyage dans sa mallette de transport, qui retrouverait à la ferme les félins indigènes et Chien Jaune. Passé les premiers moments de

1. Antoine de Saint-Exupéry, *Le Petit Prince* © Editions Gallimard.

défiance et provocations vite transformés en reniflerles de toutes sortes, tous avaient fini par adopter le touriste urbain noir et blanc. Ses marques prises, Totor se sentait maintenant chez lui à la campagne, aussi bien que sur le quai du Madon.

Partager avec Léonie la fin de semaine était bien sûr leur désir commun le plus vif. Mais, pour Julien, vivre avec Gaillard les secrets d'écurie ou de parc et la complicité de balades en pleine nature, à cru sur son échine, justifiait de s'investir à fond dans son travail quotidien. Il vivait comme sa récompense des efforts hebdomadaires de respirer les parfums de Fabimpré dans la crinière de son vieil ardennais, de lui tendre carottes et pommes, graines de lin et flocons d'avoine que, lèvres baveuses, le vétéran croquait en le dévisageant de son œil rond, de lui parler du grand-père qui – il le savait – les regardait du haut du ciel lorrain. On avait pris l'habitude, à Saint-Vallier, de les voir passer au train de sénateur paysan, monture et cavalier sans rênes ni filet, ou de les croiser dans le long chemin forestier de la fontaine Valère. On les enviait même, à les voir partager un bonheur si simple dans un monde si compliqué.

Chaque dimanche soir, tandis que Marianne confiait ses ultimes recommandations à sa belle-mère avant de l'étreindre de bon cœur, Julien approvisionnait son ami en paille fraîche et foin, lui offrait les dernières friandises, lui murmurait à l'oreille les derniers mots, déposait sur son museau de velours les derniers baisers, peignait une dernière fois de ses doigts sa crinière parfumée, lui promettait le nouveau rendez-vous de fin de semaine.

Triste de le quitter, heureux du bonheur promis des retrouvailles.

Mère et fils regonflés à bloc par l'énergie de Fabimpré, une nouvelle semaine pouvait se présenter. Ils sauraient y grandir ensemble.

Haut les cœurs !

22

— J'ai vécu ma vie dans cette maison.

Léonie parlait calmement. Tête posée sur ses genoux, Chien jaune l'écoutait.

— Avant de mourir, ton père m'a dit : « Tu feras comme tu voudras, ma bonne Léonie, comme tu pourras, surtout. Nous ne sommes pas riches, mais nous ne sommes pas pauvres non plus. Si un jour tu ne peux plus rester seule ici, tu auras assez de l'argent que nous avons gagné ensemble pour te retirer dans un endroit où tu seras à l'aise et en sécurité. » Voilà !

— Et tu penses rester longtemps ici, comme ça, seule ? Tu te rends compte des risques que tu prends ? S'il t'arrivait quelque chose…

Elle eut envie de répondre à son fils : « Mais que veux-tu qu'il m'arrive de pire que ce que tu me fais subir, que tu as fait subir à ton père ? » Elle retint les mots juste avant leur éclosion sur ses lèvres, préféra lui expliquer sans passion ce qu'avaient été ses décisions depuis la mort de son Jules.

— Tu vois, j'ai vendu les trois vaches qui nous restaient. Un crève-cœur, mais il le fallait. Le tracteur aussi et la voiture, je n'en avais plus besoin, de toute façon, je ne sais pas conduire. J'ai vendu aussi les vergers sur les Grands Fouis et nos champs de la Bolaye. Le père m'avait dit…

— Mais c'est des conneries, tout ça ! Tu aurais pu m'en parler avant !

Elle s'attendait à sa réaction.

— Merde alors ! Il te fallait mon autorisation ! Tu ne peux rien faire sans mon accord ! Quelle mouche t'a piquée ?

Il tira nerveusement une cigarette à bout doré de son paquet, fit claquer son Zippo, cracha la fumée vers le plafond.

— Merde alors ! Et tu imaginais que je te laisserais faire ! N'importe quel juge fera annuler ces ventes. Je vais faire étudier ça. Tu peux me croire, je n'en resterai pas là !

La mère répondit d'un pauvre sourire à l'agressivité de son fils. Elle s'attendait à sa colère. Depuis longtemps elle s'était préparée à l'encaisser.

— Tu diras à ton juge de prendre rendez-vous avec le notaire. Il aura des surprises. Toi aussi !

Elle ne lui laissa pas le temps de répliquer :

— Mais j'ai gardé Gaillard, pour not' Julien ! C'est lui qui me l'a demandé.

Léopold avait tiré une chaise, en bout de table, à la place du père, face à la fenêtre du puits. Il n'avait pas remarqué le coup du notaire, ou pas voulu. De sa place, il avait un œil sur son Alfa, nouveau modèle rouge Ferrari.

— Une autre connerie ! Une de plus ! La place de ce vieux bourrin, c'est à l'abattoir, pas dans notre écurie ! Qu'est-ce que tu vas t'emmerder avec ça ? A l'abattoir, je te dis ! Je vais m'en occuper et, crois-moi, ça ne va pas traîner !

— Je t'interdis de faire ça ! Je...

Léopold cracha un nouveau jet de fumée vers le plafond, éclata d'un rire méchant.

— Tu m'interdis ? Au nom de qui, de quoi, de quelle autorité ?

— De celle que je suis ta mère !

— Une mère qui n'a plus de chiard à domestiquer ! Tu as devant toi un adulte ! Fini le temps des culottes courtes, des « Viens ici... va là ! », des « Tu dois faire ceci... je t'interdis de faire cela ! »... Un adulte ! Je vais t'aider à t'en rendre compte, tu vas voir !

Nouveau jet de fumée.

Tellement excité qu'en trois bouffées il avait grillé sa cigarette.

— Tu me dis que tu aurais voulu qu'on parle avant mes décisions, mais il aurait peut-être fallu que je te voie, que je sache où te trouver, que tu aies assisté à...

Sa gorge se noua.

— ... l'enterrement de ton père !

Elle raffermit sa voix.

— Tu t'es bien passé de mon avis, ce jour-là. Si

tu me l'avais demandé, je t'aurais dit : « Ta place est là, avec moi, près de lui ! » Aujourd'hui, c'est à moi de me passer du tien ! Voilà, c'est comme ça !

D'une pâleur cadavérique, Léopold ne quittait pas des yeux sa bagnole rouge garée près du puits.

— Et pourquoi donc il aurait fallu que je t'en parle ? Dis… pourquoi ?

Il se racla la gorge.

— Tout simplement parce que je veux faire respecter mes droits à l'héritage.

— Je ne fais que gérer ce qui m'appartient, mon fils !

Léonie avait appuyé sur le « mon fils » avec une force qui trahissait à la fois sa détermination et sa douleur de mère.

— … ce qui m'appartient, à moi seule, et ne te concerne pas.

Chien jaune venait de sortir. Il avait tourné un moment autour de Léopold, hésité à l'approcher, l'avait flairé de loin, comme s'il le voyait pour la première fois, comme s'il découvrait un étranger porteur d'odeurs inquiétantes.

— Ton père avait signé devant notaire une donation au dernier vivant qui me donne la moitié de tout ce qu'on a gagné ensemble. On n'a pas amassé une fortune, mais on n'a pas arrêté de travailler, alors…

— Qu'est-ce que c'est encore que cette histoire de donation ?

— Tu demanderas à ta femme de t'expliquer. Elle connaît les lois, elle !

Elle avait appuyé sur le « elle » avec la même force que sur le « mon fils ».

Il accusa le coup, alluma une deuxième blonde à bout doré, parut s'abîmer dans le nuage de fumée bleue soufflée au plafond.

Les chats tournaient autour de l'Alfa, en reniflaient pneus, jantes et pare-chocs sous le contrôle d'un Chien jaune très ralenti par l'âge et la mort de son maître.

— Elle ! aboya-t-il. Pas besoin d'elle ! Et moi, là-dedans ?

— Toi ? Quoi, toi ?

— Au moins pour l'état civil, je suis encore ton fils, que je sache !

Léonie soupira un éclat de rire contenu plus douloureux que toutes les plaies de la terre.

— Mon pauvre Léo… ça ne se voit plus ! Un fils, je crois que c'est un garçon qui s'intéresse un peu à la vie de ses parents. J'ai dit « un peu ! », rien qu'un peu… tu vois, je ne suis pas gourmande. Alors que toi… rien… disparu pour tout, sauf pour… les sous ! Je t'ai mis au monde, c'est vrai, mais ça ne suffit pas… ça ne suffit plus pour que tu puisses encore te dire mon fils. C'est là que ça se passe…

Elle avait plaqué la main sur la bavette de son tablier, à la place du cœur.

— … c'est là, pas seulement dans le livret de famille. Les animaux aussi mettent au monde ! Pas besoin pour ça d'avoir fait des études, ou de se croire au-dessus des autres. Se comporter comme un fils, c'est…

— Tu me parles comme si j'é…

— Tais-toi !

Elle avait hurlé, à s'en déchirer la gorge.

— Tais-toi et écoute-moi ! C'est peut-être la première fois que tu le fais pour de bon… mais, pour sûr, c'est la dernière !

Elle rassembla ses forces, domina son émotion.

— Se comporter comme un fils, c'est se souvenir qu'on a des parents ! Rien que s'en souvenir, tu vois, c'est pas grand-chose, s'en souvenir et leur demander de temps en temps si ça va. On t'a protégé, autrefois, ton père et moi, aidé à grandir, à devenir…

Elle chercha, renonça, reprit :

— La roue tourne. L'âge venant, les rôles finissent par s'inverser, vois-tu. C'est comme ça dans la vie normale entre parents et enfants. Pas plus, pas moins. J'ai dit « dans la vie normale… » mais, là, vois-tu, on en est loin, très loin !

Elle marqua une pause.

Il jouait avec son Zippo, dont le claquement sec agaçait le silence.

— Et puis, à quoi bon te parler ainsi, de tout ça ?

Elle esquissa une mimique de doute.

— Je n'ai même plus envie d'en dire davantage. Je te fatigue avec mes histoires de vieille gâteuse puisque c'est comme ça que tu me vois.

— Tu n'as pas le droit de penser pour moi ! Jamais…

— Tais-toi, Léo… soupira-t-elle. J'ai bien le droit d'imaginer tes pensées. Ton comportement les trahit. C'est tellement évident. Je vois dans ta tête aussi clair que je vois le clocher de Saint-Vallier depuis chez nous. Je verrais aussi clair dans ton cœur, si tu en avais encore un !

Il serra les dents, et le poing sur son Zippo.

— Je pourrais aussi te faire remarquer que… et puis, non… il vaut mieux que je me taise. Je t'en ai déjà assez dit !

— Vas-y ! Parle ! Je t'écoute. Au moins, je ne serai pas venu pour rien !

Il jeta un coup d'œil circulaire à la cuisine.

— Tu pourrais me faire un café ?

— Je n'en ai plus depuis la mort de ton père. Je l'aime bien, le café, mais lui ne m'aime plus ! Il me secoue trop le cœur. Je peux te faire une tisane de tilleul, si tu veux… de notre tilleul de…

— Tu peux le garder, ton tilleul !

Il écrasa rageusement sa cigarette sur le dessous-de-plat en émaux de Longwy, salissant ses bleus profonds et ses ors toujours aussi vifs que le jour où ses parents l'avaient reçu en cadeau de mariage d'une lointaine parente épouse de mineur.

— Dommage ! C'est de celui qui est toujours debout à l'entrée du potager, que tu aimais grimper dedans quand tu étais petit, avec les chats, à côté du pommier qui nous donnait de si bonnes templines aux joues bien rouges, que tu croquais dedans à t'en faire couler le jus sur le menton. Tu te rappelles ?

Il s'interdit cet effort de souvenir : templines, pommier, le tilleul et ses chats... pourquoi ravivait-elle tout ça ? Il s'en tamponnait comme de sa première Marlboro !

— Tu ne veux donc pas de mon tilleul ?

Il fit « non » d'un hochement agacé de tête.

— Dommage ! Les pommes... tu te rappelles la récitation de l'école, que tu nous jouais, le soir, qui amusait tant ton père : « Vais-je tomber, Ne pas tomber ? se disait la dernière pomme. J'ai résisté aux vents d'automne, aux pluies, aux premières gelées... » Tu grimpais sur ta chaise, celle-là...

De l'index, elle désigna, près de la cuisinière, la vieille chaise aux pieds tournés, la même mais plus basse que les autres, faite exprès pour lui, toujours à la même place.

— ... et tu jouais à faire la pomme qui ne voulait pas tomber !

Léonie dégustait ce moment de réveil de sa mémoire, priait en secret que ce réveil fût aussi celui de son Léo devenu étrange à cause des marchands d'eau en bouteille volée dans leurs bois, à la fontaine Valère et aux autres sources.

— Tu te rappelles nos champs de Fabimpré, le bois de Frizon, la rigole du Chanot où t'allais aux grenouilles, les goujons et les vilains de l'Avière, et les champignons, les gros papas aux lardons... tu te rappelles ? Tu étais toujours dehors. Tu savais tout faire, tirer un veau, greffer un cerisier, labourer, semer, moissonner, faucher à la main… tout ! Qu'est-ce qu'il t'en reste, maintenant ? Tu saurais encore ?

Il avait allumé une nouvelle cigarette, faisait de nouveau claquer son Zippo, comme pour marquer le tempo d'une conversation déjà trop longue à son goût. Il cracha sa fumée vers la cuisinière, sa chaise de théâtre, la pomme qui ne voulait pas tomber.

— Pourquoi tu me parles de tout ça ?

— Je ne sais pas. Peut-être parce que j'en avais besoin. Toute seule, maintenant, je suis plus souvent dans notre passé que dans mon présent. Je revois les bons moments vécus avec ton père, avec toi, quand on se contentait de la bonne tarte du 15 août, tu sais… aux mirabelles, que tu venais de ramasser au verger, la première de la saison, ou d'une orange à Noël, tu te rappelles ? Oui, je suis dans le passé, parce que l'avenir… même le présent, tu vois…

Elle poussa un profond soupir, se redressa tout à coup, fixa son Léo voilé de fumée, leva l'index.

— Attends, je crois bien qu'il me reste encore un paquet de café, du temps de ton père ! Pas sûr, mais…

Elle s'était levée d'un bond, avait plongé dans son buffet dont la porte avait couiné.

Le même grincement depuis toujours, qui surprit Léopold, lui griffa la poitrine.

La mère remuait vaisselle et verres.

Il fumait en martelant son impatience des claquements secs de son Zippo.

Elle se retourna tout à coup, triomphante.

— Tu vois… je vais pouvoir t'en faire.

Elle brandissait un paquet de café moulu, noir à lettres luisantes d'or.

— C'est du bon ! Ton père ne voulait que celui-là. Il aurait pu en boire des litres que son cœur ne lui aurait pas fait de reproches. Pas comme le mien !

Elle parlait maintenant en s'agitant, tournait autour de la table, tirait sa vieille cafetière d'aluminium d'un placard, mettait de l'eau à chauffer sur le réchaud à gaz.

— Il est encore bon ?

— Pour sûr qu'il est encore bon ! Ça ne fait jamais que deux ans que ton père est mort. Et il était bien fermé ! Regarde, c'est hermétique, ces emballages-là !

Chien jaune était rentré. Indifférent à la présence qui l'avait intrigué une heure plus tôt, il avait regagné sa place entre caisse à bois et cuisinière. Un chat l'avait suivi, puis un deuxième…

— Deux ans seulement ! Mais j'ai l'impression que ça fait une éternité. Le temps passe tellement lentement quand on est seule ! Comme de la poix. Les nuits ressemblent aux jours qui ressemblent aux nuits, et ainsi de suite, jusqu'à…

Elle tapait du plat de la main sur le filtre de sa cafetière pour activer la percolation. Vieille habitude, vieux bruit familier, comme le grincement du buffet.

— Les nuits, surtout ! Tu peux pas savoir ce que ça travaille là-dedans quand le sommeil ne veut pas venir !

Sa main libre avait esquissé près du front un moulinet qui s'acheva en rajustage de chignon !

— Et il ne vient pas souvent ! J'ai beau compter et recompter les moutons, les brebis et leurs agneaux, tu sais, les nôtres, ceux que tu aidais à tondre… rien à faire ! J'ai même essayé les prières… *Je vous salue, Marie*… pas mieux !

Les fragrances du café se mêlaient déjà au miel grillé du tabac blond, et les petits-beurre *Lu* s'alignaient sur le plat traditionnel à biscuits à décor alsacien d'homme en pantalon noir et gilet rouge, et de femme à coiffe de papillon noir, quand…

— Tu nous as manqué, le jour de son enterrement !

Le ton était devenu ferme, dur, tranchant.

— Quand je dis que tu nous as manqué, je veux dire surtout que tu as manqué au père, ça j'en suis sûre ! Jusqu'à sa dernière minute, il t'a attendu. Quand je dis « attendu », je m'entends. Il n'aurait pas voulu te voir revenir comme la dernière fois, hargneux, prétentieux, exigeant, ça non ! Mais il aurait aimé te revoir au moins une fois comme tu avais toujours été avant. Il ne confiait pas beaucoup ses états d'âme, tu le sais, mais ça, il me l'a dit et répété.

Sa voix s'était altérée.

Elle présenta soucoupe et tasse, poussa vers son fils le plat de biscuits.

— Que veux-tu, il était comme ça ! Lui qui regardait de loin les histoires de religion, il avait recherché dans notre vieille bible la parabole du fils retrouvé, m'en avait lu des passages un soir, avant d'aller se coucher. Attends, tu vas voir...

Elle fila dans le couloir des chambres, en revint vive comme une vandoise de l'Avière, le Livre en main. Debout, elle l'ouvrit.

— Tu vois, un bout de carton déchiré d'une boîte de médicaments marque encore la bonne page...

Elle commença à lire :

— « Un homme avait deux fils. Le plus jeune dit à son père : Père, donne-moi la part de biens qui doit me revenir... »

La peine lui encombrait la gorge. Un œil sur le Livre, l'autre sur son fils, elle avait du mal à lire la suite de l'histoire.

Léopold regardait fixement la tasse, la cafetière, les biscuits qui composaient une étrange nature morte au centre de la table.

Léonie avait atteint la fin de la parabole, le retour du fils repenti qui se jugeait indigne, l'accueil de ce fils prodigue par le père.

— « Amenez le veau gras, tuez-le, mangeons et festoyons, car mon fils que voici était mort, et il est revenu à la vie, il était perdu et il est retrouvé... »[1]

1. Cette citation et la précédente sont tirées du Nouveau Testament, Luc 15, 11-24. Texte connu sous le nom de « Parabole du fils prodigue ».

Elle referma lentement la vieille bible, la posa sur la table, à sa place à elle, près de la cuisinière et des casseroles d'autrefois, releva un pan de son tablier, en effaça le chemin d'argent tracé sur ses joues par les larmes, saisit la cafetière.

— Ton père était un brave homme… murmura-t-elle. Mais il croyait encore au père Noël !

Elle allait servir le fils quand il s'inquiéta, plus pour exorciser sa gêne et le silence que s'intéresser vraiment à sa mère :

— Et toi, tu n'en prends pas ?

— Je te l'ai dit : le café et moi, on ne fait plus bon ménage ! Et puis, tu sais, maintenant que ton père n'est plus là, je n'ai plus envie de rien. Ni besoin de rien. Je prends tout comme ça vient. Si ça vient, c'est bien ; si ça vient pas, c'est pareil !

Elle fit couler dans la tasse un café dense, bien noir, à l'aspect très corsé.

— Tu vois, je n'ai même plus les bonnes proportions. Je crois que je te l'ai fait trop fort.

Léopold approcha la tasse de ses lèvres, souffla, aspira.

— T'as raison, il a de quoi réveiller un mort, ton jus !

Il reposa la tasse, téta une nouvelle cigarette, croqua un petit-beurre en commençant par les angles, « les oreilles », comme il disait quand il était petit. Le biscuit fit un bruit de gravillon foulé sous sa dent. Il fixait sa mère comme s'il cherchait à lire sur son visage la raison des convulsions internes qu'elle avait éveillées en lui, qu'il voulait à tout moyen dissimuler. Que faisait-il là, avec cette femme, dans cette cuisine, à boire ce café tiré du placard aux souvenirs, bouffi d'angoisse ?

— Réveiller un mort ? Ton père, peut-être ! Il aurait tellement voulu te recevoir lui-même, comme ça, avec son tabac, son café et ses biscuits, pour te parler calmement de ce qu'il avait décidé pour moi, pour toi, pour eux.

— « Pour eux » ?

— Pour eux !

Il reprit son filtre cramé qui puait, l'écrasa sur le dessous-de-plat, saisit sa tasse à deux mains, en fit tourner le contenu dans la lumière, comme pour y décrypter son avenir.

Elle observait tous ses gestes, toutes ses mimiques, y cherchant des traces de ce qu'elle avait aimé chez son petit Léo. En vain. Ne lisait que des signes de vie d'homme évadé, englouti, digéré par un autre monde que celui de Fabimpré.

— Et ton travail ?

Le changement brutal de sujet le surprit alors qu'il lampait le sucre de son fond de tasse. Vieille habitude qu'il avait gardée. Là, elle le reconnut… enfin !

— Quoi, mon travail ?

— Et tes voyages ?

— Quoi, mes voyages ?

— Je ne sais pas moi… tout !

— Tout quoi ?

— Tout ce que tu peux me raconter ! Si ton travail te plaît toujours autant, par exemple, si tes voyages sont toujours aussi intéressants, si ta vie à Paris n'est pas trop fatigante, si tu te sens heureux là où tu es à faire ce que tu fais… tout ça, quoi !

Devoir répondre aux questions de sa mère l'emmerdait au plus haut point. Ainsi pensait-il, d'une manière aussi triviale, à mesure qu'elle déroulait le fil de sa curiosité comme, autrefois, le fil de sa pelote de laine de récupération pour lui tricoter un cache-nez à porter dans la bise sur le chemin de l'école.

— Bien sûr, mon boulot me plaît, sinon je ne le ferais pas, j'en changerais ! Je ne suis pas maso, tout de même ! Mes voyages aussi. J'aime bien aller aux States. Là-bas, au moins, on ne te fait pas chier…

— S'il te plaît, tu peux rester correct, ça ne coûte pas plus cher, que je sache !

— On ne te pose pas de questions, là-bas, on ne fouille pas dans ton passé. Tu es bon, on te prend, tu n'es pas bon, on te jette. A toi de faire tes preuves. On te prend comme tu es, ou on ne te prend pas, ou on te largue ! Et si on te largue, tu changes de boulot ! Point barre.

— Changer de travail, j'ai pas l'impression que ce soit aussi simple, surtout de nos jours… réfléchit Léonie à haute voix. Alors on doit souvent faire avec celui qu'on a, même s'il ne vous plaît plus vraiment. Je lis ça dans le journal. Le chômage…

Elle saisit un biscuit, le croqua à la manière d'une souris, miette à miette.

— Tu ne regrettes jamais la vie dans notre campagne, au milieu des champs, sur le bord de la rivière, en forêt, à respirer un air pur, boire de l'eau de la source, le lait de nos vaches, faire couler sur notre beurre le miel de nos abeilles ?

L'œil noir, il répondit d'un mot coup de poing, trop brutal pour être vrai :

— Jamais !

— J'en suis heureuse pour toi.

Il alluma une nouvelle cigarette, joua un moment avec son Zippo.

— Pourquoi tu as dit « pour eux », tout à l'heure ? A qui pensais-tu ?

— A ceux que tu as abandonnés ! répondit sèchement Léonie. Ta femme et ton fils. Ta femme, courageuse, qui fait tout ce qu'elle peut pour accompagner votre gamin malade. Et qui m'a soutenue après la mort du père. Et ton fils, en train d'apprendre un métier qui le rendra peut-être heureux. Enfin, j'espère !

— Il n'est pas plus malade que toi et moi, Julien ! C'est du cinéma tout ça, inventé par sa mère pour m'obliger à m'intéresser à eux. Mais ça ne marchera pas !

L'idée de raconter l'épisode de la voiture, du monument Leclerc, des gendarmes, effleura l'esprit de Léonie. Elle n'en fit rien.

— Tu peux penser et dire tout ce que tu veux,

la réalité est là et bien là : ton fils a des problèmes pour trouver son chemin dans notre monde.

— Sa mère n'aurait pas un esprit aussi étroit, à cause de son héritage des hussards noirs de la République, ses parents instituteurs à cul serré qui ont bien vécu aux crochets de l'Etat…

— Un peu de correction, je te prie ! Tu devrais avoir honte de tenir de tels propos !

— La honte ? On ne connaît pas cette connerie, aux States ! C'est pour les minables, la honte, pas pour les gens comme moi qui bossent et qui veulent réussir.

— Ton père t'entendrait…

— Il ne m'entend pas ! Il est mort ! Paix à son âme ! Et merde, bordel !

Il avait hurlé, repoussant si violemment sa tasse du dos de la main qu'elle bascula, roula sur la table, explosa sur le carrelage, ses éclats projetés jusque sous la cuisinière.

Au juron et au bruit de faïence brisée, Chien jaune avait bondi. Poil hérissé, il tournait autour de la table en grognant.

— Toi aussi tu t'y mets ? Manquait plus que ça !

Il se dressa, récupéra rageusement paquet de cigarettes et clé d'Alfa timbrée de ses serpents vert et croix rouge, défia la mère :

— Quant aux ventes des terres et le reste, on en reparlera !

— Si tu veux, mais sur un autre ton, sinon…

— Sinon ?

— Tu verras bien !

— Et toi, qu'est-ce que tu comptes faire ?

— Moi ? Ce que je compte faire ? Quelle question ! Mais finir tranquillement ma vie ici, avec lui.

Elle caressait son bon Chien jaune venu contre ses jambes, regard de défiance tendu vers celui qu'il ne reconnaissait plus.

— Et avec eux…

Elle désigna d'un coup d'œil vers le puits ses chats couchés au soleil sur la pierre.

— Rester seule ici, c'est de la folie !

— Si tous les fous étaient comme moi, les psychiatres seraient bien malheureux !

— Je vais te chercher une maison de retraite, un EHPAD correct où on prendra soin de toi, et où tu seras en sécurité.

— De quoi je me mêle ? Si quelqu'un doit prendre soin de moi, c'est toi, personne d'autre ! Tu peux chercher tout ce que tu veux, un… machin comme tu dis, un palais en ville, ou une villa sur la Côte d'Azur… je m'en fous… tu m'entends ! Je ne partirai jamais d'ici. Je reste près de ton père. De ma fenêtre, je vois presque sa tombe. Fous-moi la paix !

En trois enjambées, il avait gagné la porte, suivi à distance par Chien jaune, prêt à réagir.

Il allait dégringoler les marches quand elle lui lança :

— Tu as oublié ton briquet !

Il grommela « Merde ! », revint sur ses pas, empocha le Zippo.

— Ça aurait été dommage que tu l'oublies ! lança-t-elle sur le mode ironique.

Il haussa les épaules, bougonna des mots furieux.

— Comme ça aurait été dommage que tu ne saches pas le reste.

— Le reste ?

Léonie prit le temps d'une profonde inspiration. Elle afficha un sourire narquois.

— Ton père avait souscrit une importante assurance vie au profit de ton fils, à sa naissance. Not' gamin vient de toucher la prime. C'est Marianne qui va la gérer pour lui. C'était prévu comme ça.

— Avec sa copine, peut-être, la fameuse George qui m'a fait rapporter un violon de Philadelphie ! Elles sont comme cul et chemise. Avec son maître de musique aussi, ce mec qui doit bien l'amuser avec son petit instrument ! Quelle bande de branleurs !

— Elle est capable de s'en occuper seule ! répliqua Léonie, qui voulut ne pas remarquer l'allusion salace. J'ai toute confiance en elle.

— En tout cas, pour leur violon, heureusement que j'étais là !

Il se frappa la poitrine du plat de la main, comme pour rappeler qu'il existait, lui aussi.

— Parce que, sans moi, cette boîte à fromage serait encore aux States. On sait me trouver quand on a besoin de moi !

Il avait descendu trois marches, s'arrêta.

— Je vais voir de plus près cette histoire de prime d'assurance, parce que, en matière d'héritage, un parent n'a pas tous les droits, que je sache.

— C'est ça, vois cette affaire de plus près !

Au pied de l'escalier, il se tourna une dernière fois vers sa mère.

— Cette prime de Julien, c'est moi qui vais la gérer. Je suis encore son père, jusqu'à preuve du contraire !

— Toi ? Laisse-moi rire ! Tu es trop pris pour avoir le temps de t'en occuper comme un vrai père… n'est-ce pas ?

Il allait claquer la portière de sa voiture quand elle ajouta :

— Je donne le bonjour de ta part à Gaillard ?

— Merde !

Il démarra en trombe l'Alfa rouge Ferrari.

— Laisse-moi rire… répéta Léonie. Laisse-moi pleurer, plutôt !

Elle éclata en sanglots.

23

— Baptiste a l'intention de te confier la viole d'amour de George. Il m'a demandé mon avis, l'autre jour.

Du haut de Camerelle, sur les hauts de Villers, s'offrait un infini panorama de douceurs vertes. A main droite, Poussay, village perché sur un abrupt du Madon, ses imposantes demeures canoniales ; à main gauche, derrière la butte couronnée de la Mure, la flèche de Mattaincourt, la basilique rose du saint lorrain pédagogue Pierre Fourier. Droit devant, les lignes d'ombres en créneaux de Mirecourt, les maisons des Beaux Lieux et du faubourg éclairées à rebrousse-poil par le soleil déjà sur le coucher.

Julien reçut l'information sans la moindre réaction. Lui faisait-elle plaisir, ou le fâchait-elle ? Fabienne aurait été bien incapable de le dire. Imperturbable devant le paysage offert à sa contemplation, il jouait au sourd-muet.

Les silences de Julien.

— Qu'en dis-tu ?

Quand elle lui avait proposé cette promenade à la fin de leur journée de travail, il avait répondu d'un insignifiant coup de menton. D'habitude, quand une décision le dérangeait, il savait s'y opposer, parfois sèchement. « Tu te souviens, lui avait-elle dit, je t'ai proposé il n'y a pas si longtemps d'aller écouter ensemble la musique du vent dans les blés dorés. C'est le moment. Si tu veux… »

Il n'avait répondu ni oui, ni non, avait nettoyé ses mains des vernis et colles qui signaient son travail du jour, s'était laissé guider vers le parc auto des halles.

Elle l'avait embarqué dans sa vieille Peugeot diesel, une relique dans le collimateur de toutes les nouvelles règles antipollution. Son père avait voulu remplacer cette guimbarde, lui offrir une voiture, petite, certes, mais neuve et « propre, respectueuse de l'environnement ». Elle l'avait remercié très affectueusement, lui avait répondu que tous les donneurs de leçon verte empoisonnaient les airs bien plus qu'elle avec leurs voyages aériens, leurs congrès bidon, leurs commissions et symposiums « de la Terre », leurs festivals de bien-pensance dont ils font métier lucratif et leurs luttes partisanes pour la conquête du pouvoir politique. « Je sors ma vieille bagnole une fois tous les trois mois, et encore… je ne prends jamais l'avion, je trie mes déchets en veillant à n'en produire que le strict minimum, je suis végétarienne et je protège les animaux ! Si tout le monde était comme moi, la Terre serait peut-être plus belle et habitable, en tout cas moins dégueulasse ! » Convaincu ou pas, son père n'avait pas insisté. Il avait conclu sagement d'un timide « Bon… bon ! C'est entendu ! Mais si un jour tu… »… Elle l'avait encore remercié. Il en était resté là. Et elle roulait toujours dans sa vieille Peugeot dont le garagiste lui avait dit qu'elle ne polluait pas plus que les grosses caisses des riches à quatre roues motrices, pare-chocs anti-buffle nickelés et sièges chauffants en cuir maroquin piqué qui frimaient en ville vautrées de travers sur trois places de stationnement !

— Qu'en dis-tu ?

Droit devant, sur les Herbures, des alouettes grisollantes escaladaient le ciel, montaient haut, très haut vers la lumière avant de retomber comme des pierres dans l'écume dorée des champs de blé. Le vent portait leurs chants stridents, y ajoutait son murmure et ses parfums glanés en prairies et forêts.

Un étrange sourire aux lèvres, mains dans les poches, son ombre étirée vers le bosquet du Nau, Julien suivait les oiseaux du regard. Il paraissait si absorbé que Fabienne se sentit importune à son côté, s'écarta, fit quelques pas dans le chemin, l'abandonna à sa méditation.

Quand il la rejoignit, elle lui ouvrit les bras. Il plongea dans sa profondeur océane, murmura :

— « Le ciel est, par-dessus le toit, si bleu, si calme… »

Réveil de souvenirs scolaires… bonheur d'une poésie simple, universelle, à partager… Adolescente, elle avait vibré aux vers de Verlaine, de *Sagesse*, des *Fêtes galantes*, *Jadis et Naguère*… irrésistible invitation. Elle lui prit les mains, enchaîna :

— « Un arbre, par-dessus le toit, berce sa palme… »

Les alouettes grisollaient encore ; la ville tirait ses traits d'ombre sur l'horizon ; les maisons canoniales découpaient le ciel déjà teinté de mauve. Quelque part, un chien répondait à un chien qui répondait à un autre chien.

— « La cloche, dans le ciel qu'on voit, doucement tinte… »

Leurs voix à l'unisson, portées par une même respiration du vent qui murmurait dans les épis, la chaleur des mains unies…

— « Mon Dieu, mon Dieu, la vie est là… »

Ils s'étaient rapprochés, s'effleuraient, se touchaient, mêlaient leurs souffles et les mots du poète, tandis que le soleil embrasait les confins d'Occident.

— « Qu'as-tu fait, ô toi que voilà, pleurant sans cesse, dis, qu'as-tu fait, toi que voilà, de ta jeunesse ? »

Leur étreinte fut la réponse à la question du poète, longue, passionnée, et leur premier baiser.

— Viens…

Elle l'entraîna sur le chemin montant vers la

chapelle de Rabiémont, à l'orée de la forêt de Camerelle.

Il se laissa guider, répétant en boucle dans sa tête, pour lui seul, la question du poète : « Dis, qu'as-tu fait, toi que voilà, de ta jeunesse ? »

La chapelle de Rabiémont dominait le pays depuis la ruine du village éponyme pour cause de Révolution – son prêtre ayant refusé de prêter serment, la paroisse avait été abandonnée, puis son église avait été démontée et reconstruite pierre par pierre au pied du mont, à Villers, sous la Monarchie de Juillet, pour que la mémoire ne meure pas –, et survivait désormais tant bien que mal en lisière de forêt avec, pour seuls paroissiens, les renards, lapins et marcassins de la contrée.

Fabienne avait découvert cette chapelle au détour d'une promenade dans les ors de l'automne. Tombée sous le charme du lieu, elle en avait fait le but de ses fréquentes évasions, en toute saison, montait souvent vers elle tantôt par les pentes de Brichonnet depuis les Trois Poiriers, tantôt par Robapuits, à pas lents comme d'un pèlerin de Compostelle. Elle, qui n'avait jamais cherché de paix intérieure ou d'illumination dans des lieux réputés sacrés, avait trouvé l'endroit idéal pour communier avec la nature et lire l'histoire des hommes racontée par ce vaste paysage. Tout y était mêlé, le présent, avec ses champs labourés par guidage satellite, et le passé, avec les friches de vignes encore visibles sur les coteaux, la folie productiviste, avec les immensités céréalières issues de remembrements administratifs imposés par les gens des cabinets urbains, et le respect lent des rythmes originels, avec les potagers en damiers ou les vergers de mirabelliers tordus par l'âge, les griffures ronflantes d'avions dans le ciel et les alouettes survivantes en adoration du soleil, les antennes plantées dans le panorama par des opérateurs radioguidés comme autant d'aiguilles dans des poupées par des manipulateurs malveillants et les rares abeilles encore capables de trouver le chemin du retour à la ruche malgré le fouillis d'ondes brouillant leur gyroscope de bord. Elle y voulait voir tout cela, pour toucher du regard la folie des hommes et l'ordre naturel de la vie, se rappeler que, s'il a hérité du meilleur, l'humain s'acharne à le transmuter en pire, à changer l'or originel en plomb. Elle y montait toujours seule, en fin de journée, pour contempler le coucher de soleil sur les infinis du Xaintois.

Parfois, elle y tirait de son étui un violon tout juste restauré, son archet, offrait au vent les premières mesures de l'adagio du *Concerto d'Aranjuez*, écrit par le compositeur aveugle espagnol Joaquín Rodrigo, privé de la vision terrestre par la maladie, ouvert par elle au voyage intérieur. Elle avait fait sa propre composition d'adaptation pour violon de cette œuvre qu'elle trouvait en phase parfaite avec ses besoins intimes de paix, de respect et d'élévation. La guitare y exprime une telle humanité, y interpelle si fort le cœur qu'elle l'avait admise comme son hymne personnel et secret, à l'égal de la sonate pour violoncelle et piano de César Franck qui, par ses interpellations successives, par son dialogue des deux instruments, invite au plus fascinant voyage au centre de la terre et de l'être en lui révélant son âme.

A leurs pieds, rumeurs de village, ronflement de tracteur, cris d'enfants, pétarade de tondeuse, et le même chien qui répondait toujours à l'autre chien…

— Viens !

Julien se laissa prendre la main, entraîner vers la chapelle nichée dans la nef d'une élégante futaie cathédrale.

Un geai tira son éclair électrique par-dessus le toit, poussa son cri d'alerte, disparut dans le vitrail des houppiers.

Porteurs de parfums d'humus et de sève, de senteurs fauves et musquées, des filets d'air léger virevoltaient sur un massif de pulmonaires mauves fréquentées par les dernières abeilles du jour.

— Viens !

Elle le mena autour du sanctuaire, lui fit découvrir ses pierres disjointes, sa vieille peau de chaux déchirée par endroits, ses fenêtres à plein cintre murées, son contrefort trop lourd pour une construction si frêle, son toit couvert de mousse surmonté d'une modeste croix de pierre du pays.

Libre de verrou, la porte s'ouvrit devant eux sur une nef minuscule, son maître-autel posé sur quatre piliers, ses fragments de stèles funéraires, son dallage usé, ses corbeaux orphelins de leurs statues, ses nuances ocre et verdâtres de lichens et de moisissures qui rongeaient les murs. Et des croix, sur et sous l'autel, dans les angles de la muraille, sous des amorces de colonnes, qui témoignaient d'un culte simple célébré autrefois dans cet ermitage.

Silence.

Seul un merle des environs saluait leur présence, d'un chant divin auquel répondait un autre merle, vocalise à vocalise, loin dans les feuillages.

Ils restèrent ainsi un long moment, au milieu de cette nef minuscule, dans cet environnement minéral abandonné riche encore des témoins de vie passée, et de mort, main dans la main, l'un et l'autre en lui-même, à écouter battre son cœur. « Le ciel est, par-dessus le toit… »

— Viens !

Fabienne invita son compagnon à sortir.

Le ciel s'était embrasé.

Au centre de la clairière, une table de bois brut, des bancs, aménagés pour l'accueil de promeneurs ou de randonneurs attardés.

Par les travers de futaie, les derniers rayons du soleil allumaient des nuages d'insectes dansants, rebondissaient sur le miroir de quelque flaque, peignaient sur les murs de la chapelle d'étranges arabesques mouvantes.

Fabienne mena Julien jusqu'à la table, l'attira contre elle, défit un à un les boutons de son jean, regard océan rivé au sien, libéra son ventre des fermetures et étoffes ; de ses mains de velours, elle caressa le sexe du garçon aux yeux clos qui, souffle court, visage rayonnant des ultimes lueurs du jour, avait plongé les doigts dans sa chevelure acajou rebelle. Elle s'allongea, ouvrit les cuisses, s'offrit à lui.

— Viens !

L'autre merle s'était rapproché.

La rumeur du village s'était tue.

A deux, sur le parvis de Rabiémont, ils jouèrent la plus belle des mélodies jamais entendues par cette terre oubliée.

24

— J'ai du mal à croire à ces histoires de maladie, génétique ou pas, de troubles du… comment disent-ils, déjà ?

— Troubles du neuro-développement, TND.

— Non, pas ça ! L'autre charabia dont tu m'as parlé à plusieurs reprises ! Il y avait une histoire de spectre, là-dedans, si je me souviens bien…

— Troubles du spectre de l'autisme, TSA.

— Voilà, c'est ça… TSA ! Pourquoi pas « Troubles des scientistes arrogants » ?

Baptiste s'échauffait. Lui, d'ordinaire si calme, paraissait excité comme un chat avec quatre souris. Il avait dénoué son éternelle écharpe de grosse laine grise à larges rayures noires dès son entrée dans le salon de Marianne, s'était jeté sur le canapé en soufflant comme un phoque.

George était déjà là, confortablement installée dans son fauteuil habituel, à croquer les douceurs de Pont-Aven mêlées aux exotismes d'un agréable thé de Ceylan.

Des senteurs de lilas, de campagne humide et de monde aquatique s'invitaient par la fenêtre ouverte au large sur la perspective du faubourg Saint-Vincent.

— Des quoi ?

Marianne ne s'attendait pas à une telle sortie du luthier.

— Des « scientistes arrogants » ! Je répète et je signe.

George fit son œil noir des sévères contrariétés.

— Pourrais-tu être plus clair, cher maître luthier et ami ? lança-t-elle en reposant son mazagran, visiblement surprise, elle aussi, et agacée.

— Plus clair ? Voilà ! J'en ai assez de tous ces verbiages destinés à dissimuler au commun des mortels que les experts autoproclamés des maladies qu'ils disent « mentales » ne savent rien de ce qu'ils prétendent soigner ! Les médecins de Molière baragouinaient du latin de cuisine ; les nôtres bafouillent un sabir qu'ils ne comprennent pas eux-mêmes. Tout ça pour jouer la science et planquer leur duplicité avec les politiques !

Marianne ne l'avait jamais vu s'agiter ainsi, ni entendu tenir de tels propos.

— Je ne prétends pas détenir la vérité, mais j'observe, j'analyse, je tente de comprendre les relations entre les êtres, les phénomènes et les choses. En réalité, tout ce que je sais, c'est que je ne sais rien, et que je n'ai pas honte de l'avouer ! Mais eux…

La veille, Marianne lui avait téléphoné pour l'informer d'un appel de la « plateforme de coordination », qui souhaitait revoir Julien, faire le point avec lui sur l'évolution de son état « par pure curiosité scientifique ». Aucune nouvelle depuis des années, aucun avis, aucun soutien, rien ! « Comment se fait-il qu'ils se réveillent maintenant ? lui avait-elle demandé. Qu'en penses-tu ? » Du tac au tac, il lui avait répondu : « On se voit demain après-midi, on en parlera ! » Il avait raccroché, visiblement agacé par cet appel.

— Pas de quoi s'énerver ! le corrigea Marianne. Ils cherchent. Comme toi, ils avouent leur ignorance ; la preuve, ils ont dit « par pure curiosité scientifique ». Julien est un cas intéressant pour eux ! Retourner les voir… pourquoi pas ? Moi, ça ne me dérange pas.

Elle regrettait de lui avoir demandé son avis. Autant elle appréciait sa compagnie d'ami et ses compétences de luthier, autant elle supportait mal ce jugement à l'emporte-pièce qui lui rappelait ceux de Léopold. Première fois que Baptiste s'y essayait !

George croquait en silence les palets de Pont-Aven, aspirait à petites goulées son thé de Ceylan.

— Julien, un cas intéressant ! Foutaise !

Baptiste grogna un raclement de gorge nerveux.

— Ce que je crois pouvoir vous dire… poursuivit-il, c'est que Julien n'est pas plus malade qu'eux ! Je le vois travailler tous les jours. Vrai, il a une manière différente de la nôtre d'être et de travailler ! Mais… autisme…

Il lâcha quelques éclats d'un rire sec et tranchant qui ne lui était pas habituel.

— Ils feraient mieux de parler d'« autrisme » ! Les mots sont presque les mêmes, mais quelle différence de contenu !

Il avala une gorgée de thé froid, lorgna vers les biscuits sans y toucher.

— Voulez-vous que je vous dise…

Avant que Marianne ait eu le temps de lui répondre « Non, ne dis rien, passons à autre chose, s'il te plaît… », il avait déjà enchaîné :

— … pour moi, ce sont eux le problème, ces psychomachins et conseillertrucs en blouse blanche qui voudraient mettre tous les humains dans le même moule, les en tirer tous conformes au modèle idéal voulu par les gens de pouvoir : même école du manque d'ambition, mêmes loisirs de jeux vidéo violents, mêmes cases sociales proposées en forme de clapiers à lapins, même fringale de consommation au point que nos contemporains se foutent sur la gueule en supermarché pour être le premier à rafler le nouveau téléphone portable !

Il saisit un palet breton, le croqua rageusement.

— Quand on veut tuer son chien, on dit qu'il a la rage. Quand on veut soumettre un homme, on dit qu'il est malade, de la tête de préférence. Je ne crois pas à ces fadaises ! On ne naît pas pour subir sa vie, pour être obligé de penser par les autres, condamné à se rêver héros devant les exploits des faux héros de télévision ! Chacun vient au monde pour accomplir sa mission de travail sur soi et de partage.

Jamais les deux femmes ne l'avaient connu aussi ardent.

Il retira son écharpe, la jeta sur une chaise, ouvrit son col de chemise, prit une grande inspiration.

— Chacun de nous est unique, différent ! Mais voilà : tous ceux qui ont voulu l'affirmer ont toujours été traités d'insoumis, de rebelles, écartés de la vie ordinaire, jetés en prison, et même, il n'y a pas si longtemps, fusillés !

Il aspira du thé dans sa tasse… vide.

— Ces gens différents sont la richesse de notre société. Mais ils font peur, au point qu'on les rejette. Souvenons-nous de Camille Claudel, sculptrice géniale plus douée que son maître Rodin, enfermée comme folle par son frère Paul ! Et quand, à force d'être repoussés, ils deviennent violents, insultent le bourgeois ou piquent une bagnole, c'est notre propre violence qu'ils nous renvoient en pleine poire, par leurs colères, ou…

Il baissa le ton, comme pour une confidence inavouable. Sa voix plongea dans les graves :

— … leur suicide, quand ils retournent cette violence contre eux-mêmes, quand ils ne voient plus d'issue à leur vie.

Il tendit sa tasse droit devant. Marianne y fit couler un thé tiède.

— Julien n'est pas un malade, mais un homme

libre qui refuse d'être dompté. Il suffit de le voir travailler pour s'en rendre compte.

Il avala une gorgée de thé, croqua un biscuit.

— Je me suis renseigné…

Il ferma les yeux, comme pour se concentrer sur ce qu'il allait dire, à l'aide des bons mots.

— … sur la vie d'un certain Asperger, le psychiatre autrichien qui a bâti la théorie actuelle. Membre des Jeunesses hitlériennes, il aurait aidé les nazis à « purifier la race aryenne » en éliminant les anormaux. Résultat des recherches actuelles, qui constatent aussi son courage pour avoir sauvé des dizaines d'enfants. Rien n'est jamais tout blanc ou tout noir. Ce qu'on sait, c'est qu'à la fin de sa vie il a regretté en public d'avoir ouvert la voie à une sélection sociale qui le dépassait. Je l'ai dit et le répète : ce que je sais, c'est que je ne sais rien ! Mais je crois de notre responsabilité citoyenne d'être méfiants. Pour moi, Julien est en parfaite santé mentale, mais différent de nous autres. Il le prouve tous les jours à l'atelier, avec Fabienne, Roland et moi. Je peux vous l'avouer : j'admire ce gamin ! Voilà. Et je vous remercie de me l'avoir confié.

Sonnées, Marianne et George !

Epuisé, le luthier se ventilait le visage au moyen d'une revue juridique trouvée sur la table basse.

Senteurs de lilas, de campagne humide, de rivière et de marécage mêlées aux fragrances du thé de Ceylan.

Goût du beurre breton sur la langue.

— J'ai bien entendu ? Tu nous as dit avoir confié à Julien le travail sur la viole d'amour ?

George avait posé sa question d'une voix hésitante, comme en s'excusant de troubler l'atmosphère rendue cassante par les propos du luthier.

— J'ai bien dit !

— Tu penses qu'il est capable de… enfin, je veux dire, qu'il maîtrise assez la technique pour… enfin… comment je veux dire ?

Elle cherchait ses mots, surtout pour dissiper l'angoisse qui s'était mise à la ronger dès qu'elle avait su sa viole d'amour confiée à un apprenti, cet apprenti fût-il Julien.

— Je ne le penserais pas, je ne l'aurais pas fait ! Je connais la valeur de cet instrument pour toi, ma chère George, valeur du cœur évidemment, maintenant pour moi aussi.

Touchée.

— Merci ! répondit-elle dans un murmure.

« … ou piquent une bagnole… »

Marianne s'était levée. Face au faubourg adossé à la campagne, devant le ruban argenté du Madon amusé par les canards en balade amoureuse derrière le feston d'or des iris d'eau, elle tentait d'apaiser ses pensées. Respiration. Pranayama, dynamique du souffle, répartition harmonieuse des énergies, source de paix, essence de la vie… prendre l'air, retenir longtemps son flux vital, laisser le regard agir sur la ligne d'horizon qui recule, recule…

« … c'est notre propre violence qu'ils nous renvoient en pleine poire, par leurs colères, ou leur suicide, quand ils retournent cette violence contre eux-mêmes… »

Elle a souvent pensé à cette issue possible quand, après deux ou trois pirouettes au salon, Julien s'enfermait dans sa chambre avec ses cailloux et ses obsessions. Les journaux rendaient compte parfois de passages à l'acte de jeunes désespérés, d'enfants même, qui *mettent fin à leurs jours*, selon l'expression substituée à celle, trop violente, *se suicident*. Elle y a pensé jusqu'à en être obsédée. Elle tentait d'évacuer son angoisse en tentant de partager avec lui tout ce qu'il aimait : balades en voiture, caresses à Gaillard, lectures dont il lui parlait avec passion. Dans le sillage de son fils, elle avait ainsi découvert Radiguet, dont elle ignorait tout, jusqu'au nom même. Mais la vie de comète de cet auteur et les convulsions de son héros narrateur, les étapes de sa conquête d'une Marthe poussée à la dérive par un jeune conquérant sans foi ni loi, l'avaient perturbée au point qu'elle s'était identifiée à la pauvre jeune femme infidèle. Des nuits durant, elle s'était sentie coupable de sa relation intime avec Baptiste, qui, alors, n'avait pas compris sa soudaine froideur à son égard.

Que de fois, le matin, à son réveil, en pleine nuit même, quand l'insomnie la torturait, elle allait coller l'oreille à la porte du gamin pour, au rythme régulier de son souffle, s'assurer qu'il était bien vivant et paisible !

— Tu me parais bien songeuse !

Silhouette diaphane sur fond de lumière rayonnante, dos tourné à ses amis, Marianne n'avait pas bougé.

— Ce que nous venons d'entendre a bien de quoi la rendre songeuse ! répliqua George. Moi aussi, je me pose des questions, maintenant, que je ne me posais pas avant. C'est que… tu bouscules, mon ami ! Mais je trouve que tu y vas fort, tout de même !

— J'y vais selon ce que j'observe, ma chère ! Résultat d'années d'accueil de stagiaires dans mon atelier, et de mon expérience de maîtrise d'apprentissage avec des jeunes arrivés chez moi en grande difficulté. Pareil en maçonnerie, en ébénisterie, en cuisine, en tout ce que tu veux. On y réfléchit, à la Chambre des métiers.

— Tu voudrais dire que Julien n'est pas un cas particulier ?

— Evidemment ! Ils sont nombreux, les jeunes qui ruent dans les brancards imposés par la société. Pourquoi avoir fait croire à des générations d'élèves qu'ils seraient heureux comme bureaucrates ou voyageurs de commerce, banquiers, agents immobiliers, vendeurs d'assurances, de bagnoles ou de presse-purée à pédale ? Pourquoi les avoir persuadés que monter des murs, créer des meubles, façonner le métal, ou faire des violons est minable et réservé aux « bons à rien » ? Les ronds-de-cuir des ministères l'ont voulu, l'école l'a réalisé, les parents ont baissé les bras. Conséquence : les jeunes subissent leur misère alors qu'ils ont des mains d'or et une intelligence capable de réinventer le monde. Ils morflent, eux, mais pas les auteurs de ce naufrage, bien au chaud dans leurs palais ! Les plus faibles se laissent avoir et font des malheureux, employés au rabais, qui finissent un jour sur le trottoir dans des cartons ; les plus costauds forcent le destin, entrent en rébellion, s'en sortent parfois par l'apprentissage ; les autres se shootent à la vodka, s'envoient en l'air à coups de drogue, font des conneries, tombent dans les pattes de prétendus soignants chargés de leur faire aimer leur prison, ou bien… vont attendre le train sur la voie !

Il avait fini dans un souffle à peine audible.

Marianne s'était retournée, lui faisait face.

— Ou bien passent leur vie à monter des dossiers de faillite pour des entreprises foireuses qui laissent leurs salariés sur le carreau ! lâcha-t-elle.

Il vit son amie pâlir, serrer les dents. Tenta de corriger ses propos :

— Je ne pensais pas à toi !…

— J'y pense, moi ! Oh, pas pour moi, il y a déjà belle lurette que mes carottes sont cuites ! souffla Marianne. Mais pour eux !

Elle serra les poings. Venait de se réveiller en elle la belle passion de son père pour l'Ecole, lieu de découverte du respect de tous par chacun, de chacun pour tous, et du talent particulier de chaque enfant dont le destin lui était confié.

— Et ça me fait chier… pour eux !

— Ça, c'est brutal !

— Comme tout ce que tu viens de dire, et que je partage !

Elle réfléchit, poursuivit :

— En te demandant conseil à propos de cet appel de la plateforme de coordination, je ne m'attendais pas à ça.

Elle revint s'asseoir à sa place, saisit le dernier palet breton, le cassa en deux, en tendit une moitié à Baptiste, croqua l'autre.

— Mais… je te remercie !

Puis, désignant la théière et le plateau semé de miettes bretonnes :

— Vous en voulez encore ?

— C'est pas de refus ! répondit George en poussant un soupir de soulagement.

— Volontiers ! conclut Baptiste en se renouant au cou l'écharpe de grosse laine grise à larges rayures noires. Ça fera du bien.

Marianne emporta le plateau à la cuisine.

— Si on parlait de la viole d'amour… demanda George.

— Pourquoi pas ? Mais, si tu veux, attendons le retour du thé et des biscuits. Ce que j'ai à raconter peut intéresser notre amie. Tu veux ?

— Evidemment que je veux.

Silence.

Flatulences du robinet… sifflement du gaz… frémissements de l'eau… froissements de papier cristal.

Marianne revint vers eux portée par les harmonies orientales d'un ensemble de cordes.

Au passage, elle avait lancé l'un de ses disques préférés, compagnon de séances d'apaisement, sinon de méditation, dont elle aimait la lumière rayonnante et les vifs réveils de rythme.

Elle déposa le plateau sur la table, thé neuf et nouvel assortiment de douceurs bretonnes.

— Voilà ! Yehudi Menuhin au violon, Ravi Shankar au sitar et Alla Rakha aux percussions.

Elle se posa en bout de table, sur le tapis, dans la position du lotus qui mettait en valeur les courbes parfaites de ses cuisses, sa cambrure, et son port de tête altier. Le passage à la cuisine et les premières notes de cette musique l'avaient débarrassée des scories précédentes. Baptiste en fut troublé.

La musique emplit tout l'espace, et ses longs silences, et ses vibrations essentielles.

Chacun à son endroit, nul n'osait bouger, n'en avait envie.

— Merci, ma chère…

Baptiste avait failli dire « ma chérie », s'était repris juste à temps. George l'avait bien remarqué, qui esquissa un sourire entendu.

— … d'avoir choisi ce disque. Je le reçois comme

un cadeau, même s'il ne m'était pas exclusivement adressé.

Il resserra l'écharpe à son cou.

— Tout y est : le rythme du tabla, la virtuosité du violon, le mystère de l'éveil suscité par le mariage des cordes mélodiques et sympathiques du sitar, et le silence.

Sans quitter sa position, Marianne fit couler le thé.

George saisit le plateau, fit le service des biscuits.

Baptiste s'abandonnait à la musique et à la douce compagnie de ses amies.

— « La musique est le silence entre les notes »… murmura-t-il entre deux reprises des instruments, dixit Claude Debussy !

Dans sa théière de terre cuite, le Ceylan tiédissait.

— Vous aviez souhaité que je vous dise où nous en sommes, du travail sur la viole d'amour…

George acquiesça d'un fin mouvement de tête.

— Alors voilà ! Sous la conduite de Fabienne… ils s'entendent bien, ces deux-là, à mon avis la passion du luthier n'est pas leur seul lien, et je m'en réjouis !, sous la conduite de Fabienne, dis-je donc, Julien a fini la sculpture de la tête tout juste ébauchée par Umberto, et l'ajustage du manche qu'il avait dû désenclaver pour faire ce travail. Il va bientôt le fixer définitivement. Il avance lentement, mais ses gestes sont aussi sûrs que les miens, que ceux de sa maîtresse d'apprentissage. J'apprécie son application à choisir les matières, le bon outil, à exécuter le geste parfait, sa manière de fixer l'attention sur la tâche, de chercher à savoir toujours davantage par l'observation, les questions et l'exploration des manuels techniques que je mets à sa disposition. C'est un apprenti modèle, ce Julien. Il sera un luthier de talent, et un homme épanoui.

Baptiste contrôla l'émotion perceptible dans sa voix.

— Elle sera belle, cette viole, vous pouvez me croire. Très belle ! Et elle chantera bien, j'en suis certain.

Il marqua une pause.

— Restera ensuite à poser le chevalet, à tendre les cordes et travailler sur ce qui fait la particularité de cet instrument : le mariage des cordes mélodiques avec les sympa…

Tout à coup, le téléphone l'interrompit, fit voler en éclats les harmonies et rythmes des violon, sitar et tabla.

— Encore de la pub ! tempêta Marianne en se précipitant vers le vestibule.

Elle décrocha, balança un « Allô » furieux. Répéta :

— Allô…

Silence.

— Mon Dieu !

25

Chère Cynthia,

Vous devez me trouver ingrate de ne pas vous avoir écrit plus tôt. Depuis l'arrivée de la viole d'amour chez moi, et mon courrier de remerciements qui a suivi, je n'ai pas pris le temps de vous dire ce que devient cet instrument auquel vous et moi tenons beaucoup.

Tout d'abord, je voudrais prendre de vos nouvelles, que vous m'assuriez de votre bonne santé, et que vous me parliez de vous, que je ne connais pas encore, de votre père, que je ne connaîtrai jamais.

George ne tenait pas en place. De retour chez elle, elle avait tourné en rond, pris un livre vite refermé, un autre, mis en route la télévision sur des recettes de pâtisserie à la crème, des jeux d'argent dits « culturels » animés par des bonimenteurs de foire, l'avait éteinte… voulu classer son courrier, remboursements de mutuelle, factures d'électricité et d'eau… avait renoncé.

Le coup de téléphone des gendarmes et la douleur de Marianne l'avaient profondément perturbée.

Que dire ? Que faire ? Comment réagir ? Que lui proposer ?

Quand, décomposée, après avoir arrêté la musique, elle avait regagné sa place à la table à thé et biscuits, son amie avait résumé en trois mots la conversation téléphonique : « Léonie est morte ! »

Le paysan voisin de Fabimpré avait été frappé par l'acharnement de Chien jaune à attirer son attention. Il connaissait bien le compagnon des Malard, qui draguait toujours dans les champs en lisière du Barban, le suivait parfois en recherche de caresses quand, asséché par le vent du midi, entre deux sillons, il allait boire une gorgée d'eau fraîche à la fontaine Valère.

Mais, ce jour-là, tout avait été différent. Dès son arrivée sur la Camaney, il avait vu Chien jaune foncer vers lui.

L'animal s'était mis à tourner autour du tracteur, lui couper la route au risque de se faire bousculer, tenter de grimper sur le marchepied, aboyer et gueuler comme jamais. Intrigué, l'homme avait arrêté sa machine, mis pied à terre. Alors Chien jaune l'avait entraîné vers la ferme, lui avait ouvert le chemin de la cour, fait contourner le puits. Puis, immobile au pied de l'escalier, il avait poussé des hurlements à la mort déchirants.

Découverte !

Entre la volée de marches et le phlox violine dont Jules aimait le parfum au point d'y plonger le nez à chaque montée d'escalier gisait la pauvre Léonie enroulée, recroquevillée dans son tablier à bavette, chignon défait, visage et mains violacés, un filet de sang à la commissure des lèvres, ongles terreux et cassés comme si, dans un ultime spasme de vie, elle avait voulu labourer le sol autour d'elle. « Nom de Dieu ! » avait lâché le paysan en se grattant la tête sous la casquette *NY*... « Nom de Dieu ! » avait-il répété plusieurs fois avant de composer le numéro d'appel d'urgence sur son portable.

Puis il était resté là, assis sur la plus haute marche, jusqu'à l'arrivée des secours et des gendarmes, Chien jaune à ses pieds, qui gémissait sa douleur contre le cadavre de sa maîtresse, tandis que dans le champ, derrière le hangar à fourrage, les oies jouaient de la trompette.

J'ai confié la viole d'amour à un ami luthier en qui j'ai toute confiance.

Quand il a examiné pour la première fois les pièces de l'instrument apporté de votre part par M. Malard, choix de bois exceptionnels, volute et sa tête de femme ébauchée, manche et sa touche d'ébène, ventre et ses filets, découpe des ouïes, il a tout de suite reconnu un grand talent à celui qui les avait façonnées et sculptées. Au premier coup d'œil, il a constaté les proportions du coffre parfaitement conformes aux exigences du

Nombre d'or… dont il ne m'a pas pour autant révélé les secrets. « Trop compliqué pour le profane ! m'a-t-il dit en caressant la table d'harmonie. Un jour, peut-être, je t'expliquerai ! » Peut-être Umberto (je me permets cette familiarité avec votre père puisque, après tout, il était mon beau-père !) vous en a-t-il parlé. Vous étiez si proches, d'après vos confidences.

Tout de suite, cet ami luthier, Baptiste Bécard, a accepté de finir le travail et de donner sa voix à cette viole. Pas une seconde d'hésitation. Il a simplement invité à la patience : « C'est comme avant une naissance… il faut le temps de la gestation ! »

Ce luthier est un homme qui connaît tout des instruments rares venus du fond des âges et des continents. Il s'est fait une spécialité de la nyckelharpa découverte au cours d'un voyage en Suède, dont le cousinage avec la viole d'amour réside dans le principe de résonance des cordes sympathiques avec les cordes mélodiques. J'ose évoquer pour vous cet aspect technique car je pense que vous y avez été initiée par Umberto. Comment aurait-il pu ne pas vous en parler, ce principe étant tellement essentiel, et… philosophique… principe de vie !

A ce moment de sa rédaction, George s'arrêta d'écrire. L'image de la pauvre Léonie s'imposait à elle. *Principe de vie…* Elle tentait de l'imaginer morte, cette femme rencontrée pour la première fois le jour des funérailles de son malheureux Jules, visitée en compagnie de Marianne et Julien quelques semaines plus tard, ne pouvait la voir que vivante, bien vivante ! Ce jour-là, une onctueuse tarte aux pommes à l'épaisse migaine crème et œufs les avait rassemblés ; ils l'avaient partagée, avec la mémoire et la douleur. Léopold avait été absent de leur conversation, mais présent entre chaque mot dans les respirations oppressées de sa mère.

Comme Umberto autrefois, je suppose, Baptiste accueille de temps en temps des apprentis dans son atelier. En ce moment, il s'occupe de Julien Malard, fils de ma meilleure amie Marianne et de cet homme qui est venu vous voir de ma part, qui a rapporté en France la viole d'Umberto.

Julien est un garçon très intelligent et très doué pour le travail manuel. Il est entré en lutherie après des années de résistance à l'école, dont il ne supportait ni la discipline, ni les programmes. Marianne et Léopold étant séparés depuis sa naissance, l'absence de père a sans doute contribué à compliquer son adolescence et ses choix d'avenir. Cet enfant était à la dérive quand Baptiste a décidé de l'engager comme apprenti, je devrais plutôt dire comme « compagnon ».

Aujourd'hui, Julien maîtrise les techniques de base de la lutherie, les gestes que vous avez vu accomplir chaque jour par votre père, et il en saisit ce que j'ose dire « l'esprit ». Car il s'agit bien d'« esprit », n'est-ce pas, chère Cynthia ?

Luthier n'est pas un métier ordinaire. D'ailleurs, est-ce un métier ? Donner naissance à ce qui engendrera l'harmonie n'est pas commun, tout de même. Je compare l'acte de création d'un violon, ou d'une viole, à celui du compositeur dont l'instrument, par le talent de l'interprète, permettra de révéler la musique. Pour moi, c'est de passion qu'il s'agit.

Notre jeune Julien Malard est de cette nature d'hommes passionnés que la société accepte difficilement à cause de leur exigeante différence, mais qui sont en réalité son âme.

Une nouvelle fois, George posa son stylo.

Elle avait un mal fou à se concentrer. « Veux-tu que je t'accompagne ? avait proposé Baptiste à Marianne dès qu'il l'avait vue se préparer pour filer à Fabimpré. Si tu veux… tu peux avoir besoin d'aide. Je suis… » Elle avait empoigné son sac : « Merci ! Je préfère passer à ton atelier et emmener Julien. Je pense que sa place est avec moi. Tu ne crois pas ? » Avec elle, il le croyait.

Ils avaient planté là George, devant le thé de Ceylan, les palets de Pont-Aven, et les clés de la maison.

Julien avait retiré son tablier ciré de vernis et colle, sauté dans la voiture de sa mère, pris le volant, démarré en trombe. « Tu as prévenu Léopold ? » Il appelait désormais son père « Léopold », comme il aurait dit « Bernard », « Roger » ou « Jérôme », avec autant de détachement que s'il se fût agi d'un copain de la vingt-cinquième heure. Moins même ! « J'ai laissé un message sur son répondeur. Il n'était pas chez lui. Et son portable sonnait dans le vide. »

Du seuil de la rue Sainte-Cécile, une sourde

angoisse en poitrine, Baptiste avait assisté à leur départ.

A son établi, occupée à tailler une mortaise, Fabienne avait posé le bédane, couvert de son regard la viole d'amour abandonnée pour un temps qu'elle espérait court, tandis que dans la pièce du fond Roland, qui n'avait rien vu, rien entendu, traçait au trusquin un filet en écoutant les géniaux déraillements du violon dans la *Plaisanterie musicale* de Mozart.

Notre viole d'amour sera bientôt achevée. Permettez que je dise « notre » puisque cet instrument reste évidemment le vôtre – j'y tiens –, tout en étant devenu le mien et celui de Julien. Il vibrera bientôt sous l'archet que notre jeune luthier a décidé de fabriquer lui aussi. Baptiste Bécard est fier de son apprenti qui, m'a-t-il confié, lui rappelle étrangement le jeune homme fougueux qu'il était au temps où la révolution de Mai 68 agitait la France et remuait nombre de pays. Son ardeur humaniste dans un monde de folie naissante s'est transmutée en acharnement à créer les conditions d'éclosion du beau accessible à tous. Tel est l'esprit dont je parlais tout à l'heure, qui règne dans son atelier, que partagent ses disciples, que symbolisera notre viole d'amour. Cet esprit dont je crois sentir qu'il était aussi celui d'Umberto.

A leur arrivée à Fabimpré, les Malard mère et fils tombèrent sur le maire de Saint-Vallier, le paysan découvreur du cadavre, les pompiers-secouristes, les gendarmes qui finissaient leur constat de mort « accidentelle », et le médecin, qui venait de signer le permis d'inhumer.

— Accidentelle ? s'étonna Marianne.

Le médecin confirma d'un hochement de tête.

Alors, plutôt que de continuer à parler au pied de l'escalier, tandis que les pompiers dissimulaient le corps sous une couverture de survie, le maire les guida vers l'écurie.

Gaillard les y attendait. A leur approche, il coucha les oreilles, donna du pied contre le bat-flanc, tendit ses lèvres au baiser de Julien, émit un hennissement perceptible de lui seul. Dans la paille de litière, le seau d'avoine renversé, les carottes et pommes préparées par le gamin le dimanche soir, une ration pour chaque jour de la semaine, et le seau d'eau culbuté.

— La pauvre femme sera venue le nourrir... tenta le maire. Elle aura reçu un coup de pied...

S'étant approché, le médecin confirma :

— En pleine poitrine. Thorax défoncé. Elle a eu juste la force d'aller jusqu'à l'escalier. Hémorragie interne.

Gaillard avait posé sa tête sur l'épaule de Julien.

— C'est pas rare ! ajouta le maire d'une voix sourde. Un cheval qui botte, comme ça, sans raison. Il n'y a pas si longtemps, encore...

— Vous n'avez plus besoin de moi ! le coupa le médecin. Je vous laisse.

Le maire accompagna l'homme de l'art sur le

seuil de l'écurie, échangea quelques mots encore avec lui, revint près de Marianne.

— Avec le cheval...

Il avait repris sa voix de magistrat.

Toujours immobile, Julien serrait très fort la tête de Gaillard sur son épaule.

— ... avec le cheval, c'est le risque ! On sait jamais ce qui peut lui passer par la tête ! Surtout une vieille bête comme ça ! Il va falloir vous en débarrasser, le faire abattre. Je m'en occupe, si vous voulez...

— Jamais ! hurla Julien.

— Ne vous occupez pas de ça ! confirma Marianne.

— JAMAIS !

— Comme vous voulez. C'était pour vous faciliter...

Il rajusta sa vareuse.

— Je vais faire transporter le corps de Mme Malard au funérarium...

— Elle reste ici ! Nous la gardons chez elle, le temps que son fils arrive ! Après, c'est lui qui décidera.

Elle avait failli ajouter « S'il vient ! ».

S'en était gardée.

Le médecin avait quitté la ferme ; le paysan passait d'un pied sur l'autre en se grattant la tête sous la casquette *NY* ; les gendarmes traînaient encore autour du puits comme en recherche d'indices de rien. Julien les rejoignit. Il revint à l'escalier, s'assit par terre, adossé à la rampe, Chien jaune blotti contre lui, saisit la main de sa grand-mère, la garda dans les siennes comme pour la réchauffer. Son visage ruisselait de larmes.

Je pense souvent à vous, chère Cynthia, j'imagine votre vie dans ce pays qui fait rêver encore tant de nos compatriotes – le « rêve américain » n'est pas mort ! –, auprès de votre père, dont Alfio me parlait parfois. Il avait gardé de lui des images précises. C'est qu'il avait sept ans quand Umberto les a quittés, lui et sa mère Clémence, pour traverser l'Atlantique. A cet âge-là, la mémoire est déjà très vive. Il se souvenait de sa voix « de violoncelle », me disait-il, ample, grave et légère à la fois, de son regard d'homme fougueux, de ses gestes toujours très précis, tellement qu'ils en manquaient parfois d'expressions de tendresse. Il se souvenait du jour de son départ, le voyait encore disparaître au coin de la rue, sa valise pendue à la main, pour ne plus jamais le revoir. Il ne s'était jamais remis de cet « abandon », mot qu'il n'a jamais employé concernant ce départ, mais qui exprimait pourtant fidèlement la douleur qu'il ressentait à chacune de ses évocations. Mon pauvre Alfio est mort des conséquences de ses engagements courageux en Résistance pendant la guerre, mais peut-être aussi d'avoir attendu trop longtemps le retour de ce père disparu. Je peux vous dire qu'il aurait été heureux de pouvoir poser ses doigts sur la viole d'amour, et de l'entendre sonner, peut-être aussi de la faire sonner lui-même. Sans doute y aurait-il reconnu la voix de son père.

Je vous écrirai pour vous annoncer la naissance à la musique de cet instrument qui compte tellement pour vous, pour moi et, maintenant, pour le fils de Marianne, ma meilleure – et seule – amie, ce beau garçon, Julien, qui prolonge avec passion les gestes de votre père luthier.

Donnez-moi de vos nouvelles.

Dites-moi que vous allez très bien. J'en serai très heureuse.

A bientôt, chère Cynthia.

Je vous embrasse,

George Palosco

26

L'Alfa rouge Ferrari esquissa un tour de puits, sans Chien jaune, qui depuis deux jours n'avait pas quitté le chevet de sa maîtresse, sans les chats, devenus invisibles. Ni l'un, ni les autres n'avaient fait honneur aux croquettes, pâtées, douceurs proposées par Julien, qui avait tenu à rester sur place. Il avait dormi dans la pièce du fond du couloir, celle des haricots et trompettes-de-la-mort mis à sécher sur un fil, de ses refuges aux cailloux et obsessions littéraires. Il allait de la chambre mortuaire à l'écurie, de l'écurie à la chambre mortuaire, et de la chambre… Marianne aussi s'était installée à Fabimpré. Elle accueillait les rares visiteurs venus présenter leurs condoléances : le paysan à casquette et sa femme empêtrée dans une peine de circonstance, les conseillers municipaux en débandade, qui avaient évoqué des souvenirs d'actions menées avec « ce pauvre Jules », le maire affecté qui appréciait les Malard, leur discrétion, leur courage, leur attachement au pays, et la culture historique du père, d'autres paysans, curieux du comportement de ce Léopold et, sans qu'ils en disent un mot, du devenir de Fabimpré, de ses terres, vergers et forêts, des amis lointains, vieilles connaissances de la ville oubliées depuis des lustres, qui avaient lu dans le journal la triste nouvelle... tous venus vérifier que la mort avait bien frappé l'autre, pas eux. Tous repartis rassurés, plus vivants au retour qu'à l'aller !

A l'écurie, au côté de Gaillard, Julien avait entendu la voiture.

Ne broncha pas.

Léopold monta l'escalier lentement, à reculons presque. Il portait une tenue décontractée : mocassins de cuir souple, pantalon de coton rouge gréseux à la bretonne, pull marin bleu marine à rayures ciel, veste forme caban, bleu marine elle aussi, à passementeries garance. Peut-être arrivait-il tout droit de Dinard où il avait laissé entendre à son dernier passage qu'il louait à l'année un pied-à-terre ouvert sur le large et les remparts dorés de Saint-Malo, en attendant d'y « acheter quelque chose »...

— Où est la mère ? demanda-t-il à Marianne sans l'avoir saluée.

— Dans sa chambre !

Il marcha vers le couloir, se ravisa, revint vers elle.

— Bonjour ! souffla-t-il en la gratifiant d'un baiser furtif qu'elle n'eut pas le temps d'esquiver.

Longtemps qu'elle ne lui avait pas connu un tel élan ! Qu'est-ce qui lui arrive ? se demanda-t-elle.

Et lui, à la réaction de sa femme, surpris par son propre mouvement, tandis qu'il disparaissait dans la sombre clarté du couloir : Qu'est-ce qui m'arrive ? J'ai l'impression que j'ai encore fait une connerie !

Mains serties d'un chapelet de nacre et croisées sur la poitrine, couverte d'un linceul de lin décoré de branches de phlox et de rameaux d'épicéa, Léonie reposait sur son vieux lit à colonnes d'empire, celui de ses amours uniques et de ses nuits blanches. Au pied, sur une table basse, le bol d'eau bénite, son épi de buis, un cierge allumé.

— Le cierge de ta communion solennelle… lui glissa Marianne, qui l'avait suivi. Elle y tenait. Elle me l'avait répété plusieurs fois.

Léopold s'avança, saisit le buis, bénit le corps de sa mère comme il l'avait vu faire autrefois pour des morts de famille, fit trois pas vers la tête de la couche mortuaire. Alors Julien surgit devant lui.

— Toi… ici ?

— Moi, ici !

Léopold fit un pas en avant, main tendue vers son fils.

— Ne me touche pas !

Julien avait reculé.

— Surtout pas ici, pas maintenant… jamais, peut-être !

Léopold accusa le coup, comme le boxeur encaisse en vacillant l'uppercut qui lui liquéfie instantanément le cerveau.

— Pourquoi ?

Pour toute réponse, Julien lui tourna le dos, gagna l'encoignure d'un placard, saisit *L'Etranger*, l'ouvrit, lut Camus à haute voix, sur le ton de ses prises de distance d'autrefois, un lointain autrefois pour Marianne, qui l'avait cru définitivement disparu :

— « Il y a des choses dont je n'ai jamais aimé parler[1]... »

Lecture achevée, il détacha son regard du livre, fixa Léopold de l'œil noir exhumé de ses convulsions passées, conclut sèchement :

— Plus tard... peut-être !

Son regard se fit perçant.

— Peut-être !

— Tu peux t'occuper des formalités et de l'enterrement ? C'est ton rayon, ça, les dossiers administratifs !

Pas de visiteurs éplorés, Julien resté dans la chambre auprès de sa grand-mère, pas même Chien jaune, qui avait rejoint son jeune maître... seuls ! Seuls dans la cuisine, Léopold assis à la place du père, Marianne devant la pierre à eau, appuyée de l'épaule contre la vieille pompe au cuivre rutilant.

— Il faut que je retourne dare-dare à Paris pour traiter une affaire urgente. Aller ce soir, retour demain. Je peux compter sur toi ?

Prise au piège de ce bonimenteur qui se voudrait

1. Albert Camus, *L'Etranger* © Editions Gallimard.

de charme ! Une nouvelle fois ! Que lui répondre ? L'envoyer balader… qu'il aille se faire voir, à Paris, aux cinq cents diables ou ailleurs… ou accepter de se soumettre, encore et encore, à ce type qui grillait une cigarette à bout doré dans la cuisine de la morte, qui faisait claquer son Zippo comme il aurait infligé des coups de fouet au silence de Fabimpré ?

— Je me suis occupée d'elle, ici, jusqu'à aujourd'hui ! répondit-elle en se forçant au calme. Je peux bien encore le faire demain, ça ne change rien pour moi… pour nous !

— Merci. Je savais que…

— Tu ne savais rien ! C'est pour elle que nous sommes là, comme on l'a été pour ton père. Ne t'imagine pas que c'est pour toi ! Ne me crois pas encore ton obligée. Je ne le suis de personne !

— Je ne t'en demande pas tant ! Si tu t'es occupée d'elle, c'est que tu y trouvais un intérêt. Sinon…

— Tout le monde n'est pas comme toi ! Je l'ai fait parce que je les aimais, tes parents, on les aimait et ils nous le rendaient bien, à ton fils et moi !

— Tu les aimais… laisse-moi rire !

— Ris si tu veux ! C'est le moment et le lieu, tu as raison, comme toujours. Mais tu dois repartir à Paris ! Urgent ? Alors, bon vent ! Tu peux rester à Paris, à Pampelune, au pôle Nord si tu veux, surtout ne te crois pas obligé de revenir ! On se débrouillera bien sans toi, comme on le fait depuis toujours, mieux même !

Elle lui tourna le dos, promena son regard sur la

cour, la bagnole rouge, le vieux puits, les festons de mirabelliers à flanc de colline, la silhouette perchée de Saint-Vallier.

— Je serai là demain ou après-demain, au plus tard pour l'enterrement. Tu me téléphoneras le jour et l'heure. Tu entends ce que je te dis ? Et puis, ne le prends pas sur ce ton ! Marre de tes grands airs ! Merde ! J'ai des obligations, moi !

— Tu as des obligations, TOI ! Alors, file, dégage, disparais ! Tu reviendras toujours assez tôt pour…

Elle afficha un sourire ironique.

— … pour régler la succession !

Il cessa de faire claquer son Zippo, le fourra dans sa poche, fit mine de se lever.

— Tu devrais avoir honte de parler comme ça ici, aujourd'hui, alors que, dans la pièce à côté, le corps de ma mère est encore chaud ! Je ne te croyais pas capable de…

— Honte ! C'est toi qui oses parler de honte !

Elle éclata d'un rire si tranchant que, dans la chambre mortuaire, Julien sursauta, Chien jaune grogna.

— Honte ! J'aurai tout entendu de toi, même le pire, surtout le pire ! Allez, va-t'en, et si tu veux faire une bonne action, pour une fois… ne reviens jamais !

Léopold s'était levé.

Pâle, narines pincées, il rajusta son caban bleu marine sur son pantalon de coton rouge gréseux à la bretonne, jeta un coup d'œil vers l'écurie.

— Je me tire, en effet, mais avant de partir je vais m'occuper de lui.

Volet supérieur de la porte ouverte, on apercevait dans la pénombre le chanfrein et le toupet clairs de Gaillard.

— Tu ne t'occuperas de rien ni de personne !

— De lui... si !

Il avait désigné d'un index meurtrier la silhouette mouvante du vieil ardennais.

— Ce bestiau a tué ma mère !

Il bondit vers le perron, bouscula sa femme au passage.

— Je vais le faire envoyer à l'abattoir, et ça ne va pas traîner !

— Tu ne feras rien !

— Je suis chez moi, ici, et je décide ce que je veux !

— Chez toi et chez moi !

Julien venait de faire irruption dans la cuisine.

Léopold fit volte-face.

— Moi aussi je suis chez moi ! Faire du mal à Gaillard, c'est me faire du mal à moi, le même mal ! Tu le fais abattre... tu me tues ! A toi de voir !

Bien campé sur ses pieds, sûr de lui, le gamin affrontait son père d'une voix ferme et d'un regard inflexible.

— C'est tout vu !

Julien bondit, poings serrés, allait se jeter sur son père... D'un geste réflexe, Marianne lui saisit le bras, retint le coup.

— Si tu le tues, je te…

— Tais-toi ! hurla sa mère. Et toi, dégage, je t'ai dit !

De l'index, elle avait pointé la bagnole rouge, le portail, la route entre les mirabelliers.

— Dégage !

Ebranlé, d'une pâleur cireuse, Léopold baissa la garde, descendit deux marches entre les massifs de phlox, remonta, les balaya d'un geste menaçant.

— Vous ne perdez rien pour attendre !

Il donna un coup de menton vers l'écurie.

— Lui non plus !

Près du puits, il croisa le maire venu aux nouvelles concernant la sépulture, l'ouverture de la fosse et le relevage de Jules, qui allait devoir céder la place en fond de terre à sa Léonie.

Sans même un salut.

L'Alfa rouge vira rageusement derrière le portail.

— Ça n'a pas l'air facile, avec le fils ! glissa-t-il à Marianne, qui s'était avancée.

— Ça lui passera !

Avec Chien jaune, Julien avait déjà disparu dans la pénombre de l'écurie.

Elle ne les reverrait pas avant le soir, pour l'accueil traditionnel des voisins et leurs papotages de veillée mortuaire.

Elle le savait.

27

— On peut déjà entendre la voix de cette viole, même sans ses cordes que tu vas bientôt lui présenter. Elle chante les charmes de la forêt dont ses bois ont été tirés, la richesse de ses humus, la légèreté des airs et les mélodies d'oiseaux qui la nourrissent, la transparence du ciel qui offrait à ses arbres la lumière dont ils avaient besoin pour grandir, dont nous avons besoin pour devenir des humains dignes de ce beau nom. Ces bois ont vieilli pendant des dizaines d'années. Pourtant, leur mémoire est intacte, et ils nous en proposent aujourd'hui le meilleur, grâce à toi, et à Fabienne !

Assis à l'établi, à droite de Julien, Baptiste avait saisi la viole par le manche à hauteur de la tête de femme aux yeux bandés, à chevelure ondoyante, taillée dans un vieux tilleul américain par Umberto, portée à la perfection esthétique par son apprenti. De la jointure d'index il en avait frappé légèrement la table d'harmonie. Un son clair s'en était exhalé.

Après les douleurs de Fabimpré, le retour à l'atelier avait apaisé Julien. La découverte du corps de sa grand-mère, les veillées mortuaires et leur ribambelle de regrets sincères ou curieux, les psalmodies du curé, « *Libera me, Domine, de morte æterna, in die illa tremenda…* », entendues une fois, mais qu'il était capable de répéter par cœur, « *Quando cœli movendi sunt et terra…* », puis la mise en terre dans la tombe familiale du vieux cimetière de Saint-Vallier, avec grand-père Jules, dont on avait aperçu le cercueil à peine noirci par le séjour dans les limbes, tout cela l'avait épuisé. Il y avait eu aussi, surtout, le retour de son père juste avant le départ du maigre cortège pour l'église, son indifférence qui ne présageait rien de bon.

Respirer de nouveau les parfums subtils d'épicéa, de tilleul et d'érable, les bonnes odeurs de térébenthine, de cire d'abeille, de vernis et de colle, entendre les murmures de violons passés en boucle dans son coin par Roland, sentir le regard océan de Fabienne se poser sur lui, entendre sa voix, partager avec elle les courants vitaux de ce lieu l'avaient apaisé. Il avait vécu ce moment comme un retour à la mère, dense, tendre et essentiel.

A l'établi, à gauche de Julien, Fabienne s'imprégnait des explications de son maître. Elle savait déjà depuis longtemps ce qu'il allait faire, dire, expliquer, mais l'entendre encore lui était précieux, l'éclairait toujours sur nombre de mystères qui entourent la naissance de la musique d'un ventre de bois, de ces bois nobles et bien travaillés par le génie humain selon la règle éternelle et précise du Nombre d'or, règle qui a permis de construire la cathédrale de Strasbourg, de peindre le sourire de la Joconde, ou de donner au viaduc moderne de Millau sa fragile élégance en même temps que sa résistance aux forces d'anéantissement toujours à l'œuvre dans le monde. Elle se sentait bien, là, entre ses deux hommes, mieux que partout ailleurs. Que Baptiste l'associât à la réussite de Julien l'avait touchée.

— Elle chante juste parce que son créateur, Umberto Palosco, a su y transmuter en réalité visible et palpable les secrets de l'harmonie. Pourquoi, consacré par la main profane de l'homme, le mariage d'un arbre commun de nos forêts, l'épicéa, avec un autre arbre commun, l'érable, est-il capable de traduire en émotion essentielle des vibrations simplement physiques ? Bien malin qui pourrait répondre. N'est-ce pas, Fabienne ?

— Je ne me pose pas cette question. Pour moi, l'essentiel du savoir se niche dans le silence du temple intérieur.

Elle avait répondu du tac au tac.

— Je travaille comme le sculpteur qui révèle la beauté cachée dans la pierre. Michel-Ange a libéré David du marbre blanc de Carrare. J'essaie chaque jour de réussir ce miracle en taillant le bois, d'en extraire la musique !

Julien avait écouté Fabienne, autant pour le contenu de ses paroles que pour la douceur de sa voix portée par le regard océan qui le fascinait. Il l'aurait écoutée ainsi des heures durant, des jours, des années, jusqu'à la fin des temps !

Baptiste avait apprécié chaque mot, chaque silence, chaque respiration de sa disciple qu'il reconnaissait comme siens, mais toujours redécouverts enrichis de la force de vie propre à la femme. Fabienne avait le don d'exprimer à la perfection ce qu'il lui avait confié durant sa formation, de le transmettre à son tour sans en omettre la moindre parcelle, mais en y ajoutant ce qu'il nommait, dans les arcanes discrets de son esprit d'homme, son indicible « féminin sacré ». C'était pour goûter encore et toujours ce plaisir troublant qu'il l'avait invitée à prendre la parole devant la viole d'amour presque achevée, pour le partage avec Julien.

Il reprit :

— Les cordes que tu vas tendre sur la viole Palosco fonctionnent à l'image de la société humaine. Les unes « mélodiques », stimulées par l'archet, traduisent l'architecture de la pièce jouée, donnent le ton, le rythme et la ligne harmonique, les autres, « sympathiques », entrent en vibration par le seul effet de leur proximité avec les premières, créent un effet de résonance qui invite à la profondeur du sentiment, empêchent le musicien de sombrer dans la seule virtuosité qui perd trop d'interprètes de nos jours. Elles accompagnent la mélodie, la prolongent dans le temps et l'espace, produisent les conditions de l'épanouissement de l'être au-delà de la simple apparence des canons d'une beauté conventionnelle. C'est pour ça que la viole d'amour et la nyckelharpa sont des instruments plus émouvants que bien d'autres à cordes de la même famille. Elles fonctionnent à notre image : les cordes mélodiques indiquent l'orientation générale de notre vie, fruit de notre volonté, de notre ambition, d'un choix intellectuel, d'un désir esthétique, tandis que les sympathiques, indépendantes, vibrent en résonance avec elles et avec les cordes mélodiques de tous les autres instruments, modernes ou anciens, dont la présence agit sur moi, le plus souvent à mon insu.

Baptiste s'exprimait sur un ton enjoué, modulant ses effets de voix, ajoutant aux mots des gestes courts qui soulignaient son numéro de conteur. Malgré la passion, il racontait l'aventure technique de la musique émise par la viole d'amour comme il aurait raconté la rencontre du Petit Prince avec le vieux géographe, l'homme qui exerce « enfin un véritable métier », ou celle avec le renard, qui ne peut jouer avec personne parce qu'il n'est pas encore « apprivoisé ».

A l'entendre, Julien se sentait projeté dans son univers de lectures passées, mais dont il percevait désormais toutes les intentions d'auteur, tant de Saint-Ex que de Radiguet, Camus ou… Verlaine. « Le ciel est, par-dessus le toit… »

— Que signifie « apprivoiser » ? demanda-t-il tout à coup à son maître.

Fabienne esquissa une caresse sur sa main.

Devant eux, la viole d'amour, et le jeu de cordes qu'il allait devoir tendre entre le cordier attaché à son bouton et la tête de femme aux yeux bandés où il venait de fixer les chevilles, sur le chevalet dont il avait fignolé les découpes en forme d'arabesques.

Regard de Baptiste vers le ciel, par-dessus le toit de l'hôtel des impôts, juste en face de son atelier.

— « Apprivoiser »...

Baptiste fouilla la poche ventrale de son tablier comme s'il y cherchait la réponse à la question posée par son arpète, jeta un coup d'œil en direction de Fabienne, qui sourit aux deux hommes, les éclaira de son regard, raffermit la pression de sa main sur celle de Julien. C'est elle qui répondit :

— Etre « apprivoisé », c'est peut-être avoir enfin pris conscience que, même si on naît seul et meurt seul, toujours, et même si l'existence terrestre est un voyage solitaire – même accompagné ! –, on est sa vie durant en résonance avec tous les autres, de tous les temps et de tous les pays. Or ces autres ont une action sur moi, et j'ai une action sur eux, volontaire ou, ce qui est plus subtil – voire inquiétant pour qui n'en a pas conscience –, involontaire. De là, dire qu'« être apprivoisé » c'est admettre de façon définitive que je me nourris des autres, que j'ai besoin d'eux, et qu'ils se nourrissent de moi, qu'ils ont besoin de moi, cela me semble correspondre à la réalité. Etre apprivoisé, pour moi, c'est accepter le partage.

A son tour, elle dirigea son regard vers le coin de ciel pervenche posé sur le toit de l'hôtel des impôts. Le sourire de lever de soleil fleurissait toujours son regard. Elle aimait cette manière fraternelle de se confier, de se livrer, d'approfondir sa réflexion par l'échange.

— Alors, à votre avis, est-ce que je suis apprivoisé ? demanda Julien.

Baptiste se mit à rire. De son bon rire qu'il savait faire rouler sur les établis quand les choses allaient bien pour lui, pour eux… sur les gouges et bédanes dociles, bois souples et sonores, vernis lumineux, qui invitait à se faufiler entre les instruments suspendus en farandoles de long en large dans son atelier, qui tous entraient en résonance avec lui, s'en faisaient l'écho.

— Je crois !

Il se pencha vers Fabienne.

— Qu'en dis-tu ?

Elle se mit à rire, elle aussi, d'un rire ensoleillé que Julien goûta comme un miel de printemps.

— L'animal sauvage est encore présent, il y a encore un peu du prédateur chez toi… répondit-elle sur le mode malicieux, mais l'humain est déjà là ! La preuve…

Main toujours sur sa main, d'un discret coup de menton qui ondula sa chevelure acajou, elle lui désigna la viole.

— … la preuve ! Tu pourras bientôt nous faire entendre sa voix. Sans toi, elle serait restée muette, ou bien elle aurait chanté, mais d'une autre manière, avec moins de profondeur peut-être, parce qu'un instrument parle toujours comme son créateur lui a appris à parler. En tout cas, moi j'y aurais été moins sensible !

Elle échangea un clin d'œil avec son maître Baptiste, qui buvait du petit-lait.

Des voiles mauves s'étaient glissés dans le triangle de ciel perché sur l'hôtel des impôts.

— Et…

Le visage de Julien parut tout à coup marqué par une douleur intense.

— Et… mon père… il est apprivoisé, lui ?

Silence.

Dans l'atelier voisin tournait un disque râpeux. David Oïstrakh tirait de son violon les sanglots aériens de Mendelssohn. Malgré les stigmates d'un enregistrement rustique de 1949, Roland lui trouvait toutes les qualités luthières du monde. La nostalgie transpirée par cette œuvre lui procurait le souffle nécessaire au travail.

— Ton père ?

Fabienne ferma les yeux, s'abandonna un instant aux harmonies de Mendelssohn. Baptiste avait encaissé la question. Il se réfugia dans la position de maître d'apprentissage qui lui imposait d'esquiver les sujets trop personnels. Celui-là, surtout, à cause de sa relation avec Marianne, qui faisait de lui un rival de ce père. Il lança un regard inquiet à Fabienne.

Le ciel est, par-dessus le toit…

C'est elle encore qui répondit :

— Nous sommes tous en devenir.

Sa main étreignit plus fort encore celle de Julien, fort à lui faire blanchir les doigts maculés de vernis et de colle.

— Peu importe ce qu'est ton père ! Peu importe ce que nous étions hier, même ce que nous sommes aujourd'hui. L'important est ce que demain nous révélera de nous-mêmes si nous acceptons de faire le travail nécessaire pour grandir. Le bois nous y aide. Quand il chante sous nos doigts, il témoigne de ce que nous sommes réellement. Toutes les activités humaines sont ainsi, aussi bien celles des faiseux de violons que celle des juristes, ou des marchands d'eau en bouteille. Nous sommes tous des vecteurs d'amour !

Elle effleura sa joue d'un baiser.

— Pourquoi respirer, chanter, écrire… pourquoi vivre, si ce n'est pour AIMER et inviter à AIMER ?

Qu'as-tu fait, toi que voilà…
… de ta jeunesse ?

28

« Elle a fini d'en baver, maintenant, ta mère. Ça va la changer ! » Devant la fosse ouverte, le paysan avait retiré sa casquette. Avoir découvert la morte sous son phlox violine l'avait placé au coude à coude avec la famille. Il s'était approché de Léopold. Derrière eux, Marianne, George et Julien et, un peu à l'écart, Baptiste, enroulé dans son éternelle écharpe de grosse laine grise à larges rayures noires, Fabienne en tenue de balade à la chapelle de Rabiémont, Roland, bras croisés sur le désir de quitter ces lieux au plus vite. « Parce que, depuis que le Jules est parti, c'était pas la vie en rose pour elle, je peux te le dire, moi que je la voyais tous les jours ou presque. » Après avoir jeté un coup d'œil circulaire pour s'assurer qu'il pouvait parler, l'homme avait ajouté, sûr de lui : « Le Jules, elle en avait pris l'habitude que c'était pas facile, mais toi… Je me mêle peut-être de ce qui ne me regarde pas, mais t'as pas toujours été correct avec ta pauvre mère. C'était vos oignons, mais moi que je la voyais tous les jours, je peux te dire qu'elle en avait gros sur la patate ! » Léopold l'avait écouté sans broncher, mains dans les poches, cheveux malmenés par un vent annonciateur de pluie.

Des nuages menaçants couraient sur les hauts du Chauffour et de la Râne. Au pied de la butte, vers Fabimpré, Les Camenailles s'étaient voilées d'un étrange gris de cendres tendu jusqu'au pointillé des lointaines montagnes bleues des Vosges. L'air avait fraîchi tout à coup, comme si le départ de Léonie avait entraîné le retrait du printemps.

« Moi, ce que je t'en dis... c'est comme ça... pas plus que si j'avais fermé ma grande jatte ! avait repris le paysan. Mais je voudrais bien causer un peu plus avec toi, pas ici, pas comme ça, à la maison, chez nous, ou chez vous, comme tu veux. J'ai des choses à te dire, et peut-être, à te proposer. »

Ils s'étaient quittés sur une poignée de main qui avait surpris le groupe arrière, Léopold ayant toujours gardé des distances avec les voisins des Malard. Julien surtout, qui avait pris leur aparté pour une menace. Que peuvent-ils bien manigancer, ces deux-là ?

Revenu à temps pour enterrer sa mère, Léopold avait laissé son Alfa dans un garage parisien. Sans regrets. Cabossée, la bagnole !

Retour des Vosges, encore en ébullition après l'altercation avec sa femme, il avait roulé comme un malade, à fond la caisse. A hauteur de Vitry-le-François, sur une portion à trois voies, il avait sous-évalué la longueur d'un dépassement – ou la bagnole avait mal réagi à sa manœuvre ! –, avait fini sa course folle dans un chemin de champ en contrebas de la chaussée après avoir tutoyé un platane. C'était ça ou le poids lourd d'en face ! Le tronc à écailles lui était passé très près, la mort plus près encore. Il avait réussi à s'en sortir, repris la route de Paris au volant d'une vieille belle qui avait perdu toute sa superbe. Pour la première fois de sa vie, il s'était vu mourir, avait pris conscience de sa fin possible. Convaincu de son invincibilité jusqu'à cette rencontre de l'arbre, il avait découvert dans la campagne marnaise la fragilité de son existence, peut-être aussi sa vanité. La nuit suivante, il l'avait vécue blanche, les yeux fixés sur son passé, tremblant de trouille.

Le surlendemain, rendez-vous expédiés, il avait pris le TGV jusqu'à Nancy où, après un tartare de bœuf et un baba lorrain à l'Excelsior, au volant d'une Clio grise de location qui lui avait donné l'impression de rouler en poussette d'enfant, il s'était mis en route vers Fabimpré et la perspective d'un congé de quelques jours au pays. N'eût été l'enterrement de sa mère, ce retour au pays l'aurait presque mis en joie. Presque…

L'Excelsior… repas sous les fougères Art nouveau avec Marianne… petite bagnole d'étudiant… vieille route de Mirecourt sous la colline de Sion plutôt que l'autoroute... résurgence de souvenirs qu'il avait crus enfouis, dont quelque chose en lui avait suscité le réveil. Bizarre... s'était-il dit. Bizarre ! Effets de l'accident ? Il voulait s'en persuader, se répétant que ça lui passerait. Pour l'heure, l'important lui paraissait de gérer une envie aussi soudaine que bizarre, de se laisser porter en le contrôlant par ce désir curieux d'un retour au bercail en forme de pèlerinage. Il avait calculé que deux semaines à Fabimpré lui seraient nécessaires pour constater l'état du patrimoine et prendre les premières dispositions quant au devenir de la maison et de ses dépendances, du train de culture en sommeil, et des survivants : Chien jaune, chats, gens de basse-cour et vieil ardennais, le fameux Gaillard !

Il avait logé à la ferme.

Sur la pierre à eau, dernière vaisselle de Léonie, casserole de son ultime soupe. Près de la cuisinière froide, caisse à bois pleine, comme si le nouveau feu devait être allumé dans l'heure, pour adoucir la fraîcheur des matinées de printemps.

Mais le balancier de la pendule n'éclairait plus la cuisine de son mouvement cuivré.

Dans sa chambre du fond de couloir – au passage devant la porte de la chambre mortuaire, le parfum persistant de phlox lui avait hérissé l'échine –, Léopold avait retrouvé son lit, son vieux tram en ferraille jaune et vert à roues voilées, témoin d'une enfance dédiée à saint Nicolas, des champignons et haricots secs encore pendus à leur fil, quelques cailloux alignés, livres qu'il n'avait pas ouverts, objets et lectures de son fils.

Le lendemain de la mise en terre de sa mère, tôt le matin, aux premières lueurs de l'aube, il avait chaussé les bottes du père trouvées dans la remise, à leur place habituelle – la même pointure ! –, enfilé un gros chandail déniché dans l'armoire aux vêtements d'hiver, avalé un café percolé à la vieille cafetière bosselée des coups de la mère pour activer la filtration, pris à pied le chemin de la fontaine Valère. Chien jaune lui avait emboîté le pas. De loin. Alignés sur la margelle du puits, les chats les avaient suivis d'un regard vert jusqu'à disparition derrière la haie du portail. Malgré les froissements de paille et piétinements de Gaillard, encore marqué par la violence de son fils, il n'avait pas fait le détour par l'écurie.

La forêt embaumait l'humus frais et les senteurs d'une nature à son réveil. Des pies jacassaient ; des mésanges zinzinulaient ; une buse décrivait haut dans le ciel de larges cercles en miaulant sa plainte ; un geai perça la lisière du bois de son cri rauque. Des prés Gavaille aux pentes de la Voivre, de la crête crénelée de Saint-Vallier au haut du Loup, une lumière argentée ruisselait sur la campagne, révélait ses rondeurs troublantes, dessinait ses contours au burin de graveur, peignait au pochoir ses à-plats de champs travaillés au soc, pâtures et vergers de mirabelliers couverts de leur neige florale de printemps. Une légère vapeur montait des prairies, masquait les cubes bétonnés de l'usine Hydralife tapis dans les bas-fonds, adoucissait d'une soie diaphane le tableau de ce monde à sa renaissance.

A l'amorce du chemin sur le Ratot, avant d'entrer dans la cathédrale de hêtres, chênes et charmilles, Léopold s'assit sur une borne plantée là de toute éternité gallo-romaine, qu'il connaissait depuis toujours, contempla le panorama. Des mirages d'enfant apparurent, et la voix de son père en écho à la sienne, retour du verger, un panier de templines au bras : « Vais-je tomber, ne pas tomber... » Il continua, pour le plaisir et nourrir la mémoire :

— « ... se disait la dernière pomme. J'ai résisté aux vents d'automne, aux pluies, aux premières gelées. Il ne faut pas que j'abandonne mon fidèle ami le verdier... »

Paradis... pensa Léopold, dont les doigts fouillaient la fourrure de Chien jaune rassuré, heureux de retrouver son maître comme autrefois, qui frémissait de plaisir contre ses jambes. « Paradis »... Le mot avait surgi dans sa tête, comme éclôt le perce-neige au sortir de l'hiver, simplement, naturellement. Il le prit en bouche, le dégusta, en tira tous les sucs et promesses, avec le sucre des coucous cueillis à ses pieds dont, enfant, il suçait le pistil et goûtait la délicate saveur.

Une émotion intense le saisit, une vague née

dans les profondeurs de son être qui lui déferla par tout le corps, lui donna la chair de poule, enfla sa poitrine, fit perler à ses paupières des larmes qu'il attribua au fond de l'air encore frais.

Des années, dizaines d'années, qu'il avait perdu cette émotion dans les rues et sur les boulevards parisiens, dans les bagnoles de luxe et les avions transatlantiques, dans les rêves de fortune et de liberté à l'américaine qui venaient de lui apparaître dans leur réalité clandestine de cauchemars.

— Si je restais à Fabimpré, maintenant, avec toi… murmura-t-il à Chien jaune, qui répondit d'un soupir. Pour toujours ! Qu'est-ce que t'en dis ? Tu veux ?

Chien jaune se dressa, bourra sa bonne grosse tête dans le chandail. Il bavait de plaisir.

Fontaine Valère.

L'eau coulait depuis la nuit des temps sur les galets rougis par ses métaux et minéraux.

Comme un rempart, l'amphithéâtre de pierre bâti trois siècles plus tôt protégeait la source.

Il y avait joué autrefois entre deux cueillettes de muguet et trois paniers de champignons, mené ses premières conquêtes pour des baisers maladroits et des caresses de découverte ; on y avait fait la fête en un temps lointain, dansé, joué de l'épinette, peut-être de la vielle à roue, de la viole… d'amour !

Il s'accroupit, recueillit l'eau dans ses deux mains en coupe, la lapa comme ses chats à leur gamelle, se laissa réveiller l'âme d'un agréable goût de fer jamais connu ailleurs, en recueillit encore, l'aspira en fermant les yeux. A son côté, Chien jaune buvait, lui aussi, cette même eau de la même source.

La viole d'amour…

Quand il se releva, il secoua les scories de l'accident qui encombraient encore sa tête, ouvrit les bras, comme pour étreindre la forêt entière, ses hêtres, chênes, charmilles, renards et chevreuils, buses et geais, muguets, pulmonaires et champignons passés, présents et à venir, s'emplit les poumons d'un air à parfum d'humus et de printemps, contint l'envie de hurler « Je reste ! », tapota l'épaule de Chien jaune, qui réagit d'un puissant aboi repris par l'écho, puis d'un vigoureux coup de langue sur la main de son maître.

Peut-être sentait-il que rien désormais ne serait plus jamais comme avant !

29

— Voilà ! Je voulais te voir sans perdre de temps.

Le paysan posa sa casquette *NY* auréolée de sel de sueur sur le coin de la table. Il portait une barbe de trois jours, sentait le gazole, la graisse de machine et la vache.

— Voilà ! Je voudrais bien que tu me dises ce que tu comptes faire de Fabimpré, maintenant que tes parents sont morts. Je veux pas dire que j'attendais qu'ils soient tous les deux au cimetière pour te parler, mais quand c'est le moment, c'est le moment ! Alors, voilà, je t'écoute.

Léopold avait pris à table la place de son père.

— Pourquoi me demandez-vous ça, comme ça, maintenant ?

— Tu devines pas ? Tu vas pas me faire croire que tu te doutes pas de ce que je vais te dire, quand même ! Si je le fais maintenant, avec toi, c'est parce que c'était pas simple avec ton père, même si j'ai réussi à lui acheter déjà deux ou trois friches et un verger que j'ai dû faire abattre les arbres trop vieux, pour en replanter.

Dans son, coin près de la cuisinière, Chien jaune dormait d'un œil. A l'entrée du paysan, il avait grogné, pour la forme… pas son genre… grogné tout de même.

— Vous seriez intéressé pour reprendre tout ça maintenant ?

— Peut-être bien. Je vois que tu m'as compris.

D'une main le paysan faisait pivoter sa casquette, un coup *NY* face à lui, un coup face au fils Malard ; de l'autre il se frottait le menton, produisant un irritant bruit de râpe.

— Mais vous n'en avez donc pas assez ? Pourquoi en vouloir encore et toujours davantage ? Pour les aides de l'Etat et de l'Europe ? Vous êtes bien tous les…

— Dis donc pas de conneries ! Vous aussi vous êtes bien tous les mêmes, les gars de la ville, pire encore ceux comme toi qui viennent de la campagne, à croire que vous réglez des comptes avec vos vieux sur notre dos, nom de Dieu, à raconter partout qu'on vit à vos crochets avec des subventions ! Mais qui c'est qui produit le blé, le lait, la viande, les lég…

— Je connais le refrain. Mon père me l'a tellement rabâché !

— Pas assez, je crois bien, parce que t'en as pas retenu grand-chose.

Chien jaune veillait maintenant des deux yeux

grands ouverts. Le ton plus vif de la discussion l'avait alerté.

— Bon, on va pas s'engueuler. Qu'est-ce que vous me proposez ?

— Voilà ! Tu vas pas rester ici, je pense. Veaux, vaches, cochons, couvée, ça t'intéresse pas. T'as fait ta vie ailleurs, du côté de Paris, je crois savoir, même aux Amériques, d'après ce qu'on dit.

Il tourna une nouvelle fois sa casquette.

— D'ailleurs, je te complimente, parce que, sortir de notre trou pour réussir comme ça, faut le faire ! Surtout d'être passé par les ESV et le bordel de vos syndicats…

— Bordel qui vaut bien les délires des vôtres… croyez pas ?

— Ça se discute ! Mais si tu veux !

Chien jaune s'était étiré, ébroué, rapproché de Léopold, planté sur son cul à un mètre de lui, mais toujours prudent, comme s'il voulait tester en permanence sa qualité de nouveau maître.

— C'est pas ton fils qui va reprendre ! D'après c'qu'on dit, il est chez un faiseux de violons à Mirecourt, et puis… il va pas bien, à ce qu'on dit aussi, et puis ta femme, la vie paysanne, c'est pas son truc je crois ! Enfin… ta femme…

— Laissez ma femme de côté, s'il vous plaît. C'est pas vos oignons. Marianne n'a rien à voir là-dedans. Quant à Julien, on peut dire tout ce qu'on veut ! Il va bien, il travaille bien, et il sera luthier. Le métier lui plaît. J'en suis fier.

— Luthier !

Le paysan laissa rouler entre eux un rire gras et collant.

— Luthier ! Comme si on mangeait de la musique pour vivre ! Faut laisser ça aux bourgeois de Paris, qui savent rien foutre de leurs dix doigts ! C'est de blé qu'on a besoin, pour faire du pain, de patates, de viande, ça au moins c'est du solide, et ça nourrit ! Luthier…

— Je sais ! le coupa Léopold. Mais c'est comme ça. Il fera des violons, pas du blé ou des patates ! Vous les produirez pour lui, ça vous fera un client.

— D'accord ! Je les produirai sur tes terres, c'est bien ce que je disais ! Tu vois qu'on est d'accord. Donc, je veux bien te faire une proposition puisque tu ne reprends pas Fabimpré…

— Comment ça, je ne reprends pas Fabimpré ? Qu'est-ce que vous en savez ?

— Ben merde alors ! C'est bien ce que tu viens de me dire : ton gamin va faire des boîtes à musique, toi tu vends notre flotte à l'autre bout du monde, ta femme veut pas planter ses talons dans notre gadoue, ça veut bien dire que vous laissez tomber et que tu cèdes l'exploitation, ça me paraît évident ! Je vois pas ce que tu peux faire d'autre. T'as pas le choix ! Alors moi je te la reprends pour mon fils. Il vient de finir son temps au lycée agricole de Mirecourt. Impeccable ! Son dossier d'installation tient la route : banque d'accord, pas complètement mais je peux l'aider, DDA, Chambre d'agriculture, Safer, autorisation d'exploiter et tout l'toutim ! Un drôle de merdier, mais on tient le bon bout ! On avait prévu d'abord de bosser ensemble sur ma ferme, mais voilà que la tienne est disponible, alors je préfère le voir s'installer ici. Tu sais ce que c'est, les jeunes… t'as l'expérience… ça risquerait de frotter entre nous. Comme ça, pas de problème ! Il travaillera comme il voudra ! Moi d'un côté, lui de l'autre, pas loin l'un de l'autre… on pourra s'donner un coup de main de temps en temps, et on risquera pas de s'engueuler. Voilà !

— Voilà ! l'imita Léopold.

Chien jaune venait de poser la tête sur sa cuisse.

— Voilà ! Vu du volant de votre tracteur, ça vous paraît évident ! Mais rien n'est simple sur terre, surtout dans les affaires, surtout à la campagne. Et là…

Il se redressa, posa les mains bien à plat sur la table comme le faisait son père pour les annonces importantes après avoir collé son mégot au cendrier jaune *Pernod*.

— C'était votre proposition ! Mais moi j'ai pas dit mon dernier mot.

Le paysan retira sa casquette vers lui, en examina l'intérieur, en rajusta la sangle, jeta un coup d'œil au clébard qui l'avait grogné, afficha un sourire d'incrédule curieux.

— Ah bon… parce que t'en as une ?

— P't-êt' bien que oui !

— A la bonne heure ! Je vois que tu m'as compris. Alors, tu…

— Attendez… pas si vite !

Léopold s'était levé. Il se dirigea vers la salle à manger, suivi de près par Chien jaune.

Couinement de porte de placard, tintement de vaisselle.

Il reparut, une bouteille et deux verres à la main.

— Une petite mirabelle ? Ça peut aider !

— C'est pas de refus !

— Une de mon père, 1962 !

— Bonne année !

L'eau-de-vie chanta dans le cristal, libéra ses arômes fruités.

Il allait lever son verre, inviter le paysan à casquette à faire de même…

— Mais les murs ont des oreilles. Alors…

Il ferma la porte de la salle à manger, claqua celle du perron, tourna l'espagnolette de la fenêtre sur la pierre à eau, reprit à table la place du père, choqua le verre de l'autre.

La mirabelle s'épanouit en bouche.

Chien jaune couché sur la caisse à bois, contre la cuisinière…

Venus de l'écurie, coups sourds contre le batflanc… Gaillard !

— Voilà…

30

Chère Cynthia,

Je vous avais promis de vous tenir au courant de l'état de santé de notre viole d'amour. Elle va bien, très bien même ! Sous la conduite de mon ami Baptiste Bécard, guidé par Fabienne, une jeune professionnelle passionnée et pleine de talent, Julien a fait d'elle ce que votre père aurait voulu qu'elle soit. Elle a reçu ses sept cordes mélodiques et cinq cordes sympathiques accordées au standard de la scordatura *imaginée en 1629 par Biagio Marini,* la-ré-la-ré-fa#-la-ré, *qu'aurait certainement choisie Umberto. Je joue les savantes, mais je dois ces indications techniques à mon ami Baptiste, qui a fait un remarquable travail de recherche historique pour en arriver là, très proche de celui qui lui permet de restaurer et d'entretenir les instruments de sa passion : les nyckelharpas. Je suis très heureuse de voir maintenant notre viole d'amour telle que notre cher Umberto l'a sans doute imaginée. Nous l'avons entendue hier soir, pour la première fois. C'est Julien lui-même qui l'a fait chanter sous l'archet qu'il a aussi fabriqué dans le plus beau bois qui soit, le fameux Pernambouc du Brésil, un arbre tellement exploité pour sa qualité de teinture et de densité qu'il est hélas en voie de disparition. Ce bois est un trésor pour les professionnels qui en font les archets les plus nerveux et souples destinés aux plus grands violonistes. On dit que Paganini ne voulait d'archet que tiré de ce bois par des archetiers de préférence français. Baptiste en avait acheté un lot à un vieux luthier atteint de Parkinson, un vrai trésor de plusieurs décennies, bien sec, destiné à des pièces exceptionnelles. Notre viole bénéficie de tout ce qu'il y a de meilleur et du vrai talent d'un jeune garçon devenu un vrai maître dans l'art de la lutherie. Elle a sonné hier soir pour la première fois, dans l'atelier, sous ses doigts, en présence de maître Baptiste, bien sûr, de ses disciples Fabienne et Roland, de sa mère, mon amie Marianne Malard, et de moi-même. Je ne sais pas vous décrire l'émotion qui nous a saisis quand Julien en a tiré les premières notes. Intense ! Ce garçon est capable d'en faire naître des harmonies bouleversantes. Sa mère lui avait fait donner des cours de solfège ; elle lui avait offert un orgue électronique. Il s'y était mis tout de suite, avait compris d'emblée les subtilités même les plus complexes de la musique et de la composition technique, était capable de jouer du Bach comme un virtuose. Puis il s'était lassé. Grâce à notre viole, il a réveillé ce talent endormi en lui, au point que, après l'avoir rangée avec son archet dans leur étui – qu'il a aussi fabriqué ! –, il nous a confié son désir de la faire entendre en public, pendant le festival de cordes, à l'invitation de Baptiste, qui fait partie de l'équipe d'organisation. Ce sera fin juin, pour la fête du printemps. Comme je serais heureuse si vous pouviez être là pour vivre ce moment avec nous ! Pensez-vous pouvoir faire le voyage de France ? Votre place est avec nous pour cet événement. Répondez-moi que vous pouvez venir, je vous en supplie.*

Je vais faire des photos de notre viole dans les mains de son luthier Julien, et je vous les enverrai bientôt.

Je pense à vous très souvent, chère Cynthia, tout le temps, à Umberto, Clémence, à mon cher Alfio qui, j'en suis certaine, aurait tant aimé partager ces moments avec nous.

Prenez bien soin de vous, chère Cynthia.

Répondez-moi vite que vous viendrez chez nous en juin prochain.

Je vous embrasse très fort,

George

— Tu crois qu'elle viendra ?

Marianne tendit la lettre à son amie.

— Je tenais à te la faire lire avant de l'envoyer. C'est aussi un peu ton histoire, maintenant. Sans Julien, donc sans toi, on n'en serait pas là !

— Sans toi non plus, sans Baptiste, sans Fabienne, sans…

— Eux, si tu veux, mais moi… n'exagérons pas ! Je n'ai rien fait dans tout ça qu'amorcer l'histoire !

— … sans Léopold !

Surprise, George fronça les sourcils, donna un coup de langue sur l'enveloppe, vérifia l'adresse qu'elle lut d'une voix éraflée…

— « Cynthia Palosco, 2147 S Cecil St., Philadelphie, PA 19143, Etats-Unis »…

— Tu n'as pas réagi à ce que je viens de te dire.

Nouveau froncement de sourcils.

— A propos de ton mari ? demanda George en posant la lettre sur le tableau de bord. Pas envie de répondre à ta question.

— Tu m'as mal comprise, semble-t-il. Il ne s'agit pas d'une question mais d'une affirmation. Il est évident que sans Léopold on n'en serait pas là.

— Sans lui, la viole serait arrivée quand même, par la poste. Point barre ! Le courrier fonctionne entre les Etats-Unis et la France, que je sache. La preuve !

Elle lui secoua la lettre sous le nez.

— Léopold… rien qu'entendre son prénom m'écorche les oreilles. Tu es vraiment incorrigible ! Oublie-le, nom d'un chien ! Sans lui, tu serais une femme heureuse ! Avec lui, même absent, tu vis en enfer ! Je ne supporte pas de le voir tourner encore autour de toi, de nous, de notre gamin… tu le sais ! Heureusement, il ne vient pas souvent ! Même pas pour l'enterrement de son père ! C'est dire ! Quelle honte ! Rester loin de toi et de Julien est la seule bonne décision qu'il ait prise depuis sa naissance. T'épouser, la pire ! Alors oublie-le ! Ou, au moins, évite de me parler de lui ! *Basta !*

Elle avait rejeté la lettre sur le tableau de bord. Au froncement de sourcils s'ajoutait son regard noir des plus mauvais jours.

Tête dans les épaules, Marianne attendait la fin de l'orage.

— Au fait, c'est vrai cette histoire qu'il reviendrait à Fabimpré pour faire le paysan dans la ferme de ses parents ?

— Tu m'as l'air bien renseignée, dis donc !

— Hé… hé ! On cause dans le pays, on raconte qu'il s'associerait avec un jeune paysan du coin pour faire du bio ! J'ai rien contre le bio, au contraire, mais je n'en dirais pas autant vis-à-vis de ton mari ! Ton mari… du moins ce qu'il en reste pour l'état civil, si tu vois ce que je veux dire…

Autour de la voiture, on allait et venait sur la place des Halles, on se rencontrait, se saluait, s'évitait aussi parfois. Très énervée, George suivait les mouvements d'un air distrait.

Parce qu'elle savait son amie viscéralement opposée à toute idée de rapprochement avec Léopold, Marianne ne lui avait rien confié de leur rencontre, juste après l'enterrement de Léonie. Son Juju avait besoin de l'amitié entre elle et sa Mageo ; il en avait fait le socle de son équilibre, le squelette de sa construction. Pour elle, il était hors de question que cet ordre fragile des sentiments pût être perturbé par une incompréhension quelle qu'elle soit. Or, selon George, que cet homme eût transporté la viole d'amour de Philadelphie à Mirecourt ne suffisait pas à faire de lui le nouvel époux modèle et père exemplaire, le héros de cette aventure musicale transatlantique. La viole aurait très pu être acheminée par d'autres moyens que les siens ! Avaient-elles été bien inspirées, toutes les deux, d'accepter la proposition de cet homme quand il s'était offert pour rapporter l'instrument de Philadelphie ? Car c'est lui qui l'avait proposé, à seule fin de se rendre indispensable, et de se refaire une virginité matrimoniale à peu de frais. C'est ainsi qu'elle analysait son comportement. Elles avaient accepté. Auraient-elles à le regretter ? Depuis le moment où elle avait senti chez Marianne un tiédissement de son aversion pour ce coureur de grands flux financiers et, elle en était certaine, de jupons, George le craignait. Elle avait tenté de s'en ouvrir à son amie, de l'alerter à plusieurs reprises, pour la protéger contre ce fantôme toxique, peut-être plus encore contre elle-même ! Aussi pour sauvegarder sa relation avec Baptiste, dont elle se sentait une sorte de diffuse maternité. Ils avaient l'air de si bien s'entendre, ces deux-là, qu'elle vivait par leur bonheur apparent tous les plaisirs dont elle-même avait été privée. Comme son gamin, elle avait besoin de leur amour pour se sentir bien. Hors de question donc de laisser ruiner une telle complicité par qui que ce soit y compris par cet homme qui devenait, lorsqu'elle devait le nommer, un « pauvre type », sec comme un coup de fouet et crachoté du bout des lèvres ! « Pour Julien… pour mon gamin », murmurait-elle comme elle l'aurait fait d'un mantra. Ainsi se donnait-elle bonne conscience avec l'impression de ne pas mettre son nez dans les affaires intimes des autres, mais de se préoccuper seulement du devenir d'un enfant qui aurait pu être le sien si la guerre, la nature, son ventre… Après tout, dans l'histoire de la viole d'amour, ce « pauvre type » n'avait été qu'un transporteur ! Il n'y aurait pas eu d'abord le courrier de Cynthia que cette histoire ne serait pas née et qu'on n'aurait pas eu besoin d'accepter ses services !

— Je note que tu ne m'as pas répondu.

— Mais tu m'agaces, à la fin ! Que veux-tu que je te réponde, et à quelle question, grands dieux ?

— Crois-tu que Cynthia viendra pour la première sortie en public de notre viole d'amour ?

— Qu'est-ce que j'en sais, moi ? Je ne suis pas dans sa tête ! Mais je note que toi non plus tu ne m'as pas répondu. Est-ce vrai ce qui se dit dans le pays, qu'il va revenir ?

George avait haussé le ton comme jamais.

— Tu ne crois pas que nous pourrions en parler ailleurs que dans ma voiture ?

— Non ! Ici et tout de suite ! Arrête de te défiler, sinon je descends, je rentre à pied et tu ne me revois plus !

George avait déjà posé la main sur la poignée de portière.

Marianne saisit le volant, serra les dents, se raidit.

— Reste ! Je vais te répondre.

Elle regardait fixement, droit devant, les boutiques de la rue Chanzy gribouillées au pochoir par les arcades sombres des vieilles halles.

Onze heures tombèrent de l'église Sainte-Anne proche.

— Il m'en a parlé !

— Et tu ne m'en as rien dit !

— J'ignorais devoir te rendre des comptes pour tous les aspects de ma vie, familiale, professionnelle, intime aussi, pourquoi pas ? On est bien dans ce registre-là, n'est-ce pas ?

George ne s'attendait pas à une telle riposte. Elle avait lâché la poignée de la portière, se cramponnait à la ceinture de sécurité comme en prévision d'un choc frontal.

— Il m'en a parlé après l'enterrement de sa mère, avant de retourner à Paris. Il m'avait invitée à l'Excelsior, à Nancy. J'ai accepté, pour Julien.

Elle insista, de crainte que son intention ne fût mal comprise :

— Pour Julien ! Parce qu'il m'a dit que son projet concernait aussi Juju. Voilà !

— Et tu ne m'en as rien dit ! Remarque que je ne te reproche pas d'être allée avec lui à Nancy. C'est ton droit le plus strict. Tu fais ce que tu veux, mais…

— Heureusement, je fais ce que je veux ! Manquerait plus que je doive demander l'autorisation de vivre et te rendre des comptes !

George saisit une nouvelle fois la poignée de la portière.

— Je ne te reproche rien ! Je ne me le permettrais pas ! Seulement j'aurais apprécié que tu me tiennes au courant. Je croyais mes sentiments pour toi assez forts et sincères pour mériter ta confiance, et notre amitié assez solide pour résister à tous les coups de chien de la vie. Espérer ce genre de confidences ne me paraît pas déplacé, ni exagéré entre nous. Mais là, vois-tu...

— Pardon si je t'ai blessée.

— Blessée... peut-être pas, mais, tout de même, je tombe de haut, et quand on n'est pas entraîné à ce genre de chute, ça fait un peu mal.

Elle posa la main sur l'avant-bras de Marianne.

— Et tu n'as pas à me demander pardon. Ce n'est rien, ça passera, comme le reste ! J'en ai vu d'autres, tu sais, dans ma chienne de vie.

Une pétrolette pétarada en travers de la place.

George laissa le vacarme s'estomper.

— Je ne voudrais pas te commander, mais tu vas me conduire à la poste, et me ramener à la maison. Je vais jeter ma lettre à la boîte, puis me caler dans mon fauteuil avec Paganini. J'en ai besoin. Toujours quand je suis un peu secouée. Et là... Oui... Paganini... j'ai hâte ! Emmène-moi, s'il te plaît. J'ai découvert son *Caprice 24* par Maxim Vengerov. Je ne connaissais pas. Je trouve ses *pizzicati* géniaux, et ses envolées dans les aigus... ouf, ça fait du bien !

Sa voix chevrotait.

Marianne crut qu'elle allait pleurer.

— Il a le don de me regonfler quand je suis en panne d'énergie, vois-tu, quand j'ai été trop pompée à l'hôpital, par exemple.

Marianne avait démarré. En route vers la poste.

— Je l'écoute en boucle une heure ou deux, puis j'enchaîne avec Vivaldi, son *Printemps* qui me renvoie à fond de train dans l'action. Complémentaires pour moi, ces deux-là. J'en ai besoin. Et là, tu vois, c'est le moment.

— Je viens l'écouter avec toi, si tu veux bien de ma compagnie. Tu vas m'offrir un bon café, et tes biscuits italiens que j'aime, tu sais...

George acquiesça d'un hochement de tête. Son visage reflétait toute la misère du monde.

— Je te raconterai tout, et tu me donneras des conseils. Tu veux ?

— Pour ce qu'ils valent, mes conseils !

— Ce que tu peux être bête quand tu t'y mets !

Du printemps, Vivaldi avait basculé vers l'été et ses menaces d'orage sous la baguette du chef Bernard Thomas quand, après trois tasses de café d'Ethiopie pourtant corsé accompagnées des fameux cantuccini aux amandes venus tout droit de Toscane, Marianne posa le mot final de ses confidences.

Elle avait tout confié à George de l'invitation de Léopold – il lui avait téléphoné après l'enterrement de sa mère en rentrant d'une promenade à la fontaine Valère avec Chien jaune, alors qu'elle le croyait rentré à Paris –, de leur voyage à bord de la Clio plutôt que de l'Alfa, du repas sous les fougères Art nouveau du restaurant, de son attitude surprenante, toute de gentillesse, de prévenance, presque d'affection. Une réelle émotion avait velouté sa voix à plusieurs reprises. Durant ce repas, Léopold lui avait rapporté dans les moindres détails la visite du paysan, leur discussion tendue, et la manière dont ils pourraient se rapprocher sur un projet dont Julien serait le cœur.

Engloutissant son tartare de bœuf-frites, il lui avait présenté un canevas d'association avec le gaillard à casquette, esquissé le rôle de chacun, le paysan et lui-même, la mise en exploitation « raisonnable et raisonnée » des terres de Fabimpré par le jeune installé. « Produire pour vendre sur place et sans utiliser de produits chimiques limite les frais, ce qui permet de faire des prix intéressants pour le consommateur. Tout ça dans une chaîne économique courte, sans intermédiaires, au contraire des grandes surfaces, avec leurs marges, les transports qui coûtent la peau des fesses et pourrissent la planète ! Boutique à la ferme ; les clients viennent y faire leurs provisions ; des clients qui verront comment on fait pousser des haricots, des patates, des carottes, des salades... comment on élève les vaches et fait du fromage avec leur lait... des clients plus partenaires que consommateurs. Voilà le projet ! Qu'en penses-tu ? » Elle l'avait écouté religieusement, avait trouvé intéressantes ces idées, d'autant plus que depuis des années elles étaient siennes. Pour finir, servi le baba au rhum, il lui avait demandé ses conseils juridiques. Lui, l'arrogant qui avait toujours prétendu tout savoir et tout maîtriser, s'était montré ce jour-là dépendant de l'avis de sa femme, et curieux d'apprendre.

« J'ai besoin que tu m'accompagnes dans ce projet. Je voudrais pas faire une connerie... tu comprends ! » Touchée !

Il avait joué avec son Zippo. Agacée.

Elle avait répondu : « Je vais réfléchir. Je verrai ! »

Il ne lui avait rien dit de son accident.

— J'en refais ? demanda George en saisissant la cafetière vide.

— Tu plaisantes ! Mon petit cœur ne le supporterait pas. Déjà qu'il est malmené en ce moment...

George suspendit son mouvement vers la cuisine, fit volte-face.

— Et not' gamin, dans tout ça ?

Elle revint sur son amie, la domina de toute sa hauteur.

— Tu as accepté de t'intéresser à ce projet, de donner des conseils, de t'embarquer dans cette aventure. Mais tu n'irais tout de même pas jusqu'à envisager de reprendre la vie commune avec Léopold ?

Marianne reçut la question comme une gifle.

Envie de se lever, d'empoigner son sac, de tourner les talons, de fuir l'inquisition, de garder pour elle seule espoirs et convulsions intimes. Au prix d'un violent effort, elle se ressaisit.

— Je n'en suis pas là. Mais... pour l'intérêt de Julien...

— Julien ? C'est pas parce qu'il va avoir un métier qui le passionne, et une collègue qui ne demande qu'à devenir sa femme, qu'il faut l'oublier maintenant !

— Je ne l'oublie pas !

— Ce n'est plus un enfant qui a besoin de sa

mère, c'est vrai ! Mais c'est sa vie d'homme qui commence, et…

— Je sais !

Agacée, George haussa les épaules.

— Tu sais ! Tu sais, mais tu fais comme si…

Elle reposa la cafetière vide sur la table de salon, saisit un biscuit italien aux amandes, le porta à ses lèvres.

— Tu l'aimes encore ?

— Julien ? Quelle question ! Bien…

— Pas Julien ! Léopold ?

Le regard de Marianne s'était troublé. Elle tourna la tête vers le rectangle lumineux de la fenêtre, répondit d'une voix sourde :

— Va savoir !

— Allons bon !

Coup de dents dans le biscuit, craquetis des amandes en bouche.

— Et Baptiste dans tout ça ?

— Baptiste ?

Marianne se leva, se planta devant la fenêtre, écarta le store, colla son front à la vitre. La fraîcheur du verre lui fit du bien.

A ses pieds, la ville, son passé, son présent, ses flux et reflux, ses histoires… au loin, la cloche de la Oultre… dans le salon, les *pizzicati* d'un printemps serein.

En elle, déjà, la violence d'orages d'un été à venir.

— Julien, je sais ! Mais Baptiste… j'en sais rien !

31

— Est-ce que tu pourras nous présenter un ou deux nouveaux instruments ?

Au premier étage des halles, l'Amicale des luthiers tenait sa réunion habituelle. Celle-là comptait plus que toutes les autres. Outre les nouvelles à partager, les informations techniques, l'état de la profession de plus en plus menacée par les productions chinoises, le programme pédagogique de l'Ecole nationale de lutherie, son ordre du jour comportait l'organisation du concert annuel de la Ville de Mirecourt. Point essentiel.

Baptiste avait joué l'hésitation. Pour le seul plaisir de se faire un peu désirer. Au fond, il était heureux et fier d'être de ceux qui auraient à mettre en scène leur talent. D'autant plus que son travail d'une vie sur la nyckelharpa, instrument populaire d'origine étrangère tenu pour moins noble que violon et violoncelle par les caciques de la profession, l'avait longtemps satellisé autour de la planète luthière traditionnelle.

— Qu'en dis-tu ? insista le président de l'Amicale.

— Pourquoi pas.

— C'est pas l'enthousiasme, on dirait. Tu n'as rien de neuf ?

Baptiste buvait du petit-lait. Il aimait faire ainsi le chat devant des souris trop longtemps persuadées de leur supériorité.

— Si, mais...

Il promena un regard circulaire sur ses confrères. Il savait que tous étaient au courant pour le jeune Julien, qui semblait si bizarre, pour sa mère, cette femme installée depuis peu au faubourg Saint-Vincent, et leur relation, pour la viole d'amour. Rien n'échappe à personne dans une petite ville. A Mirecourt comme ailleurs. Plus qu'ailleurs peut-être, parce que ville toujours marquée par son histoire prestigieuse, fière encore du talent de ses maîtres luthiers, dont certains avaient percé les secrets des génies italiens, nostalgique de son rayonnement passé. Ses cours intérieures florentines, plafonds à la française et linteaux sculptés en témoignaient, son merveilleux petit théâtre à l'italienne tout juste restauré en était la preuve ! Il savait qu'ils savaient, en jouait avec délices, pas trop longtemps tout de même ce soir, de crainte de voir retirer la proposition.

— Mon apprenti travaille depuis un an sur un instrument que j'aimerais pouvoir présenter. Mais je ne sais pas s'il sera prêt pour le concert...

Il resserra son écharpe de grosse laine grise à larges rayures noires, marqua une courte pause, histoire de savourer le moment mais sans mettre en péril l'avenir immédiat.

— Je pense qu'il le sera. Il devrait même pouvoir nous faire entendre cet instrument que vous connaissez tous pour l'avoir rencontré dans des livres ou des musées, mais que tout le monde a oublié depuis longtemps, hélas : une viole d'amour.

« Une viole d'amour ! »

Comme il avait joué l'hésitation, ils jouèrent la surprise. « Viole d'amour »... Firent circuler les mots autour de la table comme, en chaîne d'union, les francs-maçons se passent les mots secrets de semestre. Réflexe hérité du travail au temple effectué tous les quinze jours par nombre d'entre eux en toute fraternité.

— Comment t'es venue l'idée de t'intéresser à ça ? questionna l'un.

— Plus personne n'en joue, aucun orchestre, aucun ensemble... compléta un autre.

— C'est pour les cordes sympathiques que tu en pinces ? s'amusa un troisième.

— Sans doute. Vous le savez bien, que je vibre pour elles ! Mais c'est l'histoire de celle-là en particulier qui m'a accroché. Elle vient des Etats-Unis !

Nouveau murmure.

— Elle sera prête ou pas ? Il faut qu'on sache, tu comprends, pour préparer le programme.

— Elle sera prête !

Gagné ! Julien allait pouvoir faire chanter la viole Palosco sur la scène du théâtre municipal.

L'année précédente, l'atelier Bécard y avait présenté sa nouvelle nyckelharpa. Baptiste en avait tiré une danse viking qui avait mis des fourmis dans les jambes de l'assemblée et des rêves de trolls givrés dans les yeux.

Il resserra son écharpe de grosse laine grise à larges rayures noires, confirma d'une voix ferme :

— Elle sera prête. Vous pouvez compter sur moi… sur nous !

Dans sa tête défilaient déjà des images de Julien en présentation de la fameuse viole d'amour et les harmonies si particulières qu'il saurait en faire naître. Il percevait déjà l'écho velouté et « l'ambiance de calme au soir » que, selon Leopold Mozart, cet instrument était seul capable de créer. Ensemble, Julien et sa viole auraient de quoi séduire un public exigeant d'amoureux des cordes. Il avait donc promis, mais à la condition qu'aucune autre question ne lui soit posée, qu'aucune information ne soit donnée aux autres participants, encore moins à la presse. Ce soir-là, notables, professionnels et mélomanes, tous devraient vivre LA surprise.

Les organisateurs avaient accepté ce jeu du secret.

32

Marianne traversait les semaines dans un tunnel, comme sa vie.

Tout juste si elle croisait son fils.

De montages de dossiers de liquidation en visites de clients, via les études de textes juridiques nouveaux, elle se laissait étourdir par le travail. Issus des dernières élections législatives, les députés s'étaient senti pousser des ailes dans les domaines économique et social, avaient déposé projet de loi sur projet de loi au prétexte de moderniser le droit et de le rendre plus compatible avec les exigences d'une Union européenne soumise au diktat anglo-saxon de la mondialisation. Sous leurs coups de boutoir, le Code du travail prenait un sérieux coup de jeune, et elle, dans le même temps, un violent coup de vieux. Ainsi ressentait-elle la fatigue qui l'accablait chaque jour davantage, qu'elle mettait sur le dos du boulot, des trajets en voiture, des clients toujours exigeants, souvent de mauvaise foi. Mais, au fond, elle savait bien que, si elle avait du pain sur la planche et des neurones à réactiver pour mettre à jour sa connaissance des lois, décrets et arrêtés nouveaux et anciens triturés par le Parlement tout neuf, c'était la perspective de voir son Juju sur les planches, se produire en public, qui la mettait dans un état d'inquiétude proche de l'angoisse. Prétexte des convulsions législatives, elle plongea en apnée dans le boulot, se réservant pour seule respiration, de temps en temps, une balade au parc du Cours sur la rive de Moselle.

Ses jours ressemblaient aux jours ; ses nuits ressemblaient aux nuits. Même angoisse, même solitude, même sentiment de culpabilité à gérer, qu'elle était incapable d'évacuer. Baptiste lui-même se sentait de trop dans son univers, rejeté presque.

En journée, entre deux études de lois à naître promises le plus souvent à une mort prématurée par défaut de décrets d'application ou jugements du Conseil constitutionnel, elle allait goûter la paix que lui offrait Epinal, ville aussi sage que ses images de renommée mondiale. Marcher le long de la rivière, approcher l'eau, prendre une pleine poignée de sable rouge qui coulait entre les doigts, savourer les trilles de merles désireux de la séduire, tenter de repérer la flèche du martin-pêcheur sous les saules, ou l'éclair argenté des vandoises dans les chevelus aquatiques, lui faisaient un bien fou.

La nuit, entre un verre d'eau fraîche et un somme plus épuisant que réparateur, elle s'efforçait de respirer à l'orientale, faisait pranayama dans les ténèbres de sa chambre, toujours avec l'espoir d'un lâcher-prise capable de la libérer de ses obsédantes mauvaises pensées. Dans ces moments-là surgissaient des images de son enfance, des encouragements et réprimandes du père, sourires et caresses de la mère, des éclairs de vacances dans le chalet du Donon et de levers de soleil sur les crêtes du Hohneck, mont Blanc en lointain fond de décor, des escapades au bord de la mer dont les émotions qu'elle croyait enfouies à jamais la mettaient au bord des larmes. Envie de se goinfrer de ces souvenirs d'autrefois, en même temps que de les fuir. Illusion d'un passé refuge ! Elle se sentait prisonnière d'une tenaille aux mâchoires chaque jour plus blessantes, incapable de maîtriser seule les convulsions de son esprit et de son corps dont elle croyait percevoir les altérations dans le miroir de la salle de bains. Tous les matins, elle chassait à l'affût les amorces de rides sur son visage, les signes prémonitoires d'affaissements des seins, la peau d'agrume révélée par des pincements de cuisse et de taille. Incapable de voir encore la belle jeune femme qu'elle était toujours ! Persuadée que la vieillesse en embuscade la rongeait déjà, l'emporterait bientôt sur la résistance de ses crèmes, lotions et respirations orientales.

Plusieurs fois, elle avait été tentée d'appeler Léopold, pour le seul plaisir d'entendre sa voix, comme autrefois, au temps où il savait encore la rassurer. Elle avait même décroché le téléphone, commencé à composer son numéro… renoncé. L'angoisse qui l'avait saisie à chaque tentative l'avait empêchée d'aller plus loin malgré le besoin de renouer avec lui, de lui parler de leur fils, de ses progrès, de l'épanouissement de son art, de lui parler d'elle et de lui, d'eux, tout simplement d'eux ! Comme d'un intrus désirable, la silhouette de Baptiste, son bon parfum d'atelier et d'homme s'étaient interposés. Elle avait gardé de ces échecs un surcroît de fatigue, une amertume qui la rendaient irritable, et une douloureuse défiance envers le luthier.

De temps en temps, retour du cabinet, elle se réfugiait chez la Mageo de son fils. Elle la savait plus forte qu'elle dans les épreuves, forgée au feu de la vie et blindée par la pratique quotidienne de son métier, espérait lui emprunter un peu de son assurance et de son énergie, mais la trouvait aussi fébrile et tendue qu'elle malgré des efforts visibles pour paraître sereine. Ces derniers jours, elles avaient liquidé en silence des litres de café, sans croquer le moindre biscuit italien pourtant sur la table. Les soupirs de l'une répondaient aux soupirs de l'autre ; leurs regards se croisaient ; Chopin accompagnait leurs tourments de ses *Préludes*, Bach de ses *Lieder*, Paganini de son diable de violon sous les doigts de Maxim Vengerov, Vivaldi de ses quatre saisons.

Le jour de la première présentation de la viole d'amour à l'atelier, Julien avait refusé d'en jouer. Il avait exposé l'archet, son œuvre intégrale, du talon à la pointe de Pernambouc, du bouton d'ébène et de la hausse ornée de son grain de nacre à la plaque de tête qu'il avait voulue d'argent, puis l'avait rangé dans l'étui sans frotter les cordes de sa mèche de crins blancs volés à des chevaux d'Europe centrale. A la demande de sa Mageo, il avait accepté de faire sonner de l'ongle un *la*, puis un *ré*, puis le *fa dièse*, rien que pour faire entendre la voix de l'instrument, mettre en vibrations son corps ambré que tous admiraient en silence, pas plus ! En deux mots, il avait expliqué devoir s'exercer encore à sa pratique afin d'être prêt pour le grand jour de naissance officielle et de présentation au public. George en larmes l'avait étreint à l'étouffer, puis sa mère, puis Baptiste, tremblant d'émotion. Ils s'étaient tous séparés après qu'il eut refermé l'étui avec des précautions de prêtre rendant ses mystères au tabernacle.

Le maître luthier avait proposé de lever un verre à l'événement.

Mais Julien avait refusé : « C'est pas encore le jour ! On verra plus tard ! »

Nul n'avait insisté.

Le soir même de cet événement mémorable, Juju était passé à la maison en coup de vent. Il avait jeté dans un sac sa brosse à dents, une chemise propre, deux paires de chaussettes, un jean de rechange, lancé à sa mère : « Je vais chez Fabienne. J'y resterai plusieurs jours. J'ai besoin d'elle pour me préparer, tu comprends ? » La surprise l'avait d'abord clouée sur place ; puis submergée par une tristesse déferlante, incapable de réagir. Jalousie peut-être aussi. N'était-ce pas la première fois qu'il lui avouait ouvertement avoir besoin d'une autre femme qu'elle-même ? Tellement bouleversée par ce départ que la force lui avait manqué pour faire quelques pas vers lui, et l'accompagner sur le seuil. D'ailleurs, l'aurait-il permis ?

Ronflement de moteur…

On l'attendait en bas.

Elle avait gagné la salle de bains, oublié rides et cernes, suivi de l'index sur ses joues l'itinéraire argenté des larmes.

Puis, au salon, elle avait écouté en boucle Jacques Brel et son « Orly » qui lui arrachait le cœur, pour le plaisir interlope de ne plus se sentir seule à souffrir de l'absence de l'autre. En boucle, comme en attente du retour de son Juju, ou de Léopold… des deux peut-être.

Juste avant de claquer la porte sur son sac de voyage, Julien avait lancé à sa mère : « On a trouvé une pension pour Gaillard à Saint-Vallier. Chez un paysan qui connaissait bien pépère. Je suis content. On va le voir tous les deux jours. Fabienne l'a adopté, lui aussi ! Tu viendras avec nous, dimanche prochain ? »

Le vieil ardennais en pension ! Depuis quand ? Il ne lui en avait rien dit. Première fois qu'il agissait seul ! Presque !

Dimanche prochain…

33

Baptiste savait maintenant que son apprenti et la viole seraient prêts pour le grand jour. Il l'avait toujours su, toujours lu dans le regard de Fabienne.

A lui de se préparer, désormais. Il en éprouvait le besoin, car il appréhendait ce moment. Devoir accueillir « l'Américaine », lui présenter sa viole en présence de George et gérer les réactions de ces deux femmes en même temps qu'accompagner Julien l'inquiétait. Comment son apprenti allait-il se comporter sur scène, devant une salle comble d'un public bienveillant, certes, mais que sa perception si particulière des situations pourrait lui faire paraître hostile ? Partager l'événement public avec le mari de son amie le taraudait, devoir rencontrer ce Léopold qui l'avait tellement révulsé lors de son passage à l'atelier. Il refusait de se l'avouer, préférant reporter ses craintes sur Julien et sa fragilité naturelle. Ajoutait aussi à ses doutes le curieux détachement à son égard de Marianne depuis plusieurs semaines.

Elle était venue moins souvent à l'atelier, s'était montrée réservée, distante presque, n'avait pas remis les pieds dans la cour arrière partagée avec les chats, avait trouvé tous les prétextes pour n'être pas disponible quand il lui avait confié son désir de passer la voir. « Le travail… je croule sous les dossiers… au bureau et à la maison… j'en rapporte pour bosser le soir… submergée… tu comprends ? » Mine de comprendre, comédie, privé de sa compagnie, de ses caresses, des douceurs de son corps et de son cœur… insupportable ! Même à l'atelier il lui arrivait d'être ailleurs, loin des gabarits, bois rares et précieux, galbes ambrés des instruments, à des années-lumière des cordes harmoniques et sympathiques, là où il pouvait l'imaginer en toute liberté. Ses arpètes s'en rendaient compte, centraient leur attention sur l'ouvrage pour n'avoir pas à laisser paraître leur propre désarroi.

A l'atelier, l'ambiance était devenue électrique. Envoyées du petit atelier du fond, les diableries de Paganini ou les suites de Bach pour violoncelle sous l'archet de Rostropovitch couvraient à peine les fréquentes sautes d'humeur de Julien. Fabienne s'efforçait de les contenir, parvenait le plus souvent à le calmer. Pas toujours. Récemment, tous avaient dû supporter des colères violentes. La première fois parce que Roland avait pris sa place à l'établi pour, dans la meilleure lumière de sa fenêtre ouverte sur le ciel du couchant, finir un polissage de table d'harmonie. Leur ouvrage du jour terminé, les deux jeunes avaient raccroché les tabliers, lancé à la cantonade : « En route pour Saint-Vallier ! » Fabienne avait esquissé un pas de galop, ajouté : « voir Gaillard ! » Ils avaient bondi sur le trottoir main dans la main. Comme toujours, il allait prendre le volant quand, s'étant aperçu de l'oubli de son portefeuille et des clés, Julien était retourné à l'atelier en courant, et là… drame, furie ! De la voiture, Fabienne l'avait entendu hurler. Elle était revenue, avait osé hausser le ton, réussi à le contenir. Mais Roland avait dû abandonner la place, regagner son fond sombre d'atelier et sa lumière électrique ! La deuxième fois à cause d'un outil qui, selon Julien, avait disparu, une gouge dont il avait un impérieux et urgent besoin pour une sculpture de tête dans un bloc de tilleul. Un outil… son outil ! Une colère telle que Baptiste avait dû l'empoigner, le traîner dans son bureau, l'y cloîtrer pour éviter la casse dans l'atelier. Coup de chaud passé, le jeune homme s'était refermé comme une huître. Prostré ! Rien ni personne n'avait réussi à le ramener à son poste, à le remettre au travail à l'aide de l'outil qui n'avait jamais quitté son emplacement habituel, rendu invisible par quelque obsession passagère. Muet.

Les silences de Julien…

Après deux pirouettes dans le vestibule, il avait quitté les lieux, en tablier. Fabienne l'avait suivi.

Le lendemain matin, ils avaient repris leurs activités comme si de rien n'était.

— Ton père, au téléphone !

Baptiste avait noué son écharpe de grosse laine grise à larges rayures noires, indiqué d'un geste la direction de son bureau.

— Vas-y, il a l'air pressé.

— Mon père ? T'es sûr ?

— Certain !

Absorbé, Julien contrôlait une table d'harmonie au compas d'épaisseur. Visiblement peu désireux d'aller répondre. Baptiste lui posa la main sur l'épaule.

— Alors, tu y vas, ou je lui dis que tu ne peux pas à cause d'une tâche délicate en ce moment, ou bien que tu n'es pas là. Mais tu sais à quel point j'ai horreur du mensonge.

Tampon en main, appliquée à lustrer une nyckelharpa destinée à un client du bout du monde, Fabienne suivait l'échange. Inquiète. Son père… que lui veut-il encore ? Pourvu que…

— J'y vais ! Mais ça ne va pas durer longtemps !

— Le temps qu'il faudra ! C'est ton père !

Le luthier enfila son éternelle veste de lin écru, prit le large. Aucune obligation de rendez-vous à l'extérieur, pas de course particulière. Mais besoin urgent de sortir, d'aller respirer dans la rue, sur le bord du Madon, chez Marianne, ses senteurs *Intense* de Guerlain ! Lui revint qu'elle était au boulot à Epinal. Pas de refuge chez elle ! Il dégringola le passage Saint-Pierre-Fourier vers la rivière. L'appel de cet homme qui voulait parler à son fils l'avait mis très mal à l'aise.

A son retour, il étala des viennoiseries sur son bureau, histoire de donner le change à ses disciples. Il fit comme s'il était allé en ville acheter de quoi leur faire plaisir ; ça lui arrivait quand le bois avait été docile, les vernis souples, les clients patients, les nouvelles du temps correctes.

— Il vient la semaine prochaine ! lui glissa Julien en chipotant sur un pain au chocolat. Il m'a invité au restaurant.

— Avec ta mère ?

— Non, seul !

— Pourquoi ?

— J'en sais rien.

— Il a dû te dire…

— Il m'a seulement dit que nous devons parler tous les deux, rien de plus !

— De quel sujet ?

— J'en sais rien, je te dis !

— Et tu es d'accord pour y aller ?

Nez dans sa tasse de café, une oreille vers Roland et sa récente randonnée autour de la colline de Sion, l'autre vers eux, Fabienne suivait discrètement l'échange.

— J'ai pas le choix !

— On a toujours le choix ! Tu vas en parler à Marianne, j'espère.

— J'en sais rien !

— Arrête avec tes « J'en sais rien » ! Réfléchis ! Elle est concernée, tout de même.

Oubliés le coup d'air frais du Madon, les saveurs de café et de chocolat mêlées sur la langue ! Angoisse et colère reprenaient le dessus. Colère de devoir constater son impuissance face à cet homme à l'absence plus nuisible que la présence, angoisse concernant la présentation publique de la viole. Ce type était-il capable de la menacer, par simple désir de vengeance. Jalousie ? Et Marianne dans tout ça… et eux ?

— Tu n'as même pas pu te rendre compte s'il voulait te parler de nous… quand je dis « de nous », je veux dire de notre travail, de ton avenir en lutherie ?

— Rien, je te dis ! Mais…

Il planta son regard dans celui du maître, noir et déterminé.

— J'irai ! Tu m'as bien dit, tout à l'heure, qu'après tout c'est mon père… non ?

Cloué sur place.

— Comme tu veux !

Roland avait relancé Bach, Fabienne regagné son poste.

Confidences de violoncelle…

Dans son bureau, main sur le téléphone, Baptiste hésita. Devait-il appeler Marianne, l'informer de la situation créée par l'appel de son mari, ou bien faire le mort et attendre ? Attendre qui, quoi… pourquoi ? Il accrocha son regard à la guirlande d'instruments pendus d'un mur à l'autre, sans les voir. Allait-il composer le numéro du cabinet juridique ? Comment son amie prendrait-elle cette irruption dans la relation nouvelle entre son Juju et un mari qu'elle ignorait peut-être encore ? Appeler Marianne, qui lui manquait cruellement, qui lui filait entre les doigts comme le sable rouge de la Moselle, si fin, si insaisissable, si fuyant ! Il préféra renoncer, ouvrit un catalogue de fournitures, le feuilleta. Besoin de rien, sauf de calme, de paix, d'oubli de ces convulsions intimes qu'il croyait avoir chassées définitivement de sa vie depuis son divorce. Referma le catalogue. Décrocha sa nyckelharpa favorite, en inspecta ventre, manche et cordes, fit jouer les touches chromatiques, caressa ses hanches, son ambre profond à saveur de miel, la posa sur sa cuisse, saisit l'archet, allait le présenter aux cordes mélodiques…

Julien surgit, regard fou, visage noué par la colère, lippe pendante, tablier en berne…

— Marre ! J'en ai marre que tout le monde décide de tout pour moi tout le temps ! De quel droit tu me donnes des ordres ? Dis…

Il donna un violent coup du plat de la main sur le bureau. Les instruments en prolongèrent le bruit d'un écho sinistre.

— Vous me faites tous chier… tous… ma mère… mon père… toi… eux…

Il fit une pirouette, balaya l'atelier d'un geste rageur.

— Tous, tu m'entends ? Tous !

Fabienne l'avait suivi. Elle lui prit le bras. La réaction fut d'une telle violence pour se dégager qu'elle recula. Resté sagement dans son coin en compagnie de Bach, Roland suivait l'altercation de loin, mais prêt à bondir au cas où…

Très calme, Baptiste mit en sécurité l'instrument et l'archet, se tourna franchement vers son agresseur. D'une pâleur cadavérique, il paraissait déterminé.

— Tu veux bien nous laisser… suggéra-t-il à Fabienne.

Il ferma la porte derrière elle.

Ils étaient maintenant face à face dans le bureau. Entre eux, la nyckelharpa, ses reflets de lumière dorée, l'archet de Pernambouc, et l'espace sidéral de leurs différences.

Baptiste tendit la main.

Julien rugit.

Entre deux respirations de Rostropovitch sur les mesures de Bach, Fabienne et Roland entendirent les bribes d'un début de conversation musclée, puis…

Plus rien.

Sur l'établi, un papier pâtissier froissé, de restes de viennoiseries, des miettes…

34

A leur apparition sur le quai, George sentit son cœur bondir. Marianne lui prit la main.

Léopold traînait une valise à roulettes.

A son côté, une femme élancée à courte chevelure argentée, vêtue d'une sorte de gabardine beige… Cynthia !

Fabienne et Julien avaient préféré attendre dans la salle des pas perdus, sous les écrans électroniques, les affiches de publicité, au milieu de la foule des entrants, des sortants, des inquiets de leur propre voyage et des curieux de celui des autres. Quelque part, un amateur doué jouait du piano. « Pas mal ! » avait glissé George. « Chopin », avait murmuré Fabienne. « *Mazurka en sol mineur…* » avait répondu Julien. Ensemble, ils avaient apprécié cet instant de magie musicale dans le hall encombré de rumeurs, attentes, espoirs, bonheurs et peines humaines.

Au prétexte de travail urgent, méli-mélo de rendez-vous clients, concert à venir, réception d'un fournisseur, Baptiste était resté à l'atelier. En réalité, même si la curiosité le faisait crever d'envie de les accompagner, il avait tenu à respecter l'émotion des femmes et de son apprenti au moment de leur rencontre avec Cynthia. D'une seule voix, avec une spontanéité qui l'avait touché, ils lui avaient proposé de se joindre à eux. Mais, outre que ça aurait bousculé son agenda – ce qui se serait supporté sans dommages ! –, être de ce comité d'accueil lui aurait paru incongru, voire douloureux. Plus douloureux que de se morfondre dans son atelier en les attendant. Il aurait eu l'impression de voler à leur histoire un moment précieux, un trésor à eux seuls destiné. Après tout, qu'était-il, lui, dans cette aventure ? Il se posait la question depuis le jour de sa rencontre avec Marianne au théâtre municipal d'Epinal, à chacune de leurs escapades spinaliennes en forme de balade sur le bord de la Moselle ou de tête-à-tête au Grand Jus, se l'était reposée à l'irruption de Julien dans son atelier, puis à l'arrivée en pièces détachées de la viole d'amour, enfin à l'annonce de visite de Cynthia, qui les avait tous surpris. L'Américaine avait répondu par retour du courrier : *Je vous remercie de m'inviter. Dès aujourd'hui je me renseigne sur les vols au départ de Philadelphie à destination de la France pour juin prochain. Entendre notre viole d'amour sera, pour moi, comme entendre la voix de mon père. Vous ne pouvez pas imaginer combien je suis heureuse de cette perspective !* Baptiste s'était réjoui de recevoir bientôt cette femme venue d'ailleurs, si lointaine et si proche à la fois, de lui présenter le fruit du travail de ses complices en lutherie. Mais cette annonce avait éveillé en lui de méchantes bousculades.

Depuis des années, dans le giron de ces femmes et les senteurs de bois précieux, colles et vernis de son atelier, dans l'intimité de Marianne et de ses élans de femme à senteurs *Intense* de Guerlain, comme d'autres collectionnent les timbres ou les étiquettes de fromage, il collectionnait aux réponses les questions, plus introuvables que la plus mystérieuse des conjectures mathématiques. Que lui était Marianne ? Une femme capable de tordre le cou à une solitude qu'il savait dompter depuis longtemps et de répondre à des pulsions naturelles livrées avant elle à des expertes ? Et lui, pour elle ? Une planche de salut pour naufragée involontaire, un substitut d'homme auquel elle offrait ses parfums vanillés et le goût noisette de ses humeurs intimes en pensant à un autre ? Quelle pouvait donc être la vraie nature des sentiments qui les étreignaient et faisaient naître en eux des vagues de passion partagée à chaque fois que l'absence de Julien leur permettait de se retrouver en tête à tête, en cœur à cœur, en corps à corps ? Que restait-il de leur élan quand dans sa chambre, après l'amour, elle brûlait des bâtons d'encens pour en diluer les odeurs de plaisir, les rendre imperceptibles au fils à son retour ? Quel présent vivaient-ils, pour quel avenir ? Quelles promesses se faisaient-ils sans le recours aux mots, peut-être jamais tenues ? Quelles jouissances encore, pour quelles douleurs ?

Quand, d'un seul chœur, avec Julien, les femmes l'avaient invité à venir à la gare accueillir « l'Américaine », il avait resserré son écharpe de grosse laine grise à larges rayures noires, contenu de justesse le flottement qui l'avait ébranlé, répondu, d'un air faussement détaché : « Vous n'avez pas besoin de moi. Je serai plus utile à l'atelier, à préparer son accueil avec Roland. J'ai du travail en retard et des rendez-vous à assurer. Croyez-moi, Fabienne me représentera très bien ! » Elles avaient fait mine de le croire mais, au fond, elles savaient bien que son refus n'était dû qu'à la présence de Léopold, qui allait débarquer avec cette Cynthia, à la morgue de ce type dont il ne savait toujours pas s'il réagissait à son arrogance, ou s'il en était jaloux. Pour l'heure, il attribuait son rejet à ses exhalaisons irritantes de fruits acides, au miel trafiqué de ses cigarettes à bout doré, au claquement de fouet de son Zippo.

Dans la foule des voyageurs descendus du train, George reconnut immédiatement l'allure hautaine de Léopold. Vêtu d'un long manteau en toile de coton huilée, façon cavalier, ouvert sur un élégant ensemble velours marron glacé, il traînait une valise à roulettes qui jouait des castagnettes sur le quai.

A son côté, la femme élancée à courte chevelure argentée, ligotée dans une sorte de gabardine beige à large col digne d'un fond d'armoire des années cinquante… Cynthia !

Impression fulgurante de gommer des années d'errance affective, de reconstituer la chaîne familiale, de retrouver enfin la sœur perdue, George s'élança vers eux, ouvrit les bras. Un cri lui avait échappé.

— Alfio !

Une longue étreinte protégea leurs sanglots.

Tandis que, valise à roulettes aux pieds, Léopold gratifiait sa femme d'un baiser empoté.

Dans la salle des pas perdus, à l'apparition du groupe, Julien se raidit, serra les dents. Fabienne s'en aperçut, lui prit la main, l'entraîna en douceur vers eux. Le groupe avait marqué le pas en les apercevant, comme pour ménager un temps d'observation.

Plus loin, amplifié par la haute verrière, Chopin tournait toujours autour d'un piano SNCF sous les doigts de l'amateur inspiré.

Léopold avait accueilli Cynthia à Roissy. S'était surpris à apprécier ces retrouvailles sur le sol français. Lui avait proposé de se restaurer sur place. Pressée de découvrir la Lorraine, elle avait poliment refusé. Il lui avait proposé ensuite de la transporter jusqu'à Mirecourt à bord de sa voiture – pour la circonstance, il aurait sorti du garage son Alfa réparée, encore en sa possession mais récemment mise en vente sur les réseaux sociaux. Le voyage en train lui avait mieux convenu : « Je voudrais faire ce trajet comme l'a fait mon père voilà bien longtemps, par le même chemin de fer, à travers les mêmes paysages, si vous permettez ! Même si les villes et villages ont changé, je pense, le décor est toujours celui qu'il a connu, le ciel toujours le même, n'est-il pas ? » Il avait précisé que la ligne était nouvelle, que son père avait emprunté l'ancienne, en 1933, et que… « Mais c'est le même pays, vous comprenez ! » avait-elle conclu d'un timide sourire, comme désolée de contrarier son chevalier servant. Il avait compris et permis. Davantage que lors de ses visites à Philadelphie, l'élégance surannée, le charme discret, la douceur naturelle, le délicieux accent et la transparence des yeux de sa voyageuse l'avaient frappé. Rien de cette rare distinction ne lui était apparu à leur première rencontre ; sans doute le contexte l'en avait-il empêché : souvenirs familiaux omniprésents, photos d'Umberto en compagnie de grands chefs d'orchestre et violonistes, lettres encadrées au paraphe prestigieux, trophées et reliques, tant dans la maison elle-même que dans le verger, où une grande table, encadrée de bancs moussus que devaient occuper les enfants pauvres reçus à goûter, et deux sièges métalliques, de part et d'autre d'une petite table de jardin, semblaient attendre les invités et propriétaires pour une collation champêtre. Chez elle, elle lui avait paru quelconque. Tandis que là, malgré sa vieille gabardine… Autre lieu, autre femme !

Ils avaient fait le voyage en TGV, face à face, sans un mot, avec seulement de temps en temps un regard d'elle à lui, clair de reconnaissance et de touchante émotion, et son regard à lui, toujours sur elle au risque de paraître effronté, à chercher ce qui pouvait la rendre si troublante. A l'arrêt en gare de Meuse TGV, elle lui avait seulement demandé, en toute simplicité : « Puis-je vous appeler Léopold ? En échange, vous pourrez m'appeler Cindy. C'est le diminutif de Cynthia. Mon père le préférait à mon vrai prénom. C'est ainsi que m'appelaient mes élèves. » Il lui avait répondu, tout aussi simplement : « Bien sûr, Cindy. Votre confiance me touche. Merci. » De toute la fin du voyage, ils ne s'étaient plus rien dit.

— Voici l'instrument !

Baptiste déposa sur son établi l'étui d'un beau merisier rose doré anobli par les années.

Cynthia laissa échapper un « Oh ! » ébloui.

Ils étaient tous en demi-cercle, aux côtés du maître qui, pour la circonstance, avait revêtu sa veste de lin couronnée de l'éternelle écharpe de laine grise à larges rayures noires : à sa droite, Julien, flanqué de Fabienne, flanquée de Roland, tablier à bavette semé de sciure noble, flanqué de Léopold en pantalon de velours et chandail de laine prune récupéré dans une armoire de Fabimpré. A sa gauche, George, visage fermé d'une pâleur de porcelaine, flanquée de Marianne, cheveux libres en vagues d'écume sur les épaules. Face à lui, Cynthia, qui avait porté les mains à ses lèvres pour en recueillir les souffles d'admiration : « Oh ! Oh ! »

Baptiste dénoua son écharpe. Un généreux soleil de printemps avait rayonné toute la journée. Il faisait chaud dans cet atelier garni de sitars, balalaïkas, luths, nyckelharpas et violons pendus en guirlande d'un mur à l'autre.

— C'est un étui ancien que je possédais depuis très longtemps. Je l'ai trouvé en Ecosse, au temps où j'y étais allé à la recherche d'instruments traditionnels, un Hill & Sons de la meilleure époque, vers 1900. Je l'avais toujours réservé à un instrument de qualité exceptionnelle, pour une circonstance exceptionnelle.

Se sachant observé par Léopold, il évitait de croiser le regard de Marianne qui, elle, ne le quittait des yeux que pour admirer l'objet de merisier rose. Elle buvait ses mots.

— Et là, nous sommes arrivés à cette circonstance exceptionnelle !

Cynthia mourait d'envie de toucher l'étui. Les mains jointes, elle murmurait en secret des « Oh… Oh… ».

— J'ai dû le modifier pour l'adapter à notre…

Il hésita, planta son regard dans celui de George,

puis dans celui de Marianne, qui le soutint d'un bon sourire.

— ... pour l'adapter, car il n'était pas assez grand. Je l'ai fait dans le respect de sa conception d'origine. Pas facile, mais je crois y être arrivé. J'y tenais !

Il se tourna vers Julien.

— Maintenant, à toi, cher compagnon luthier.

Première fois qu'il donnait à son jeune disciple du « compagnon luthier ».

Le garçon resta de marbre. Figé dans une sorte de garde-à-vous incongru, visage de héros grec, très pâle, il paraissait absent à la scène qui se jouait autour de lui, dont il était pourtant le centre de gravité. Tous les regards s'étaient posés sur lui, sauf Cynthia, toujours fascinée par l'étui, en attente de révélation.

— A toi, mon cher compagnon ! répéta Baptiste.

Alors, comme un automate, Julien s'avança, tendit les mains vers le coffre au trésor, tourna la clé, fit claquer sec les deux fermetures, leva très lentement le couvercle.

Alors, dans son berceau de velours amarante, apparut la viole d'amour.

35

— Voici ma proposition.

Le paysan avait posé sa casquette *New York* sur la table, à côté du cendrier jaune marqué *Pernod.* Il malmenait la double fermeture de sa combinaison, surveillait du coin de l'œil Chien jaune, qui l'avait grogné à son arrivée. La pauvre bête avait pris un coup de vieux dans sa pension de Saint-Vallier où l'avait placé Julien en compagnie de Gaillard en attendant des temps meilleurs. Léopold l'avait ramené à la ferme pour la durée de son séjour au pays. Le brave chien avait accueilli Cynthia comme s'il la connaissait depuis toujours, lui avait même fait fête comme, autrefois, à la mère quand, entorse à leur quotidien, les Malard rentraient d'une journée passée quelque part en famille.

— Tu laisses tomber ton idée de reprendre la ferme, c'est bien ça ! J'ai bien compris ! Alors tu me vends Fabimpré. Je m'associe avec mon fils. Son dossier d'installation est bouclé. Ça baigne !

On produira ensemble ici, mais pas n'importe quoi, pas n'importe comment !

Léopold avait allumé une cigarette.

Claquement du Zippo.

— Tu veux produire autrement ? s'amusa Léopold. J'ai beau faire des efforts, j'te vois pas labourer à la charrue attelée, faucher à la main, arracher tes patates au croc !

— Te fous pas de ma gueule, tu risquerais d'être surpris !

— J'me moque pas, mais j'ai du mal à t'imaginer dans la peau d'un paysan bio !

— Moi, non ! T'as raison. Mais lui, oui ! Chacun ses choix et ses pratiques du métier !

— Ensemble, mais séparés, si je te suis bien ! Je ne pige pas votre organisation. Associés, mais chacun chez soi. Il faut que tu m'expliques. Qu'est-ce que tu vas faire de ton exploitation ?

— Je la garde ! Et je continue à travailler comme depuis toujours. Tu comprends : on ne doit jamais mettre tous ses œufs dans le même panier ! Lui, avec les méthodes modernes, moi à l'ancienne ! On va créer un GAEC[1] ou une SCEA[2] ou… je sais pas encore quoi, en tout cas une association souple qui permet de travailler comme on l'entend chacun de son côté, moi chez moi, lui ici ! L'avantage, c'est qu'on mettra les résultats en commun, et que si

1. Groupement agricole d'exploitation en commun.

2. Société civile d'exploitation agricole.

d'un côté ça marche pas on pourra compenser de l'autre. C'est ma façon de soutenir mon fils pour débuter parce que, tu sais, l'agriculture bio, c'est plus du cinéma que tout le reste, et il va en baver. l'Etat fait semblant de soutenir ça, mais le gros des subventions, c'est pour nous, les exploitants qui veulent du rendement, parce qu'il faut bien vous nourrir, vous de la ville, aussi parce que notre syndicat est costaud, tu comprends ?

De son interlocuteur qui jouait toujours avec son Zippo, il attendit une réponse qui ne vint pas. Reprit :

— Au fait, les syndicats, tu connais ça, toi ! Et puis, le dossier juridique, ta femme pourrait peut-être nous conseiller, non ? Qu'est-ce que t'en dit ?

— Rien !

— Ah bon…

— Parce que le syndicat, pour moi, c'est marre depuis longtemps. Et puis ma femme s'occupe d'industrie et d'artisanat, pas des problèmes des paysans associés qui ne bossent pas ensemble !

— Peut-être, mais le droit…

— Je m'en tamponne, du droit des paysans et de l'artisanat ! Tu lui poseras la question directement si tu veux. Mais pour le reste, t'avais pas fini, je crois. Alors, je t'écoute.

— Je t'ai presque tout dit, en tout cas le plus important.

— Pour moi le plus important, c'est combien ?

Tu m'as parlé de proposition, alors je t'écoute. Tu l'as chiffrée ?

— Holà, t'emballe pas ! Ça se fait pas comme ça !

Chien jaune avait dressé l'oreille.

Un chat venait de rentrer.

Léopold se leva, gagna la salle à manger, Chien jaune revigoré sur ses talons.

Couinement de porte de placard, tintement de vaisselle.

— Tu l'as appréciée, celle-là, l'autre jour !

— Pour sûr ! Ta mirabelle, c'est pas d'la flotte !

— Celle du père. Il faisait déjà du bio, lui, en 1962, du vrai !

L'eau-de-vie chanta dans les verres, coula sur la langue, invita au silence d'action de grâce.

Claquement du Zippo.

— A moi, maintenant, de te proposer quelque chose.

L'autre contemplait les promesses fruitées de son verre.

— J'ai parlé avec Julien…

— Le faiseux de violons ?

— Lui-même ! J'ai pas d'autre fils, tu sais bien !

L'autre haussa les épaules, remua sa casquette. Il sentait la graisse de machine, le gazole et le fraîchin de ses vaches.

— Je l'ai invité au restaurant, tout seul, pour qu'on puisse avoir une réflexion entre hommes…

Pressentant que la discussion allait durer, Chien

jaune avait retrouvé sa place dans le coin de la caisse à bois contre la cuisinière.

— Je te vois venir : tu vas m'annoncer que tu vends pas et que tu vas tout mettre en location, histoire de gagner du fric facilement. Y en a de plus en plus qui le font, maintenant. Mais je te rappelle qu'une exploitation agricole doit être tenue par son propriétaire, un gars qui aime sa terre, qui est tous les jours sur le terrain, qui y vit, qui y travaille, qui arpente ses champs, laboure, traite ses cultures, nourrit et soigne ses animaux… pas par un grand voyageur qui viendrait de temps en temps épater la galerie avec sa grosse bagnole juste le temps de demander des comptes à son locataire qui ferait son boulot comme un fonctionnaire de la DDA ! On est pas en Amérique, ici ! On est dans les Vosges, dans un pays qui sait encore vivre normalement, avec des gens qui connaissent leur terre, nom de Dieu, pas avec des spéculateurs ! Si c'est ça ton projet, alors tu peux le remballer ! Ça marche pas comme ça, le monde paysan, en tout cas, pas chez nous ! Est-ce que tu sais ça, bordel ?

— Je le sais. C'est bien parce que je le sais que je réfléchis à deux solutions au problème. La première : je reviens au pays et je m'occupe de Fabimpré avec Julien !

— Tu reviens au pays ? Tu remets ça ! C'est une idée fixe !

— C'est une idée !

— Mais… et ta flotte en bouteilles… et Paris… et l'Amérique ?

— Je peux vivre sans ça !

— Laisse-moi rire !

Un torrent de gorge déferla tout à coup.

— Oui, laisse-moi rire ! Un frimeur comme toi, revenir ici, dans « la France périphérique », comme ils disent, les Parigots, en pensant « le trou du cul du monde » ? Je te crois pas ! Toi qui as tellement levé le nez sur nous autres en nous prenant pour des culs-terreux, tu reviendrais ? Te fous pas de ma gueule, s'il te plaît ! Je suis pas venu ici pour me faire endormir avec des histoires à la mords-moi le nœud ! Si c'est ça…

Le paysan avait saisi sa casquette *NY*, fait mine de se lever.

— Attends un peu ! Finis au moins ta mirabelle. Le père ne serait pas content si tu ne la finissais pas. Il pourrait croire que tu ne l'apprécies pas ! Allez, un bon geste… à la tienne !

L'autre reprit sa place, reposa sa casquette, avala son verre d'eau-de-vie d'un trait. Il fixait Léopold comme il l'aurait fait d'un Martien atterri dans une emblavure.

— J'ai dit que j'envisage de revenir au pays. Je n'ai pas dit : « Je reviens ! » Rien n'est encore décidé. Julien a son mot à dire. Il a aussi des droits sur Fabimpré, des droits juridiques, moraux surtout !

— Moraux ! Elle est bien bonne, celle-là ! C'est

toi qui parles de morale, maintenant ! J'aurai tout entendu ! persifla le paysan.

Léopold fit le sourd, remplit les verres en prenant soin d'essuyer d'une caresse d'index le goulot de la bouteille, comme le faisait son père. Il se lécha le doigt, se demandant pourquoi, depuis la mort de sa mère, lui revenaient de tels automatismes qu'il avait cru avoir perdus sur les boulevards, dans les banlieues parisiennes et les avions du monde.

Troublé et apaisé à la fois.

— C'est une des deux solutions, je t'ai dit. T'emballe pas.

— Y en a une autre, alors ! Laquelle ?

— On vend tout ! A toi, ou à un autre ! C'est selon...

— Selon quoi ?

— Selon ce que tu m'en proposeras. On t'accorderait la préférence, parce que t'es voisin, mais c'est pas automatique. Des terres comme celles-là, j'en connais beaucoup qui se précipiteraient pour les avoir, même en les payant très cher !

— Tu me mets en concurrence ! C'est pas réglo, pour un voisin...

— On t'accorderait la préférence, je t'ai dit. Mais une opération comme celle-là, ça se discute !

Le paysan parut se dégonfler tout à coup, comme une baudruche percée. D'un geste nerveux, il retourna sa casquette, en épousseta la doublure auréolée de sueur, rajusta la sangle de pointure.

— On te vendrait tout, mais sous conditions !

Casquette remise à l'endroit.

— Laquelle ? souffla l'autre en poussant son verre en direction de la bouteille.

— Julien est très ferme là-dessus ! Moi aussi.

— Laquelle, bon Dieu ?

Léopold prit le temps de servir une nouvelle rasade de gnôle. Laisser mijoter l'autre lui plaisait bien. Cultiver l'impatience du partenaire... c'est ainsi qu'il avait toujours réussi les meilleures affaires au profit d'Hydralife.

Il prit encore le temps d'allumer une nouvelle cigarette à bout doré, de souffler la première bouffée vers la suspension électrique déjà festonnée de toiles d'araignée. Coup de fouet du Zippo.

— Voilà...

Léopold afficha un air mystérieux.

Il saisit son verre, invita l'autre d'un regard à faire de même, liquida sa mirabelle d'une levée de coude.

Tellement bonne !

Heureux de l'effet produit, tant sur lui que sur son visiteur, il souffla de bonheur.

— Notre condition : on veut sur nos terres une agriculture propre, respectueuse de l'environnement, sans herbicides, sans insecticides, sans pesticides, sans les « cides » qui tuent tout, y compris les consommateurs.

— Qu'est-ce que je t'ai dit, tout à l'heure ?

Léopold jouait maintenant à faire glisser son verre sur la table.

Enervé, le visiteur parfumé à la graisse de

machine, gazole et fragrances d'étable tripotait sa casquette *NY*.

— Tu m'as dit… pour lui ! C'est son intention à lui ! Mais toi ? Tu vas continuer à nous empoisonner, et tes champs sont voisins des nôtres. Je doute que tu sois capable de prendre ce virage-là, tellement à l'opposé de ce que tu as toujours été. Je ne demande qu'à te croire, mais je ne donne pas cher de ta promesse de respecter la nature.

— Le paysan a une parole, pas deux !

— C'était vrai hier encore, au temps de nos parents, mais aujourd'hui, à l'heure des marchandages, des préemptions et des subventions, j'en doute ! De plus, sur notre affaire, il y a deux paroles, la tienne et celle de ton fils. Toi, je te connais. Mais lui ?

— Je peux parler pour lui ! Il pense comme moi.

— On ne sait jamais ce que pense autrui ! On a déjà du mal à connaître ses propres pensées, c'est pas pour connaître celles de l'autre, même si c'est ton fils. Qui peut m'assurer que si son projet tourne mal, que s'il n'arrive pas à maîtriser les normes environnementales du bio, ou que ses productions ne trouvent pas leur place sur un marché manipulé par la grande distribution, il ne virera pas sa cuti pour se mettre à faire comme toi ? Hein… qui ?

Déstabilisé, le paysan se mit lui aussi à faire tourner son verre sur la table, comme à la recherche d'un esprit salvateur.

— Moi, je te le dis ! Ça devrait te suffire.

— Ça ne me suffit pas ! J'ai besoin d'entendre ton fils.

— Dis donc, la confiance règne !

— Tu le prends comme tu veux ! D'autant plus que c'est pas tout !

Léopold renforça son air mystérieux.

— On met une deuxième condition à cette affaire, et une troisième !

— Pourquoi pas ? Tant que t'y es ! Tu veux peut-être que je t'achète la Lune, avec ?

— Elle ne nous appartient pas ! Mais la maison nous appartient, la grange, l'écurie et les hangars. Et ça, on ne vend pas. Les champs, prairies, vergers, tu peux les avoir, si tu mets le bon prix, mais pas le bâti !

— V'là aut' chose... Mais qu'est-ce que vous manigancez, les Malard, nom de Dieu ?

— Comme toi, on s'organise.

— Vous vous organisez pour quoi faire ? Vous vendez, vous vendez pas... vous voulez faire paysan, vous voulez pas travailler en confiance avec nous autres... vous voulez faire des violons, vous voulez peut-être plus ! Moi je pense...

— Je me fous de ce que tu penses ! Il suffit de regarder le résultat de ton boulot pour le savoir : tes prairies sans fleurs, tes bosquets rasés, tes champs massacrés par une charrue à douze socs guidée par satellite, nos haies arrachées, le paysage ravagé qui ne s'en remettra jamais, tes pâtures sans un arbre, sans ombre, et tes vaches qui y crèvent sous le cagnard d'été ! Tout ça me dit ce que tu penses, et je trouve pas ça très ragoûtant, si tu veux mon avis. Ça me donne plutôt envie de gerber, si tu vois ce que je veux dire. Ce qui m'intéresse, moi, c'est ce que pense ton fils.

Sonné, bouche ouverte, l'autre cherchait l'air comme un naufragé menacé de noyade.

— S'il pense comme toi... basta ! On vendra à d'autres. S'il a une vision plus sympa du métier de paysan, alors on pourra discuter, sinon...

— Sinon ?

— Je te l'ai dit : on vendra nos terres à d'autres !

— Pourquoi tu fais ça ?

— Je te retourne la question : pourquoi tu exploites la terre comme ça ? Tu aimerais qu'on t'exploite, toi ? Je ne crois pas ! La terre non plus. Tu veux qu'on te respecte, et tu as raison ! La terre aussi !

Léopold reboucha la bouteille d'eau-de-vie, rassembla les deux verres au centre de la table.

Aux éclats de voix, Chien jaune avait quitté sa caisse à bois. Il se dirigea en boitillant vers la porte. Pour lui, au ton des derniers échanges, c'était la fin de la discussion. Il descendit l'escalier, s'assit contre la dernière marche, près du phlox violine, regard tourné vers le puits flanqué de la Clio grise de location qui paraissait minus à côté de l'imposant pick-up Ford à calandre gueule de requin et pare-buffle chromé de l'homme à casquette.

— Plutôt que de lui en parler toi-même et de lui raconter des salades, envoie-moi donc ton fils, ça vaudra mieux. On pourra peut-être s'entendre tous les deux ! lança Léopold du perron.

L'autre leva sa casquette sans tourner la tête, grimpa dans son char d'assaut, démarra dans un nuage d'échappement et de poussière, disparut vers la Basse-des-Vaux en ronflant comme un dragon.

— Viens, mon Chien !

Chien jaune remonta l'escalier, se frotta aux jambes de son maître, qui lui murmura :

— C'est drôle, mais j'ai l'impression de me sentir bien, pour la première fois depuis longtemps. Qu'est-ce que t'en dis ?

— Wouaaah !

36

Ils étaient tous là, dans le théâtre-bonbonnière aménagé en 1823 dans l'ancien couvent des sœurs de la Congrégation Notre-Dame, l'un des plus beaux de Lorraine avant l'oubli d'après-guerre, sauvé de la ruine par des amoureux du patrimoine, tous là, luthiers, enseignants, passionnés d'Histoire et élus, tous à l'orchestre, serrés sur trois rangs, épaule contre épaule. George en tailleur-pantalon Yves Saint Laurent – elle avait cassé sa tirelire pour l'événement –, Baptiste Bécard en veste de lin écru, enroulé dans son éternelle écharpe de laine grise à larges rayures noires, Marianne en léger ensemble bleu ciel porté pour la première fois, Fabienne en tenue de balade-visite à la chapelle de Rabiémont, Cynthia, dont la robe au bustier délicatement fleuri mettait en valeur le troublant bonheur d'être là, dans cet endroit qu'avait assurément fréquenté son père un demi-siècle plus tôt. En cardigan breton bleu de nuit, Léopold Malard la flanquait. Pour la première fois de sa vie, il mettait les pieds dans une salle de concert. Cravaté sur chemise blanche de coton râpé pour l'événement, timide et effacé, Roland fermait le rang. Tous là, à avoir suivi la première partie du concert, tendus comme les cordes d'un violon.

Le maître de cérémonie annonça Julien Malard.

Le garçon allait paraître.

Marianne retint son souffle, George ses larmes. D'une main tremblante, Cynthia chercha la main de Léopold, la trouva. Un œil sur le plateau et sur son arpète, qui venait de se planter dans le faisceau cru du projecteur de poursuite, l'autre sur son amie, Baptiste paraissait vouloir apaiser mère et fils de ses regards veloutés. Pâle, Fabienne avait joint les mains, fermé les yeux sur ses infinis océaniques, comme en prière.

— Merci à ma mère, Marianne Malard, pour sa patience et son amour, à notre amie George Palosco, ma Mageo, pour son soutien, à mon maître luthier, Baptiste Bécard, homme de grand talent et de passion. Je veux résumer son enseignement en une question, pour vous : pourquoi vivre, si ce n'est pour aimer et inviter à aimer ? J'ai ma réponse. A chacun de trouver la sienne.

Un voile de chaleureux silence s'était posé sur l'assemblée. Des élus et responsables professionnels du premier rang au public massé dans les touffeurs du poulailler, on se laissait porter par cette voix de jeune homme, grave et veloutée, vibrante, à l'évidence née dans les profondeurs de son âme.

— Je veux aussi remercier Mme Cynthia Palosco, venue des Etats-Unis pour entendre l'instrument créé par son père, Umberto Palosco. Après avoir étudié notre art ici, à Mirecourt, ce luthier est parti en Amérique en 1933. Il y a travaillé pour les plus grands musiciens. Mais il est mort avant d'avoir pu finir ce chef-d'œuvre.

Il chercha du regard le visage de Cynthia. Le faisceau contraire du projecteur habillait d'étoiles la table d'harmonie de la viole d'amour, qu'il venait de présenter à la lumière. Le rencontra. Il sourit. Puis, sur le ton de la confidence, rien que de lui à elle qui frémit :

— *Thank you, dear Cindy, from the deepth of my heart. I'm deeply touched that you trusted me for this final work !*

D'une voix forte et claire, qui renvoya Marianne à ses récitations d'autrefois, il traduisit :

— Merci, chère Cindy, du fond du cœur. Je suis très touché d'avoir été choisi par vous pour finir le travail.

On s'apprêtait à entendre la viole chanter sous son archet quand il fit trois pas vers le public, mi-aube, mi-crépuscule. Il s'adressa cette fois directement à la jeune femme du deuxième rang qui, mains jointes, paupières baissées, buvait ses paroles :

— Merci à toi, ma chère Fabienne pour ton cœur, ton talent, et la chaleur de ta présence. Je ne sais si je te mérite, mais je sais que tu as été, es, et seras toujours mon guide dans les mystères de la musique, comme dans les ténèbres de notre monde. Tu es ma lumière.

Une intense émotion avait altéré sa voix. Il marqua une longue pause, recula d'un pas, retrouva sa place au centre du plateau, au cœur du faisceau cru de poursuite. La viole lançait des éclairs d'ambre. Alors, d'une voix forte qui ébranla l'assemblée, il répéta :

— Pourquoi vivre si ce n'est pour aimer et inviter à aimer ?

Silence.

Il parut réfléchir un instant, fit un pas de côté, lança un coup d'œil derrière les pendrillons, comme s'il y cherchait un secours, un refuge ou les fantômes d'inspirateurs connus de lui seul. Parut décontenancé. Marianne se mordit les lèvres. Fabienne joignit les mains. Mageo se figea dans son beau tailleur. Léopold rudoyait les doigts de Cynthia.

On crut que le jeune orateur allait quitter la scène.

Il se replaça dans le faisceau de lumière, enlaça la viole, la serra sur sa poitrine.

— On me disait malade, on me trouvait anormal. Mais qu'est-ce qu'être « normal » si ce n'est avoir renoncé à être soi-même pour entrer dans le moule imposé par une société allergique à la différence ? On collait des mots savants à mes refus ; on m'empêchait d'être moi. Hugo, Verlaine, Radiguet, Camus, Saint-Ex et d'autres m'ont permis de devenir ce que j'étais en réalité, de couper les fils de la marionnette. C'est grâce à eux que je suis aujourd'hui devant vous en apprenti luthier, apprenti que je veux rester jusqu'à mon dernier souffle ! Apprendre, apprendre encore, apprendre toujours… avec Fabienne, si elle veut bien. Grâce à elle, à Baptiste, à tous ces auteurs que j'aime, je suis devant vous aujourd'hui pour vous présenter cet instrument…

Il leva la viole et son archet.

Personne n'avait jamais entendu une telle confession publique !

Au premier rang, des notables toussotaient de gêne ; en milieu d'orchestre, des gens murmuraient ; dans les limbes du poulailler, on se ventilait les neurones à coups de programme.

Léopold avait rentré la tête dans les épaules. Front bas, il luttait contre les vagues d'affliction qui l'avaient saisi et le besoin urgent de sortir pour aller respirer, de fuir ce lieu et les regards qu'il croyait sentir sur lui, alors que nul, de près ou de loin, ne prêtait attention à sa présence. Malaise ! Son fils avait remercié toutes celles et tous ceux qu'il aimait, sauf… lui ! Cynthia l'avait remarqué. Elle lui rendit sa pression de main, si fort qu'il esquissa une grimace, si fort que la douleur physique estompa pour un temps celle du cœur. Tapi sur son siège de velours cramoisi, ainsi soudé à cette femme au bustier fleuri, il but sa liqueur d'aloès jusqu'à la lie.

— … je suis devant vous avec cet instrument oublié : la viole d'amour. Injustement oublié car, à la différence des autres instruments à cordes frottées de nos orchestres, cette viole porte en elle le sens de ce que devraient être, dans un monde harmonieux, les liens entre les êtres. Par la mystérieuse alliance de ses cordes mélodiques soumises à l'archet et de ses cordes sympathiques libres qui chantent en simple réaction à leurs vibrations, elle engendre la singulière « ambiance de calme au soir » chère à Leopold Mozart. La voix de cet instrument nous invite à la solidarité et au respect des différences qui, comme les notes sur la portée, associées, créent l'harmonie.

Très sûr de lui, il promena son regard sur la foule. Une étrange impression de puissance le gagna, aux racines profondes et généreuses. Puissance de la bienveillance pour la première fois révélée. Dans la sombre clarté de la salle, il discerna sa mère en apnée, sa Mageo cou tendu vers lui, Fabienne aux yeux clos, Baptiste à l'écharpe de grosse laine grise à larges rayures noires, Cynthia et son bustier fleuri, son père comme une ombre à côté de la femme, Roland… tous là, devant lui, épaule contre épaule, soudés par l'émotion.

Alors, pour eux seuls, il enchaîna, conclut en détachant bien les mots, les faisant jouer de leur tonalité chacun pour soi et tous ensemble, comme il faisait autrefois, quand il faisait vivre dans sa gorge ceux de Camus, Hugo, Verlaine :

— La viole d'amour n'est pas une boîte à musique ordinaire. Elle est le révélateur de notre vraie richesse de vie : l'union des différences pour le partage de l'harmonie !

Sans attendre de réactions du public frappé par ses mots, Julien épaula la viole, ajusta l'archet, fit sonner les premières notes de la *Petite Sonate pour viole d'amour et piano* de Paul Hindemith. Nerveuses, enlevées, pour vérifier l'accord parfait. Puis, calme et concentré, il entra dans le deuxième mouvement, lent, profond, si intense que, dans l'abandon d'une communion soudaine, le public se laissa porter par ses harmonies. Sonate pour viole d'amour et piano, sans piano mais avec amour ! Même les notables du premier rang s'étaient ouverts aux voix du jeune luthier et de son instrument, jusqu'à l'ultime vibration de la dernière note du généreux Paul Hindemith.

Jamais le vieux théâtre-bonbonnière n'avait connu une telle émotion.

Passé le temps de la sidération, la salle explosa, retint son héros, le rappela.

Il revint, reprit les premières mesures *lento* de la *Petite Sonate*, salua, disparut dans la coulisse, serrant la viole sur son cœur.

On se souviendrait longtemps de ce concert de printemps, à Mirecourt !

Le soir même, dans la grande salle des antiques halles, après un copieux pâté lorrain arrosé au vin fruité du Montfort, goût de tarte aux fraises enrobées d'onctueuse migaine encore en bouche, juste avant la mirabelle déjà servie dont les arômes flottaient sur les convives, tous les luthiers rassemblés en familles et amis, verre levé, entonnèrent en chœur le refrain de l'hymne écrit autrefois par le barde local, Robert Salviac :

Ecoutez monter dans la plaine
L'écho des suaves chansons.
C'est la voix plaintive et sereine
De nos mandoles et violons.
Allons, luthiers, buvons un verre
A la santé de nos amours.
Ah ! Qu'il fait bon vivre sur terre !
Vivent les luthiers, gloire de Mir'court.

Encouragé par une Cynthia aux joues d'un rose attendri par les vapeurs d'alcool, Léopold en reprit la fin, d'une voix atone, du bout des lèvres, du bout des mots.

Juste avant de déguster sa mirabelle, verre levé, à Fabienne blottie contre lui, Julien murmura :
— A la santé de nos amours… Ah ! Qu'il fait bon vivre sur terre ! Je t'aime.

Une vague d'océan lui répondit :
— Je t'aime.

37

Vendredi matin de septembre enveloppé de brumes.

Julien Malard, Marianne et Léopold ses parents, le paysan à casquette *NY* et son fils avaient rendez-vous chez le notaire. L'officier ministériel les avait informés que le dossier Fabimpré était bouclé ; seules manquaient leurs signatures. Marianne avait d'abord décliné l'invitation de son mari à les accompagner, mais il avait insisté : « Ce qui concerne directement notre fils te concerne aussi, et je tiens à ta présence. Maintenant, c'est comme tu veux, je ne t'oblige pas ! C'est toi qui décides ! » D'un regard appuyé, il avait conclu : « Je ne t'obligerai jamais plus à rien ! »

Les négociations préalables ayant été menées des semaines durant dans le meilleur esprit avec le souci de la plus juste efficacité, l'officialisation des accords serait vite expédiée.

Tout était clair, désormais.

Les terres de l'ancienne exploitation Malard, champs cultivés, prairies, vergers et forêts, devenaient propriété des nouveaux associés du GAEC du Poinçot – du nom de son ruisseau –, qui s'étaient engagés par écrit à y développer une *production maraîchère et fruitière bio, sans intrants chimiques, engrais, insecticides, herbicides et pesticides* qui ruinent la terre. Ils avaient le projet, le jeune surtout – qui faisait preuve d'une conviction assez forte pour « convertir » son père aux nouvelles pratiques –, de *garantir à leurs clients les produits les plus sains* qui se puissent trouver au pays, vendus en boutique à la ferme et sur les marchés locaux. Privilégier la chaîne économique courte, produire, transformer et vendre sur place pour éviter d'engraisser les intermédiaires et la grande distribution, tels étaient les objectifs de ce GAEC familial. Père et fils – fils surtout ! – avaient décidé aussi de créer un rucher, de pratiquer une apiculture saine, respectueuse des enseignements du père Voirnot, grand défenseur des abeilles en Lorraine au tournant des dix-neuvième et vingtième siècles[1], inventeur d'une ruche qui porte toujours son nom. Avant les recherches de ce bienfaiteur de l'apiculture, on tuait les abeilles pour récolter leur miel ! Suivant son exemple, on travaille maintenant avec elles qui, butinant, fécondent les fleurs promesses de belles récoltes fruitières, on les protège,

1. Voir *Le Rucher du père Voirnot*, de Frédérique Volot, Presses de la Cité, 2011.

on les soigne, on les nourrit l'hiver ; en échange, ces infatigables ouvrières acceptent le prélèvement sur leurs réserves de miel, gelée royale, pollen, cire. De prédateur hier, l'homme est devenu leur complice dans la Création.

Implanté sur les pentes de Balival en limite de forêts, prairies et vergers, face au soleil à ses zénith et couchant, ce rucher sera exemplaire !

Mais tout le bâti restait domaine Malard !

Julien devenait seul propriétaire du corps de ferme, des engrangements, étables et écuries, et d'un hectare de parc naturel qui en serait l'écrin.

Les conditions de l'acte de vente stipulaient que les acquéreurs du train de culture, en échange d'une sous-estimation volontaire de sa valeur, prendraient à leur charge l'aménagement immédiat, dans l'ancienne écurie, d'une stalle modèle destinée à accueillir Gaillard pour une retraite confortable, la plantation aux rives du domaine d'une haie de clôture propice aux nidifications d'oiseaux, et le rempierrage du chemin vers la forêt proche. Les nouveaux propriétaires de Fabimpré avaient accepté d'enthousiasme toutes les conditions, les avaient même amendées concernant la nature des arbustes de la haie : on y trouverait des prunelliers, de l'épine-vinette, des arbres à papillons et du fusain d'Europe, favori des rouges-gorges, merles et merlettes. Des passages y seraient aménagés pour les renards, chevreuils, lapins et autres voisins désireux d'y venir se réfugier en cas d'alerte à la traque.

Chacun trouvera ainsi sa place sur les anciennes terres et dans les vieux murs des Malard : Gaillard, Chien jaune, les chats en tribu habitués de la margelle du puits, peuple des prairies et forêts, et le couple Fabienne et Julien. Ensemble, les jeunes disciples du maître Baptiste Bécard ont décidé de vivre et travailler au pays des grands-parents. Leur atelier de luthiers sera aménagé au bas de la maison, leur logement de couple à l'étage. Car ils ont déjà projeté leur mariage d'artisans et… d'amoureux !

— A la bonne heure ! soupira Léopold en sortant de l'étude après avoir salué les associés du GAEC du Poinçot.

Puis, se tournant vers sa femme :

— Qu'en dis-tu ? Tu n'as pas réagi, pas fait de remarques… rien ! Même sur le plan juridique ! Alors que je m'attendais à des corrections de ta part. C'est ton rayon tout de même, le droit ! Pas d'erreurs, aussi bien dans le contenu que dans la formulation ?

Devant eux, Fabienne et Julien marchaient d'un bon pas vers la voiture.

— Alors, rien à dire ?

— Si… un seul mot : merci !

— Dis donc, aujourd'hui est un jour à marquer

d'une pierre blanche ! C'est bien la première fois que tu me dis merci !

— C'est la première fois que tu l'entends ! corrigea Marianne.

Il lui prit le bras, la força à le regarder de face.

Elle s'attendait à une vacherie, comme d'habitude.

— Peut-être !

— Sûrement !

Il sourit, énigmatique et douloureux.

— Alors ?

— Alors quoi ?

— Nous deux ?

38

Sous les ailes de l'Airbus glissaient les glaces du Groenland.

— Es-tu certain de ne jamais regretter d'avoir quitté les Vosges, Paris, la France, pour me suivre ?

— Je ne te suis pas, je t'accompagne ! Et puis, je ne quitte pas tout ! Mon poste permanent d'Hydralife aux Etats-Unis m'imposera d'aller de temps en temps en France. Paris, c'est presque la banlieue de Philadelphie maintenant ; on en est la preuve vivante… pas vrai ?

Elle acquiesça d'un léger mouvement de tête assorti d'un timide sourire.

— J'en profiterai aussi souvent que je le pourrai pour aller faire un tour dans les Vosges. Tu vois, il n'y aura pas de rupture ! Rien ne s'arrête, tout continue, autrement !

Silence sur bourdon d'essaim des réacteurs.

— Crois-tu que tu te plairas dans ma maison ? Tu la connais un peu, assez pour me dire si tu as l'impression que tu t'y sentiras bien. Ce ne sera peut-être pas facile pour toi.

Elle jeta un coup d'œil par le hublot.

Au loin, un autre avion traçait sa voie blanche dans l'espace pervenche.

— C'est la maison Umberto Palosco… tu le sais !

— Je le sais. Et alors ?

Elle détourna le regard du ciel, ferma les yeux, s'appuya de l'épaule contre l'épaule de son compagnon de voyage, souffla :

— Alors rien ! Comme ça !

— Je suis certain que j'y serai bien.

— Comment peux-tu affirmer cela ?

— Parce que tu y seras, et que partout où tu es… je suis bien !

Elle le dévisagea, comme pour débusquer un mensonge dans son regard, ou une illusion. Avait-il fait le choix de venir partager sa vie par affection, voire par… amour – elle se méfiait du mot, qu'elle avait toujours associé à la viole, rien qu'à la viole ! –, ou pour prolonger le besoin pathologique de concrétiser son rêve américain ? Allait-elle rompre sa solitude, l'équilibre de sa vie partagée entre lecture d'auteurs français et cours à ses élèves privés, au profit d'une cohabitation qu'une petite voix en elle qualifiait de « hasardeuse » avec cet homme venu de nulle part, dont la seule préoccupation avouée avait toujours été de trancher ses racines paysannes ?

— Es-tu certain que tu peux l'affirmer sans aucune arrière-pensée ?

— Certain ! Je n'ai jamais rien su avec une telle certitude !

Il avait répondu spontanément, d'autant plus spontanément que leurs mains ne s'étaient pas dénouées depuis le jour du concert.

Sous leurs ailes, l'immensité de l'Atlantique Nord et des foulards de soie tendus sur ses eaux scintillantes.

Il se redressa sur son siège. Front haut, il affirma d'une voix claire :

— Comment regretter cette vie d'hier puisque, aujourd'hui, j'entre dans celle de demain, avec toi ! D'ailleurs, je te remercie de ne plus jamais me poser ce genre de question. D'accord ?

Cynthia baissa la tête. Elle balançait tout à coup entre doute, soumission et angoisse. Qu'en serait-il de leur relation dans une semaine, six mois, un an ? « Carpe diem ! » Murmure secret couvert par le ronron des réacteurs.

L'hôtesse poussait son chariot dans l'allée, proposait boissons et friandises.

Léopold commanda un whisky.

Il semblait réfléchir.

— J'ai un regret, en réalité, un seul ! C'est d'avoir fait de Marianne une femme malheureuse ! J'ai toujours été très injuste avec elle. Elle ne méritait pas ça !

Il regardait fixement le gobelet sur sa tablette, le sachet de pop-corn. Pensif. Avala une gorgée de whisky.

— Très injuste ! Il a fallu la mort de mes parents et le tête-à-tête avec Julien au restaurant pour que j'en prenne conscience. Ce jour-là, il m'a parlé, très calme, m'a tout raconté de sa vie, m'a parlé de travail, douleur et courage. D'amour, aussi. A ce moment-là, je me suis rendu compte que j'avais épousé Marianne parce qu'elle était bien roulée, parce que je voulais être le premier à la baiser, parce que je voulais en faire ma femme pour tordre le cou à mon origine de cul-terreux. Tu te rends compte... fille de directeur d'école, d'un couple d'instits, de notables... la classe ! Elle a été mon marchepied ! Mais ça, c'est seulement maintenant que je m'en rends compte.

Il avala son whisky d'un trait, fit un signe à l'hôtesse, qui doubla la dose, reprit :

— Jeune, j'étais con, d'une connerie qui a fait beaucoup de mal. Oui, je l'ai épousée pour la baiser et frimer ! Autrefois je me racontais des histoires, je jouais au chat et à la souris avec elle et les autres femmes. Mais *basta* ! Jules, Léonie, Julien, Fabienne, toi... même Gaillard et Chien jaune... vous avez tout chamboulé, d'un coup, sans prévenir.

Il allait ajouter : « Et l'accident sur la route de Paris. Quand on voit la mort de près... » N'en dit rien.

— Mon univers de merde s'est effondré comme un château de cartes. Marianne...

Il aspira une copieuse bouffée d'air climatisé.

— … elle était ma fausse princesse dans ce château branlant que je maintenais debout à coups de bluff, de colères et de mensonges. Elle a tout encaissé ! J'ai été un vrai salaud avec elle.

Son regard traversa le hublot, se perdit un instant dans un ciel laiteux.

— Je lui ai volé du plaisir. Lui en ai-je donné une seule fois ?

Il aspira la dernière goutte de whisky.

— Quoi que je fasse désormais, où que j'aille, à l'autre bout du monde ou à la fontaine Valère, maintenant, demain, dans dix ans… toujours… je me le reprocherai !

Les réacteurs ronflaient, poussaient l'Airbus sur l'ouate éclatante d'une lumière si vive qu'elle ourla ses paupières d'un filet argenté.

D'une poigne rageuse, il écrasa le gobelet plastique.

— Oui, c'est sûr, un vrai salaud !

Murmures de cabine.

Souffle de ventilation.

— J'espère pour elle, qu'avec son Baptiste…

Il ferma les yeux, s'affaissa sur son siège.

— Et puis… merde !

« Son Baptiste »…

Le soir de ce concert mémorable, Maître Bécard, luthier spécialiste de la nyckelharpa, oublia de rentrer chez lui.

Au pied des halles, tandis que les faiseux d'instruments, notables et mélomanes se dispersaient, que George, fatiguée d'émotions, disait vouloir rentrer chez elle et dormir, « dormir enfin ! », que Julien rayonnant montait dans la voiture de sa Fabienne aux joues rouges de bonheur, il prit la main de Marianne. Par la vieille ville, ils descendirent jusqu'à la maison du cours Stanislas. Muets. Seul le Madon murmurait dans ses chevelus végétaux. Au-delà du Vieux Pont, un ciel de cobalt découpait la Oultre en ombre chinoise. Ils s'attardèrent sur la rive. Plus rien ne les pressait désormais. Le temps ne comptait plus.

Chopin les accueillit au salon. Sa valse brillante y tournait en boucle depuis des heures.

Ils esquissèrent quelques pas de danse, partagèrent le champagne mis à rafraîchir avant le départ pour la bonbonnière municipale.

Vaporisés par les bulles, ils s'amusèrent comme des enfants de leur goût pour les palets bretons, dansèrent encore sur des airs tziganes diablement interprétés par des violonistes virtuoses, chaloupèrent sur les *Nuages* de Stéphane Grappelli, puis s'effondrèrent, enlacés sur le canapé, où ils savourèrent encore le champagne en se jurant d'aller bientôt là-bas, ensemble, du côté de Pont-Aven, explorer les lumières de peintres fameux, pêcher la crevette, caboter en se butinant l'un l'autre, s'étourdir de bon cidre, s'empiffrer de far aux pruneaux et galettes de sarrasin à l'andouille de Guéméné, se rassasier de grands espaces maritimes. Ils s'y voyaient déjà, s'y décrivaient comme deux collégiens évadés de leur cour intérieure.

— On pourra même... aller jusqu'à... Belle-Ile-en-Mer ! bafouilla-t-il en complétant les coupes. J'en rêve depuis tellement longtemps !

Elle rit à gorge déployée, ajouta :

— A la nage ! Tu verras, c'est encore plus authentique !

Il pleura de rire avec elle, l'enleva dans ses bras.

Elle rit plus fort encore.

Il tituba jusqu'au lit, la coucha, la couvrit de baisers fougueux.

Ils s'aimèrent toute la nuit.

Au petit matin, tandis que la cafetière ronronnait dans la cuisine et libérait de délicats arômes éthiopiens, debout à la fenêtre, silhouette nue imprimée sur un paysage lumineux de rivière, canards en ribambelle, Vieux Pont, chapelle de la Oultre peinte au pochoir sur fond de ciel argenté, il lui lança :

— Que comptes-tu faire maintenant ?

Plateau de pain, biscottes, viennoiseries, beurre et confitures maison déposé sur la table, elle le provoqua :

— Comme toi, aller au boulot !

— Tu me cherches ?

— Je t'ai trouvé !

— Et alors ?

— C'est la recherche qui excite, toujours ! Après... routine...

Elle fit couler le café.

Il prit un air grave.

— Tu regrettes ?

— J'étais tellement mieux avant !

— Non mais, sérieux ?

— Va savoir !

Sur le Madon, une escadrille de canards décolla en jouant de la trompette. Dérangés sans doute par quelque promeneur matinal.

Elle lui tendit une biscotte beurrée barbouillée de confiture.

— Tu n'as pas répondu à ma question !

— Si. Je t'ai dit que je vais aller au boulot. Et, si je continue à ce train-là, je vais être en retard !

— Bien sûr, au boulot, moi aussi ! Mais… avec ton… mari ?

Elle contourna la table, s'approcha de lui sur la pointe des pieds, lui souffla dans la nuque.

— Je ne sais pas encore. Divorce ou séparation, je dois trouver la meilleure solution pour lui et pour moi, qu'aucun ne soit lésé. J'y tiens ! De toute façon, quoi que je décide, il est d'accord pour tout.

Baptiste se dressa, enlaça le corps de femme offert, ses ondes vanillées et florales, ses frissons d'amour.

— Alors, nous ne nous quittons plus ?

Leurs lèvres s'étaient soudées.

— Jamais !

39

Cou tendu, les canards en escadrille décrivaient des cercles nerveux sur le Madon entre les deux ponts.

Intrigués, Marianne et son luthier dénouèrent leur étreinte, firent un même pas vers la fenêtre, écartèrent le store.

A leurs pieds, sur le quai, entre deux coups d'œil dans leur direction, Julien lançait dans la rivière des pierres que Fabienne cueillait dans un grand sac, lui tendait une à une.

Dans son cocon de vapeurs diaphanes jetées par l'automne sur Bellevue, la Oultre sonna huit heures.

Le gamin jeta un nouveau coup d'œil vers la maison, les aperçut.

Marianne frémit.

— Juju… mon Juju… Fab…

Elle leur fit un signe de la main.

Ils répondirent de grands moulinets des bras.

Alors, elle comprit, se précipita dans la chambre de son fils, y découvrit les étagères…

Les cailloux avaient disparu !

Elle revint à la fenêtre.

Baptiste saluait ses jeunes disciples de larges envolées d'éternelle écharpe de grosse laine grise à larges bandes noires. Il paraissait heureux comme jamais.

Les canards dessinaient des grands cercles dans le ciel.

Le Madon ondulait ses chevelus d'herbes sous le Vieux Pont.

Quelque part, un merle répondait à un autre merle.

Un jour nouveau se levait.

Julien… ronds dans l'eau… silhouette de la Oultre… parfum de bon épicéa et de vernis à l'huile… Baptiste…

Fabienne brandissait vers elle le sac vide.

Marianne libéra ses premières larmes de bonheur.

Le gamin… son Juju… ses cailloux… ses silences !

Baptiste !

Igney, en Lorraine,
28 février 2021

Merci à…

Jacqueline Delprato… mémoire vive de Mirecourt.

Jean-Claude Condi… spécialiste de la nyckel-harpa, luthier à Mirecourt.

Ils m'ont accompagné de leurs confidences et expertise.

Avec ma reconnaissance pour leur confiance, et pour l'inestimable cadeau de leur amitié.

Bibliographie

BRICQUEVILLE, Eugène de, *La Viole d'amour*, Ed. Fb&c Limited, 2018 (orig. 1854)

CLAUDEL, Jean-Paul, *Le Violon et Mirecourt*, Epinal, Ed. du Sapin d'or, 1974

PAGES, Chantal, *La Lutherie à Mirecourt*, catalogue d'exposition (photographies de Bernard Prudhomme), Ville de Troyes, 1985

SHEFFER, Edith, *Les Enfants d'Asperger. Le dossier noir des origines de l'autisme*, Flammarion, 2019

VIRY-BABEL, Roger, *Mirecourt et la lutherie*, Ed. de L'Est républicain, 1987

Secrétariat d'Etat chargé des Personnes handicapées, *Repérage des troubles du neuro-développement (TND)*, 2019

DU MÊME AUTEUR *(suite)*

Je sais que tu m'attends, Genèse Edition, 2014
L'Etendard et la Rose, Presses de la Cité, coll. « Terres de France », Paris, 2015, Grand Livre du Mois
Boulevard des Pyrénées, Genèse Edition, 2015
Frédéric, le roman de Chopin, MA Editions, Paris, 2016
Sous le regard du loup, Presses de la Cité, coll. « Terres de France », Paris, 2016, Grand Livre du Mois
Un parfum de fleur d'oranger, prix des Conseils départementaux de Lorraine 2018, Presses de la Cité, coll. « Terres de France », Paris, 2017, Grand Livre du Mois, France Loisirs
L'Or du ciel, A&H éditions, 2018
Les Roses du Montfort, Presses de la Cité, coll. « Terres de France », Paris, 2018, Grand Livre du Mois
La Fiancée anglaise, Presses de la Cité, coll. « Terres de France », Paris, 2019
Le Moulin des secrets, Genèse Edition, 2020

TÉLÉVISION

Nombreux documentaires, portraits et dramatiques, dont :

Les Verres du tsar, réalisation Henri Calef, avec Axelle Abadie, FR3, 1982
Les Chardons de la colline, réalisation Edouard Logereau, avec Bernadette Le Saché, Louis Arbessier, Jean-Claude Arnaud, Claude Brosset, Jacques Campain, FR3, 1983

Vous souhaitez en savoir plus sur les livres
et les auteurs de la collection Terres de France ?

Retrouvez toutes les informations sur le site
www.collection-terresdefrance.fr
et abonnez-vous à notre lettre d'information.

Suivez-nous également sur notre page Facebook,
notre compte Twitter et Instagram.

Composition et mise en pages
Nord Compo à Villeneuve-d'Ascq

MIXTE
Papier issu de sources responsables
FSC® C003309

L'éditeur de cet ouvrage s'engage dans une démarche de certification FSC® qui contribue à la préservation des forêts pour les générations futures.

Pour en savoir plus :
www.editis.com/engagement-rse/

CET OUVRAGE
A ÉTÉ ACHEVÉ D'IMPRIMER
SUR ROTO-PAGE
PAR L'IMPRIMERIE FLOCH
À MAYENNE EN AOÛT 2021

N° d'impression : 98797
Imprimé en France